Historischer Roman
Bergisches Land

Bergischer Verlag

Peter vom Falkenberg – Die Söhne des Tuchhändlers
Historischer Roman Bergisches Land

ISBN 978-3-943886-27-6

1. Auflage 2/2014
© Bergischer Verlag, © by Peter vom Falkenberg

Bergischer Verlag
RS Gesellschaft für Informationstechnik mbH & Co. KG
Verleger Arndt Halbach, Martin Czialla
Konrad-Adenauer-Str. 6 / 42853 Remscheid
E-Mail: info@BergischerVerlag.de / www.BergischerVerlag.de

Lektorat: Klaus Söhnel
Gesamtherstellung: Bergischer Verlag, Ernst-Wilhelm Bruchhaus
Druck: AALEXX Buchproduktion

Peter vom Falkenberg

DIE SÖHNE DES TUCHHÄNDLERS

Die Geschichte der Lenneper
Tuchhändlerfamilie Wüllenweber geht weiter.

———————

Teil zwei der Trilogie

Bergischer Verlag

Vorwort

Wenn Sie, liebe Leserinnen und Leser, eine bergische Buchhandlung betreten und Ihre Aufmerksamkeit auf das Regal mit regionaler Literatur lenken, werden Sie den ersten Teil der Tuchhändler-Trilogie entdecken, „Der Tuchhändler von Lennep"; gleich daneben steht der zweite Teil, „Die Söhne des Tuchhändlers", den Sie nun in Händen halten.

Die Geschichte der Familie Wüllenweber geht weiter, und wieder geschehen in dem bergischen Städtchen so manch merkwürdige Taten. Eine Raubritterbande treibt in den Wäldern der umliegenden Gemeinden ihr Unwesen. Jacub Wüllenweber erlebt Unvorhersehbares und wird mit Geschehnissen konfrontiert, mit denen er im Traum nicht gerechnet hätte.

Die Hanse baut ihre Handelswege zu Land und zur See weiter aus und wird damit zur größten Handelsgesellschaft des Mittelalters. Immer mehr Städte treten ihr bei, um ihre Warenangebote zu präsentieren.

Zwischen dem 13. und 14. Jahrhundert werden vielen Gemeinden die Stadtrechte verliehen. Hinzu kommen die Vergabe des Kirchspiels, das Marktrecht, das Recht der Lehnsherren, eigene Münzen zu prägen, und die Mitgliedschaft in Gilden und Zünften. Die Schiffe der Hanse fahren nicht nur im Ost- und im Nordseeraum, sondern weiter bis an die Küsten des Mittelmeeres. Von dort bringen sie die beliebten Gewürze mit: Ingwer, Pfeffer, Safran, Zimt und Muskatnüsse. Pfeffer gilt dabei als das schwarze Gold. Genauso gefragt sind die süßen Datteln, der Weißwein und Rotwein. Die weiche, anschmiegsame Merinowolle und die ganz besonderen Stoffe wie Seide und Brokat aus Spanien und Italien werden wie Rohdiamanten gehandelt und erzielen auf den nordischen

Märkten göttliche Preise. Unsere Lenneper Kaufleute mischen dabei kräftig mit, aber nicht alles verläuft nach ihren Vorstellungen.

Machen Sie sich selbst ein Bild davon, wie sich die tapferen Lenneper Bürger bereits im Mittelalter geschlagen haben. Ich wünsche Ihnen viel Vergnügen mit dem zweiten Teil der Trilogie – „Die Söhne des Tuchhändlers".

Peter vom Falkenberg (gebürtiger Lenneper)

Die Söhne des Tuchhändlers

Kapitel 1

Anneliese Wüllenweber lächelte ihren Mann sanft an. „Du wirst langsam grau, mein Ritter." – „Ich weiß", sagte Tilmann, „ich bin ja auch nicht mehr der Jüngste."

„Sieh hier", sagte sie und griff in ihre Löwenmähne, „meine ersten grauen Haare zeigen sich auch schon."

„Das ist doch mit Mitte vierzig ganz normal", erwiderte ihr Mann. Er ging zu seinem Alkoven und setzte sich auf die Bettkante. „Wenn man sich überlegt, was wir alles in den letzten Jahren erlebt haben!"

Auf einmal kam ihm alles wieder in den Sinn ... Die schrecklichen Morde an den beiden jungen Burschen, verübt von dem krankhaften Pfarrer, die abenteuerliche Reise mit seinem Sohn Jacub ans Ostmeer und der große Stadtbrand, der seine geliebte Stadt Lennep verwüstet hatte. All dies ereignete sich zwischen Spätsommer 1324 und Winter 1324/1325. „Und im Anschluss daran der lange Wiederaufbau", sinnierte er weiter und blickte zu seiner Frau auf. „Nun frage ich dich: Soll man davon keine grauen Haare bekommen?"

„Du hast ja recht, mein Ritter! Wer weiß, wofür das alles gut war. Jetzt sitzen wir hier in unserem wunderschönen neuen Haus in einer prächtig aufgebauten Stadt. Unser Haus, der Tuchbetrieb, die ganze Stadt – alles ist viel geräumiger, schöner und größer geworden als zuvor. Ich denke, wir sollten der Vergangenheit keine Träne mehr nachweinen."

„Ich weiß, mein Hase, ich wollte auch bestimmt nicht meckern. So, wie es jetzt ist, genau so wollte ich es haben." Liebevoll sah ihn Anneliese an: „Und gerade du hast ja mit aller Kraft, mit Einsatz und Willen hier alles neu geplant und erbaut. Die Stadt Lennep ... ich meine, das Ergebnis hier ist dein Kind – in deinem Kopf erschaffen und zum Leben erweckt."

Tilmann nickte zur Bestätigung. Er erinnerte sich allerdings auch noch sehr gut daran, wie viel Kraft und Ausdauer der Wiederaufbau allen Beteiligten abverlangt hatte. Und doch empfand er, dass seine Familie trotz aller Schwierigkeiten immer auf der Sonnenseite des Lebens gestanden hatte. Er hatte eine wunderbare tapfere Frau, drei gesunde Kinder, eine nette Schwiegertochter und einen ebensolchen Schwiegersohn, dazu noch zwei prachtvolle Enkelkinder. Ein bisschen traurig war er nur, dass seine Tochter Maria so weit entfernt wohnte. Er würde sie gerne öfter sehen – aber sie musste ja unbedingt den Sohn eines Schmiedes aus Huckengeswage heiraten!

„Ja, meine Liebste", sprach er nachdenklich weiter, „leider hatten nicht alle Lenneper so viel Glück wie wir. Viele Familien wurden beim großen Stadtbrand teilweise oder sogar ganz ausgelöscht. Sieh dir nur unseren Friedhof vor der Stadt an – die meisten, die dort ruhen, sind Opfer des Feuers. – Aber komm, lass uns das Thema wechseln; der Tag ist zu schön, um über die traurige Vergangenheit zu sprechen." Dann fügte er noch schmunzelnd hinzu: „Jedenfalls war ich immer froh, dir als stolzer Ritter dienen zu dürfen!"

Anneliese kniff ihn mit zwei Fingern in den Bauch: „Eigenlob stinkt", lachte sie.

Tilmann erhob sich und ging durch den Raum. Seine Gedanken kamen nicht zur Ruhe. Er dachte daran, wie die Lenneper Bürger ihn nach dem Stadtbrand zum Bürgermeister gewählt hatten. Das hatte ihm viel Einfluss gebracht. Sein ältester Sohn Jacub hatte die Herstellung der Tuche und den Vertrieb übernommen, unterstützt von seinem Bruder Simon, der stets an seiner Seite war. Das neu gebaute Haus war viel geräumiger als das alte, sodass die ganze Familie gemeinsam unter einem Dach wohnen konnte. Auch die Stalljungen, die Schäfer, die Magd und der Vorarbeiter waren gut untergebracht; die neuen Stallungen boten genügend Platz zum Überwintern der Schafe. Es gab ein großes Wolllager und Räume zum Spinnen und Weben ... Es ging ihnen richtig gut.

Aber nun machte sich der Hunger in Tilmanns Magen bemerkbar. „Komm", sagte er zu Anneliese, „lass uns hinuntergehen – ich habe Hunger und möchte frühstücken."

Dampfend stand der Tonkessel auf dem aus Eichenbohlen gezimmerten Tisch. Der Duft des Kräutertees verbreitete sich im gesamten Wohnraum. Emsig hantierte ihre Magd Gerlinde, um den Frühstückstisch zu decken. In einem geflochtenen Weidenkorb lagen aufgeschnittene Brotscheiben, daneben stand ein gefüllter Buttertopf mit weiteren kleinen Schüsseln, in denen sich das herzhafte Schweineschmalz befand. Ein viertel Käserad lag daneben und etwas Schinkenspeck. Als Tilmann und Anneliese den Raum betraten, waren die restlichen Familienmitglieder schon anwesend. Sie saßen am Tisch und unterhielten sich.

„Aha", sagte Jacub, „da kommt unser Patriarch nebst Gattin."

„Guten Morgen, Mutter, guten Morgen, Vater", murmelte Simon, ihr Jüngster.

Ihre beiden Enkelkinder Sven und Hugo, beide im gleichen Alter, sprangen von ihren Stühlen auf und riefen: „Opa, Oma, komm, wir spielen zusammen!" Dann liefen sie auf die beiden zu und umschlangen ihre Hüften.

„Guten Morgen, ihr zwei Wilden", sagte Tilmann und drückte sie, „erst wird gefrühstückt.

Gundula, Jacubs Frau, schüttete allen Familienmitgliedern die Becher mit Tee voll. Tilmann sah über den Tisch und fragte Jacub: „Was ist das denn da auf dem Teller?"

„Den solltet ihr alle einmal probieren – das ist ein neuer Schafskäse, den unser Vorarbeiter Karl hergestellt hat. Wir haben so viel Schafsmilch, da wollte er sich einfach in der Herstellung eines Käses versuchen, was ihm meines Erachtens bestens gelungen ist", sagte Jacub.

Ihr Vorarbeiter war schon viele Jahre bei den Wüllenwebers beschäftigt. Im Jahre Herbst 1324 wurde er fälschlicherweise des Mordes an zwei Jungen bezichtigt. Monatelang hatte er unschuldig im Lenneper Kerker gesessen, aber Anneliese war immer von seiner Unschuld überzeugt gewesen. Eines Tages dann stellte sich heraus, dass der Pfarrer Justus Goldberg von der Lenneper Sankt-Nikolaus-Kirche der Mörder gewesen war. Ein pädophiler, krankhafter Zeitgenosse, der beim Stadtbrand ums Leben kam. Kein Lenneper hatte ihm zunächst so etwas zugetraut, aber hinterher waren alle Bürger froh, als sie hörten, dass er das Zeitliche gesegnet hatte. Während des Stadtbrandes rettete Anneliese zusammen mit dem Medicus Gerold vom Steinberg ihren Vorarbeiter aus dem Verlies. Doch ihr Karl war nicht allein gewesen: Ein Kerkerknecht mit Namen Rupert hatte mit ihm in diesem verdreckten Loch gesessen – nicht als Gefangener, sondern als Wärter. Da er kaum das Tageslicht erblickt hatte, sah er auch aus wie sein zu bewachender Insasse: zwei wandelnde Leichen im feuchten Verlies zwischen Ratten und anderem Ungeziefer. Da es für den Wächter keine Zukunft mehr gab, hatte Anneliese ihn gleich mitgenommen und ihn später bei sich als ungelernten Schäfer eingestellt. Die beiden hauptverantwortlichen Schafhüter Roland und Herbert sollten den Kerkerknecht einarbeiten. Das war mittlerweile acht Jahre her.

Kauend sagte Tilmann: „Der Käse ist wirklich sehr schmackhaft – den könnte man sogar verkaufen."

Jacub lachte: „Du denkst wohl immer nur ans Geschäft, aber wir haben doch einen Tuchmacherbetrieb und keine Meierei, Vater! Außerdem bist du ja Bürgermeister, und ich führe die Geschäfte."

Tilmann war stolz auf seinen Nachfolger – er war als junger Tuchhändler nicht viel anders gewesen.

Anneliese probierte ebenfalls den neuen Käse; auch sie war begeistert.

„Wo ist denn der Hersteller des Käses?", fragte sie und sah Jacub an.

„Der frühstückt mit dem Gesinde in den Stallungen", erwiderte der.

„Richte ihm bitte aus, dass sein neuer Käse eine Bereicherung unseres Speiseplanes ist", bat ihn Anneliese.

Tilmann sprach kauend: „Das war mir klar: Seit du ihn aus dem Verlies gerettet hast und er dich, als du ohnmächtig am Brunnen lagst, auf den Schultern aus der brennenden Stadt getragen hat, seitdem seid ihr wie Zwillinge. Keiner lässt etwas auf den anderen kommen."

„Können wir jetzt spielen?", rief Sven. „Ich habe da eine Idee", sagte Anneliese zu ihnen, „ich schmiere frische Brote; die könnt ihr zu unseren Schäfern auf die Weide bringen. Ihr könnt ihnen auch beim Schafehüten helfen. Die freuen sich bestimmt, wenn zwei starke Männer wie ihr ihnen Hilfe anbieten."

„Au ja, das machen wir", rief Hugo vor Freude.

Hugo war Gundulas und Jacubs eigener Sohn. Sven hingegen war zwar Jacubs leiblicher Sohn, doch seine Mutter war eine Dänin, die er am Jahresende 1324 bei seiner Reise in den Norden kennengelernt hatte. Aus dem Kennenlernen wurde ein kleines, erstes Abenteuer und ihr gemeinsam gezeugtes Produkt einer rauschenden Nacht. Das Ergebnis saß jetzt hier mit an seinem Tisch: Hugos Halbbruder Sven.

Erst nach drei Jahren hatte Jacub überhaupt davon erfahren, dass er einen weiteren Sohn hatte. Da war er schon glücklich mit Gundula verheiratet und bereits Vater seines vermeintlich einzigen Kindes.

Eines Tages stand die blonde Dänin – ihr Name war Solveig – vor den Toren Lenneps, um ihren Sohn Sven bei ihm abzugeben. Sie war nach Svens Geburt auf die schiefe Bahn geraten. Nun waren sie eine Hure und hatte sich einem Treck von Hübschlerinnen angeschlossen. Es stellte sich heraus, dass Sie geschlechtskrank war und nicht mehr lange zu leben hätte. Nach einem Streit mit seiner Frau Gundula nahm Tilmann den kleinen Sven doch bei sich auf, zumal er im gleichen Alter war wie ihr Hugo. Svens Mutter war ihm dankbar und zog mit den Hübschlerinnen weiter in Richtung Colonia. Der Lenneper Medicus hatte Solveig untersucht und ihr nur noch ein paar Wochen oder – wenn sie Glück hatte – einige Monate gegeben. Er hielt sie für nicht heilbar. „Ihre Tage sind gezählt", hatte er damals gesagt.

„Wie sieht denn euer Tagesplan aus?", wollte Tilmann von seinen Söhnen wissen. „Voll – voll bis zur Oberkante eines Fasses. Zunächst auf die Weide, dann zu den Spinnerinnen, dann in die Weberei, die hergestellten Waren untersuchen. Fehlerkontrolle und, und, und …

Tilmann gähnte und schüttelte sich die letzte noch vorhandene Müdigkeit aus den Knochen.

„Ich werde meinen kleinen Bauch pflegen, wieder mit den anderen Stadtabgeordneten stundenlang im Rathaus verharren und Verhandlungen mit Handwerkern und Kaufleuten führen. Und dann ist da noch ein Ehepaar, das in Lennep eine neue Gaststube eröffnen möchte. Davon ist der Wirt vom Goldenen Löwen natürlich nicht gerade begeistert."

Gundula, Jacubs Frau, war eine gebürtige Rosenbaum, und ihre Eltern waren die Inhaber des Goldenen Löwen.

„Konkurrenz belebt das Geschäft. Für einen zweiten Gasthof wäre es langsam Zeit. Lennep wird stets größer, und die Bevölkerung wächst. Ich muss das so sagen, auch wenn meine Frau die Tochter der Rosenbaums ist", sagte Jacub.

Gundula zog die Schultern hoch: „Und sie sind deine Schwiegereltern! Aber mir ist das gleich – ich denke, meine Eltern haben den guten Willen, sich gegen die Neuen durchzusetzen. Jeder hier in der Stadt weiß, dass meine Mutter eine hervorragende Köchin ist."

„Wohl wahr", sagte Tilmann, „das sind alles nur kleinere Dinge – alles zu verkraften, solange es keine größeren Probleme gibt." Tilmann stand auf und bewegte sich zur Türe.

„Bist du weg?", fragte Anneliese ihren Mann.

„Ja, mein Hase", er winkte allen. „Bis zum Abendmahl!"

Kapitel 2

Tief in den Wäldern hinter Huckengeswage standen zwei alte Holzhütten direkt am Ufer der Weper. Es führte kein richtiger Weg dorthin. Die Gebäude konnte nur jemand finden, der genau wusste, wo sie standen. Die Hütten waren mit den Jahren in Vergessenheit geraten. Es gab nur einen schmalen Trampelpfad, den auch das Wild benutzte. Der Weg führte in geringem Abstand an den Hütten vorbei. Vor vielen Jahren hatten in diesen beiden Holzhäusern zwei Eremiten gelebt, die mittlerweile verstorben waren. So gerieten die Gebäude in Vergessenheit und wurden kurzerhand wieder von der Natur zurückerobert. Aber jetzt lebten in diesem Versteck acht Männer und drei Frauen.

Sie waren Geächtete, brutale Wegelagerer, Raubritter, Spieler, Tagediebe und Huren. Schon seit Langem wurden sie von den Bürgern der umliegenden Städte gefürchtet. Die Geächteten machten vor niemandem halt. Sie blieben nur so lange in einer Gegend, wie sie sich sicher fühlten. Wurde es ihnen zu heiß, ritten sie weiter in ein anderes Gebiet, um dort zu plündern. Sie kamen sich selber vor wie eine Horde Mongolen, worauf sie natürlich stolz waren. Wurde es kälter, zogen sie in südliche Richtung; wurde es wieder wärmer, dann zogen sie erneut nordwärts. So hatten sie es in den letzten Jahren gehalten. Hier in den Wäldern fühlten sie sich im Moment jedenfalls sicher; so nahmen sie sich vor, zwei bis drei weitere Monate hier zu verweilen, um ihr Glück zu versuchen oder es vielmehr zu erzwingen.

Ihren Unterschlupf hatten sie durch puren Zufall entdeckt. Sie nahmen sich einfach, was sie brauchten – ohne Rücksicht auf Verluste. Überfälle und Viehdiebstähle waren an der Tagesordnung. Trotz der Beschwerden mehrerer Bürger, die sich an den Grafen von Berg richteten, war es noch keinem gelungen, die Bande ausfindig zu machen. Immer waren sie ihren Verfolgern einen Schritt voraus. Es ging ihnen dabei nicht schlecht. Sie spionierten ihre Opfer aus und schlugen dann in kleinen Trupps blitzschnell zu. Wasser lieferte ihnen die Weper, alles andere stahlen sie sich. Ihre drei Frauen waren dafür zuständig, den Männern die Mahlzeiten zu bereiten und darüber hinaus für ein allseits ausgeglichenes Vergnügen zu sorgen. Gingen die Männer auf Raubzug, zogen sie sich ihre schwarzen Wappenröcke über. Die Brust des Rockes war aber frei von irgendwelchen Wappen oder Zeichen. Das hatte den Vorteil, dass sie alle identisch aussahen. Kein Augenzeuge konnte auch nur eine einzige Person erkennen. So nannten die Geschädigten sie „die schwarzen Reiter".

Wie ein unaufhaltsamer Sturm fegten sie über das Land und hinterließen Chaos, Tote und verbrannte Fronhöfe.

Ihr Anführer, ein ehemals angesehener Ritter, kam aus der Stadt Brüggen. Er stammte aus einem verarmten Adelsgeschlecht vom Niederrhein, wo er vor Jahren im Dienste des Grafen von Kessel stand.

Schon vor Jahren war er auf Abwege geraten; die Ursache hierfür lag im schleichenden Untergang des Rittertums. Ganz einfach: Ritter wurden nicht mehr gebraucht. Mit einigen anderen Weggefährten gründete er den Bund der Geächteten. Da sie damit rechnen mussten, bei einer Gefangennahme gerädert zu werden, war ihnen ihr weiteres Vorgehen völlig egal. So zogen sie mit größter Brutalität und Rücksichtslosigkeit durch die Lande.

Ihr Anführer war ein äußerst unangenehmer Zeitgenosse, der es aber verstand, sich bei seinen Leuten durchzusetzen. Sein Wort galt als Gesetz, und keiner wagte, sich dagegen aufzulehnen. Herbort war sein Name, Herbort von Genrohe. Ein überaus großer, breitschultriger Kämpe mit stechend blauen Augen – sah man hinein, erblickte man den Meeresgrund. Sah er einen an, überkam einen der Gedanke, Herbort sähe durch einen hindurch. Er fand immer Mittel und Wege, ein unseliges Dasein zu beenden. Seinen Leuten war bekannt, dass sein Spezialgebiet das eiskalte Töten war. So wie er seine Opfer tötete, so tötete man höchstens Tiere. Sein Schwert schien sein verlängerter Arm zu sein. Herborts rechte Hand war der schwarzhaarige Gerold von Rippenstein, der ein ähnliches Schicksal hinter sich hatte wie Herbort, und seine linke Hand war der exzellente Bogenschütze Giselbert von Gallingen. Diese drei führte den Trupp der Geächteten an. Die restlichen Gesellen waren Messerwerfer, Handlanger und Diebe. Da sie sich vollkommen unabhängig fühlten und dazu noch schnelle, ausdauernde Pferde besaßen, verschwanden sie jeweils genau so schnell, wie sie aufgetaucht waren.

„Was denkst du, Herbort? Etwas frisches Fleisch wäre doch nicht schlecht", fragte Giselbert seinen Anführer. „Ich würde sagen, wir warten ab, bis unsere Späher zurück sind. Hören sich ihre Berichte gut an, dann schlagen wir blitzartig zu, so wie wir es immer machen."

Drei seiner Leute waren unterwegs, um einen neuen Raubzug zu planen. Gezielt suchten sie sich ihre Opfer aus, nichts wurde dem Zufall überlassen.

Herbort, der auf einem Baumstumpf saß, erhob sich: „Wir haben jetzt Mitte Mai, und ich denke, bis Juli oder vielleicht sogar bis August können wir hier die Gegend unsicher machen. Danach reiten wir gen Süden zu unserem Winterquartier."

Im einem dichten Wald vor den angrenzenden Alpen kannten sie ein geräumiges Blockhaus, in dem sie die kalte Jahreszeit verbrachten. In diesem Gebiet waren sie lammfromm, um nur nicht aufzufallen. Hier mussten sie jegliches auffällige Verhalten vermeiden; hier waren sie wie friedliebende Engel, da sie diesen Ort jeden Winter aufsuchten, getarnt als reisende Händler.

„Da kommen unsere Männer zurück", sagte Herbort, der ein Rascheln im Laub vernommen hatte. Die vor der Hütte hockenden Männer und Frauen erhoben sich und starrten gebannt in die Richtung. Wie aus dem Nichts standen ihre drei Weggefährten vor ihnen.

„Und? Wie sieht es aus?", fragte ihr Anführer. Die drei Späher setzten sich und berichteten von ihren ausspionierten Entdeckungen. Herbort wischte mit dem Fuß über den Waldboden, um eine glatte Fläche zu erhalten. „Hier", sagte er zu einem der Männer, „zeichne mir einen Plan!". Dann reichte er ihm einen Zweig. Der Späher Ernulf erhob sich, nahm den abgebrochenen Zweig und zog mit dessen Spitze ein Muster in den Waldboden. „Dort ist die Stadt, hier das Eingangstor; dort drüben gibt es einen schönen dichten Wald, und hier steht die Herde. Sie wird von drei Schäfern und zwei Hunden bewacht. Die dürften aber kein Problem darstellen."

„Was glaubt ihr, wie groß die Herde ist?", fragte Herbort nach.

„Gewaltig, schätzungsweise drei- bis vierhundert Tiere", vermutete Ernulf. „Dann werden sie drei oder vier Tiere erst gar nicht groß vermissen. Jetzt im Mai ist es lange hell – ich denke, wir schlagen in der Dämmerung zu", ordnete Herbort an. Die Männer nickten. Die drei Frauen kamen aus einer der Hütten und hielten gefüllte Weinschläuche in den Händen. Sie setzten sich auf den Waldboden und reichten den Wein an die Männer weiter, die sich nun zu ihnen gesellten.

Am frühen Abend sagte Gundula im Wüllenweberhaus: „Ich will ja nicht meckern, Jacub, aber unsere Söhne quälen mich schon den ganzen Tag lang. Immer wieder die gleiche Frage, wann du endlich mit ihnen zum Fischen fährst." Hugo und Sven saßen am Tisch und lauschten gespannt Mutters Worten. Nun drehten sich ihre Köpfe zum Vater, von dem sie eine Antwort erwarteten. Jacub ging in der Stube hin und her; es machte den Eindruck, als wenn er angestrengt überlegte.

„Gut", sagte er, „ich werde meine Arbeiten morgen an Simon übertragen. Wir nehmen den Wagen und fahren zum Fluss zum Fischen."

„Juhu!", riefen die beiden, sprangen auf und rannten um den Tisch. „Verstaut eure Angelruten, ein paar Decken und Felle, einen Weidenkorb mit Essbaren, dann bleiben wir eine Nacht im Wald", sagte ihr Vater. Die beiden hüpften vor Spaß durch die Stube. „Mutter, darf ich mit Sven auf die Weide zu unseren Schäfern? Wir müssen dringend Würmer suchen", rief Hugo erwartungsvoll. Beide waren nervös, denn die Vorfreude auf ein Abenteuer hatte sie gepackt. „Ja, geht nur, und nehmt einen Tonkrug und eine Schaufel mit", sagte Gundula.

Als die beiden Brüder das Haus verlassen hatten, sah Gundula Jacub an: „Wann willst du es Sven eigentlich sagen, dass ich nicht seine leibliche Mutter bin?"

Jacub legte seine Arme um Gundula: „Ich denke, das hat noch ein wenig Zeit – vielleicht so in vier bis fünf Jahren. Er sollte schon in einem Alter sein, wo er es verstehen kann. Jetzt mit seinen acht Jahren scheint er mir noch zu unreif zu sein."

„Ich kenne zwar dein ehemaliges Abenteuer mit dieser Solveig aus dem Norden nicht so genau, aber Sven hat doch einige Charaktereigenschaften von dir, oder wie siehst du das?"

„Gute Frau, wenn du es sagst, wird es wohl stimmen. Ich selbst kann das nur schwer entscheiden."

Gundula schlug sich noch mit einem anderen Gedanken herum: „Es gibt noch eine Alternative, eine noch nicht überdachte Möglichkeit. Da diese Solveig, Svens Mutter, ja mittlerweile sehr wahrscheinlich an ihrer Geschlechtserkrankung verstorben ist, bräuchten wir Sven eigentlich überhaupt nichts zu erklären. Ich wäre seine Mutter, und alles bliebe beim Alten."

Jacub lachte: „Du bist vielleicht gut! Wie willst du denn zwei fast gleichaltrige Söhne gleichzeitig zur Welt gebracht haben? Außerdem glauben in Lennep ja einige Bürger zu wissen, dass ich Sven vor Dortmund am Wegesrand gefunden habe. Diese Lüge haben wir doch selbst in Umlauf gebracht. Stell dir nur vor, wir würden es ihm verheimlichen und später erführe er die Wahrheit von einem Fremden – das wäre dann eine Katastrophe."

„Du hast recht, lassen wir alles, wie es ist."

„Weißt du, ob mein Vater im Rathaus ist?", fragte Jacub Gundula.

„Ich denke, schon; er wollte sich dort mit Robert Frauenknecht und Heinrich Kottsieper treffen."

„Ja, seine alten Freunde und Weggefährten – ohne die beiden geht bei meinem Vater nichts. Ich gehe noch mal zum Alter Markt ins Rathaus, um sie aufzusuchen. Bis nachher!"

Jacub gab ihr einen Kuss und verschwand. Er folgte der Wallstraße, passierte zwei Brunnen, begrüßte einige vorbeikommende Leute und betrat dann das Rathaus.

Kapitel 3

Jacubs Vater Tilmann saß wie fast immer hinter seinem massiven Schreibtisch, ihm gegenüber der zweite Bürgermeister, Tilmanns Freund Heinrich Kottsieper. Daneben saß Robert Frauenknecht, ebenfalls ein langjähriges Ratsmitglied. Als Jacub die Türe öffnete, hielt sein Vater ein ausgerolltes Pergament in Händen. Vom Geräusch der sich öffnenden Türe aufgeschreckt, sah er über den Rand der Rolle und erblickte seinen Sohn.

„Ah, der Junior! Gut, dass du da bist – wir haben mit dir zu reden."

Tilmann erhob sich und schob seinen Stuhl beiseite. Er ging unruhig durch sein Ratszimmer. Dann nahm er einen Gänsekiel vom Tisch und ließ ihn durch seine Finger kreisen: „Nächste Woche kommt unser Hansevertreter von Lübeck, Robert von Lynepe, nach Lennep. Er hat sich durch einen Sendboten schriftlich angemeldet, und wie mir scheint, wird er keine guten Nachrichten mitbringen. Die Nachfrage nach unseren Tuchen sei rückläufig. Wir würden zu grobe Stoffe herstellen, die Fäden wären nicht fein genug. Auf einmal fiele den Leuten auf, dass unsere Tuche kratzen."

„Woher hat er diese Erkenntnisse?", wollte Jacub wissen.

„Genau kann ich es dir nicht sagen; ich denke, er wird es uns nächste Woche mitteilen. Vielleicht steckt wieder der verwöhnte Adel dahinter? Also warten wir ab", sagte Tilmann.

Heinrich Kottsieper, auch Tuchhändler, meldete sich zu Wort: „Du weißt, Tilmann, wenn wir beruflich in den Hansestädten unterwegs waren, um unsere Tuche anzubieten, gab es schon vor Jahren dumme Fragen von dem einen oder anderen Aufkäufer. Einer sagte uns einmal – es war in Hamburg – unsere Tuche seien nicht fein genug. ‚Seht euch mal die neuen Tuche der Engländer an. Feines Stöffchen, kratzfrei und anschmiegsam!' Kannst du dich noch an seine Worte erinnern?"

Tilmann nickte bestätigend, und man sah ihm seinen Ärger an: „Damals fingen diese Inselpfeifen gerade erst mit der Tuchmacherei an. Die wussten überhaupt noch nicht, wie ein Webstuhl eigentlich aussah. Was soll ich dazu sagen? Vielleicht haben sie dazugelernt."

„Mit dem Weben hat das nicht viel zu tun, es ist die verarbeitete Wolle. Unsere Wolle ist zu grob. Die Tiere passen sich immer dem jeweiligen Klima an. Hier bei uns im Bergischen ist es sehr rau, deshalb haben unsere Schafe auch gröbere Wolle um sich vor den Wettereinflüssen zu schützen. Nimmt man die Wolle der Inselpfeifen, wie du sie genannt hast, haben die Händler uns gegenüber einen Vorteil: Ihre Tiere sind auch in den Wintermonaten auf den Weiden. Sie müssen nicht in die Stallungen, werden also nicht zugefüttert. Das ganze Jahr über fressen sie saftiges Gras, was sich in der Feinheit ihrer Felle widerspiegelt. Nimmt man die Merinowolle aus dem warmen Süden, ist sie noch feiner und weicher", sagte Heinrich.

„Auch dürfen wir nicht außer Acht lassen, dass auch in Flandern sowie in Brabant bereits ein großes Wollgewerbe besteht", meinte Robert Frauenknecht. Heinrich und Tilmann nickten.

„Aber deren Stoffe sind auch nicht feiner als die unsrigen", sagte Tilmann. „Gut", sprach er weiter, „viele unserer Bürger betreiben auch ein wenig Landwirtschaft, aber ihr wisst alle, dass der Boden hier nicht allzu viel hergibt. Wir sind und bleiben eine Tuchmacherstadt."

Jacub hatte diese Gesprächsrunde aufmerksam verfolgt. „Ich möchte dazu noch etwas sagen: Es ist der falsche Weg, den wir beschreiten. Einige – oder fast alle – unserer Weber halten sich ein paar Tiere und betreiben nebenbei Landwirtschaft. Wohin hat das letztendlich geführt? Die Bauern außerhalb unserer Stadt stellen nun auch ihre eigenen Tuche her. Nicht, wie wir, fünf Ellen breit, sondern nur vier. Ihre Tuche sind minderwertig und schlecht. Ich denke wir sollten es den Zimmerleuten und den anderen Handwerkern nachmachen. Wir sollten uns organisieren – wir brauchen eine eigene Gilde und Zunft."

„Wirklich gut gesprochen", sagte Heinrich. Dann fuhr er fort: „Dein Junge, Tilmann, hat recht. Wir sollten eine Tagung einberufen. Alle Weber, Färber, Händler, Spinner und Wollschläger dazu einladen. Nur die, die es hauptberuflich machen, nicht die kleinen Bauern von irgendwelchen Fronhöfen. Es wäre doch zu unserem Vorteil, wenn wir ein Lammwollprivileg erreichen könnten. So eine Art Lenneper Qualitätssiegel."

„Eine hervorragende Idee, Heinrich. Du meinst, so etwas wie die Bruderschaft des Wollhandwerkes? Das wird unsere neue Aufgabe sein. Heinrich und ich werden das ins Leben rufen!", rief Tilmann voller Begeisterung.

„Ich mache da auch mit", sagte Robert, „wir regeln das hier vom Rathaus aus und halten den Tuchmachern und Händlern die Köpfe frei."

„Seit über dreihundert Jahren gibt es das Tuchmachergewerbe hier in unserer Gegend. Die Vorreiter waren die Städte Aachen, Colonia und Brügge, und nun auch Lennep, Huckengeswage und Weperevorthe. Es wird Zeit, eine Gilde zu gründen – allerhöchste Zeit", ergänzte Tilmann.

„Und unser Hauptstapelplatz wird Colonia werden. Von dort aus beliefern wir mit Booten die anderen Hansestädte, und dort richten wir unsere Lagerhallen ein", schlug Jacub vor.

„Und in jeder Werkstatt wird alles vom Weben bis zur Schlussbehandlung durchgeführt. Lediglich das Spinnen der Wollfäden können Frauen und Kinder übernehmen. Weben, Walken, Bleichen oder Färben und Scheren: Alles machen wir demnächst gemeinsam, und im Hintergrund bauen wir unsere neue Gilde auf. Dann stellen wir noch Leute ab, die sich nur um die Qualitätskontrolle kümmern. Wäre doch gelacht, wenn wir keine hochwertigen Waren hinbekämen", ereiferte sich Tilmann.

„Ganz so unrecht haben manche Aufkäufer nicht. Ihr wisst alle, dass unsere Wolle nicht die feinste ist, deshalb sollten wir uns auch Gedanken über das Ketten machen. Den Mönchsorden ist das egal, sie sind kratzende Gewandungen gewöhnt, aber wir wollen ja nicht nur raue Kutten herstellen. Wir müssen die zahlungskräftigen Pfeffersäcke auf unsere Seite ziehen. In ihren Kreisen muss es sich herumsprechen, dass die Lenneper Tuche etwas ganz Besonderes sind", sagte Jacub.

Heinrich fügte hinzu: „Dann sollten wir demnächst eher unsere Lammwolle verarbeiten; die ist sowieso weicher und zarter. Vielleicht müssen wir auch die Anzahl der Kettfäden erhöhen. Im Schnitt arbeiten wir mit 1000 bis 1600 Kettfäden, das heißt, es sind noch immer recht grobe Tuche."

„Das wäre ein Anfang – so machen wir es. Später dann beziehen wir Wolle aus anderen Gebieten – aus Lüneburg, Braunschweig, Magdeburg und Sachsen. Im Gegenangebot liefern wir ihnen dann unsere fertigen Tuche", sagte Tilmann.

Alle waren voller Hoffnung in die Zukunft.

Es war ein perfekter Tag, um mit den Jungen zum Fischen zu fahren.

Gundula weckte ihre Burschen, und ohne zu murren sprangen sie in ihre Kleider. Ihr Vater hatte schon das Pferd eingespannt und den Wagen aus den Stallungen herausgefahren. Die Ruten waren verstaut, den Krug mit den Würmern hatte Gundula mit einem Stofftuch versehen und mit einem Faden verschlossen. Gähnend betrat Hugo die Wallstraße, gefolgt von Sven. „Das wird bestimmt ein aufregender Tag", meinte er. Alle drei stiegen auf den Wagen. Jacub nahm die Zügel in die Hände und ließ sie auf den Pferderücken klatschen. Seine Jungs saßen neben ihm auf dem Kutschbock. „Hüüh", rief er, „auf geht's, Brauner!"

Langsam rollte das Gefährt in Richtung Kölner Tor, wo die beiden Wachhabenden Position bezogen hatten. Seit Jahren schon stand Conradis hier am Tor und kontrollierte die einfahrenden Fuhrwerke. Jacub kannte ihn schon seit seiner Kindheit. Conradis war nicht der Schlaueste, aber ein herzensguter Mensch mit unglaublichen Kräften.

„Wer hat euch denn aus den Betten geschmissen?", fragte er Jacub lachend.

„Die Fische, Conradis, die Fische." – „Soso, willst mit deinen Jungs zum Angeln fahren. Wo sollst denn hingehen?", fragte er neugierig.

„Zum Huckengeswagener See. Dort soll es viele Fische geben und beißen sollen sie auch gut", antwortete Jacub und rollte an der Wache vorbei.

„Na dann, viel Erfolg", rief Conradis ihnen hinterher.

Zunächst steuerte Jacub den Wagen in Richtung Wermelskirchen, wo einige Fronhöfe standen. Kurz vorher führte eine Abzweigung linker Hand in Richtung Huckengeswage. Dort befand sich in einem Waldgebiet ein kleiner See, der von der Weper gespeist wurde.

„Ich habe noch etwas altes Brot mitgenommen", sagte Jacub zu seinen Söhnen. „Falls die Forellen und Hechte nicht auf eure Würmer beißen, dann können wir mit dem Brot wenigstens ein paar Karpfen fangen."

„Warst du dort schon fischen?", wollte Sven wissen.

„Natürlich! Als ich in eurem Alter war, hat euer Großvater mich öfters mit an den See genommen. Wir haben immer etwas gefangen."

Unruhig und schon ganz aufgeregt rutschten die Jungs auf dem Kutschbock hin und her.

„Wann sind wir denn da?", fragte Hugo.

„Immer ruhig mit den wilden Pferden – wir sind doch gerade erst losgefahren! Ein bisschen müsst ihr euch noch gedulden."

Der Weg war durch die Sonne in den letzten Tagen schön ausgetrocknet, und so kamen sie gut voran. Vor Wermelskirchen befanden sich beidseits des Weges weite Felder, auf denen die Bauern Gerste angepflanzt hatten. Doch schon nach kurzer Zeit verließen sie die Felder und Wiesen, um in ein dichtes Waldgebiet einzubiegen. Der Weg führte direkt in einen Birkenwald, der mit seinem frischen Grün einladend auf sie wirkte. Durch das Gepolter ihres Fuhrwerkes scheuchten sie einige Vögel aus den Baumkronen.

„Hört ihr, wie die Vögel kreischen?", fragte Jacub seine Söhne. „Die schimpfen mit uns, weil wir sie gestört haben."

„Was du alles weißt, Vater!", sagte Hugo.

„Ja, meine Söhne, ohne ausreichendes Wissen ist das Leben ein finsteres Tal. Das hat damals schon Tacitus gesagt." Die Brüder sahen sich gegenseitig an. „Und wer soll das sein?", fragte Hugo.

Jacub ging auf die Frage nicht ein, er wollte ihnen nicht noch das alte Rom erklären.

„So, noch hier diesen Abhang runter, dann noch einige Hundert Schritt geradeaus, dann sind wir auch schon am See!"

Jacub hatte das Fuhrwerk noch nicht ganz angehalten, da

sprangen seine Jungen auch schon ab und rannten zum See.

Jacub drehte den Wagen wieder in Fahrtrichtung, zäumte das Pferd aus und band es an einer Birke an, unter der frisches Gras wuchs.

„Ab in die Büsche! Zuerst wird trockenes Brennholz gesucht und ein Feuerplatz angelegt." Die beiden rannten los und kamen einige Zeit später mit Armen voller Äste zurück. „Dürfen wir jetzt unsere Ruten fertigmachen?", fragte Hugo.

Jacub nahm die Schaufel vom Wagen und hob damit eine kreisrunde Feuerstelle aus dem Boden. Darum herum legte er ein paar Steine und steckte die einzelnen Äste zur Mitte hin spitz zulaufend in den Boden. Den Rest des Holzes legte er einen Schritt entfernt daneben.

„So, dann mal her mit den Ruten und den Würmern!"

Zehn Minuten später standen drei Männer bis zu den Knien im Wasser und hielten ihre Angelruten in den Händen aber nichts tat sich.

„Wieso beißen die denn nicht?", fragte Hugo.

„Kinder, ihr müsst Geduld aufbringen und Ruhe bewahren! Angeln ist eine geruhsame Tätigkeit, hier gibt es keinen Zeitdruck."

Jacub zog seine Schnur ein, um nach dem Wurm zu sehen. Der hing noch sich windend am Haken. Dann ging er weiter am See entlang, bis er ein Schilffeld erreichte. Hier warf er seine Angel erneut aus. Nun dauerte es auch nicht lange, bis es zuckte und Jacub anzog. Eine fette Forelle zappelte am Haken. Seine Jungs kamen schreiend angelaufen, um ihm den Fisch vom Haken zu nehmen.

Kurze Zeit später zog er den nächsten aus dem See. Die Kinder waren geschockt; bei ihnen tat sich weiterhin nichts, kein Biss. Nur dicke Schnuten setzten sie auf.

Seine Söhne taten ihm leid, und so klärte er sie über sein

Fangglück auf.

„Stellt euch vor ein Schilffeld oder vor herausragende Baumwurzeln – oder dorthin, wo die Äste der Bäume über dem Wasser hängen. Dort im Schatten, zwischen den Wurzeln verbergen sich die Jungfische vor ihren Räubern. Die kleinen Fische verstecken sich auch schwarmweise zwischen den Schilfrohren. Davor lauern ihre Feinde, die wir fangen wollen. Die Forellen und Hechte, sie lauern vor dem Grün."

Danach ging es mit der Fangquote bergauf; auch seine Söhne waren jetzt erfolgreich. Am Abend dann am Lagerfeuer brieten sie sich einige Fische, die sie auf Stöcke spießten. Den Rest der Ausbeute wollten sie am nächsten Tag mit nach Lennep nehmen. So ging für die Söhne ein wundervoller Tag mit ihrem Vater zu Ende.

Kapitel 4

„Kannst du nicht schlafen?", fragte Anneliese ihren Mann, der am Giebelfenster stand und in den sternenklaren Himmel starrte.

„Du weißt doch: Immer, wenn Vollmond ist, bekomme ich kein Auge zu und wandere durch die Gegend." Anneliese schwang sich aus dem Bett und trat daraufhin zu ihrem Mann ans Fenster. Sie legte ihren Arm um seine Hüfte.

„Geht dir wieder zu vieles durch den Kopf?"

„Immer kommen neue Dinge auf einen zu. Probleme hier, Probleme da. Jeder will etwas von einem oder wünscht sich etwas." Tilmann erzählte seiner Frau von ihrem Vorhaben, eine Gilde zu gründen.

„Aber das ist doch ein guter Einfall! Ist das denn nicht schon lange überfällig gewesen?"

Tilmann sah seine Frau von der Seite an. „Herr im Himmel, sie altert ja kaum! Meine Frau ist immer noch der absolute Wahnsinn. Trotz der Geburt unserer drei Kinder hat sie eine Figur wie eine orientalische Bauchtänzerin. Wie komme ich jetzt nur darauf?", dachte er. In Wahrheit hatte er so eine Dame noch nie zu Gesicht bekommen. Er kannte es nur von irgendwelchen Erzählungen.

Aber sein Hase sah so aus – schlanke Beine und nicht den geringsten Bauchansatz. Ihre wilde Löwenmähne hing ihr wirr auf den Rücken. „Wenn ich jetzt weiter darüber nachdenke und mir den Rest ihres Körpers vorstelle, stehen wir mit Sicherheit nicht mehr lange hier am Fenster und starren in die Nacht …"

Tilmann sah erneut in den Himmel. „Der Mond ist der Planet der Liebenden", flüsterte er. Anneliese sah ihn an: „Aber auch der Planet der Müden."

„Rums, das saß", erwiderte Tilmann.

Anneliese wechselte schnell das Thema, ihr war heute nicht danach. „Ob unsere Enkel mit ihrem Vater Fische gefangen haben?"

„Ist das in diesem Moment denn so wichtig?", meinte Tilmann, der nicht lockerließ.

„Wie spät ist es eigentlich?", wollte Anneliese wissen. Tilmann zog die Schultern hoch: „Ich denke, so kurz vor Laudes."

„Dann sollten wir vielleicht noch ein Stündchen schlafen – es wird gleich wieder ein anstrengender Tag werden", sagte sein Lieschen und zog ihn an der Hand zum Bett hin. Beide streckten ihre Körper und gähnten. Tilmann hatte sich gerade in seine Bettdecke gewickelt, als ein lautes Poltern durch das Haus drang. Beide zuckten zusammen und fuhren hoch.

„Was war denn das? Will hier einer unsere Türe eintreten?" Tilmann erhob sich und nahm seinen Nachtrock vom Haken: „Ich gehe nachsehen."

„Sei vorsichtig! Nimm sicherheitshalber deinen Knüppel mit", riet ihm Anneliese. Mit dem einen Klafter großen Knüppel ging er leise die Treppe hinunter zur Eingangspforte. Als er gerade fragen wollte, wer da sei, polterte es erneut laut an die Tür. Dann nahm er sowohl ein Murmeln als auch ein Stöhnen wahr. Vorsichtig öffnete er mit einer Hand die Tür, in der anderen hielt er den Haussegen zum Zuschlagen bereit.

Als er die Tür geöffnet hatte, stand vor ihm blutüberströmt sein Schäfergehilfe Rupert. Er murmelte unverständliche Worte und fiel Tilmann ohnmächtig in die Arme. Sein Gesicht war ein einziger Blutklumpen. Rupert war kaum noch zu erkennen. Tilmann zog ihn in seine gute Stube und rief dabei laut nach Anneliese. Mit dem rechten Arm fegte er das bereits aufgestellte Frühstücksgedeck vom Tisch. Mit lautem Gepolter flogen die Holzteller und Trinkbecher in die Ecke. „Anneliese, kommt schnell runter!", rief er laut.

„Was schreist du denn so, bin doch schon d… Du meine Güte! Was ist denn hier passiert? Wer ist das?"

„Unser Rupert, er ist eben ohnmächtig geworden – erkennst du ihn nicht? Komm, pack mit an, wir legen ihn auf den Tisch, und dann geh ins Nebengebäude und wecke die anderen, aber alle."

Anneliese ging im Nachthemd zur Nebentür und klopfte laut mit einem Stein, der auf dem Boden lag, gegen die Pforte. Einen Augenblick später öffnete Karl verschlafen die Tür. Er wollte gerade Fragen stellen, aber Anneliese fuhr ihm direkt über den Mund: „Weck das gesamte Gesinde und kommt alle in unsere Stube. Es ist etwas Furchtbares passiert."

Schon war sie auch wieder in ihrer Wohnstube verschwunden.

„Hol etwas, was wir ihm unter den Kopf liegen können", sagte Tilmann. Anneliese sah sich im Raum um, dann nahm sie einfach ihre Kukulle, die an der Wand hing, rollte sie zusammen und schob sie Rupert zur Stütze unter den Kopf.

Mittlerweise kamen auch die anderen in die Wohnstube.

„Keine Fragen!", sagte Tilmann zu ihnen. „Ich weiß auch nicht, was da passiert ist. Rupert ist ohnmächtig und benötigt dringend Hilfe. Gerlinde, besorge Tücher und frisches Wasser – auf, auf, beeil dich."

Die Magd machte auf ihren Fersen kehrt. „Ihr beiden Stalljungen, Gernot und Wibold, ihr rennt so schnell ihr könnt zum Medicus. Auch wenn er fluchen sollte: Schmeißt ihn aus dem Bett. Er soll mit seiner Medizintasche und Verbänden hier erscheinen. Sagt ihm, es sein ein Notfall bei Wüllenwebers."

Nachdem alle verschwunden waren, traten Anneliese, Tilmann und Karl an den Tisch und betrachteten sich den verletzten Rupert.

Gerlinde kam mit einem Eimer Wasser zurück.

„Hier, Herr, die verlangten Tücher! Lasst mich das machen, ich werde das Blut abwaschen, um zu sehen, wo genau die Verletzungen sind."

Sie tauchte das Linnen ins Wasser und wrang es aus. Vorsichtig wusch sie das Blut von Ruperts linkem Arm und säuberte sein Gesicht. Diesen Vorgang wiederholte sie mehrere Male, bis man die Verwundungen erkennen konnte. Da Rupert weiterhin ohnmächtig war, verspürte er wenigstens keine Schmerzen.

„Hier", sagte Gerlinde, „ein Schwertstreich am Oberarm, der dringend genäht werden muss. Aber schlimmer ist die Verletzung in seinem Gesicht. Das gefällt mir überhaupt nicht."

Beide Augen waren zugeschwollen, das Nasenbein gebrochen und die Lippen aufgeplatzt. Seine obere Gesichtshälfte waren auf das Doppelte angeschwollen.

Gerold von Steinberg betrat den Raum. „Was hier zur Prim passiert, ist nicht mehr normal! Wer schlägt sich denn mitten in der Nacht, wenn vernünftige Leute schlafen? Geht zur Seite – lasst mal einen Fachmann sein Werk erledigen."

Draußen wurde es langsam hell, und ein schöner Tag kündigte sich an. Der Medicus betrachtete sich Rupert genau: „Anneliese, ich brauche deine Hilfe. Nimm die Ringnadel aus meinem Koffer und zieh einen Faden durch die Öse. Wir müssen seinen Arm zunähen."

Dann wurde es still im Raum der Wüllenwebers. Alle sahen wie gebannt auf die Hände des Medicus Gerold. Vorsichtig und mit äußerster Präzision versorgte er den Schäfer.

„An seinem Kopf kann ich nichts machen, der verheilt ganz von allein – alles Prellungen und Quetschungen. Dauert halt seine Zeit."

Ein Stöhnen kam über Ruperts Lippen. Er schien aufzuwachen. Tilmann und die anderen platzten vor Neugierde, denn jeder hier im Raum wollte wissen, was genau passiert war. Unter Schmerzen hob Rupert den Kopf und sah als Erstes Anneliese an. Tilmann trat ans Kopfende und sprach mit ruhigen Worten auf ihn ein: „Rupert, du bist gerettet, doch du musst uns jetzt erzählen, was vorgefallen ist."

„Tot", stammelte er, „sie sind alle tot!"

„Wer oder was ist tot?", fragte Tilmann etwas lauter.

„Psst, nicht so grob", sagte Anneliese, „du siehst doch, wie schlecht es ihm geht."

„Wir … wir sind überfallen worden, mitten in der Nacht, von einer Räuberbande. Sie haben uns Schafe gestohlen."

„Wie viele Männer waren es", fragte Tilmann ruhig nach.

„Vier, vier Berittene. Zwei Bogenschützen und zwei Männer mit Schwertern, alle in Schwarz gekleidet und mit glänzenden Normannenhelmen. Ich bin der Einzige, der überlebt hat."

„Was ist mit Herbert, Robert und den Hunden?", fragte Tilmann nach.

„Tot, Herr, alle tot! Sie liegen auf der Weide zwischen den Schafen, Herr."

Tilmann hielt sich die Hand vor den Mund und ging einige Schritte beiseite. Sein Mund war wie ausgetrocknet. Er sah den verängstigten Stalljungen an: „Gernot, geh und sag dem Bestatter Bescheid – er soll auf unsere Weide kommen. Erklär ihm, was du hier gehört hast!" Tilmann trat erneut an den Tisch. „Weißt du, wie viele Tiere sie gestohlen haben?" – „Es waren nur vier Tiere, Herr", stöhnte Rupert. Tilmann wurde nun laut: „Was, für vier blöde Schafe bringen sie zwei Menschen und die Hunde um? Was sind das nur für Ratten!"

Schweigen breitete sich aus. Keiner traute sich, etwas zu sagen.

„Warum hast du überlebt? Ich meine: Zum Glück bist du bis auf deine Verletzungen davongekommen."

Rupert schien sich nun ein wenig gefangen zu haben: „Ich schildere euch den gesamten Überfall. Herbert und Robert schliefen im Schäferkarren. Die beiden Hunde und ich, wir hielten Nachtwache. Es war eine helle klare Nacht gewesen. Ich ging mit den Hunden entlang der ruhenden Schafe, als ich ein Geräusch wahrnahm. Die Hunde schlugen sogleich an. Wir waren ungefähr hundert Schritt vom Schäferkarren entfernt, als vier Reiter auf uns zugeritten kamen. Alle waren in Schwarz gekleidet und trugen Helme. Zwei von ihnen hielten ein Schwert in Händen, die anderen gespannte Bögen. Als ich sie gesehen hatte, rannte ich zurück in Richtung unseres Karrens, schrie dabei laut um Hilfe, aber nur die beiden Schwertkämpfer verfolgten mich. Die anderen schossen mit Pfeilen auf unsere Schafe und töteten vier von ihnen.

Herbert und Roland standen mittlerweile mit ihren Stöcken in den Händen vor ihrer Schlafstätte. „Überfall!", rief ich ihnen zu, „wir werden überfallen!" Dann spürte ich, wie ein Schwerthieb meinen Arm erwischte und ich der Länge nach auf die Weide flog. Wild bellend rannten die Hunde um die Pferde herum, konnten aber nichts ausrichten. Als ich mich aufrichtete, sah ich, dass Herbert und Roland wie verrückt mit ihren Schäferstöcken nach den beiden Angreifern schlugen. Auch sah ich aus dem Augenwinkel, dass vier tote Schafe auf der Weide lagen. Die beiden Bogenschützen kamen ihren Gefährten zu Hilfe. Der Erste spannte seinen Bogen, und ein Pfeil flog durch die Luft, direkt in die Brust eines der Hunde. Dann sah ich noch, wie ein anderer Pfeil in Herberts Brust steckte, und ich verspürte einen fürchterlichen Schlag auf meiner Stirn. Ich sah Kreise vor meinen Augen und ging zu Boden.

Lange war ich aber nicht ohne Bewusstsein, denn als ich wieder wach wurde, hörte ich die Männer miteinander reden. „Los, Männer, die Tiere aufs Pferd und nichts wie weg hier", sagte einer, vermutlich ihr Anführer. Die Tiere legten sie quer vor ihre Sättel, und dann ritten sie davon. Warum hatten sie mich verschont? Auf einmal wusste ich es: Durch den Sturz war ich in einem mannshohen Brennnesselfeld gelandet. Mein Gesicht brannte wie Feuer, aber ich lag da drinnen in Sicherheit und bewegte mich nicht. Alles war ja noch im Halbdunkel gewesen. Vielleicht nahmen sie an, ich sei ebenfalls tot. Als sie fort waren, trat ich aus meinem Versteck hervor und sah die beiden Toten auf der Wiese liegen. Einige Schritte weiter lag unser Hund. Dann bin ich schnell hierher gerannt. Unterwegs musste ich mich zwei Mal übergeben und mir war furchtbar schwindelig."

„Das heißt", sagte Tilmann, „wir müssen auf die Weide gehen. Immer, wenn ich meine Söhne brauche, sind sie nicht hier!", fauchte er.

„Nun mach einmal halblang! Jacub ist mit seinen Söhnen zum Fischen gefahren und Simon wird heute von seiner Reise zurückerwartet. Er hat Tuche ausgeliefert. Und außerdem konnte keiner von den beiden wissen, dass ausgerechnet in ihrer Abwesenheit ein Überfall stattfinden würde", fauchte Anneliese zurück.

Tilmann sah sie erstaunt an; er wusste, dass er nun besser nichts mehr sagen sollte – dazu kannte er sein Lieschen zu gut.

Etwa eine Stunde später waren alle wichtigen Personen der Stadt informiert. Alle trafen sich vor Tilmanns Haus; von dort aus brachen sie zu den Weiden auf. Anneliese blieb zu Hause und kümmerte sich um Rupert.

Tilmann und Karl, sein Vorarbeiter, gingen vorneweg, der Medicus Gerold vom Steinberg und der Pfarrer Edelbert als Vertreter der Kirche folgten ihnen. Ganz am Ende gingen die beiden städtischen Büttel von Lennep.

Von Weitem sahen sie schon den Bestatter mit seinem Assistenten neben einem Leichenkarren auf der Weide stehen.

Die Männer begrüßten sich kurz. Neben dem Schäferkarren lag der tote Herbert. Ein Pfeil steckte in seiner Brust und hatte einen großen, getrockneten Blutflecken auf seiner Heuke verursacht. Angewidert betrachteten die Männer den toten Schafhüter, den jeder in Lennep kannte.

Etwas abseits lag einer der Hunde – auch ihn hatten die Räuber mit einem Pfeil zur Strecke gebracht. In einer Entfernung von vierzig Schritt sahen die Männer eine weitere Gestalt im Gras liegen; das musste der zweite Schäfer sein.

Gerold vom Steinberg sah sich den toten Herbert an. Er untersuchte ihn kurz, fühlte nach seinem Puls, dann sagte er zu dem Bestatter: „Den könnt Ihr aufladen; der gute alte Herbert ist auf dem Weg ins Paradies, so Gott will." Dann ging Gerold zu dem im Gras liegenden Robert.

Der Schäfer lag auf dem Bauch, sein Gesicht steckte im feuchten Gras. Rückseitig konnte Gerold keine Verletzungen ausmachen. Er beugte sich über ihn und drehte ihn auf den Rücken. Nun erkannte er eine Stichverletzung in seiner Brust. Der Medicus riss das Hemd des Schäfers auf und sah eine tiefe Verletzung, doch dann machte er plötzlich eine erfreuliche Entdeckung: „Kommt schnell her! Roland scheint noch zu leben!"

Die Männer rannten zum Medicus hin. „Was ist mit ihm?", fragte Tilmann.

„Er atmet noch, und ich kann seinen schwachen Puls fühlen. Legt ihn auf den Wagen und bringt ihn zu meinem Haus – wir tragen ihn in mein Behandlungszimmer. Vielleicht kann ich sein Leben noch retten."

Lautes Gebell ertönte. Verschreckt kam der zweite Hund der Schäfer aus dem Gesträuch. „Komm her", rief Tilmann. Der Hund lief mit gesenktem Kopf auf Tilmann zu und setzte sich vor ihm hin. Tilmann sah, dass der Hund am ganzen Körper zitterte und total verschreckt war. Tilmann bückte sich, um ihn zu streicheln. „Ist gut, mein Alter – alles ist vorbei, du brauchst keine Angst mehr zu haben."

Vorsichtig luden sie Roland auf den Wagen, direkt neben seinen toten Freund, und fuhren in die Stadt zurück. Der Pfarrer sprach ein kurzes Gebet: „Und nimm diesen guten Schäfer in dein Reich auf, Herr, er war ein gläubiger Mensch." Dann sah er die anderen Männer an: „Betet für uns, dass das Wort des Herrn laufe und verherrlicht werde." Dann schlug er noch das Kreuz und folgte dem Wagen. Einer der Büttel trat zu Tilmann: „Wie soll es jetzt weitergehen?" Tilmann antwortete: „Wir müssen den Vorfall in Neuenberge melden, auch wenn von dortiger Seite nicht viel passieren wird. Zuerst muss ich mich um meine Schafe kümmern. Geh bitte zu meinem Haus und sag meiner Frau, sie soll die Stallburschen hierher schicken. Ich brauche Leute, dir mir hier helfen."

Es dauerte Stunden, bis sie die Herde eingepfercht hatten. Tilmann, Karl und drei weitere Stallburschen hatten alle Hände voll zu tun. Die meiste Arbeit verrichtete aber ihr Hütehund. Karl blieb mit dem Hund über Nacht auf der Weide. „Ich brauche schnellstens neue Schafhüter", sagte Tilmann zu ihm. „Fragt doch Euren Freund Heinrich Kottsieper, ob er welche entbehren kann, bis wir eigene gefunden haben", schlug Karl seinem Herren vor. „Fürchtest du dich vor der kommenden Nacht?", fragte Tilmann ihn. „Nein Herr, so schnell kommen die nicht wieder", meinte Karl.

„Ich lasse dir Essen und Getränke bringen. Morgen früh komme ich wieder vorbei; ich hoffe, mit neuen Schäfern."

Simon war schon früher zurück als erwartet. Sein Vater erzählte ihm die ganze Geschichte von dem Überfall und von Herberts Tod. „Wie grausam! Wer macht so etwas nur? Alles wegen vier Schafen – und dafür morden diese Verbrecher, dafür bringen sie einen Menschen und einen Hund um." – „Ja, Simon, die Welt kann so ungerecht sein, aber das Schlimmste ist: Viele von den Halunken kommen dann auch noch ungestraft davon!", gab Tilmann zurück.

Anneliese war im Dachzimmer, wo sie Rupert hingelegt hatten. Sie kümmerte sich um ihn, und es schien ihm auch wieder etwas besser zu gehen. Der Medicus meinte aber, drei bis vier Wochen bräuchte er noch, bevor er aufstehen könnte.

„Ich höre einen Wagen kommen – das ist bestimmt dein Bruder mit seinen Söhnen. Komm, lass uns nachsehen!", sagte Tilmann.

Die beiden gingen hinaus auf die Wallstraße, da hielt Jacub auch schon das Gefährt an. Die beiden Jungen hüpften vom Wagen und riefen: „Großvater, wir haben ganz viele Fische gefangen, auch schon welche gegessen!" Sven und Hugo sprangen ihrem Großvater wie wild in die Arme.

„Warte, Opa, ich zeige dir unseren Fang", sagte Sven und sprang auf die Ladefläche zurück, von wo er mit einem Eimer voller Fische zurückkam.

„Gib sie bei deiner Großmutter im Haus ab", sagte Tilmann zu seinem Enkel.

„Jacub, komm bitte gleich ins Haus! Wir müssen reden – es ist etwas Schlimmes passiert."

Jacub folgte seinem Vater, und zusammen mit Simon gingen sie in sein Kontor, wo sie ungestört reden konnten. Nachdem er seine Söhne genauestens über alles informiert hatte, saßen sie betroffen am Tisch.

„Mir geht gerade durch den Kopf, wie wir als junge Burschen immer mit den beiden Schäfern auf den Wiesen herumgetobt haben. Da fällt mir das mit den brennenden Beinen wieder ein. Wir hatten uns im Sommer mit Brennnesselzweigen gegenseitig die Beine verbrannt, nur so zum Spaß. Jetzt ist einer von ihnen tot", sagte Jacub traurig.

„Ja, so schnell kann das gehen! Aber was sollen wir nur gegen dieses Räubervolk unternehmen, das durch die Lande zieht? Adolf von Berg wird der Sache auch nicht Herr, und wir haben gerade mal zwei Büttel in der Stadt, die für so etwas zuständig wären, und die sind auch nicht die aufgewecktesten. Um diese Bande zu bekämpfen, bräuchten wir schon eine kleine Armee", sagte ihr Vater.

„Aber was ist mit uns? Kein Einziger von uns kann auch nur im leisesten mit einer Waffe umgehen. Ständig werden wir Händler überfallen – und was machen wir? Wir sehen zu, scheißen uns die Hosen voll und jammern um unser Leben. Auch wenn wir nur Kaufleute und Händler sind: Wer verbietet uns denn, dass wir mit Schwert oder Armbrust umzugehen verstehen? Das ist doch alles zu erlernen! Eine gezielte Gegenwehr könnte uns nicht schaden. Vor allen Dingen rechnet bei einem Überfall keiner damit. Für die Raubritter sind wir nur ängstliche Pfeffersäcke – gut genug, um sie so im Vorbeireiten auszunehmen. Es kostet sie nur ein kleines Lächeln. Das heißt jetzt nicht, dass ich ein Held sein will, aber ist es denn nicht vielmehr so, dass es einen ungemein beruhigt, wenn man weiß, man kann mit Waffen umgehen?"

Tilmann hörte seinem Sohn Jacub aufmerksam zu, dann fragte er Simon: „Und wie siehst du die Sache?"

„Genau wie Jacub. Wir sollten uns wehren, wenn es denn machbar ist. Andere jüngere Händler sehen es genauso wie wir. Schon des Öfteren haben wir uns mit ihnen in diesem Fall ausgetauscht. Wie Jacub schon angedeutet hat, Helden wollen wir nicht sein. Wenn mir einer eine Armbrust oder einen Bogen auf die Brust hält, werde ich mit Sicherheit nicht mein Schwert ziehen."

„Durch all die Helden ist unsere Welt auch nicht besser geworden. Nun gut", sagte ihr Vater, „ wir werden es im Rathaus mit den Stadträten besprechen. Die Frage ist nur die: Wer sollte euch den Umgang mit Waffen beibringen? Wo soll die Ausbildung stattfinden, und wie viele Männer beteiligen sich daran?"

„Vielleicht hat unser Lehnsherr Graf Adolf eine plausible Idee – schließlich nehmen wir ihm ja seine Arbeit ab. Einen älteren, ausgedienten Ritter könnte ich mir als Ausbilder gut vorstellen. Schließlich werden auf Neuenberge ja immer noch Knappen in allen Waffengattungen ausgebildet", meinte Jacub.

„Das wäre eine Möglichkeit, die wir ins Auge fassen sollten. Ich werde gemeinsam mit dem Rat ein Schreiben aufsetzen und Graf Adolf einen Sendboten mit unseren Wünschen schicken."

Kapitel 5

Bratenduft zog durch den Wald. Die Geächteten hatten es sich am Lagerfeuer bequem gemacht. Über der Glut wurde Schaffleisch knusprig gegrillt. Jeder schnitt sich nach Bedarf ein Stück heraus. Genussvoll kauten sie auf ihrem Fleisch, und schmatzend war jeder mit sich selbst beschäftigt. Ziemlich viele Weinschläuche lagen auf dem Waldboden verteilt. Die Frauen reichten den Männern die Schläuche an, und diese machten ihre Runden. Kräftige Rülpser folgten, danach wischten sie sich mit den Ärmeln das Fett vom Mund. Aus ihren Bärten triefte das Fett, und so mancher glänzende Tropfen hing an den Enden ihrer Barthaare. „Ich geh mich mal erleichtern", sagte einer und erhob sich. Leicht schwankend entfernte er sich ein paar Schritte bis zum Ufer der Weper und holte sein verlängertes Selbstbewusstsein hervor.

Dort, wo er stand, lagen auch die abgezogenen Felle und die blutigen Innereien der Schafe. Wie auf einem Schlachthof sah es hier aus. Leber, Herz, Nieren und Därme lagen in einer matschigen, roten Blutsuppe, daneben die abgeschlagenen Schafsköpfe, deren Augen weit hervorquollen – kein schöner Anblick, wie der Pinkelnde feststellte. Am Feuer gingen die Erzählungen derweil weiter.

„Dann nimmt doch dieser Tölpel seinen Knüppel und versucht mich vom Pferd zu hauen! Dieser Hundsfott setzt sein Leben ein, um die blöden Schafe zu retten. Die anderen beiden fingen ebenfalls an, mit ihren langen Schäferstöcken herumzufuchteln und nach uns zu schlagen. Es war einfach nur lächerlich – wie auf einem Jahrmarkt, wenn die Kinder mit ihren Holzschwertern einen Kreuzzug nachspielen", berichtete Giselbert von Gallingen den anderen.

„Gebt nicht so an! Das waren doch alles ängstliche Hosenscheißer, diese Schafhüter", sagte Gerold von Rippenstein lachend.

Nach einem kleinen, gelungenen Raubzug gaben die Männer immer an, als hätten sie einen Krieg gewonnen. Das kam gerade bei den Frauen gut an. Eine der Huren setzte sich zu Giselbert, nahm seine Hand und fragte: „Wie hast du dich dann gewehrt, als der Tölpel mit seinem Stock nach dir schlug?"

„Zuerst traf mein Schwert seinen Oberarm. Dann stürzte er, raffte sich aber erneut auf. Ich holte mit meinem Schwert aus, um ihm seinen Schäferschädel vom Rumpf zu hauen, da fing mein Pferd leicht an zu tänzeln. Ich traf seine Stirn dann leider nur mit der Breitseite des Schwertes – von diesem Hieb flog der Kerl wie ein Geschoss in mannshohe Brennnesseln. Sollte er überlebt haben, dürfte er jetzt einen fürchterlichen Juckreiz verspüren." Die Geächteten lachten lauthals.

„Und wie habt ihr die anderen kaltgemacht?", wollte die zweite Hure wissen. Sie sah dabei ihren Anführer Herbort an. Der zuckte lediglich mit den Schultern. Er hielt nicht allzu viel von diesen Prahlereien: „Frag unseren Bogenschützen Ernulf, seine Pfeile finden immer ihr Ziel."

Der schwarzhaarige Gerold von Rippenstein erhob sich: „Was, Herbort, steht als Nächstes auf dem Plan?"

„Nun, Fleisch ist für die nächsten Tage genug vorhanden. Wir sollten unseren nächsten Raubzug in nördlicher Richtung unternehmen – ein paar Pfeffersäcke ausplündern. Es wäre von Vorteil, wenn wir unsere Kasse noch etwas auffüllen könnten. Die Wintermonate sind lang und mich gelüstet es, gute Badehäuser aufsuchen. Dort gibt es pralle Weiber, die immer für eine Abwechslung gut sind. Ich denke, wir sollten etwas Schmuck oder Pelze stehlen, auf jeden Fall wertvollere Dinge als Schafe. Wir brauchen Güter, die wir zu Geld machen können."

Giselbert von Gallingen sagte: „Was meinst du, Herbort? So in drei bis vier Tagen wäre eine Abwechslung nicht schlecht. Möchte nicht, dass mein Schwert hier einrostet."

„Da gibt es doch die Hansestadt Weperevorthe, gar nicht so weit von hier. Giselbert, nimm dir einen Mann mit und spioniere die Gegend aus. Es sollte uns doch gelingen, einem ihrer Händler aufzulauern und ihn auszuplündern. Kaufleute und Händler sind jetzt vermehrt auf den Straßen unterwegs. Die Sommermonate sind die Zeit des Handels – jetzt befinden sich unzählige Fuhrwerke auf den Straßen. Beobachtet die richtigen Leute, versucht, ihre Reisepläne auszukundschaften und welche Waren sie geladen haben. Wir werden uns die Geeigneten herauspicken. Brecht morgen früh als Händler getarnt auf, versucht, nicht aufzufallen, und wenn ihr genug Informationen habt, kommt zurück; dann arbeiten wir den Überfall aus", befahl Herbort.

Im voll besetzten Beratungssaal des Lenneper Rathauses saßen die Tuchhändler, Kaufleute, Weber und andere bedeutende Personen zusammen. Heute ging es darum, zwei wichtige Tagespunkte zu besprechen und abzuarbeiten und nach Möglichkeit auch Ergebnisse zu erzielen. Der erste Punkt war Jacubs Vorschlag. Es ging um die Bewaffnung der Händler und des Weiteren um ihre Ausbildung an den Waffen. Zu einem späteren Zeitpunkt sollte dann die Gründung der bergischen Tuchmachergilde als Gesprächsthema auf den Tisch kommen.

Tilmann Wüllenweber eröffnete als Bürgermeister die Sitzung. Tische und Stühle im großen Saal waren in U-Form aufgestellt. In der Öffnung der Sitzreihen stand das Rednerpult. Tilmann begrüßte die Anwesenden, erzählte ihnen von dem Überfall auf seine Schäfer und die Tiere und brachte danach den Vorschlag seines Jungen auf die Tagesordnung. Jacub erhob sich vom Stuhl und ging ans Rednerpult.

„Meine Herren, ihr habt meinen Vater gehört. Die Überfälle häufen sich, marodierende Banden machen das Land unsicher. Nicht nur hier in Lennep, sondern in vielen Orten unseres Bergischen Landes schlagen sie zu.

Sie rauben unser Vieh, erschlagen Hirten, plündern Händler und Kaufleute aus. Immer mehr Durchreisende sprechen über diese Probleme. Es geht nicht nur um den Überfall auf unsere Herde, nein, nördlich von hier in Richtung Schwerte sind ähnliche Überfälle passiert, genauso wie im Kölner Bereich und im Oberbergischen.

Ob es sich nun um eine oder um mehrere Banden handelt, ist nicht bekannt. Mein Bruder Simon und ich haben mit einigen jüngeren Händlern gesprochen. Man hat mich zu ihrem Sprecher gewählt, und deshalb möchte ich euch unsere Antwort auf die Vorkommnisse mitteilen. Wir wollen nicht länger zusehen und fordern eine anspruchsvolle Ausbildung mit Waffen – ob mit dem Schwert, mit dem Bogen oder mit der Armbrust. Es muss jemand gefunden werden, der uns gegen entsprechende Bezahlung ausbildet. Ich habe mich etwas schlau gemacht. Unser zweiter Tagespunkt ist ja die Gründung einer Gilde oder Zunft. Vorbilder dafür sind ja die Kölner Bettdeckenweber. Ihre Zunft ist urkundlich belegt; sie wurde im Jahr 1149 gegründet. Mir kam der Gedanke, beide Tagespunkte miteinander zu verbinden – das heißt Tuchmachergilde und eine sogenannte Krieger- oder Söldnergilde. Wir Jüngeren werden nicht nur zum Tuchhändler ausgebildet, sondern parallel dazu auch zum Krieger. Wir könnten dann unsere eigenen Transporte beschützen und hätten wiederum das Geld für Begleitpersonal gespart. Wir handeln und bewachen uns selber. Die ersten Zünfte und Gilden existieren ja bereits seit Jahren. Nehmen wir die Weberzunft in anderen Gegenden oder die Zimmermannszunft. Wir könnten Grundlagen ihrer Vereinbarungen zur Vorlage nehmen, doch darüber müsste mein Vater mehr wissen. Mit diesem Thema hat sich auch der Vertreter meines Vaters, Heinrich Kottsieper, beschäftigt." Nach seiner Rede verließ Jacub das Rednerpult. Er erntete von vielen der Männer im Saal kräftiges Handgeklapper.

Nun betrat Tilmann die Bühne.

„Ihr habt meinen Jungen gehört. Nach langem Hin und Her konnte er mich von seiner Idee überzeugen. Mein Leben lang war ich dagegen, Händler zu bewaffnen. Aber dadurch sind wir ein armes, hilfloses Völkchen geworden. Die Raubritterbanden lachen sich über unsere Untätigkeit halb tot. Sie überfallen uns, rauben unsere Waren – und was machen wir? Wir ergeben uns sang- und klanglos. In Zukunft müssen sie mit Gegenwehr rechnen, und darüber werden sie sich noch wundern. Doch bevor wir unsere benachbarten Tuchhändler verständigen, um ihnen unsere Vorschläge zu unterbreiten, sollten wir hier und heute ein Konzept vorbereiten", sagte Tilmann. „Meine alten Freunde Heinrich Kottsieper und Robert Frauenknecht haben hierzu einige Dinge ausgearbeitet. Kommst du bitte, Heinrich?" Dann setzte sich Tilmann neben seine Söhne.

Heinrich Kottsieper begab sich nach vorne.

„Es geht um die Gilde. Was ist eine Gilde oder eine Zunft? Ich denke, alle wissen das. Ich möchte euch aber trotzdem einige Einzelheiten noch einmal darlegen." Mit einem Lachen sagte er: „Gilde heißt ‚Genossenschaft‘, aber es gibt auch noch einen anderen Begriff, den hier alle Männer verstehen werden: Gilde heiß auch ‚Trinkgelage‘." Die Männer lachten aus voller Brust. Einer der Zuhörer rief in den Saal: „Mann, Heinrich, dann haben wir aber schon verdammt viele Gilden gegründet!" Erneut ertönte lautes Gelächter.

„Kann man sich mit euch auch vernünftig unterhalten?", rief Heinrich, dabei bildeten sich an seinen Augen Lachfalten. „Durch einen Schwur besiegeln wir einen Zusammenschluss von Kaufleuten unserer Stadt. Wir gewähren unseren Mitgliedern Schutz und fördern das gemeinsame Interesse. Dazu zählen im Wesentlichen die Sicherheit des Warentransports, die gegenseitige Unterstützung in Unglücksfällen sowie die gemeinsame Pflege unseres Brauchtums. Nehmen wir ein Beispiel, die Hanse. Die Hanse ist auch eine Gilde. Man kann sie als Fernhandelsgilde bezeichnen. Das ist natürlich eine andere Größenordnung als bei uns hier, wäre aber mit der unseren im kleineren Maße vergleichbar. Sollte ein Mitglied der Gilde oder ein Söldner ums Leben kommen, wird sich die Gilde um seine Hinterbliebenen kümmern. In Zukunft werden wir auch größeren politischen Einfluss bekommen."

Heinrich wartete die Reaktion der Zuhörer ab, dann sagte er erneut: „Wir sollten kleinere Arbeitskreise bilden und in den nächsten Stunden ein Konzept ausarbeiten. Es gibt noch viel zu tun. Sind die Vorgänge abgeschlossen, organisieren wir ein Zusammentreffen mit unseren direkten Nachbarn, stellen ihnen unsere Ausarbeitung vor und legen danach einen Gründungstag fest."

Tilmann ging noch einmal zum Rednerpult.

„Wir müssen Kriterien für ein Qualitätssiegel erstellen. Wer von uns übernimmt dann die Kontrolle? Ganz simpel: Dazu bilden wir einige von unseren Leuten zu Kontrolleuren aus. Sie werden die verschiedenen Tuchmacher, Weber und Spinner in regelmäßigen Abständen besuchen, um die Waren zu überprüfen. Nur geprüfte Waren dürfen Lennep verlassen und verkauft werden. Die ausgehenden Waren werden mit einem Prüfsiegel versehen, sodass jeder Kunde sehen kann, dass er Qualitätsprodukte von uns gekauft hat – beste Tuche aus Lennep."

Ein anderer Tuchhändler erhob sich: „Was glaubst du, Tilmann, wie viele bei unserem Vorhaben mitmachen werden?"

Tilmann überlegte kurz, dann sagte er: „Wenn wir die Tuchmacher von Huckengeswage und Weperevorthe, von Velbert und Neviges, von Lutmennighusen, von Solengen, Greverode und Elverfeld zusammen an einen Tisch bringen können, dann rechne ich mit 150 bis 200 Betrieben."

„Wir benötigen ein eigenes Zunftwappen, so wie es die anderen Handwerksbetriebe bereits besitzen", sagte der Mann erneut.

„Genau, da hast du recht. Jeder, der bei uns mitmachen will, soll sich nachher in eine Pergamentrolle eintragen und sein Siegel neben seine Unterschrift setzen. In den nächsten Tagen arbeiten wir die Dinge weiter aus und entwerfen ein Tuchmacherwappen. Spätestens in zwei Wochen treffen wir uns hier wieder. Danach informieren wir die Tuchmacher aus den anderen Gemeinden und gründen dann unseren neuen Verband. Zu diesem Zeitpunkt dürfte auch unser Vertreter von Lübeck, Robert von Lynepe, hier sein. Ich sagte euch ja, er ist auf dem Weg hierher und bringt Neuigkeiten aus dem Norden mit. Es geht hier in allererster Hinsicht darum, ständische Körperschaften von uns Tuchmachern zu wahren."

Ein allerseits kräftiges Handgeklapper erfolgte. Die Männer waren neuen Mutes, die Zunft und die Zukunft der Tuchmacher hatten mit diesem Tag begonnen. Den Vorschlag dafür hatte Jacub Wüllenweber aus Lennep gemacht, Tilmanns Sohn.

Einige Lenneper Händler bildeten im Ratssaal die geplanten Arbeitskreise, andere gingen zu Familie Rosenbaum in den Goldenen Löwen. Sie waren der Meinung, dass man auch mit Bier oder Wein im Bauch Arbeitskreise bilden könnte.

Vollkommen unauffällig schlenderten die als Reisende getarnten Geächteten durch die Stadt Weperevorthe. Giselbert von Gallingen und der Dieb Ulf von Krähwinkel beobachteten die Bürger der Stadt mit größter Aufmerksamkeit. Ihre Ohren nahmen im Vorbeikommen jegliches geführte Gespräch der Weperevorther auf. Es war früh am Sonntagmorgen, und die beiden hatten sich bewusst diesen Tag ausgesucht, um die Leute zu belauschen, wenn sie aus der Kirche kamen. Nach dem Gottesdienst kehrten viele noch in einen Gasthof ein. Bei Bier und Wein wurden die Zungen etwas lockerer, und so mancher Satz verließ den Mund, der für die Geächteten von Interesse sein könnte. Giselbert und Ulf nahmen im Gasthof „Zum bunten Fasan" an einem größeren Tisch Platz, in der Hoffnung, dass sich vielleicht einige Händler oder Kaufleute zu ihnen setzen würden. Giselbert war ein gewiefter Wortführer; geschickt horchte er die Leute aus, ohne dass diese Verdacht schöpften.

Nach einer Weile betraten vier Männer den „Fasan" und sahen sich um.

Sie gingen zu dem Tisch, an dem die beiden saßen. „Sind die Plätze hier noch frei?", fragte einer der Männer. Mit geübtem Blick taxierte Giselbert die Männer von Kopf bis Fuß. An ihrer Kleidung sah er, dass sie wohlhabend sein mussten.

„Natürlich, die Herren, setzet Euch – Ihr störet uns nicht."

Die Männer bestellten sich einen Krug Bier und wollten von der Bedienung wissen, was es noch zu essen gäbe. Eine Stunde später – der dritte Krug Bier war soeben leer und ein neuer wurde bestellt – kamen Giselbert und Ulf mit ihnen ins Gespräch. Sie seien nur auf der Durchreise nach Colonia, erklärte ihnen Giselbert.

„Und ihr seid Händler?", stellte er ihnen seine Frage. Einer der Männer nickte. „Ja, wir treiben Handel."

„Das ist doch bestimmt ein interessanter Beruf, immer verschiedene Waren geladen zu haben und immer unterwegs zu sein? Dabei lernt man doch bestimmt viele Leute kennen?", fragte Giselbert geschickt.

„Zu der jetzigen Jahreszeit sicherlich; in den Wintermonaten eher weniger", antwortete ihnen der Händler.

„Wie lange wollt ihr noch in dieser schönen Stadt verweilen?", versuchte Giselbert ihn auszuhorchen. Da der Händler nicht mehr ganz so nüchtern war, fing er nun an, aus dem Nähkästchen zu plaudern.

„In zwei Tagen brechen wir hier auf in Richtung Lennep; dort nehmen wir Tuche auf, und dann geht es weiter nach Colonia."

„Die Lenneper Tuche sollen ja sehr gut sein von der Qualität her", lockte Giselbert.

„Ja, qualitativ sind sie gut, strapazierfähig und fest, nur könnten sie etwas feiner und weicher sein. Die neuen englischen Stoffe, die wir im Moment gelagert haben, das sind hervorragende Qualitäten. Dafür habe ich einen Patrizier in Colonia, der mir für sie Höchstpreise zahlt."

„Also nehmt ihr von hier die guten englischen Stoffe mit nach Lennep, fügt dort noch die Lenneper Tuche hinzu, und dann geht es weiter nach Colonia?", fragte Giselbert geschickt.

„Genau, und unsere Pelze von Livland, die gehen an einen edlen Herrn von der Richerzeche, einen gewissen Herrn Overstolz", erklärte der Händler ohne Argwohn.

„Woher habt ihr denn die teuren Tuche aus England und die wertvollen Felle?", fragte Giselbert scheinbar beiläufig nach.

„Wir sind ja hier in einer Hansestadt – in Weperevorthe kann man alle möglichen Handelswaren bekommen. Wir kaufen die Waren hier ein, bringen sie in andere Städte und verkaufen sie mit einem Aufschlag weiter."

„Bei so wertvoller Fracht würde ich an eurer Stelle aber nicht ohne begleitende Söldner fahren", empfahl ihnen Giselbert geschickt.

„Das machen wir auch nicht. Wir sind mit drei Fuhrwerken unterwegs, und vier berittene Söldner begleiten uns. Ja, ja", lallte er ein wenig, „sind wieder unruhige Zeiten. Wohin verschlägt es Euch, meine Herren?"

„Wir werden uns auch auf den Weg nach Colonia machen, um uns dort Pilgern anzuschließen", sagte Giselbert.

„Und wohin wird gepilgert?"

„Genau wissen wir das selber noch nicht. Wir überlegen, ob nach Rom oder Compostela."

Der Händler erhob sich leicht schwankend; seine drei Begleiter schliefen schon mit dem Kopf auf dem Tisch.

„Gottes Wege sind unergründlich", gab er Giselbert und Ulf mit auf den Weg. Mit einem falschen Lächeln und einem weiteren bösen Gedanken meinte Giselbert zum Schluss noch: „Vielleicht sehen wir uns ja eines Tages wieder."

„Meine Güte", sagte Herbort, „die waren betrunken oder strohdoof, so wie die alles ausgeplaudert haben!" Er sah Giselbert an: „Du kannst hervorragend mit Worten umgehen. Noch nie in meinem Leben habe ich jemanden getroffen, der so raffiniert Leute ausfragen kann wie du."

Giselbert war erfreut über das dicke Lob seines Anführers. Ein Lächeln flog über sein Gesicht und dabei drehte er sich zur Seite, denn es brauchte keiner der Geächteten zu sehen. Er gab sich immer als eiskalter Hund aus, als vollkommen gefühlslos, und so sollte es auch bleiben.

„Die Frage, die sich uns jetzt stellt, ist folgende: Wo genau greifen wir sie an? Kann einer von euch einen Vorschlag machen?", fragte sie ihr Anführer."

Gerold von Rippenstein ging auf Herbort zu. Seine langen schwarzen Haare hingen ihm bis auf die Schultern. Sie hätten eine Wäsche gut vertragen können, so sehr glänzten seine fettigen Haarsträhnen im Licht.

„Wenn sie nach Lennep wollen, dann müssen sie ja hier vor Huckengeswage vorbeikommen. Ich denke, wir fangen sie hinter der Stadt ab, rauben sie aus, flüchten in den Wald und reiten durch den Fluss zurück zu unserem Lager."

„Was machen wir mit den Leuten?", fragte Herbort.

Gerold fuhr mit seinem Daumen quer unter dem Kinn her. Plötzlich stand die rothaarige Hure Agnes neben ihrem Anführer. Herbort war ihr zugetan, sie war von den drei Frauen seine Lieblingshure.

„Entschuldigt bitte, wenn ich mich hier einmische, aber wenn ihr alle sieben Personen abschlachtet, erweckt das ziemlich viel unnötiges Aufsehen. Sieben Tote sind 'ne Menge Holz und könnten den Grafen wütend machen, der dann mit seinen Rittern alles hier durchforstet. Das muss ja nicht unbedingt sein."

Man sah, dass alle Anwesenden sich Agnes' Worte durch den Kopf gehen ließen.

„Sie hat mit ihren Bedenken nicht völlig unrecht. Es würde zu große Wellen schlagen. Wir wollen zwar Angst verbreiten, aber kein ganzes Heer von einer Ritterschaft gegen uns aufwiegeln. Wir machen es wie folgt: Unsere Bogen- und Armbrustschützen platzieren sich auf beiden Straßenseiten. Ich reite vor den ersten Wagen, zusammen mit Gerold, und wir halten ihn an. Giselbert versperrt den Rückzug. Du stellst dich mit deinem Gaul hinter das letzte Fuhrwerk. Ich werde den Söldnern und Händlern lauthals mitteilen, dass es keinen Zweck für sie hat, ihre Waffen zu ziehen. Sollten sie nicht auf mich hören und nach den Schwertern greifen, dann schießt sie aus dem Sattel. Wir fesseln die Händler und verbinden ihnen die Augen, stecken sie in eines der Fuhrwerke und zurren sie dort fest. Wir schneiden ihnen die Geldbeutel ab, nehmen die Felle mit und von mir aus einige Ellen von dem guten englischen Stoff – dann können sich unsere Weiber ein paar neue Kleider nähen. So machen wir es!", sagte Herbort und bekam kein „Aber" zu hören. Seine Leute wagten nicht, ihm zu widersprechen.

Kapitel 6

Graf Adolf vom Berg ließ seinen Schreiber zu sich rufen. Gebückt und voller Ehrfurcht betrat er den Rittersaal. „Hör zu, Arnulf. Such bitte unseren Ritter vom Deutschen Orden auf und schick ihn zu mir. Ich weiß nicht, wo er sich im Moment aufhält. Du solltest unseren Burgvogt fragen." Dann zeigte er ihm mit einem Wink seiner Hand an, dass er sich entfernen solle. Arnulf erhob sich und ging in gebeugter Stellung rückwärts aus dem Rittersaal.

Mit ausladenden Schritten ging der Graf zum Fenster, dann blickte er nachdenklich über die Bäume, die vor seiner Burg standen. Das frische, saftige Grün des Waldes strahlte ihm entgegen. Ganz unten im Tal floss gemächlich die Weper, die er aber von seinem Fenster aus nicht sehen konnte. Der Mai, dachte er, ist doch ein wunderschöner Monat. Adolf war der Literatur und der Muse zugetan, liebte Musik und Lyrik. Seine Untertanen wussten dies, und daher hatten sie ihm den Namen Graf Adolf der Sanfte gegeben. Er riss sich aus seiner Gedankenwelt: Ich muss ihnen helfen, bevor es zu unübersehbaren Ausmaßen ausufert. „Weiter lasse ich mir von diesen Wegelagerern nicht mehr auf der Nase herumtanzen, sonst wendet sich mein Volk noch gegen mich oder bezeichnet mich als Schwächling", dachte er. „Ich werde dem Treiben dieser Räuberbande ein Ende setzen." Es klopfte laut an der überdimensionalen Eingangstür. Sie war so schwer und gewaltig, dass eine Person sie nur mit viel Kraft aufdrücken konnte.

Sein Bote erschien: „Herr Graf, der Deutschritter ist da", sagte er in gebeugter Haltung.

„Soll eintreten."

Eine groß gewachsene Person betrat den Raum. Ihren weißen Wappenrock zierte das schwarze Kreuz der Deutschritter. Der Hauptsitz des Ritterordens war die Marienburg an der Nogat, von wo aus dessen Geschicke geplant und geleitet wurden. Nach dem Verlust des Heiligen Landes bemühte sich der Deutsche Orden, sich im Baltikum festzusetzen. Nach einigen Schlachten gegen die heidnischen Prußen gelang es ihnen schließlich, große Ländereien einzunehmen. Sie erweiterten ständig ihre Gebiete östlich der Weichsel. Das Prußenland war ihr Zentrum geworden. Seit 1303 führen sie nun Krieg gegen die ungläubigen Litauer, die zum Christentum bekehrt werden sollten. Unterstützt wurden sie dabei vom Heiligen Vater in Rom.

Der stolze Deutschritter betrat den Saal und ging auf Graf Adolf zu. Seine fünfunddreißig Jahre sah man ihm nicht an. An seinem Gürtel hingen sein prachtvolles Schwert und sein Dolch. Dunkelbraunes Haar fiel auf seine Schultern, und sein Gesicht wurde von einem Vollbart geziert.

Der Ritter verbeugte sich höflich: „Ihr habt nach mir rufen lassen, Herr Graf?"

„Setzt euch, Herr Ritter. Schön, dass Ihr wieder in meinem Dienste steht. Lest dieses Schreiben und macht Euch gleich morgen früh dorthin auf. Ich gebe euch drei Monate Zeit – ich denke, das dürfte reichen", sagte der Graf.

Der Ritter rollte das Pergament auseinander und überflog es kurz.

Die beiden Männer kannten sich schon seit Jahren, waren aber seinerzeit im Streite auseinandergegangen. Nach Jahren der Trennung hatten sie vor Kurzem wieder zueinandergefunden und ihre Zwistigkeiten begraben.

„Ich bin froh, dass Ihr zurück in eurer Heimat seid, auch bin ich froh, Euch an meiner Seite zu wissen, aber macht so etwas wie damals nicht noch einmal mit mir. Ihr würdet mich äußerst wütend machen", sagte der Graf zu ihm. „Ihr könnt Euch jetzt entfernen."

„Es wird nicht mehr vorkommen, mein Wort darauf", sagte tief verbeugt der Ritter und ging in Richtung Türe. Kurz bevor er den Raum verlassen wollte, drehte sich der Deutschritter noch einmal um: „Eine Frage noch, Herr Graf, warum durfte ich ohne Bestrafung wieder in Eure Dienste treten?"

Zunächst ging der Graf auf diese Frage nicht ein, sondern holte zu einer Gegenfrage aus: „Wie habt Ihr denn Euren Orden verlassen? Habt Ihr Euch gleichermaßen durchgetan wie seinerzeit, als Ihr in meinem Dienste standet?"

Verlegen sah der Ritter zu Boden.

„Nein, Herr Graf, ich habe meine Zeit beim Orden der Deutschherren bis zum letzten Tage erfüllt. Für meine Treue und Tapferkeit schenkte man mir hier dieses prachtvolle Schwert." Er deutete auf die am Gürtel befestigte Waffe.

„Wisst Ihr eigentlich, wie die Geschichte damals zu Ende gegangen ist?", fragte der Graf.

„Nein, ich weiß es nicht."

„Ihr habt in meinem Auftrag mit meinen Reisigen die Lenneper Händler vor acht Jahren zur Hansestadt nach Lübeck begleitet, um ihnen Schutz zu gewähren. In Lübeck habt Ihr euch mit zweien meiner Leute dem Deutschen Orden angeschlossen und seid mit ihnen ins Baltikum gezogen. Eure Pflicht aber wäre es gewesen, die Händler wieder zurück nach Lennep zu begleiten, was ihr versäumt habt. Sie wurden auf ihrem Rückweg von Raubrittern überfallen, und einer meiner Reisigen wurde erschossen; die Händler wurden dabei ausgeraubt. Könnt Ihr Euch vorstellen, dass ich nach deren Rückkehr nicht gerade begeistert war? Um es beim Worte zu nennen: Es war Fahnenflucht."

„Das war mir damals nicht bewusst, und das mit dem Überfall höre ich jetzt zum ersten Mal. Es tut mir sehr leid", sagte der Ritter.

„Ich habe Euch verziehen, weil Ihr mit Reue zurückgekehrt seid. Ihr wart damals noch sehr jung und voller Ideale, ihr wart ein schnell aufbrausender Ritter, aber ein noch unerfahrener. Einer der Gründe war aber auch, dass ich und meine Familie gegenüber dem Deutschen Orden Verpflichtungen haben. Vor ungefähr hundert Jahren war mein Vorfahre Graf Engelbert hier auf dieser Burg der Herr des Bergischen Landes. Gleichzeitig war er Erzbischof von Colonia und ein enger Freund und Berater des Stauferkaisers Friedrich II., in dessen Gefolge er sich häufig befand."

Graf Adolf legte eine kurze Pause ein. Er wanderte in seinem Rittersaal umher und sah dabei seinen Ritter mit ernstem Blick an.

„Kennt Ihr diese Geschichte?"

Der Deutschritter nickte: „Das war der Erzbischof, an dem man diesen heimtückischen Mord beging. Der Mörder war doch sein Vetter Friedrich von Isenberg, wenn ich mich nicht irre", erwähnte er.

„Das ist richtig. Friederich de Novus Ponte, wie man ihn auch nannte, war der Sohn des Arnold von Altena gewesen. Aber um zum Thema zurückzukehren: Im Geleit des Staufers war auch Euer ehemaliger Großmeister Hermann von Salza. Er war sogar hier auf dieser Burg und hat hier im Rittersaal gesessen – hier, wo wir uns jetzt aufhalten. Alle meine Vorfahren waren mit dem Deutschen Orden vertraut, und es gab gemeinsame Aufgaben zu erfüllen. Ihr wisst, dass Erzbischof Engelbert auch Reichsverweser war, und er hat den Kaisersohn Heinrich erzogen; gleichzeitig war er auch mit eurem ehemaligen Großmeister Hermann von Salza befreundet. Ich habe eure erneute Anstellung in meine Dienste auch dem

Deutschritter-Orden zuliebe getan. Ihr hattet noch einen weiteren Verbündeten hier in Eurer Heimat. Es war der Tuchhändler Tilmann Wüllenweber, der euch seinerzeit verteidigt hat. Ihr wisst, er war der Anführer der Händler auf dem Weg nach Lübeck. Er und seine Familie sowie die Lenneper Bürger brauchen erneut meine Hilfe. Ich schicke Euch wieder einmal zu ihnen. Ihr werdet sie morgen wiedersehen, und ich hoffe, dass Ihr sie nicht ein zweites Mal enttäuschen werdet. Nun zum Schluss noch eine Frage: Wie ist es Euch im Osten ergangen? Habt Ihr Eure Ideale gefunden, das wahre Ritterleben, von dem ihr immer geträumt habt? Ehre, Treue und Gottgefallen?"

„Nein, Herr Graf, diese Gedanken habe ich aus meinem Kopf gestrichen. Wenn man Städte niederbrennt, ganze Familien ausrottet, wenn man Kinder töten muss – und das alles im Namen Gottes –, dann hat das mit meinen ritterlichen Vorstellungen und Tugenden nicht mehr viel zu tun. So wie ich mir das Rittertum vorstelle – so habe ich erfahren –, existiert es schon lange nicht mehr. Glaubt mir, ich bin geläutert."

„So habt Ihr also dazugelernt", sagte Graf Adolf. „Geht gleich zu meinem Waffenmeister und lasst Euch dort einen neuen Wappenrock aushändigen. Ihr seid nun in meinen Diensten und solltet auch mein Zeichen tragen. Ich werde Euch in der nächsten Zeit beobachten. Wenn ich mit Eurer Arbeit zufrieden sein sollte, dann teile ich Euch ein freies Lehen zu, welches ihr in Eurem Sinne verwalten könnt."

„Das ist sehr freundlich, Herr Graf, das Volk nennt Euch nicht umsonst Graf Adolf den Sanften", sagte der Ritter.

„Ihr dürft Euch nun entfernen, Ritter Wentzel von Reinhardhausen."

Er verließ den Rittersaal, schloss die große Tür und betrat den Innenhof der Burg. Hier verweilte er einen Augenblick und dachte über das Gespräch mit seinem Grafen nach. „Erst mit seinem letzten Satz hat er mich beim Namen genannt", dachte er. Es hätte für mich auch anders enden können. Wentzel war heilfroh, so günstig aus dieser Sache herausgekommen zu sein. Graf Adolf hätte ihn auch – ohne mit der Wimper zu zucken – wegen Fahnenflucht zum Tode verurteilen können. Aber er war ein sehr sanfter und einsichtiger Lehnsherr. Wentzel ging die zehn Stufen zum Innenhof hinab und überquerte denselbigen, um dann linker Hand zum Haupteingang der Burg zu gehen. Hier kam er an den Wohngebäuden des Gesindes vorbei, und hier waren auch die Ställe und die Waffenkammer. Nun fiel ihm ein, sich die Pergamentrolle doch noch einmal genauer anzusehen.

Zuvor im Rittersaal hatte er sie nur kurz überflogen. Vor der Eingangstür zur Rüst- und Waffenkammer blieb er stehen und rollte das Schreiben erneut auseinander. Diesmal las er die Zeilen, die von dem Händler Tilmann Wüllenweber stammten, Wort für Wort. Er erinnerte sich gut an ihn und seinen Sohn – immerhin waren sie damals mehrere Wochen lang gemeinsam unterwegs gewesen. „Meine Güte", dachte er, „wie die Zeit dahinrennt!" Die Lenneper Bürger baten ihren Grafen um schnelle Hilfe. Er las noch kurz von dem Überfall und der Ermordung eines Schäfers. Ihr Wille war es also, eine eigene Söldnertruppe auf die Beine zu stellen, eine Truppe aus jungen Kaufmanns- und Händlersöhnen. Einige Freiwillige hatten sich bereits gemeldet. Unterzeichnet war das Schriftstück vom Lenneper Bürgermeister Wüllenweber. „Soso", dachte Wentzel, „dann ist der Tuchmacher jetzt Bürgermeister der Stadt." Er rechnete damit, dass es eine schwierige Aufgabe für ihn sein würde, vollkommene Anfänger in der Kunst des Kämpfens auszubilden. „Besser, eine sinnvolle Aufgabe zu haben, als beim Henker zu landen …" Er nahm sich fest vor, seine Pflichten dieses Mal zu erfüllen. Dann ging er in die Waffenkammer. „Gott zum Gruße, Waffenmeister! Der Graf schickt mich – ihr sollt mir einen Waffenrock aushändigen!" – „Ja, Herr Ritter, ich bin bereits darüber unterrichtet worden. Euren alten könnt Ihr ablegen und mir anvertrauen; ich werde ihn gut für Euch aufbewahren", sagte er.

Ritter Wentzel von Reinhardhausen zog seinen neuen Rock über den Kopf und legte danach seinen Schwertgurt um. „Jetzt fängt ein neuer Lebensabschnitt für mich an", teilte er dem Waffenmeister lauthals mit. Der nickte zur Bestätigung, wusste aber nicht, was der Ritter damit ausdrücken wollte.

Tilmann saß im Behandlungszimmer des Medicus; er wollte sich nach dem Befinden seines Schäfers erkundigen.

„Und?", fragte er Medicus Gerold vom Steinberg. „Macht unser verletzter Schäfer Fortschritte?"

„Oh ja, es geht ihm bereits viel besser. Eine Lebensgefahr schließe ich mittlerweile aus."

„Das sind wenigstens einmal gute Nachrichten! Unser Rupert macht auch Fortschritte; seine Schwellungen gehen von Tag zu Tag zurück."

„Bin mal gespannt, ob der Herr Graf sich auf dein Schreiben meldet", wechselte Gerold das Thema.

„Ich hoffe, dass er uns nicht wieder mit dem Problem alleine lässt – wie damals bei der Ermordung der Jungen", meinte Tilmann.

„Ja, da hatte er nichts unternommen, aber beim Wiederaufbau der Stadt – nach dem verheerenden Brand – war seine Hilfsbereitschaft überwältigend", gab Gerold zurück. „Wie geht es mit der Gründung eurer Gilde voran? Macht ihr Fortschritte?", schloss er an.

Tilmann nickte: „Wir erwarten jeden Tag unseren Mann

aus Lübeck, Robert von Lynepe. Sobald er hier ist, setzen wir die Tagungen mit ihm gemeinsam fort. Einige Händler haben schon vielversprechende Thesen aufgestellt, die wir noch zusammenbringen müssen. Dann dürfte es so weit sein, die anderen Händler zu benachrichtigen; einer Gründung stände dann nichts mehr im Wege."

„Heinrich Kottsieper berichtete mir, dass ihr das Spinnen nicht mit in eurer Zunft aufnehmen wollt?", meinte Gerold.

„Das ist richtig. Das Spinnen als allgemein bekannte und geübte Handfertigkeit – wie auch das Spulen – liegt hauptsächlich in den Händen der Frauen und Kinder. Es gibt somit keine Besonderheiten, die zu wahren wären. Des Weiteren möchte mein Sohn Jacub klare Regeln – nicht so, wie beispielsweise bei den Webern von Colonia, wo es zum Schluss nur noch Paragrafen und Vorschriften gab, die alles nur noch komplizierter machten. Und die Kirche soll außen vor bleiben. Wir sind nicht gewillt, sie in irgendeiner Weise in die Zunft, Bruderschaft oder Gilde einzubeziehen."

„Na, da bin ich aber mal sehr gespannt, wie es mit dem Tuchhandel in unserer Stadt weitergeht!", sagte Gerold.

Herbort rief seine Leute zusammen und erklärte ihnen seinen genauen Plan. Es war noch recht früh am Morgen. Die Sonne ging soeben auf, aber die Geächteten wollten auf alles gut vorbereitet sein.

„Giselbert, du reitest nach Weperevorthe. Wenn die Händler losfahren, kommst du zurück und gibst uns Bescheid. Wir werden sie dann hinter Huckengeswage überfallen. Ihr kennt den Platz, wo der Weg eine scharfe Rechtskurve macht – da wo der Bach über ihn fließt? Wir positionieren uns mit jeweils drei Leuten beidseits des Weges und locken sie in den Hinterhalt. Dort gibt es dichtes Gestrüpp, kleine Haselnusssträucher und junge Bäume, die uns gute Deckung verschaffen. Nehmt nur eure Armbrüste oder Bögen mit. Es wird zu keinem Kampf mit dem Schwerte kommen, weil wir das Überraschungsmoment auf unserer Seite haben. Gerold und ich werden von vorne auf sie zureiten, sie stoppen und ihnen erklären, dass es zwecklos sei, sich gegen uns zu wehren. Sollte einer sein Schwert ziehen oder einen Bogen gegen uns erheben, schießt ihn sofort aus dem Sattel. Haben wir sie in unserer Gewalt, fesseln wir sie und verbinden ihnen die Augen. Dann nehmen wir mit, was wir gebrauchen können, und verschwinden im Wald. Wir reiten zum Fluss und folgen ihm bis zu unserem Versteck. So, Männer, dann macht euch fertig!"

Einen Augenblick später war Giselbert schon nach Weperevorthe unterwegs, um die Händler auszuspionieren, und acht Gestalten, zogen – ganz in schwarz gekleidet – mit ihren Pferden an der Hand durch den dichten Wald zum vereinbarten Ort.

Als sie an der vereinbarten Stelle angekommen waren, banden die Armbrustschützen ihre Pferde im Wald an Bäumen fest und machten sich zu ihren Verstecken auf. Nur ihr Anführer Herbort stieg auf sein Pferd und beobachtete den Handelsweg. Sie mussten auf andere vorbeikommende Kaufleute und Händler achten, um nicht entdeckt zu werden.

„So, Männer jetzt heißt es Geduld haben und abzuwarten – das ist wie beim Angeln."

Wentzel von Reinhardhausen stieg vom Pferd, nahm es am Zügel und trat auf Conradis zu: „Wache, wo finde ich das Haus der Familie Wüllenweber?"

Conradis sah ihn fragend an und erkannte das Wappen seines Grafen.

Voller Respekt sagte er: „Wenn Ihr Euch hinter dem Tor

links haltet – das ist die Wallstraße –, dann kommt ihr an ein prachtvolles Haus, dort wohnen die Herrschaften. Ihr könnt es gar nicht verfehlen."

Der Ritter setzte seinen Weg fort und erreichte schon bald das Tuchmacherhaus. Er blieb vor dem Eingang stehen und klopfte mit der Faust kräftig gegen die Tür. Einen Moment später öffnete Anneliese. Erstaunt, einen Ritter zu sehen, fragte sie: „Wie kann ich Euch behilflich sein, Herr Ritter?"

Wentzel verbeugte sich vor der Dame des Hauses.

„Ich bin im Auftrag des Grafen Adolf vom Berg hier, meine Dame. Man hat mich geschickt, junge Kaufmannssöhne in die Waffentechnik einzuweisen."

„Oh, da wird sich mein Sohn aber freuen. Kleinen Moment, ich rufe ihn."

Sie ließ die Türe offen stehen und ging wieder ins Haus.

Ein Junge kam aus dem angrenzenden Stall und nahm das Pferd des Ritters entgegen.

„Jacub, Jacub, kommst du bitte einmal?"

Da kam auch schon die Antwort: „Ja, Mutter, was gibt es denn?"

Jacub sah seine Mutter an. „Dort ist jemand, der dich sprechen möchte – an der Türe."

Er ging zur Eingangstür und blieb wie angewurzelt stehen: „Ich werd' verrückt! Ritter Wentzel von Reinhardhausen! Was macht Ihr denn in Lennep? Ich dachte, Ihr seid tief im Osten tätig!"

Die beiden Männer nahmen sich kurz in die Arme und klopften sich gegenseitig auf die Schulter.

„Kommt herein und setzt Euch. Mutter, darf ich dir diesen Ritter vorstellen?"

Anneliese sagte: „Ich kenne Euch. Bei der Abreise aus Lennep kamt Ihr seinerzeit mit Euren Reisigen auf den Alter

Markt geritten. Ihr wart die berittene Begleitung der Händler nach Lübeck. Langsam kehrt es in meinen Kopf zurück."

Wentzel und Jacub nahmen am Wohntisch Platz. Anneliese holte einen Krug Wein und zwei Becher.

„Was führt Euch nach Lennep?", wollte Jacub wissen.

Wentzel zog die Pergamentrolle aus seiner Gewandung hervor: „Dies hier." Dann hielt er Jacub das Pergament hin.

„Aber das kenne ich. Mein Vater hat es aufgesetzt. Ihr müsst wissen, dass ich jetzt das Unternehmen führe und mein Vater mittlerweile Bürgermeister von Lennep ist", erklärte ihm Jacub, der noch immer nicht genau zu wissen schien, warum der Ritter an ihrem Tische saß.

„Manchmal ist mein Sohn etwas schwerfällig, Herr Ritter. Was glaubst du, Jacub, warum der Herr hier ist?"

„Ihr seid geschickt worden, um uns auszubilden?", fragte er dann.

„Jetzt hat er es", lachte Anneliese, „sein Groschen ist gefallen."

„Ich muss Euch vieles erzählen und habe eine Menge Fragen an Euch", sagte Jacub. – „Dazu werden wir noch viel Zeit haben. Ich denke, ich werde einige Monate hier in Lennep bleiben – so lange, bis Eure Ausbildung und die der anderen beendet ist", antwortete Wentzel.

„Nun lass den Herrn Ritter doch erst einmal richtig ankommen, Jacub. Wo übernachtet Ihr eigentlich?", fragte Anneliese.

„Es wird doch sicher einen Gasthof hier geben?"

„Am Alter Markt befindet sich der „Goldene Löwe"; die Inhaber sind Jacubs Schwiegereltern. Dort wird man Euch bestimmt weiterhelfen können", deutete Anneliese an.

„Wenn Ihr möchtet, bringe ich Euch eben dorthin. Es ist nicht weit, Herr Ritter", empfahl sich Jacub.

„Das wäre nicht schlecht. Ich muss mein Pferd in einem Mietstall unterbringen und danach etwas essen. Wenn Ihr Zeit habt, dann kommt doch mit Euren Leuten heute Abend in den Löwen und wir beratschlagen den weiteren Verlauf. Vor Beginn des Unterrichtes stellt sich sicherlich noch die eine oder andere Frage."

Wentzel verbeugte sich und verabschiedete sich von Anneliese. Die Männer gingen zur Tür, wo das Pferd des Ritters wartete.

Voller Bewunderung sagte der Stalljunge: „Ich habe Ihrem Tier etwas trockenes Brot zum Fressen gegeben, Herr Ritter."

„Das war sehr aufmerksam von dir, mein Freund." Dann fuhr er mit der Hand über den Kopf des Jungen, der voller Stolz um ein Elle zu wachsen schien. Nebeneinander, das Pferd am Zügel, gingen der Ritter und Jacub zum Alter Markt. „Was für eine stattliche Erscheinung, dieser Ritter!", dachte Anneliese, die den beiden nachsah.

Kapitel 7

„Ich sehe einen Reiter kommen – es müsste Giselbert sein", rief Herbort seinen Leuten zu. Eine Staubwolke hinter sich lassend, stoppte Giselbert etwas später seinen Gaul.

„Wann werden sie hier sein?", fragte Herbort ihn. – „So in etwa dreißig Minuten. Es ist genau, wie ich sagte: drei Händler und vier Söldner als Begleitung. Sie haben viel Spaß miteinander, sie erzählen sich Unsinn und lachen viel", erörterte Giselbert.

„Wenn sie hier angekommen sind, wird ihnen ihr Lachen schnell vergehen. Ernulf, geh dort oben zur Rechtskurve, von da aus kannst du sie früh genug sehen. Wenn sie in deinem Sichtfeld sind, sagst du uns hier Bescheid." Der Späher rannte sofort los. Die anderen verhielten sich ruhig; man konnte ihre Angespanntheit förmlich spüren. Sie warteten noch geraume Zeit, dann kam ihr Späher zurück: „Sie sind im Anmarsch, Herbort."

„Nehmt eure Positionen ein und wartet auf mein Kommando!" Giselbert von Gallingen setzte sich aufs Pferd und ritt einige Schritt zurück, um sich im Gesträuch zu verbergen. Herbort und Gerold ritten voraus, drehten dann mit den Pferden um und verweilten in dieser Position, um den Wagen entgegenzureiten, sobald sie sie erblickten, und den Handelszug anzuhalten. Bald bog der erste Wagen um die Kurve und näherte sich der Stelle, wo sich die Armbrustschützen verborgen hielten. Im weiteren Gefolge kamen dann der zweite und der dritte Wagen, an deren Seiten jeweils zwei bewaffnete Söldner ritten.

„Auf geht's", sagte Herbort zu Gerold. Sie gaben ihren Pferden kurz die Sporen und trabten auf den ersten Wagen zu.

Beide hielten ihre Schwerter in den Händen.

„Männer", rief Herbort den Händlern entgegen, „das ist ein Überfall. Wer zu seinen Waffen greift, ist ein toter Mann." Nun traten die Armbrustschützen mit vorgehaltenen Waffen aus dem Gesträuch. „Runter von den Pferden und runter von den Wagen! Alle hier nach vorne kommen!", rief Gerold.

Die Händler sowie ihre Wachmannschaft waren von dem Angriff vollkommen überrascht. Die Geächteten hatten sie blitzschnell überrumpelt. Doch so einfach wollten sie es den Raubrittern nicht machen. Einer der Soldaten gab seinem Pferd mit den Absätzen einen leichten Druck in die Flanken. Das Tier ritt nach vorne, während der Söldner sein Schwert aus der Scheide zog. Die Waffe hatte die Scheide noch nicht ganz verlassen, als ein Armbrustpfeil sein Kettenhemd durchbohrte und in seine Brust eindrang. Schnell verfärbte sich seine Gewandung – der rote Fleck vergrößerte sich zusehends. Der Söldner sackte mit dem Oberkörper auf den Hals des Pferdes. Alle schrien nun durcheinander. Die anderen drei Söldner wollten ebenfalls zu ihren Schwertern greifen, sahen aber gleichzeitig ihren erschossenen Landsmann auf seinem Pferd nach vorne übergebeugt hängen, was ihrer Angriffslust und Kampfkraft Einhalt gebot.

„Wenn ihr überleben wollt", rief Herbort laut, „dann sofort runter mit den Waffen und absteigen!" Die Schützen traten nun völlig aus ihrer Deckung hervor und gingen, mit ihren Waffen im Anschlag, auf die Söldner zu. Die Armbrüste waren auf deren Brustkörbe gerichtet. Ein Händler rief aus seinem Wagen: „Keine weitere Gegenwehr mehr, sofort die Kampfhandlungen einstellen." Die Söldner nahmen die Hände vom Schwertknauf und stellten somit ihre Gegenwehr ein.

„So ist es brav! Nun runter vom Pferd und nach vorne kommen – ihr Händler übrigens auch!", rief Herbort. Alle gingen nun zum ersten Wagen, gefolgt von den Schützen.

„Waffengurte abschnallen!", schnauzte sie Gerold an. Die Söldner öffneten ihre Gürtelschnallen und warfen ihre Waffen den Geächteten vor die Füße. „So, alle hier herüber und in Reihe nebeneinander aufstellen!", befahl Herbort. Nun kam auch Giselbert nach vorne geritten und stieg vom Pferd. Einer der Händler sah ihn mit weit aufgerissenen Augen an: „Ihr seid der Mann aus dem Gasthof", sagte er verzweifelt. „Gut aufgepasst! Ich bin der arme Pilger. Ich sagte euch doch, dass wir uns wiedersehen werden, aber ich vergaß zu sagen, wo und wann."

„Ihr seid gar kein Pilger, ihr seid Wegelagerer und habt mich nur ausgehorcht", erwiderte der Händler." – „Klappe halten", antwortete Giselbert und sah ihn gefährlich an. Gerold von Rippenstein stieg vom Gaul und zog seinen Dolch.

„Wo haben wir denn die prall gefüllten Geldbeutel versteckt?", fragte er die Händler und tastete einen nach dem anderen ab. Dabei schnitt er die Lederriemen der Geldbeutel durch, die an ihren Gürteln hingen.

„Die drei haben aber ein gutes Gewicht!" Dann reichte er die Beute an seinen Anführer weiter. Herbort verband sie miteinander und verstaute sie unter dem Oberteil seiner Gewandung. Leider besaßen nur die Händler mit Geld gefüllte Lederbeutel.

„Ihr beiden", er zeigte auf zwei seiner Leute, „die Wagen durchsuchen!"

Wie zwei flinke Wiesel sprangen die Geächteten auf die Ladeflächen der Fuhrwerke, um alles sorgfältig durchzustöbern.

„Ich habe die gesuchte Ware gefunden", ertönte eine Stimme aus dem Wagen, „es sind zwei Linnensäcke voller schöner, flauschiger Felle."

„Und ich die englischen Tuchballen!", rief der andere.

„Dann bringt alles nach vorne, hierher zu mir", rief Herbort seinen Männern zu. Als sie alles fein säuberlich abgeladen hatten, meinte Herbort laut: „Das hat sich ja gelohnt, Männer!"

„Ernulf und Ulf, besorgt alles an Stricken, was ihr finden könnt, und fesselt die Leute. Giselbert, schwing dich aufs Pferd und gib acht, ob andere Händler im Anmarsch sind. Ich mag hier keine Überraschungen."

Nach zehn Minuten hatten sie die Überfallenen gefesselt und in den ersten Wagen verfrachtet. Dort wurden sie noch weiter zusammengebunden. Falls sie sich befreien könnten oder falls man sie fände, dann wäre die Bande schon längst über alle Berge gewesen.

„Was ist mit ihren Waffen?", fragte Ulf seinen Anführer.

„Wenn was Brauchbares dabei sein sollte, nehmt es von mir aus mit."

Kurz bevor die Geächteten verschwanden, ging Giselbert noch am Wagen mit den Gefesselten vorbei und sah hinein.

„Ihr glaubt doch nicht etwa, dass ihr damit so ohne Weiteres durchkommen werdet!", sagte Giselberts Gesprächspartner aus dem „Fasan".

„Du sollst dein Maul halten", brüllte er zurück.

Der Händler war dermaßen in Wallungen geraten, dass es für ihn kein Zurück mehr gab. Er kochte förmlich vor Wut – alles hatten sie ihm genommen. Sein gesamtes Geld hatte er in die Felle investiert, seine Existenz war dahin, sein Leben verpfuscht. Wie sollte er seine Familie weiterhin durchbringen? Auch den Geldbeutel mit seinem Restgeld hatten sie ihm gestohlen. Wie sollte er in Zukunft nur für seine Frau und die Kinder sorgen? „Ich bin ein Nichtsnutz, ein Versager!" Nun dachte er über seine gesprochenen Worte nicht mehr nach. Er schrie Giselbert aus lauter Verzweiflung an: „Du wirst nicht hängen mein Freund, nein, das wäre zu einfach für dich! Du wirst aufs Rad gespannt, aber vorher werden sie dir alle Knochen im Leibe brechen, die Henkersknechte. Glaub mir, der Schmerz wird dich wahnsinnig machen, aber du wirst immer noch nicht tot sein. Dann werden sie deinen Leib aufschneiden, und deine Innereien werden heraushängen, nur noch an vereinzelten Bändern und Adern baumeln, aber immer noch bist du nicht tot. Wenn sie dich mit dem Rad aufgerichtet haben, kommen die schwarzen Krähen angeflogen, das sind die Todesvögel, du wirst sie bald kennenlernen, dann setzen sie sich auf deinen Kopf und picken dir die Augen aus. Und du wirst nur noch Schmerzen verspüren, das Schlimmste, was dir in deinem verfluchten Leben passieren wird!"

Während dieser Prophezeiung verzog sich das Gesicht des Geächteten zusehends. Er sprang mit einem Satz auf den Wagen und rammte seinen Dolch in den Brustkorb des Händlers, der mit einem leisen Stöhnen zusammensackte. Er gab noch ein leises Röcheln von sich, dann war er tot. Giselbert zog seinen Dolch langsam aus der Brust des Händlers und säuberte ihn dann an seiner Kleidung. Die anderen Gefesselten verfolgten das Geschehen mit Entsetzen und rückten vor lauter Angst in die äußerste Ecke des Wagens. Giselbert zeigte mit dem Dolch auf die restlichen Männer: „Sonst noch jemand, der irgendwelche Einwendungen zu machen hat?" Dann stieg er von der Ladefläche und ging zurück zu seinem Pferd und seinen Gefährten. Das Diebesgut war mittlerweile verstaut, und die Geächteten ritten zum Waldrand hinüber.

„Hattest du noch Schwierigkeiten?", fragte Herbort seinen Vertreter.

„Der eine Händler hatte mich beleidigt; du weißt: So etwas mag ich gar nicht."

„Dann gehe ich davon aus, dass er in Zukunft niemanden mehr beleidigen wird?"

„Genau so ist es, Herbort."

Ritter Wentzel von Reinhardhausen, Jacub, sein Bruder Simon und weitere achtzehn Kaufmannssöhne hatten sich am Brunnen auf dem Alter Markt versammelt. Der Ritter stellte sich demonstrativ vor die jungen Burschen.

„Mein Name ist Wentzel, Ritter Wentzel von Reinhardhausen. Ich bin im Auftrag des Grafen Adolf von Berg hier, um euch nach dem Wunsch eurer Väter auszubilden. Schön, dass sich so viele Freiwillige von euch gemeldet haben! Ich werde euch erklären, wie unser Programm in den nächsten drei Monaten aussehen wird. Insgesamt seid ihr zwanzig Mann, die ich in zwei Gruppen aufteilen werde. Zehn von euch bilde ich am Vormittag aus, den Rest am Nachmittag – jeweils zwei Stunden lang. Hauptsächlich geht es um den Umgang mit dem Schwert, dem Bogen und der Armbrust."

Ritter Wentzel von Reinhardhausen schritt vor seinen neuen auszubildenden Söldnern auf und ab. Was würde da auf ihn zukommen? Wie viele verwöhnte und verweichlichte Händlerknaben saßen hier vor ihm und wollten Ritter spielen? Wie viele würden nach den ersten blauen Flecken frühzeitig aufgeben, jammernd auf der Erde liegen und durch sein Sieb fallen? Viele dieser Burschen himmelten immer noch die alten Kreuzfahrer an – Geschichten aus vergangenen Tagen –, doch nicht jeder war dazu geeignet, Söldner zu werden, dachte er.

„Wir fangen mit der Ausbildung im Schwertkampf an, also gehen wir jetzt in den Wald, um uns die richtigen Stöcke zu schneiden", erklärte er ihnen. Einer der Jünglinge hob seinen Arm: „Herr Ritter, dann heißt es ja nicht Schwertkampf, sondern Stockkampf."

„Wie das heißt, solltest du mir überlassen – wie heißt du eigentlich?"

„Ich bin der Sohn des Weinhändlers, Johannes ist mein Name, Johannes vom Vogelsberg."

„Scheinst mir ein kleiner Spaßvogel zu sein. Hoffentlich bist du mit deinem Stock auch so talentiert wie mit deinem Mundwerk!", sagte Wentzel. Die anderen Burschen mussten grinsen.

Der Ritter erklärte ihnen den weiteren Verlauf der Ausbildung, als sich zur selben Zeit drei hübsche Damen aufmachten, vom Gänsemarkt in Richtung Alter Markt zu schwadronieren. Dort angekommen, entdeckten sie die Horde junger Burschen. „Na, wen haben wir denn da? Sind das nicht die Söhne unserer wohlhabenden Pfeffersäcke aus der Stadt?", meinte süffisant eine der Damen. Ihre Gewandung war mit gelben Bändern versehen, ein Zeichen, das sie als Hübschlerin markierte.

„Und noch einen strammen Ritter an ihrer Seite – die haben bestimmt alle prall gefüllte Geldsäcke an ihrem Gürtel baumeln", meinte die größte von ihnen, die in Lennep unter dem Namen Brunhilde bekannt war.

Die kleinere Ursula mutmaßte darauf hin: „Nicht nur ihre Geldsäcke dürften prall gefüllt sein." Sie schlenderten lächelnd auf die Burschenschar zu.

Sie hörten kurz dem Ritter zu, um festzustellen, dass die Jünglinge von ihm an den Waffen ausgebildet werden sollten.

„Verausgabt euch nicht zu sehr bei euren Übungen – verwahrt etwas von euren Kräften für uns. Wie sind auch immer sehr aufgeschlossen für einen ausgiebigen Stockkampf", riet ihnen Ursula, „beim Nicht-Beherrschen bilden wir ebenfalls weiter aus."

„Ich glaube, es ist besser für euch, von hier zu verschwinden", mahnte der Ritter.

„Schärft Eure Lanze, Herr Ritter, auch ihr seid uns willkommen", ergriff Ursula wieder das Wort. Nun wurde es Ritter Wentzel zu dumm; die Huren störten ihn und brachten ihn aus dem Konzept. Er drehte sich zu ihnen hin, zog sein Schwert und brüllte laut über den Markplatz: „Verschwindet ganz schnell von hier, sonst zeige ich euch einmal, wie man euch mit der blanken Breitseite eines Schwertes den Arsch poliert."

Wentzel ging mit der Waffe in der Hand auf die Huren zu, die darüber dermaßen erschraken, dass sie ihre Röcke rafften und geschwind den Platz verließen. Die dritte von ihnen – ihr Name war Bernadette – fiel der Länge nach aufs Pflaster. Sie raffte sich fluchend auf und rannte ihren Freundinnen hinterher.

Die Burschen verfielen in Gelächter. Von nun an war für sie ein neues Vorbild geboren: Ritter Wentzel stieg in ihrer Achtung und Bewunderung gleichermaßen. Jetzt hörten sie ihm aufmerksam zu.

„Eure Namen werde ich in den nächsten Tagen kennenlernen. Auf geht's, Männer, folgt mir in den Wald."

Sie gingen an der Linepe entlang in Richtung Jakobsmühle. Kurz vorher bogen sie linker Hand ab in ein dichtes Waldgebiet.

Der Ritter zog sein Schwert und stellte es mit der Spitze auf den Boden. „Die Stöcke sollten in etwa die Länge meines Schwertes haben. Gerade müssen sie sein und doppelt so dick wie ein Daumen." Die Burschen zogen ihre Messer und gingen auf die Suche nach brauchbarem Holz.

„Legt die Stöcke alle hier vor mir auf den Boden; später suchen wir die heraus, die etwas taugen", rief er ihnen nach, dann setzte er sich auf den Waldboden und wartete. Es dauerte eine Weile, bis alle wieder zurück waren. Als Letzter kam Johannes vom Vogelsberg.

„Zeig her, hast du den geschnitten?" Johannes nickte.

Wentzel begutachtete den Stock, indem er ihn mit der Hand gen Himmel hielt und ihn mit einem Auge fixierte. Dann schleuderte er ihn ins Gebüsch. „Der ist genauso schief wie deine Nase. Los, besorg dir einen neuen", sagte er in scharfem Ton. Johannes rannte eilig davon. Wentzel wandte sich den Burschen zu und zwinkerte ihnen mit einem Auge zu. Dann ging er zu Jacub: „Welcher Platz wäre für unsere Übungen geeignet?" Der überlegte kurz: „Wir könnten vor dem Kölner Tor auf den Wiesen üben; bei Regen gehen wir in unseren Stall – der ist jetzt in den Sommermonaten leer. Die Schafe sind ja alle auf den Weiden, rund um die Stadt herum."

„Also, Leute, ihr habt gehört, was Jacub gesagt hat. Also folgt mir, dass wir heute noch beginnen können." So marschierten sie gemeinsam zurück zur Wallmauer, linker Hand vom Kölner Tor, wo sie bald die ausladenden Wiesen erreichten. Jeder hielt nun einen Stock in Händen. „Nun bildet zehn Paare und stellt euch einander gegenüber auf – haltet zwischen den einzelnen Paaren einige Schritt Abstand! Zwei Wochen lang kämpfen wir zunächst mit den Stöcken, danach mit richtigen Schwertern. Gekämpft wird nicht aus Spaß oder Unfug, sondern es geht hierbei im Ernstfall um Angriff und Verteidigung", erklärte der Ritter seinen Burschen. „Mit jedem einzelnen Schlag kann es um Leben und Tod gehen", fuhr er weiter fort, „und – nicht zu vergessen – es ist auch Ausdauer vonnöten!"

Ritter Wentzel zog sein Schwert und deutete den ersten Schlag an. Mit seinem rechten, angewinkelten Arm schlug er seine Waffe von oben rechts nach unten zur Körpermitte durch.

„Das ist der bekannteste Schlag beim Schwertkampf: erst rechts oben, dann links oben und so weiter, bis verschiedene Varianten einfließen. Einer greift an, der andere wehrt die Schläge genauso ab. Danach das Gleiche von unten hoch zur Körpermitte. – So, Männer, vier Mal oben und dann der Wechsel, die gleichen Schläge unten wiederholen. Auf geht's!"

Die Burschen fingen an, mit ihren Stöcken den Schlagabtausch nachzuahmen. „Eins, zwei, drei, vier – und nun unten: eins, zwei, drei, vier. Der Angreifer geht auf seinen Gegner zu, der weicht zurück, und dann umgekehrt", befahl der Ritter lauthals. Schon hörte man die ersten fluchen. Manch einer erhielt seinen ersten blauen Fleck, oder die Stöcke rutschten aneinander entlang und fanden ihr Ziel auf dem Handrücken.

„Und aufhören – alle zu mir! Was wir hier machen, nennt sich das Bloßfechten, das heißt ohne Kettenhemd oder Rüstung. So, noch mal von vorne! Langsam den Schlagabtausch üben. Ist er euch in Fleisch und Blut übergegangen, könnt ihr die Geschwindigkeit der Schläge erhöhen."

Nach einiger Zeit ertönte erneut der Befehl: „Und aufhören! Das geht ja schon ganz gut. Nun zum Zwerg!" Der Spaßvogel Johannes vom Vogelsberg meinte: „Der da, das ist unser Kleinster, der Zwerg heißt Georg!"

„Dann trab einmal an, nicht du, Georg, sondern du, Johannes!"

Wentzel baute sich in voller Größe vor ihm auf: „Mein Freund, ich meinte damit nicht die körperliche Größe, sondern die nächste Schlagvariante. Geh in Stellung, ich zeige dir den Schlag, den man den Zwerg nennt." Johannes hielt seinen Stock in Abwehrstellung.

„Seht her, der Zwerg ist ein horizontaler Schlag mit ausgestrecktem Arm." Dann schlug er mit seinem Stock, den er sich von Jacub entliehen hatte, auf Johannes ein. Dieser wehrte den Schlag ab.

„Gut gemacht", sagte der Ritter und schlug erneut auf Johannes' Stock, nur etwas kräftiger. Dabei schnellte das Ende des Stockes genau auf dessen Stirn. Es folgte ein lauter Schmerzensschrei: „ Au, verdammt, tat das weh!" – „Nun siehst du, warum der Schlag „der Zwerg" genannt wird: Wenn keine Abwehr erfolgt, wenn ich dir den Kopf von den Schultern haue, dann hast du die Größe eines Zwerges", erklärte der Ritter.

Die anderen Burschen verfolgten den Ablauf genauestens.

„Wir ihr seht, hielt er seinen Stock zu locker in der Hand. Durch den Aufschlag meines Stockes auf den seinigen ist er von seinem eigenen Stock am Kopf getroffen worden. Wäre es jetzt ein Schwert gewesen, hätte er sich selbst den Schädel gespalten." – „Dann hätte er sich womöglich selber zum Zwerg geschlagen", sagte Georg mit einem Lächeln.

Jacub und Simon schlugen sich recht gut, wie Wentzel verlauten ließ.

„Und weiter geht's, Männer!"

Tilmann nahm seine beiden Enkelkinder an die Hand: „Kommt, Jungs, wir sehen mal eurem Vater und eurem Onkel zu, wie sie sich im Schwertkampf schlagen!" – „Toll, Opa!", rief Sven und die drei gingen durch das Kölner Tor zur Weide, um sich ihre Helden genauer zu betrachten. In zehn Schritt Entfernung blieben sie stehen und beobachteten die angehenden Söldner. „Da sind Papa und Onkel Simon", sagte Hugo und zeigte auf die beiden.

„Das ist das erste Schlachtengetümmel, das ich sehe, in dem

Buchen-, Birken- und Eichenknüppel den Sieger ausmachen", sagte Tilmann lachend. Jetzt sah Simon die Jungs mit seinem Vater und war für einen Moment unaufmerksam. „Sieh mal, wer uns da zusie… Au, du hast meine Schulter getroffen!", schrie er seinen Bruder Jacub an.

„Du musst besser aufpassen", antwortete Jacub. „Ich gebe dir ‚Besser aufpassen'!" Wütend schlug nun Simon auf Jacub ein, und die Sache fing an, aus dem Ruder zu laufen. Jacub versuchte krampfhaft, Simons Schläge abzuwehren, aber beide fingen sich blaue Flecken ein. Wentzel merkte sogleich, dass ihr Temperament mit ihnen durchging.

„Halt, stopp, sofort aufhören! Alle Übungen einstellen! Jacub und Simon lassen sich von ihren Gefühlen und von ihrer Wut leiten. Genau das wird meistens tödlich enden. Ihr dürft euch niemals zu so etwas hinreißen lassen – immer kühlen Kopf bewahren! So, nun möchte ich noch einmal auf den Zwerg zurückkommen. Gegen jeden Angriffsschlag gibt es auch wiederum einen Verteidigungsschlag. Den nennt man die Parade – ich mache ihn euch vor."

So vergingen die nächsten Übungen an diesem Tag. Tilmann war schon wieder in der Wallstraße vor seinem Haus, als seine Frau Anneliese aus dem Stall kam.

„Heute Abend kommt mit Sicherheit deine selbst gemachte Ringelblumensalbe zum Einsatz. Unsere Jungen hätten da einige blaue Flecken an ihren Körpern vorzuweisen", sagte Tilmann und grinste unverschämt."

„Ja, ja, alle wollen Helden werden, aber durch die vielen Helden, die es bereits gegeben hat, ist die Welt auch nicht besser geworden", meinte Anneliese.

Etwas später zur Vesper betraten zwei geschundene Brüder laut fluchend die Wohnstube. Das Einzige, was sie verspürten, waren Durst, Hunger und Schmerzen. Wie Fallobst ließen sie sich auf die Stühle sinken. In ihren Händen hielten sie die geschnitzten Stöcke, an denen von der fortwährenden Hauerei überall die Rinde herunterhing.

„Ah, die Herren Ritter sind zurück", sagte Tilmann, dem es sichtlich Freude bereitete, seine Söhne mit Ironie zu überschütten.

„Du hast gut reden, Vater, der Ritter ist ein harter Hund", sagte Jacub völlig geschafft.

„Dann macht euch mal frei, zeigt mir mal eure Oberkörper", sagte ihre Mutter und hielt schon den Tiegel mit der Salbe in ihren Händen.

„Den dicken blauen Fleck hier auf meinem Oberarm, den hat mir Jacub verpasst, der Hundsfott!"

„Und der hier, du Sack", er zeigte auf seinen Unterarm, „der ist von dir", gab Jacub zurück. Doch dann grinsten sie sich beide an und verfielen in lautes Gelächter. Tilmann, Anneliese, Sven und Hugo stimmten mit ein.

„Ich habe hier ein famoses Schmerzmittel." Tilmann stellte einen Krug Wein auf den Tisch. Anneliese holte schnell vier Becher und füllte sie.

„Wie und wann geht es weiter?", fragte Tilmann seine Söhne.

Jacub hob den Kopf: „Morgen früh von zehn bis zwölf Uhr – zehn Leute mit uns beiden. Die anderen zehn morgen Nachmittag."

„Mir schmerzen alle Knochen", stöhnte Simon.

„Ja, Männer, ihr habt es selbst so gewollt. Macht mir jetzt keinen Ärger und haltet das durch. Ihr dürft weder den Ritter noch unseren Grafen enttäuschen, sonst bezeichnen sie euch später als Jammerlappen. Was die anderen Händlersöhne schaffen, das schafft ein Wüllenweber auch!", sagte Tilmann ernsthaft.

Jacub sah sich fragend um: „Wo sind denn meine Frau und die Kinder?" – „Sie sind oben bei Rupert, haben ihm etwas zu essen gebracht", sagte Anneliese.

„Dann werden sie ja sicher gleich herunterkommen. Wie geht's denn Rupert und Herbert?"

„Ihre Verletzungen sind im Abklingen. Noch zwei bis drei Wochen, meinte der Medicus, dann können sie wieder ihren Dienst antreten", erklärte Tilmann.

Anneliese rief ihre Magd: „Gerlinde, du kannst aufdecken!" Während des Abendessens sprachen sie weiter über die Ausbildung der Händlersöhne.

„Dann solltet ihr euch nach den drei Monaten der Ausbildung bei unserem Schmied ein eigenes Schwert herstellen lassen. Meines bekommt ihr nicht, aber meinen Bogen – den benötige ich nicht mehr, den könnt ihr gerne haben", sagte Tilmann. Seine Söhne nickten zustimmend. Dann holte ihr Vater erneut mit Worten aus: „Ich fände es besser für euch, wenn einer von euch am Vormittag und der andere am Nachmittag zu diesen Übungen gehen würde. Dann wäre immer einer hier, um die Weber und Spinnerinnen zu kontrollieren. Ich meine, gerne nehme ich euch die Arbeit ab, greife euch weiter unter die Arme, aber ich bin auch noch Bürgermeister und habe jede Menge Aufgaben im Rathaus zu erfüllen. Außerdem trifft in den nächsten Tagen unser Kontorleiter aus Lübeck ein. Dann werde ich keine Zeit mehr für unseren Betrieb entbehren können. Robert von Lynepe bringt viele Neuigkeiten von der Hanse mit. Danach steht ja, wie ihr wisst, die Gründung unserer Gilde ganz oben auf der Planungsliste."

„Ich fände es sowie besser, wenn ich nicht immer gegen Simon kämpfen müsste. Im Ernstfall kannst du dir deine Gegner auch nicht aussuchen."

„Da hast du recht", meinte sein Vater, „ihr lernt beide mehr über die Ausbildung am Schwerte, wenn ihr häufig mit unterschiedlichen Partnern kämpft."

Simon erhob sich von seinem Stuhl: „Du hast ja recht, Vater, aber ich gehe jetzt zu Bett. Mir brennt die Haut, und meine Gelenke schmerzen." So ging der erste Tag der großen Schlacht vor der Lenneper Stadtmauer zu Ende. Müde sanken die neuen Söldner auf ihr Lager.

Tilmann saß hinter seinem Schreibtisch mit einem Berg voller Arbeit. Er schrieb an der Erlaubnis für das neue Pächterehepaar. Rechter Hand neben dem Schwelmer Tor wollten sie in der Wallstraße ihren neuen Gastbetrieb eröffnen. Zweimal hatte er mit ihnen zusammengesessen, wobei sie ihm sehr positiv aufgefallen waren. Ihr Familienname war Ronaldi. Der Vater nannte sich Rokko mit Vorname und kam aus der Lombardei. Bis auf einen leichten Akzent sprach er aber perfekt die Sprache der Franken. Seine Frau stammte aus einer Weingegend südlich von Bonn. Gemeinsam hatten sie eine sechzehnjährige Tochter. Sie war eine ausgesprochene Schönheit. Ihre schwarzen Haare trug sie zu einem langen, dichten Zopf geflochten. Dazu hatte sie die hellblauen Augen ihrer Mutter – eine äußerst interessante Kombination, wie Tilmann fand. Er war darauf gespannt, wie sein jüngster Sohn Simon sie wohl finden würde. Es wäre wirklich ein Zufall, wenn auch sein zweiter Sohn eine Gastwirtstochter abbekommen würde.

Der Diener klopfte an. „Ja, bitte!", sagte Tilmann.

„Besuch für Euch, Herr Wüllenweber."

„Ich lasse bitten." Tilmann hatte keinen Termin für den Morgen gemacht. Wer mochte das sein? Er stand auf und ging um seinen Eichentisch herum, als plötzlich Robert von Lynepe den Raum betrat. „Tilmann, sei gegrüßt, hast wohl das Reisen Jüngeren überlassen und machst es dir nun hinter dem dicken Schreibtisch bequem!"

„Robert! Schön, dich gesund bei Leib und Seele zu sehen!" Die beiden breiteten ihre Arme aus, umklammerten sich und hauten sich dabei kräftig auf die Schultern. Von Kindesbeinen an waren sie Freunde, und das war bis heute so geblieben.

„Setz dich. Wie war die Reise?"

„Angenehm – bis auf ein paar Regenschauer ist alles recht glatt gelaufen. Keine Wegelagerer und kein Diebesgesindel angetroffen."

„Schön, das zu hören! Wann warst du eigentlich das letzte Mal hier in Lennep?", fragte Tilmann.

„Das müsste so neun Jahre in etwa her sein. Ich bin erstaunt, wie schön ihr unsere Stadt Lennep nach dem fürchterlichen Brand wieder aufgebaut habt! Ach übrigens, ich habe ein Zimmer im ‚Löwen' gemietet. Ich bleibe für zwei Wochen hier – habe also noch genügend Zeit, mir alles in Ruhe anzusehen."

Tilmann ging zum Tisch, nahm die Klingel und schellte. Einen Augenblick später erschien sein Gehilfe.

„Bring uns bitte einen Krug von unserem guten Moselwein und zwei Becher." Der Gehilfe nickte und verschwand. Als die beiden tief in ein Gespräch verwickelt waren, öffnete sich erneut die Tür und Jacub trat ein. Er meldete sich bei seinem Vater grundsätzlich nicht an.

„Noch ein Wüllenweber! Ich grüße dich, Jacub. Bist ja ein richtiger Mann geworden!" Auch sie nahmen sich in die Arme.

„Wie ich hörte, betreibst du jetzt mit deinem Bruder Simon zusammen euer Tuchmachergeschäft?"

„Ja, Vater ist jetzt mehr der sitzenden Tätigkeit verfallen", sagte er und zog dabei ein Auge hoch.

„Da du nun schon hier bist, würde ich sagen, dass wir in zwei Tagen die Sitzung hier im Ratssaal abhalten. Ich werde die dafür zuständigen Weber, Händler und Kaufleute benachrichtigen lassen", meinte Tilmann.

„Dagegen hätte ich nichts einzuwenden", antwortete Robert.

„Gut! Ich würde vorschlagen, wir stoßen erst einmal an!"

Mittlerweile hatte der Gehilfe den Wein und die Becher auf den Tisch gestellt. „Wir brauchen noch einen weiteren Becher für meinen Sohn", sagte Tilmann. Erneut eilte der Gehilfe los und war schnell mit einem weiteren Becher zurück. „Na, dann zum Wohle – auf deine Rückkehr, lieber Robert!"

Am Abend saß Ritter Wentzel von Reinhardhausen in seinem Zimmer im „Goldenen Löwen". Nach dem Abendessen ließ er sich von der Wirtin eine Feder, Tinte und Pergament bringen. Er wollte einen Brief an seinen Grafen schreiben. Er überlegte seine Worte und Sätze genau, dann fing er an:

Dem hochwohlgeborenen Grafen von Berg, Adolf dem VI.

Wie versprochen, hier mein erster Bericht über meine Tätigkeit als Ritter in Euren Diensten. Zurzeit befinden sich zwanzig junge Kaufmannssöhne in meiner Ausbildung. Es ist uns nicht gegeben, mit Holzschwertern zu kämpfen, sodass wir die Übungen vorerst mit selbst geschnittenen Stöcken absolvieren. Dabei machen die Burschen gute Fortschritte.

Nun habe ich ein größeres Problem: mir stehen hier keine Schwerter zur Verfügung. In Kürze würde ich aber gerne den Unterricht mit richtigen Waffen fortsetzen, und so kam mir der Gedanke, Euch zu fragen, ob Ihr mich in diesem Punkte unterstützen könntet. Ich dachte dabei an zehn einfache Ausbildungsschwerter aus der

gräflichen Rüstkammer. Bögen sind hier einige vorhanden, aber
Armbrüste mit Pfeilen fehlen mir ebenfalls. Über eine Antwort des
hochwohlgeborenen Grafen würde ich mich sehr freuen.

Hochachtungsvoll und in Ehre,
Euer treuer Ritter Wentzel von Reinhardhausen.

Er rollte das Pergament zusammen, ließ etwas von dem
heißen Siegellack darauftropfen und drückte seinen Ring in
die noch warme Masse. Daraufhin legte er sich ins Bett, denn
vier Stunden Ausbildung reichten ihm für heute. Er war körperlich genauso ausgelaugt wie seine Schützlinge. Schon nach
wenigen Minuten schlief er tief und fest.

Am nächsten Morgen ließ er sich vom Wirt den Weg zur
Botengasse zeigen.

„Nehmt Erich, Herr Ritter – er ist der schnellste und zuver-
lässigste der Boten", empfahl im der Wirt.

„Ich danke Euch." Mit seiner Depesche machte er sich auf
den Weg zur Botengasse; danach musste er auf die Weide, wo
seine angehenden Söldner auf den nächsten Unterricht warteten.

Kapitel 8

Am Samstagvormittag, dem 20. Juni, trafen sich über einhundertfünfzig Weber, Spinner, Tuchhändler und Kaufleute im Ratssaal von Lennep, um letztendlich ein Resultat herbeizuführen. Es sollte ein besonderer Tag für alle Anwesenden werde: die Gründung ihrer Vereinigungen, der Bruderschaften und der Zünfte, auch Gilden genannt. Ihre Satzungen hatten vereinzelte Kaufleute ausgearbeitet, wobei sie sich an bereits bestehenden Gilden orientierten.

Viele kannten sich seit Jahren; es waren aber auch fremde Männer aus umliegenden Ortschaften und Fronhöfen gekommen, um bei der Gründung mit dabei zu sein.

Der Ratssaal war bis zum letzten Platz gefüllt, und viele standen noch in den Gängen oder in den Fensternischen. Wie ein Lauffeuer hatte sich die Nachricht von der Zunftgründung im Bergischen Land verbreitet, wonach sich viele auf den Weg nach Lennep gemacht hatten. Als Bürgermeister der Stadt ging nun Tilmann Wüllenweber ans Rednerpult. Freundlich begrüßte er die Anwesenden, dann sagte er: „Die Grundvoraussetzung, der Rahmen für unsere Vereinigung ist geschaffen. Alle Punkte sind schriftlich festgehalten und für jeden von euch einsehbar. Wer also beitreten möchte, soll seinen Namen und sein Siegel in die Stammrolle setzen. Damit ist er ab heute Mitglied in unserer Zunft und Bruderschaft!"

Vielen war der Inhalt bereits bekannt, doch Handwerker, die von weiter her kamen, gingen nach vorne, um sich die Bestimmungen zuerst einmal anzusehen. Dann ging einer nach dem anderen zur Unterzeichnung und zur Siegelung an den Tisch, auf dem die Stammrolle ausgebreitet lag. Nachdem etwas Ruhe eingekehrt war, wollte ein Weber aus Huckengeswage wissen: „Was, Herr Bürgermeister, passiert mit den Handwerkern, die sich nicht in der Zunft organisieren wollen?"

„Gute Frage, der Herr. Die Männer, die nicht bei uns Mitglied sind, gehören zur sogenannten Meinheit. Sie erhalten jedoch im Gegensatz zu Knechten und Tagelöhnern das Bürgerrecht."

Heinrich Kottsieper, Tilmanns Freund, ebenfalls Tuchhändler, trat ans Pult. „Männer, ihr müsst damit einverstanden sein, dass das Leben des einzelnen Gruppenmitgliedes von der Zunft mitbestimmt wird. Ab heute sind wir eine eingefleischte, hilfsbereite Bruderschaft. In Zukunft werden wir eindeutig fortschrittlicher arbeiten als vor der Gründung, wo jeder seine eigene Suppe gekocht hat. Um mit unserer Zunft erfolgreich zu sein, werden wir später noch einen Amtsmeister wählen. Er wird die Arbeit und Betriebsführung des Einzelnen und die Qualität seiner Produkte kontrollieren. Auch eine sittliche Lebensführung wird von den Mitgliedern verlangt. Letztendlich wollen wir doch alle das Gleiche: vernünftige Qualität abliefern, gutes Geld verdienen und unseren Ruf bewahren. Bevor die Tuche unsere Stadt verlassen, werden sie mit einem Qualitätssiegel versehen. Jeder Käufer soll damit in Verbindung bringen, dass aus Lennep nur beste Qualitäten stammen."

Heinrich Kottsieper bedankte sich bei seinen Zuhörern und ging zurück zu seinem Stuhl. Tilmann ging erneut nach vorne: „Hat noch jemand Fragen? Dann bitte!"

Ein Mann erhob sich: „Ich bin Werner von der Weper aus Weperevorthe. Wie sieht es denn mit unserem eigenen Wappen aus? Jede Zunft braucht doch meines Wissens ein eigenes Wappen!"

„Auch daran haben wir gearbeitet." Tilmann griff unters Pult und hielt eine bemalte Holztafel in die Höhe. „Das ist es, wenn ihr einverstanden seid. Ihr seht eines unserer wichtigsten Handwerksgeräte, die eiserne Schere, in Weiß auf grünem Grund." Die Männer schauten sich das Wappen an und nickten zustimmend.

„Jeder von euch, also wer Mitglied ist, erhält solch ein Exemplar, das er an seiner Türe oder Fassade befestigen kann – das Zeichen der Zunft, unser Zeichen!"

Ein Lenneper Weber fragte: „Tilmann, ich glaube manchmal, ich bin ein bisschen zu blöd für das Ganze hier. Vielleicht kannst du mir den Unterschied erklären. Zunft, das verstehe ich, doch was ist jetzt eine Gilde, Gaffel, Einung, Innung oder Zeche?" Einige Leute lachten nach den Worten des Mannes. Tilmann wollte ihnen den Wind aus den Segeln nehmen. Er fand, dass dies doch eine ehrliche und berechtigte Frage war.

„Du hast recht, es ist alles etwas verwirrend. Ich habe mich da schlaugemacht. Einiges hatte ich bei meinen Besuchen in Lübeck mitbekommen. Dort trifft man ja bekanntlich jede Menge Händler aus aller Herren Ländern. Also: ‚Zunft‘ sagen wir hier in unserer Region, ‚Gilde‘ kommt aus dem Englischen und heißt dort ‚Guild‘ – das ist die überregionale Bezeichnung. In den Nordländern sagen die Leute auch ‚Gildi‘. ‚Gaffel‘ sagt man mehr im Rheinland bei Colonia, aber auch ‚Innung‘ oder ‚Einung‘. Mein Freund, im Prinzip ist alles das Gleiche, es sind nur sprachliche Unterschiede."

„Jetzt habe ich es kapiert", sagte der Weber, „danke, Tilmann!"

„Bevor wir zur Wahl unseres Amtmannes kommen, möchte ich das Pult hier freigeben für unseren „Nordmann" Robert von Lynepe. Viele kennen ihn von früher. Er ist gebürtiger Lenneper und unser Vertreter in der Hansestadt Lübeck. Nach neun Jahren ist er zum ersten Mal wieder in seiner Heimat. Ein Handgeklapper für unseren Robert!", rief Tilmann in den Saal.

Robert trat ans Pult und verbeugte sich vor den Anwesenden. Mit einem breiten Lachen stimmte er seine Rede an: „Nordmann ist gut, Tilmann.

Wie du schon sagtest und mein Name es andeutet, bin ich Ur-Lenneper, und nach all den Jahren im Norden hatte ich das Verlangen, meine Stadt endlich einmal wiederzusehen. Als ich in Lübeck von dem verheerenden Stadtbrand hörte, ging es mir durch Mark und Bein.

Mein geliebtes Lennep – nur noch schwarze Asche. Meine Neugierde trieb mich hierher, aber ich hatte nicht mit eurem Eifer gerechnet und muss sagen: Alle Achtung, ihr habt unsere Stadt wieder wunderschön aufgebaut! Sie ist schöner geworden als jemals zuvor. Ein dickes Lob an euch Bürger!

Dies ist aber nicht der einzige Grund meiner Reise hierher gewesen. Da ich in Lübeck in unserem Lenneper Kontor tätig bin, treffe ich natürlich viele Händler und Kaufleute aus verschiedenen Ländern, und deren Meinungen treffen bei mir stets auf offene Ohren. Es geht, wie ihr euch denken könnt, in erster Linie um die Lenneper Tuche. Der Absatz der Ware ist drastisch eingebrochen. Die Aufkäufer bevorzugen neuerdings Tuche aus Flandern oder England. Die Lenneper Tuche seien ihnen zu hart und zu grob. Wir wissen alle, dass unser Zaupelschaf ein robustes, überwiegend graues, schlichtwolliges Schaf ist, mit langem gröberen Oberhaar und feinem Unterhaar. Die neuen Tuche – England überschwemmt damit gerade den Norden – sind flauschiger und feiner, werden deshalb bevorzugt. Mit der Gründung der Zunft sind wir aber auf einem guten Weg. Ich kann euch nicht bevormunden, aber ich hätte gerne einige Ideen vorgetragen.

Unsere Schafe hier sind für die Zukunft nicht mehr gut genug. Sie liefern nicht die richtige Wolle. Für Mönchskutten oder Gewandungen für Bauern und Mägde ist sie ausreichend, aber nicht für die bessergestellten Damen und Herren.

Diese aber sehen nicht auf den Preis. Sie wollen hervorragende Qualitäten, und es ist ihnen egal, was sie dafür zahlen müssen. Also sollten wir auf deren Wünsche eingehen.

Punkt eins: Unsere Schafe werden nur noch für die oben genannten Kutten und Gewandungen verwendet. Punkt zwei: Für den Export nehmen wir nur noch die feinere Lammwolle. Punkt drei: Für Spitzenprodukte sollten wir feine Wolle aus anderen Gebieten hinzukaufen. Nehmt zum Beispiel die englischen Schafe. Sie wachsen in regenreichen, feuchten Landschaften auf. In den Wintermonaten müssen sie nicht in Stallungen – sie fressen das ganze Jahr über frisches Gras und müssen nicht zugefüttert werden. Kältere Winter gibt es dort kaum, und somit ist ihr Fell weich und zart."

Robert von Lynepe legte eine kurze Pause ein, die jemand ausnutzte, eine Frage zu stellen: „Wo bitte, Herr von Lynepe, wo bekommen wir denn die feinere Wolle her, wenn es sie hier nicht gibt?"

„Darauf wäre ich jetzt eingegangen. Am Ost- und am Nordmeer leben andere Schafsrassen als hier im Bergischen. Ihre Wolle ist der der englischen Schafe ähnlich. An den Küsten gibt es unter anderem die Deichschafe. Nicht weit von Lübeck entfernt liegt die Stadt Lüneburg in einem Heidegebiet. Dort gibt es Schafe mit feinerem Fell. Ich könnte mich darum kümmern, dort die fertig gesponnene Wolle aufzukaufen. Es bringt nichts, die nur geschorene Wolle nach Lennep zu holen. Dafür bräuchten wir viel zu viele Fuhrwerke. Warum also lassen wir sie nicht vor Ort fertig spinnen und holen dann schon ein fast fertiges Produkt dort ab? Oder ich kaufe die Ware auf und deponiere sie in unserem Lübecker Kontor – und ihr lasst sie dort abholen."

„Fleischbetrieb …!", rief ein Kaufmann. „Einen Teil unserer Schafe verarbeiten wir zu Fleischprodukten. Wir brauchen dann keine großen Herden mehr und mit dem Verkauf von Schaffleisch bauen wir einen neuen Vertriebsweg auf. Aus dem Bauchfett lassen wir Talglichte herstellen. Aus den Häuten stellen wir Leder her oder Pergament. Knochen, Hörner, Sehnen verkaufen wir an die Leimsieder und den getrockneten Dung nutzen wir als Brennstoff. Alles wird verarbeitet – mit Haut und Knochen."

Die Züchter sahen sich voller Entsetzen an.

„Das wäre eine weitere Möglichkeit – der Gedanke ist gar nicht so übel", sagte Robert.

Vier Züchter standen auf und verließen den Saal.

„Sie wären sowieso nicht Mitglied in der Gilde geworden", dachte Tilmann beiläufig und ging zu seinem alten Freund Robert.

„Ihr habt Robert gehört, und ich denke, in vielen Dingen sollten wir seine Meinung teilen. Die Idee, die feinere Wolle fertig aufzukaufen, gefällt mir ausgesprochen gut. Wir könnten als Tuchmacherzunft wieder beste Qualität liefern. Abstimmen, würde ich sagen."

So wurde noch den ganzen Tag geredet und abgestimmt; Urkunden wurden verteilt, ein Amtsmeister gewählt. Zufälligerweise war dies Heinrich Kottsieper, Tilmanns bester Freund. So ganz unangenehm war ihm das sicherlich nicht. Am Abend war der „Goldene Löwe" brechend voll mit den neuen Mitgliedern der Zunft. Der Wirt Rosenbaum machte das Geschäft seines Lebens. Nie hatte man ihn so glücklich gesehen wie an diesem Abend. Er träumte davon, dass noch viele solcher Veranstaltungen hier in Lennep stattfinden würden. Selbst seine Tochter Gundula, sein Schwiegersohn Jacub Wüllenweber und dessen Bruder Simon mussten beim Bedienen der zahlreichen Gäste mithelfen. Alleine hätte er es mit seiner Frau nicht geschafft.

Ganz Lennep war heute auf dem Marktplatz oder im „Goldenen Löwen" am Alter Markt vertreten. Die Sache mit der Gründung der neuen Gilde hatte sich recht schnell herumgesprochen. So machten sich auch drei stramme Damen vom Gänsemarkt auf, etwas von dem Zunft-Kuchen abzubekommen. Da eine angenehme Witterung herrschte, saßen viele Leute mit Wein- und Bierkrügen vor dem „Löwen" oder auf Marktbänken, wo sie ihrem feuchtfröhlichen Vergnügen nachgingen. Schon wurden die ersten Lieder angestimmt. Ein Gaukler tanzte um sie herum und gab haltlos Sprüche von sich. Manch braver Lenneper errötete dabei. Musik machten drei bekannte Spielleute mit Sackpfeife, Tamburin und Laute. So langsam mischten sich die drei Damen unter das jüngere Volk. Bevorzugt wurden dabei natürlich die Männer, und zwar die, die ohne Begleitung erschienen waren. Zwischen Komplet und Matutin sah man die ersten eng umschlungenen Paare Richtung Gänsemarkt gehen – „gehen" ist allerdings übertrieben: eher schwanken, unter Ausnutzung der gesamten Straßenbreite. Als die drei frisch verliebten Pärchen das kleine Etablissement betraten, hofften die Hübschlerinnen auf prall gefüllte Säcke – Geldsäcke natürlich.

Am darauf folgenden Sonntagmorgen läutete der Pfarrer die Glocken zum Gottesdienst. Er wartete sehr lange, fast eine Stunde, aber bis auf einige ältere Damen erschien an diesem Tage niemand mehr. Zum ersten Male in der Geschichte Lenneps wurde ein Gottesdienst abgesagt. Mit missmutigem Gesicht ging Hochwürden Edelbert zurück in seine Kirche und schloss die schwere Eingangspforte hinter sich. Erst am frühen Nachmittag sah man die ersten Bürger der Stadt zu den Brunnen schlendern, wo es kaltes Wasser gegen den berüchtigten Nachdurst gab.

Zehn Schwerter lagen nebeneinander aufgereiht im Gras. Der Graf hatte seinen Ritter nicht vergessen und dem Lenneper Boten einen Esel mitgegeben, an dessen Flanken zwei Weidekörbe mit den angeforderten Waffen hingen: zwei Armbrüste mit Pfeilen und die zehn Schwerter. Endlich konnte Wentzel mit den richtigen Übungen beginnen! Voller Spannung standen seine zehn Kandidaten vor ihm. Simon war erst für den Nachmittag eingeteilt. Auch er hatte wie viele andere Lenneper noch unter der Zunftgründung zu leiden.

„So, Männer, heute fängt der Ernst des Schwertkampfes an. Die Stöcke sind nicht mehr vonnöten. Nehmt ein Schwert auf und bildet Pärchen."

Ritter Wentzel zog seine Waffe aus der Scheide. Demonstrativ hielt er sie hoch, um ihnen die Waffe genauestens zu erklären.

„Wir kämpfen hier mit dem Eineinhalbhänder, auch Bastardschwert genannt. Die Klinge besteht aus geschmiedetem Stahl", sagte der Ritter und fuhr mit der Hand über das Metall. Die Burschen hatten sich dicht um ihn gedrängt und lauschten seinen Worten voller Erwartung. Dann fuhr er fort: „Die Klingenspitze ist meistens abgerundet und wird auch Ort genannt. Sie ist der gefährlichste Teil der Waffe. Nun seht diese Hohlkehle hier, die sich über die Klinge zieht. Viele denken, sie wäre eine Blutrinne, aber damit liegen sie falsch. Die Hohlkehle reduziert das Gewicht der Waffe und steuert somit die Masseverteilung, wodurch sich der Schwerpunkt der Klinge beeinflussen lässt. Kommen wir nun zu der Papierstange. Sie dient zum Teil als Handschutz, hat beim Schwertkampf aber auch eine Funktion als Hebel und Griffstütze. Der Knauf bildet den Abschluss des Schwertes, er hält Griff und Klinge zusammen. Meistens ist er verschmiedet oder vernietet. Dieser Knauf hier ist das Gegengewicht zur Klinge. Das umwickelte

Handstück nennt man das Heft. Meist ist es mit Leder oder Stoff eingefasst. Vor allen Dingen sollte es gut greifbar sein. – So, Männer, das wäre in groben Zügen meine Erklärung zum Schwert. Jetzt stellt euch auf und wiederholt die gelernten Übungen, aber bitte am Anfang sehr langsam."

Gleich klangen die Geräusche aufeinandertreffenden Stahls an ihre Ohren. Die Burschen waren mit vollem Eifer bei der Sache. Zwischendurch hörte man die lauten Anweisungen des Ritters, der während der Übungen um die Männer herumging, um alles genauestens zu beobachten. „Gebt acht und verletzt euch nicht", rief er.

Doch ihr Eifer ebbte nach zwanzig Minuten erheblich ab. Die Übungen wurden immer schwerfälliger; da schlug ihnen der Ritter eine Pause vor. Ermüdet sanken sie ins Gras.

„So, meine Herren, ich gehe davon aus, dass euch Arm, Nacken und Schultern schmerzen. Dies ist das große Problem der Anwärter, wenn sie das Kämpfen mit dem Schwerte noch nicht gewohnt sind. Es wird sich in den nächsten Tagen aber bessern; die Schmerzen lassen nach, und bald merkt ihr nichts mehr davon."

Dann fuhr er fort: „Seht her, ich zeige euch einen neuen Schlag." Er hob sein Schwert über den Kopf und deutete einen Schlag an, der von oben nach unten zielte.

„Das ist der berüchtigte Dachschlag. Er ist dazu da, den Kopf des Gegners zu spalten, deshalb sagen auch manche Spaltschlag dazu. So, auf die Beine. Eine Stunde müssen wir noch üben, dann seid ihr bis morgen entlassen."

Aus dem Augenwinkel heraus sah der Ritter, wie ein Reiter auf das Kölner Tor zuhielt.

Tilmann Wüllenweber war sehr zufrieden mit sich und der Welt. Die Gründung der Gilde hatte eingeschlagen wie Odins Blitz. Es herrschte eine Aufbruchstimmung, wie sie Lennep und seine Umgebung noch nicht erlebt hatte. Alle wollten dabei sein, doch vielen musste Tilmann den Zutritt verweigern. Es waren vor allem Leute, die mit dem Tuchmacherhandwerk nicht das Geringste zu tun hatten. „Gründet eure eigene Zunft", schlug ihnen Tilmann vor.

Die Türe öffnete sich und sein Gehilfe kündigte einen Sendboten an.

„Soll hereinkommen", sagte Tilmann. Ein junger Mann betrat den Ratssaal und verbeugte sich kurz: „Ich habe eine mündliche Mitteilung für Euch, mein Herr." – „Kommt, setzt Euch dort auf den Stuhl und erzählt."

Der Mann setzte sich und sagte: „Mich schickt der Ratsherr von Huckengeswage zu Euch. Er bittet um ein Treffen in seiner Stadt. Der Ratsherr von Weperevorthe wird auch anwesend sein. Er meinte, übermorgen gegen Mittag wäre nicht schlecht, und es sei sehr wichtig. Das soll ich euch ausrichten."

„Weißt du, worum es geht?"

„Nicht genau, aber ich denke, er will Euch wegen der dauernden Überfälle auf die Händler und Bauern sprechen", teilte der Bote ihm mit.

„Ist denn diesbezüglich wieder etwas vorgefallen", fragte ihn Tilmann.

„Oh ja, mein Herr. Kurz hinter Huckengeswage ist ein Händlertreck überfallen worden; dabei hat es zwei Tote gegeben. Einen Händler haben sie erstochen und einen Wachsoldaten mit der Armbrust erschossen."

Tilmann ging in seinem Zimmer unruhig hin und her. „Verdammt! Also sind die Wegelagerer immer noch in unserer

Gegend aktiv. Man muss sie schnellstens zur Strecke bringen. Doch wie nur? Und wo ist ihr Versteck?", dachte Tilmann.

„Richte dem Ratsmann aus, dass ich kommen werde. Geh nun zu meinem Ratsdiener und lass dich auszahlen – und er soll dir etwas zu essen und trinken bringen."

Tilmann setzte sich an seinen Schreibtisch und holte eine Schiefertafel und ein Stück Kreide hervor. Damit malte er einige Punkte sowie Linien auf die schwarze Unterlage, als sich die Türe nach einem kurzen Klopfen erneut öffnete. Tilmann erhob sich, als er die beiden Männer sah: „Ich traue meinen Augen nicht – Roland, mein Schäfer, ist wieder auf den Beinen!" Neben ihm stand Tilmanns Freund, der Medicus Gerold vom Steinberg.

„Ich habe ihn wieder hinbekommen", sagte der Medicus mit einem stolzen Lächeln.

„Das ist ja mal eine gute Nachricht", sagte Tilmann und nahm seinen wiedergenesenen Schäfer in den Arm.

„Wie geht es dir, Roland?" – „Oh, die Verwundung ist gut verheilt. Ich bin nur traurig und erschüttert über den Tod meines Freundes Herbert. Diese hinterhältigen Räuber! Wisst Ihr, Herr, wir kannten uns unser ganzes Leben lang."

„Ja, das ist eine traurige Geschichte! Ich kann mich noch gut an den Tag erinnern, als ihr beiden vor vielen Jahren vor meiner Haustür standet und mich um Arbeit angesprochen habt. Aber Gott wird dafür sorgen, dass den Raubrittern eine gerechte Strafe widerfahren wird!"

„Wie der Medicus mir sagte, geht es Rupert auch wieder besser; dann könnten wir ja in den nächsten Tagen unsere Arbeit wieder aufnehmen. Ich habe genug vom Herumliegen, ich muss wieder auf die Weide zu den Schafen", meinte Roland.

„Wenn es deine Gesundheit zulässt, wäre ich auch froh, dich wieder bei uns zu haben, zumal Rupert – genau wie du – auch schon ganz unruhig ist. Ihr seid zwei Naturburschen, habt euer ganzes Leben bei Wind, Sonne und Regen auf den Weiden verbracht. Vielleicht ist das auch der Grund dafür, dass ihr die Verletzungen so gut überstanden habt. – Dann melde dich bei meiner Frau zurück; sie und Rupert werden sich freuen, dich zu sehen", sagte Tilmann aufmunternd zu seinem Schäfer.

Roland wollte sich gerade verabschieden, als Tilmann noch etwas einfiel: „Roland, sag bitte meiner Frau, sie möge mir Jacub und Ritter Wentzel schicken; sie sollen hier ins Rathaus kommen."

Als Roland gegangen war, setzte sich der Medicus an den großen Tisch, der in der Mitte des Raumes stand und für Verhandlungen vorgesehen war. „Er leidet sehr unter dem Verlust seines Freundes. Sie waren wie Brüder zueinander."

„Ja, ich weiß Gerold! Aber ein großes Lob an dich, dass du ihn so schnell wieder heilen konntest", lobte ihn sein Freund.

„Die beiden sind zähe Burschen, von Wind und Wetter gegerbt, haben eine Natur wie ein Ochse."

Tilmann ließ noch etwas Wein kommen und prostete Gerold zu. Während ihres belanglosen Gespräches erschienen Jacub und Ritter Wentzel.

„Ich bin dann mal wieder weg", sagte der Medicus und erhob sich. „Grüß meine große Liebe Anneliese von mir!"

Tilmann wusste, dass der Medicus ein großer Verehrer seiner Frau war. Aber Gerold hatte nie versucht, sich ihr körperlich zu nähern. Er war der Freund der Familie, stand bei dem großen Stadtbrand von 1325 an der Seite seiner Frau, als Tilmann mit Jacub auf Reisen gewesen war.

Ritter Wentzel und Jacub standen vor dem großen Tisch. „Setzt euch, Männer. Schön, Herr Ritter, dass Ihr wieder im Dienst unseres Grafen steht, und schön auch, dass Ihr die Ausbildung der Kaufmannssöhne übernommen habt! Wir hatten noch keine Gelegenheit, über euer Wirken im Deutschen Orden zu plaudern. Wisst ihr noch, wie wir vor acht Jahren in Lübeck über das Rittertum sprachen und Ihr dann völlig euphorisch mit zwei Reisigen aufgebrochen seid, Euren Idealen nachzujagen?"

Ritter Wentzel lächelte: „Ihr sowie auch mein Lehnsherr Graf Adolf wart natürlich im Recht. Ich war voller Träume und Fantasien, wollte immer ein berühmter Kreuzritter sein – leider zweihundert Jahre zu spät. Bei Gelegenheit berichte ich Euch über diese teilweise grausamen Jahre, die ich dort erleben musste."

„Nun, in zwei Tagen findet ein Treffen mit verschiedenen Ratsherrn in Huckengeswage statt. Ich möchte, dass ihr beiden mit mir dorthin reitet. Es geht, wenn ich mich nicht irre, um diese seit Langem verübten Überfälle auf Händler, Bauern und Schafhüter. Das Räuberpack muss hier im Bergischen Land einen Unterschlupf gefunden haben, anders ist das nicht zu erklären. Ich denke, dass wir mit den anderen Ratsherrn gemeinsam einen Plan schmieden werden, wie wir gegen diese Bande vorzugehen haben", sagte Tilmann.

„Welche Aufgabe haben wir dabei?", fragte Jacub seinen Vater.

„Ritter Wentzels Erfahrung in der Kampf- und Kriegskunst könnte uns da weiterhelfen. Wir sind in diesem Bereich doch völlig unwissend, nur dumme Handwerker und Händler. Es gab erneut Überfälle, wir mir der Sendbote mitgeteilt hatte, und erneut zwei Tote. Wir müssen dem Einhalt gebieten! Dafür bräuchte ich einen erfahrenen Ritter, der – falls wir das Versteck der Räuber ausfindig machen können – unsere Söldner anführt."

„Da muss ich Euch, Herr Wüllenweber, widersprechen. Da bin ich anderer Meinung. Selbst nach drei Monaten Ausbildung bin ich nicht dafür, die Burschen in den Kampf gegen die Geächteten zu schicken. Sie wären den Lenneper Söldnern in allen Belangen überlegen. Ich räume diesen nicht den Hauch einer Möglichkeit ein, den Sieg zu erringen."

„Wie würdet Ihr denn vorgehen wollen?", fragte Tilmann, erstaunt über dessen Antwort.

„Gut, wir brauchen den genauen Ort ihres Versteckes. Doch wie viele halten sich dort überhaupt auf? Wie stark ist diese Bande? Wie sind sie bewaffnet? Wie ist das Gelände beschaffen? Haben wir auf meine Fragen eine Antwort gefunden, so hoffe ich auf Verstärkung durch unseren Grafen Adolf. Er könnte uns zehn erfahrene Kämpfer zukommen lassen. Gemeinsam räuchern wir dann ihr Nest aus. Meine Burschen können dabei sein, aber in der zweiten Reihe, nicht in vorderster Kampfeslinie. Das wäre mein Plan."

Tilmann überlegte, zog dabei die Stirn kraus, sodass sich dort kleinere Fältchen bildeten. Er kratzte sich am rechten Ohrläppchen.

„Gut, so schlagen wir es den anderen Ratsherrn vor. Dann treffen wir uns übermorgen bei Sonnenaufgang vor unserem Haus und reiten gemeinsam nach Huckengeswage. Eure Schwertkampfstunden würden dann ausfallen, Herr Ritter."

„Das leuchtet mir ein. Ich werde den Burschen Bescheid sagen. Für die ausgefallenen Stunden nehme ich sie dafür morgen etwas härter in die Mangel. So etwas wie auf Vorrat kämpfen", sagte Ritter Wentzel mit einem Lächeln.

Am übernächsten Tag ritten bei Sonnenaufgang Ritter Wentzel, Tilmann und sein Sohn Jacub aus dem Kölner Tor, an der Linepe entlang in Richtung Huckengeswage. Rechter Hand passierten sie die Jakobsmühle; hier waren schon die Walker und Färber bei der Arbeit. Im Tal der Färber verbreitete sich fortwährend ein übler Geruch. Die Färbemittel stiegen einem unangenehm in die Nase. Von der Mühle führte sie der Weg nun stets leicht bergan.

„Jetzt haben wir Zeit. Wenn Ihr möchtet, erzählt uns von Eurer Zeit, die ihr in den Ostgebieten verbracht habt", schlug Tilmann vor.

„Als wir die Stammburg des Deutschen Ordens erreicht hatten, waren die ersten Monate recht ruhig gewesen. Das sollte sich aber schnell ändern. Der Ritterorden expandierte ständig weiter und dehnte sich permanent in Richtung Osten aus. Unsere Grenzen wurden dadurch weitläufiger, natürlich waren sie auch schlechter zu bewachen. So gab es ständig kleinere und größere Scharmützel in den Grenzbereichen. Unser Hauptauftrag lautete, Land zu gewinnen und es zu christianisieren. Dann stellte ich schnell fest, wie unchristlich wir dort eigentlich auftraten. Wir mussten alles niedermetzeln, egal ob alte Männer, Frauen oder Kinder. Alles geschah im Namen Gottes – genauso wie im Heiligen Land zur Zeit der Kreuzzüge. Ich verlor schnell den Glauben an das Rittertum. Den alten Ritterkodex mit Ehre, Treue, Gerechtigkeit oder der Liebe zu Gott strich ich aus meinem Gedächtnis. Ihr müsst wissen: Je länger ein Krieg dauert, umso brutaler und hässlicher wird er. So war mir schon sehr schnell klar geworden, dass ich meine versprochenen Jahre erfüllen und danach den Orden verlassen würde, was ich ja dann auch getan habe", erzählte Ritter Wenzel den Wüllenwebers.

„Ich denke, Vater", ergriff nun Jacub die Partei des Ritters, „ich denke, wir sollten ihn damit in Zukunft in Ruhe lassen. Es ist alles schon so lange vergangen, dass ich glaube, wir sollten es nun endlich drangeben, ihn ständig zu löchern."

„Ja, du hast recht, Jacub. Entschuldigt, Herr Ritter!", sagte Tilmann.

„Eines muss ich noch los werden", äußerte sich der Ritter, „ich muss mich bei Euch noch für die Unterstützung bedanken, die Ihr mir nach Eurer Rückkehr von Lübeck entgegenbrachtet, als Graf Adolf nicht gut auf mich zu sprechen war. Er hat mich, ohne nachtragend zu sein, erneut in seinen Dienst aufgenommen." Die Reisezeit ging durch das muntere Geplauder recht schnell vorbei. Als sie kurz vor Huckengeswage waren, sagte Ritter Wentzel: „Einen Moment bitte!", und stieg von seinem Pferd. Tilmann sah seinen Sohn fragend an.

Wentzel schritt den Weg ab, dann ging er auf die andere Seite. Er bog in das Gebüsch ein und untersuchte die Sträucher und kleineren Bäume. Danach ging er auf die Knie, um sich den Boden genauestens zu betrachten. Das gleiche Prozedere wiederholte er auf der anderen Seite des Weges. Dann sah er den dünnen Bach, der über den Weg floss. Er ging ein Stück voraus bis zur nächsten Rechtskurve und kam dann wieder zurück.

„Hier hat der Überfall auf die Händler stattgefunden, von dem ihr mir berichtet habt. An beiden Seiten des Weges waren Männer hinter den Sträuchern postiert. Man sieht die abgeknickten Äste, den zertrampelten Boden. Dort drüben hatten sie ihre Pferde angebunden, und hinter der Kurve kommt ein langes, gerades Stück Wegs. Von der Kurve aus konnten sie beobachten, wann die Händler näher kamen."

„Alle Achtung", meinte Tilmann erstaunt, „ihr seid ein hervorragender Spurenleser! Konntet ihr noch mehr entdecken?"

„Möglicherweise waren es, den Spuren nach zu urteilen, so sechs bis acht Mann." Dann ritten sie weiter und erreichten etwas später die Stadt. Sie überquerten einen kleinen Marktplatz und erreichten das Ratsgebäude, welches der Burg des Grafen von Berg angegliedert war. „Früher hatte hier Graf

Arnold von Huckengeswage regiert. Jahrelang hatte er den Bergern Paroli bieten können, aber schließlich zog er endgültig in seine Ländereien im Osten des Landes und hinterließ die Burg hier den Grafen von Berg", erklärte Tilmann.

Sie stiegen von ihren Pferden und klopften an die geräumige Eingangspforte. Tilmann zog eine Schiefertafel aus seiner Satteltasche und klemmte sie sich unter den Arm. Nach kurzem Zögern öffnete ein Ratsdiener die Tür. „Seid gegrüßt, ihr Herren!", sagte ein junger Mann freundlich. „Ihr seid sicherlich die Vertreter der Stadt Lennep; ihr werdet bereits erwartet – bitte folgt mir." Sie gingen durch einen längeren Korridor und betraten den großen Ratssaal. Elmar von Altenhofen, der Amtmann der Stadt, trat auf die Männer zu. Er und Tilmann kannten sich flüchtig. Tilmann war den Bürgern von Huckengeswage und ihrem Amtmann zu Dank verpflichtet, hatten sie doch seinerzeit nach dem Lenneper Stadtbrand den Geschädigten einiges zukommen lassen.

Am Verhandlungstisch hatte bereits ein anderer Herr gesessen, der sich bei ihrem Eintreten erhob. Elmar von Altenhofen drückte Tilmann die Hand. „Willkommen in meiner Stadt!", sagte er zu den Männern. „Der Ratsherr von Weperevorthe ist bereits anwesend. Darf ich vorstellen: Niklaus von Langenberg."

Tilmann gab dem Mann die Hand: „Das hier sind mein Sohn Jacub und Ritter Wentzel von Reinhardhausen. Nach dem Überfall auf meine Schäfer und die Herde ist der Herr Ritter nun zuständig für die Ausbildung einer Lenneper Söldnertruppe – eine Art berittene Begleitung, wenn wir auf Reisen gehen; gleichzeitig soll sie aber auch als Stadtwache tätig sein. Wir wollen für die Zukunft gewappnet sein!"

„Das war eine weise Entscheidung; so etwas bräuchten wir hier auch", sagte Elmar von Altenhofen. Er winkte den Männern zu. „Kommt, meine Herren, nehmt am Tische Platz, wir wollen beginnen. Ihr seid natürlich meine Gäste, und ich hoffe, Ihr bleibt über Nacht." Auf dem Tisch standen Schalen mit frischem Brot und einige Schmalztöpfe, zwei Krüge mit Bier und einer mit Wein.

„Ihr bedient Euch bitte – nur keine Scham", sagte Elmar.

„Eine kleine Stärkung wäre wirklich nicht schlecht", sagte Jacub und griff zu. Nach einem Begrüßungsschwätzchen kamen die Männer nun auf den Punkt.

„Wir ihr vielleicht vermutet habt, geht es um die dauernden Überfälle. Mit dem bei euch in Lennep waren es bereits fünf Raubzüge, die die Geächteten hier verübt haben. Es gab mehrere Tote, gestohlene Schafe und ausgeraubte Händler, die mit ihren Fuhrwerken nach Colonia reisen wollten", erklärte Elmar. Werden wir der Sache nicht Herr – so befürchte ich –, werden die Händler und Kaufleute unsere Gegend vor Angst bald meiden." Tilmann legte seine Schiefertafel auf den Tisch: „Seht her, meine Herren, ich habe mir die Freiheit genommen, eine Skizze unserer Gegend anzufertigen. Die Punkte sind Lennep, Huckengeswage, Roda vor dem Wald, der Fronhof Wermelskirchen und hier Weperevorthe. Die Linie hier ist die Weper. Ich würde Euch bitten, durch ein Kreuz einzuzeichnen, wo ungefähr die Überfälle stattgefunden haben. Dieses Kreuz hier, das war der Überfall auf meine Herde." Die Männer begutachteten die Zeichnung.

„Das war einmal hier und hier und dort", sagte Elmar und setzte seine Kreuze. Danach reichte er die Tafel weiter. Niklaus von Langenberg setzte ein weiteres Kreuz: „Genau hier an der Weper haben sie unsere Bauern überfallen." Jacub und Wentzel starrten genau auf die Karte.

„Und, was fällt euch auf? Seht euch die fünf Kreuze an. Alle sind auf derselben Seite und nicht weit voneinander entfernt."

– „Hier", sagte Tilmann und zeigte auf ein Waldgebiet, „hier könnte ihr Versteck liegen. Wenn ich mich nicht irre, ist das hier tiefste Urlandschaft, kaum durchdringbar. Die Frage ist nur die: Wie finden wir ihr Lager?"

Ritter Wentzel erhob sich und ging zum Fenster. Dann drehte er sich um und meinte: „Ich bin mir fast sicher, dass unser Graf mir eine Mannschaft von Neuenberge zu Verfügung stellen würde. Die Frage ist nur, wie schon angedeutet: Wo halten sie sich auf? Ich kann nicht verlangen, dass die Soldaten des Grafen hier tagelang die Wälder durchforsten. Wir müssten schon den genauen Aufenthaltsort kennen." Die Männer bestätigten des Ritters Meinung.

„Was ist denn hier in Eurer Stadt, Herr von Altenhofen, gibt es denn niemanden, der sich in den umliegenden Wäldern auskennt?", wollte Jacub wissen. Der Amtmann kratzte sich am Kopf und überlegte angestrengt.

„Ich hätte da eine Idee, weiß aber nicht, ob die uns weiterhilft."

„Egal", sagte Jacub, „erzählt einfach!"

„Also, wir haben hier vor der Stadt direkt an der Weper eine alte Kate stehen. Dort wohnt das alte Kräuterweib Minne. Sie sieht aus, als wäre sie schon weit über sechzig Lenze, ist sie aber bei Weitem nicht. Jeder kennt sie hier im Ort. Hat schon vielen Menschen mit ihren Tees und Pasten geholfen. Sie kennt jede Pflanze, jedes Blatt und die heilende Kraft der Wurzeln. Das Problem ist nur, sie ist ziemlich durcheinander und redet oft wirres Zeugs. Minne ist seit Jahren in den Wäldern unterwegs, sucht nach Kräutern und Pilzen, Baumrinden, Harzen und – was weiß ich nicht, nach was sonst noch."

„Könntet Ihr sie rufen lassen, sie hierher bestellen?", fragte Tilmann.

„Wäre schon möglich", sagte Elmar, erhob sich, nahm die

Klingel und läutete nach dem Ratsdiener, der auch sogleich kam, als hätte er lauschend hinter der Tür gestanden.

„Schick jemanden los, der die alte Minne suchen und hierher bringen soll." Der Diener nickte und verschwand. Jacub schmierte sich erneut etwas Schmalz auf einen Kanten Brot und biss genussvoll ab. Bis man die Kräuterhexe brachte, erging man sich in weiteren Spekulationen. Dann kam man auf das Thema Gilde und Zunft. Es hatte sich bereits überall im Bergischen herumgesprochen, sodass auch die Nachbarstädte großes Interesse zeigten, dabei mitzumachen.

„Vereinigungen, Gilden, Zünfte – immer eine gute Sache, genauso wie Bruderschaften", meinte Elmar.

Etwa eine Stunde später kündigte der Diener an, dass der Losgeschickte Minne unten am Bach gefunden habe.

Als Minne den Raum betrat, blieb den Männern der Mund offen stehen. Hereinspaziert kam ein altes, dürres Weib mit langen, krausen Haaren. Da hinein hatte sie bunte Bänder geflochten, wie zwei Flügel mitsamt Federn irgendeines Vogels. Um ihren Körper hing ein ausgefranstes Kleid, das ihr stückweise bis an die Knöchel reichte. Ihre schmutzigen Füße steckten in einem paar Sandalen, ähnlich wie sie die alten Römer trugen. Eine geflochtene Kordel diente ihr als Gürtel, an dem Taschen und Beutel hingen. In einer Hand hielt sie einen klafterlangen Knüppel, an den sie weitere Federn gebunden hatte; ebenso baumelten viele Schnüre mit vereinzelten Knochen an ihr herunter. Zwei schwarze Katzenfelle schmücken ihre Schultern.

„Gute Güte", dachte Jacub, „vor mir steht die Leibhaftige – verfilzt und total verdreckt." In seiner Vorstellung sahen so wirkliche Hexen aus. Voller Misstrauen sah Minne die Männer an. Dann sagte sie: „Glotzt nicht so dämlich!"

„Ich grüße dich, Minne, setz dich doch bitte", sagte Elmar.

Die Alte schob sich einen Stuhl zurecht, zog ihren schmutzigen Rock hoch bis an die Knie und setzte sich. Jacub wurde es fast übel, als er ihre dreckigen Beine sah.

„Wir haben einige Fragen an dich. Wärest du so nett, uns diese zu beantworten?" Minne sah auf den Boden, als interessiere sie das alles nicht. „Ich muss sie umstimmen, damit sie ihr abwehrendes Verhalten uns gegenüber aufgibt", dachte Elmar. Er ergriff einen Becher und füllte ihn mit Met. Erneut fing er an: „Hier, trinkt, du magst doch so etwas. Gute Minne, wir wollen nur deine Hilfe. Du bist doch oft in den Wäldern unterwegs. Hast du vielleicht mehrere Männer dort gesehen?"

Minne nahm den Becher und schnüffelte wie ein Hund daran. Dann schob sie vorsichtig ihre Zungenspitze in das Getränk, um es zu testen. Ihre Verhaltensweise glich dem eines Tieres. Zu lange hatte sie in den Wäldern und in der Einsamkeit gelebt. Sie schluckte und schlürfte ein paar Mal und kippte danach den gesamten Inhalt des Bechers in sich hinein. „Das Getränk der Götter", sagte sie mit krächzender Stimme. Dann schob sie den leeren Becher zurück und verlangte eine neue Füllung.

Dann begann sie: „Es ist ein verwunschener Wald voller Feen und Elfen und Dämonen, schwarzen Dämonen und Teufeln, aber die Wächter passen auf. Es sind die Pilze, die guten Pilze, aber es gibt auch die bösen", dabei sah sie die Männer mit großen Augen an, „die bösen bringen den Tod. Gurr, gurr, die Tauben warnen die guten Vögel vor den Dämonen. Sie sitzen in den Bäumen und beschützen uns vor den schwarzen Raben – sie kündigen ihn an, den Tod, schwarze Raben mit leuchtenden Köpfen. Ihre Freunde sind die Fledermäuse, die lautlos durch den Wald segeln, gefolgt von Schatten, die kommen und plötzlich wieder verschwinden. Es sind die Schatten ihrer Flügel, sie fliegen dicht über dem Waldboden mit ihnen." Es herrschte Stille. Die Männer sahen sich verdutzt an.

„Sag, Minne, hast du Hütten im Wald gesehen?", fragte Elmar sie.

Sie juckte sich an der Kopfhaut, wobei ein paar Käfer aus ihrem wirren Haar fielen.

„Das Haus", stammelte sie, „das Haus der betenden Christenmenschen; sie sind zu Erde geworden. Kröten, Nattern, Ottern und die Raben, alle wohnen zusammen, die mit den leuchtenden Köpfen, auf denen sich das Licht spiegelt."

Dann stand sie auf und schrie laut durch den Ratssaal: „Das Licht, das Licht: Es bringt den Tod! Schnell weg von hier, der Ort ist verflucht. Wenn die schwarzen Schatten mit ihren leuchtenden Köpfen kommen, dann ist der Wald voller Blut ..." Dann sprach sie ganz leise weiter: „... und die Raben freuen sich. Die Fledermäuse führen im Wald ihre Tänze auf. Die bösen Pilze erschlagen die guten, die guten Vögel verlassen den Wald und der Boden ist rot von Blut." Dann nahm sie wieder ihren Platz ein. „Was wollt ihr sonst noch von mir wissen?"

So etwas hatten sie noch nicht erlebt. War das hier vor ihnen ein menschliches Wesen? Sie konnten es sich kaum vorstellen.

„Vielen Dank für deine Hilfe, Minne", sagte Elmar.

Erneut griff alte Minne nach dem Becher, doch dieses Mal probierte sie vorher nicht, sondern trank ihn sogleich leer. Dann erhob sie sich und ließ laut und kräftig einen fahren.

„Das sind die Urgewalten, die Darmdämonen – erst klopfen sie an und dann müssen sie heraus", sagte sie und ging zur Tür. Nachdem sich ein unangenehmer Geruch im Saal verbreitet hatte, zogen es die Männer vor, ihr Gespräch am Fenster fortzusetzen.

„Ich hatte Euch gewarnt, meine Herren", sagte Elmar.

„So etwas habe ich in all den Jahren noch nicht erlebt, selbst nicht in den Ostländern", meinte Ritter Wentzel.

Tilmann schüttelte den Kopf. „Unglaublich", sagte er nachdenklich.

„Wenn wir so weit mit unserer Besprechung durch sind, würde ich mich gerne verabschieden. Mein Sohn Jacub und ich möchten gerne noch ein weiteres Familienmitglied begrüßen. Die Frau eures Schmiedes ist nämlich meine Tochter Maria."

„Ja", sagte Elmar, „ich hörte davon. Dann bis zu unserem nächsten Treffen!" Sie verabschiedeten sich voneinander und Jacub ging ihre Pferde holen.

Tilmann und Jacub verbrachten den Abend sowie die Nacht im nahe gelegenen Haus der Schmiede. Maria freute sich, ihren Bruder und ihren Vater zu sehen. Bis in die Nacht hinein plauderten sie über Gott und die Welt.

Am darauf folgenden Morgen machten sich die Lenneper wieder auf den Heimweg. Ihr Hauptgesprächsthema war immer noch dieses Kräuterweib Minne. Ritter Wentzel und Jacub machten sich lustig über sie.

„Sie war kein Dämon, sie war der Schrecken der Dämonen", lachte Jacub.

„Ich wäre mir da nicht zu sicher. Irgendetwas an ihrer Botschaft hat was zu bedeuten, doch leider kann ich ihr wirres Geschwafel noch nicht entziffern", sage Tilmann.

Gegen Mittag waren sie in Lennep. Ritter Wentzel wollte sich wieder um seine Schwertübungen kümmern, Tilmann und Jacub gingen erst einmal zurück zu ihrem Haus. Kurz bevor sie mit ihren Pferden die Eingangspforte erreicht hatten, stürzten zwei ihrer Stallburschen in die Gasse, um die Pferde entgegenzunehmen.

Erstaunt fragte Jacub sie: „Was macht ihr denn hier? Warum seid ihr nicht auf der Weide bei den Schafen?"

„Nein, Herr, die Schäfer Roland und Rupert haben ihre Arbeit wieder aufgenommen; sie sind draußen bei den Tieren." Jacub nickte und ging mit seinem Vater ins Haus. Anneliese und Gundula saßen am Tisch und hielten einen Holzrahmen in den Händen. Voller Aufmerksamkeit waren sie mit der Stickerei beschäftigt.

„Sieh da, unsere Männer sind zurück! Dann erzählt uns doch mal, was ihr so erfahren habt", meinte Anneliese mit einem süffisanten Lächeln. Die Männer nahmen ihre Frauen in die Arme und gaben ihnen einen Kuss.

„Oh ja, wir haben etwas Außergewöhnliches erlebt – Jacub hat jetzt eine neue Freundin", meinte Tilmann mit einem fetten Grinsen im Gesicht.

„Was?", rief Jacub. Sie nahmen am Tisch Platz und erzählten die Geschichte von der wirren Minne und der Schilderung ihrer Erlebnisse. Am Ende der Erzählung dachte Tilmann laut nach: „So richtig verstehen tue ich das Ganze nicht, aber sie wollte uns etwas damit sagen!"

„Natürlich könnt ihr das nicht begreifen. Weil ihr Männer seid. So viele verwunschene Worte könnt ihr in eurem Kopf nicht aufnehmen. Die Deutung ist ganz einfach. Jacub, sieh deine Frau an – Gundula hat es auch begriffen."

Die Männer sahen sich verwundert an: „Sind wir nur einfach zu blöd?", fragte Tilmann seinen Sohn.

„Sie sprach von guten und bösen Pilzen und von Vögeln. Hört jetzt einfach nur zu. Die bösen Vögel waren die Raben mit ihren leuchtenden Köpfen. Dann erwähnte sie die Schatten ihrer Flügel und erwähnte die betenden Christenmenschen, die Tauben mit ihren Warnrufen. Na, dämmert es?"

Jacub schüttelte den Kopf: „Immer noch keine Ahnung."

„Männer", sagte Gundula, „einfach nur Männer!"

Nun reichte es Anneliese: „Gut, ich werde euch nicht dumm sterben lassen. Die Tauben warnen die guten Menschen vor den Geächteten. Die guten Menschen, das sind wir – versteht ihr? –, wir, die normalen Bürger. Die guten Pilze können wir verzehren, die bösen Pilze sind giftig, sie bringen uns um. Sie sind die Verbündeten der Geächteten. Die schwarzen Raben sind die Geächteten in ihren schwarzen Mänteln. Ihre blanken Normannenhelme spiegeln sich im Lichte – das sind die leuchtenden Köpfe, von denen diese Minne sprach. Erinnert euch an Ruperts Worte kurz nach dem Überfall. Er sagte, es waren vier schwarze Reiter, und alle trugen die gleichen glänzenden Helme. Diese Minne kennt die Räuber, sie hat sie schon einmal gesehen, vielleicht auch einen Überfall beobachtet. ‚Betende Christen, alle tot, in der Erde vermodert.' Sie kennt genauso die alten Hütten der Eremiten, die vor Jahren dort einsam im Wald gelebt hatten und dort auch gestorben sind. Sie will damit andeuten, dass das Getier im Wald – die Raben, Schlangen, Kröten und Kerbtiere – diese beiden Männer entsorgt hat, der Rest ist vermodert. Des Weiteren bin ich auch davon überzeugt, dass sie den Weg zum Lager der Räuberbande kennt!"

„Meine Güte, du überraschst mich immer wieder aufs Neue, aber du hast vermutlich mit allem Recht. Morgen früh schreibe ich die Worte so, wie du sie gesprochen hast, auf ein Pergament und schicke damit einen Boten zum Ratsmann Elmar von Huckengeswage; vielleicht kann er Minne überreden, ihm den Weg zum Lager der Räuber zu zeigen", antwortete Tilmann seiner Frau.

Kapitel 9

Es war Anfang August 1333; eine unglaubliche Hitze hatte sich über dem Bergischen Land breitgemacht. Simon stand am Brunnen des Gänsemarktes, um sich zu erfrischen. Er zog gerade einen Eimer mit kaltem Wasser aus der Tiefe herauf, als auf einmal eine Stimme hinter ihm erklang: „Darf ich auch gleich mal, wenn du fertig bist?" Abrupt hielt er inne und drehte sich um. Er blickte in die Augen eines jungen, hübschen Mädchens.

„Ist das ein Traum oder wach' ich? Heilige Maria Magdalena, was für ein Geschöpf!", dachte Simon. Er stellte den Eimer beiseite und bot ihr seine Hilfe an.

„Komm", sagte er, „lass mich das machen, das ist doch zu schwer für dich!"

Er hängte den Eimer an den Strick und ließ ihn in die Tiefe gleiten.

„Wer ... wer bist du eigentlich? Ich habe dich noch nie in unserer Stadt gesehen", fragte er sie in seiner etwas unsicheren Art.

„Meine Eltern sind die neuen Besitzer der Gaststätte, die dort drüben entsteht." Sie drehte sich um und zeigte auf ein Haus, an dem gearbeitet wurde.

„Das ist mein Vater, der baut einige Dinge dort um", sagte sie.

„Darf ich deinen Namen erfahren?"

„Ronaldi heiße ich mit Familiennamen, Elfi Ronaldi. Ich weiß, das ist ein seltener Name; den kennt hier niemand. Mein Vater ist Lombarde, deshalb der Name", erklärte sie. Simon stellte ihr den Eimer vor die Füße. „So, das hätten wir!", dann sah er in ihre tiefblauen Augen und schmolz dahin. Er stellte sie sich gerade mit offenen, langen, schwarzen Haaren vor. So manch unkeuscher Gedanke ging ihm durch den Kopf.

„Ich bin Simon, Simon Wüllenweber, Tuchhändler aus Lennep, wohne unten in der Wallstraße, und mir ist furchtbar heiß."

„‚Wüllenweber?' – Warte, den Namen habe ich doch schon einmal aus dem Munde meines Vaters gehört. Das ist doch der Ratsherr aus dieser Stadt."

Simon sah sie mit einem Lächeln an: „Das ist der Bürgermeister aus Lennep; von ihm habt ihr die Genehmigung für euer Wirtshaus erhalten." Ihm war in diesem Moment das abendliche Gespräch mit seinem Vater eingefallen, in dem er ihm davon erzählt hatte. „Und dieser Bürgermeister ist mein Vater", sagte Simon voller Stolz.

„Entschuldigt bitte, dann seid ihr ein hochwohlgeborener Sohn eines Amtmannes?"

„Das lange Wort kannst du in Zukunft weglassen; sag einfach Simon zu mir. Wann wollt ihr denn euren Gasthof eröffnen?"

„Vater meinte, etwa in einer Woche. Ihr werdet dann auch eine Einladung von uns erhalten, wie viele andere Bürger auch. Es gibt eine Eröffnungsfeier", erklärte ihm Elfi.

„Das dürfte dann Mitte August sein", errechnete Simon.

Während ihres Gespräches kamen die Hübschlerinnen an ihnen vorbei.

„Kennst du die Frauen?", flüsterte Simon.

„Nein, wer sind die?"

Simon wurde etwas verlegen: „Das sind die Hübschlerinnen, eure Nachbarn. Die sind wieder auf der Pirsch nach Männern. Sie wohnen dort drüben in dem Haus mit den Lampions an der Wand. Von unseren Junggesellen und den einsamen Ehemännern geliebt, von den Frauen der Stadt gehasst", sagte Simon und musste dabei breit grinsen.

Nach seiner Erklärung wurde nun auch Elfi etwas verlegen. Simon wollte nicht zu aufdringlich wirken und meinte freundlich: „Wir sehen uns ja jetzt sicherlich öfters, spätestens bei der Eröffnung eures Gasthofes." Er verbeugte sich, lächelte sie an und ließ zum Schluss des Gespräches seinen ganzen Charme spielen.

Als er den Markt überquerte, war er so in Gedanken vertieft, dass er nicht einmal seinen Vater wahrnahm, der aus dem Rathaus kam und ebenfalls nach Hause wollte. Dieser sprach ihn an, aber Simon reagierte nicht. „Hallo, schläfst du schon am helllichten Tag?" Nun sah sein Sohn zur Seite und erkannte seinen Vater. „Ich war gerade in Gedanken versunken."

Einen Moment später meinte er: „Du Vater, du kennst doch die neue Familie, die mit dem Gasthof?"

„Du meinst die Ronaldis – ja, die kenne ich. Was ist mit ihnen?"

„Ich habe soeben ihre Tochter kennengelernt", sagte Simon, „oben am Brunnen beim Gänsemarkt." Über Tilmanns Gesicht flog ein Lächeln.

„Daher weht also der Wind. Sie ist ein bildhübsches Mädchen, findest du nicht auch?"

„Oh ja, doch, sehr", erklärte Simon verträumt. „Es hat ihn erwischt", dachte Tilmann, „mein Sohn ist verliebt. Und wieder eine Wirtstochter – welch ein Zufall!" Kurz vor ihrem Haus kam ihnen Ritter Wentzel entgegen, im Schlepptau einige seiner Auszubildenden: „Morgen in der Früh ist Bogenschießen angesagt." Simon nickte: „Ich werde Jacub Bescheid sagen."

Zur Laudes beim Frühstück tobten Sven und Hugo schon wieder durch die Stube. Als ein Stuhl umgeworfen wurde, rief

Tilmann mit lauter Stimme: „Jetzt ist Schluss! Setzt euch hin und gebt endlich Ruhe." Die beiden kuschten. Jacub und Simon waren bereits mit dem Essen fertig und machten sich auf, um ihre Übungen zu absolvieren. Tilmann, Anneliese und Gundula blieben noch ein wenig sitzen. Tilmanns Enkelkinder verschwanden zu Karl in die Stallungen. Gernot und Wibold waren wieder für die Pferde zuständig, Roland und Rupert hatten ihre Dienste auf den Weiden bei den Schafen aufgenommen.

„Ich wundere mich", sagte Tilmann, „dass ich noch keine Antwort aus Huckengeswage bekommen habe. Sollten die Geächteten vielleicht weitergezogen sein?"

„Ja, du hast recht, es ist schön länger ruhig auf den Weiden. Auch hört man nichts von neuen Überfällen", gab seine Frau zurück.

„Übrigens soll ich dich herzlichst von deiner Tochter und deinem Schwiegersohn grüßen! Sie haben sich über unseren Besuch sichtlich gefreut. Nächsten Monat wollen sie an einem Wochenende zu Besuch nach Lennep kommen", sagte Tilmann und kaute dabei auf einem Kanten Brot.

„Nehmt euch für Samstagabend nichts vor, der neue Gasthof der Ronaldis wird eröffnet. Wir sind alle eingeladen. Am meisten dürfte sich Simon darauf freuen", murmelte Tilmann mit vollem Mund.

„Ja, unser Junge ist verliebt – das ist mir auch schon aufgefallen. Er schwebt im Moment auf einer Wolke", meinte Anneliese. „Ja, auf einer Wolke der Verliebtheit", schmunzelte Tilmann.

Gundula schüttete sich einen Becher Wasser nach: „Meine Eltern werden auch kommen; ich habe mit ihnen geredet. Begeistert war mein Vater nicht, aber Mutter meinte, dass wir das mit unserem ‚Goldenen Löwen' kaum noch alleine bewältigen können. Es werden immer mehr Leute nach Lennep kommen; einige bleiben hier, andere sind auf der Durchreise, und die Gründung der Gilde zieht ebenfalls neue Händler und Tuchmacher an." Dann musste Gundula herzhaft lachen: „Stellt euch nur einmal vor, Simon und diese Elfi werden ein Paar, dann sind die Inhaber beider Gasthöfe miteinander verwandt. Ich glaube, darüber haben sich meine Eltern noch gar keine Gedanken gemacht."

„Ja", sagte Tilmann, „dann bleibt das Geld in der Familie, ist doch auch nicht übel – und halb Lennep trägt bald den Namen Wüllenweber." Er erhob sich: „Ich muss ins Rathaus, habe noch einiges auf meinem Tische liegen, was dringend bearbeitet werden muss."

Am selben Abend hatten die beiden Hirtenjungen vor Weperevorthe auf der großen Weide direkt am angrenzenden Wald ihre Herde eingepfercht und bereiteten ihr Nachtlager vor. Es war keine allzu große Herde – einhundertzehn Schafe –, etwas kleinere Tiere, eine Unterrasse der Skudden. Sie gehörten einem Bauern, für den die jungen Burschen arbeiteten. Beide waren 12 Jahre alt, kannten sich aber für ihr Alter schon bestens mit dem Umgang und der Betreuung der Tiere aus. Unter einem Haselnussstrauch breiteten sie ihre Decken im Farnkraut aus. Ihren Hund hatten sie bei der Herde zurückgelassen. Der Bursche Wolfhard öffnete seine Rückentasche, in der er Brot und etwas Käse von zu Hause mitgenommen hatte. Er legte sein Hirtenmesser sowie den Wasserschlauch daneben. Danach schnitt er jeweils zwei dicke Scheiben Brot und Käse ab.

„Hier", sagte er, „lass es dir schmecken." Er reichte seinem Freund das Essen. Der griff zu und biss hungrig hinein.

„Ganz schön heiß, die letzten Wochen", sagte Dietrich,

„gut, dass wir fast überall Bäche hier im Bergischen haben, die schönes, klares, kaltes Wasser mit sich führen."

„Morgen", meinte Wolfhard, „ziehen wir mit den Schafen an der Weper entlang, dann wird der Fluss breiter – du weißt, da ist so eine Stelle, wo immer die Bachforellen stehen."

„Und fette Krebse", ergänzte Dietrich.

„Sei mal ruhig, ich habe da was gehört", flüsterte Wolfhard.

„Ich höre Pferde und Stimmen, die kommen von der Herde herüber. Komm, wir sehen einmal nach!"

„Bleib hier! Sei nicht verrückt; du weißt, dass hier in der Gegend die Geächteten unterwegs sind", sagte Dietrich leise. Er winkte, und die Burschen krochen in das dichte Farnkraut, so weit, dass man sie von der Weide aus nicht mehr sehen konnte. Spinnweben verfingen sich in ihren Haaren. Am Rande schoben sie mit ihren Händen die langen Wedel beiseite wie einen Vorhang und beobachteten, was da vor ihnen ungefähr zwanzig Schritt entfernt passierte. Vier schwarz gekleidete Reiter verließen vorsichtig den Buchenwald; in ihren Händen hielten sie die Zügel ihrer Pferde. Sie blieben stehen und beobachteten die umliegende Gegend, dann banden sie ihre Pferde an einem herunterhängenden Ast fest.

„Ist denn keiner bei der Herde?", fragte Herbort seine Begleiter.

„Wenn wir uns leise verhalten, dürfte niemand etwas merken. Die liegen bestimmt irgendwo unter einem Baum und schlafen", gab der Begleiter von sich. Einer der Männer legte ganz plötzlich einen Pfeil auf die Sehne seines Bogens und zog durch. Er schoss auf irgendetwas. Drei der Männer nahmen ihren Helm vom Kopf.

„Seid ihr verrückt? Wenn jemand eure Gesichter sieht!", fauchte sie ihr Anführer an."

„Herbort, bei der Hitze platzt uns der Kopf. Es ist doch niemand weit und breit zu sehen", sagte sein Begleiter erneut.

„Na gut", sagte Herbort und nahm wie die anderen auch seinen Helm ab. „Ihr beiden, macht eure Bögen fertig und erlegt für uns drei Schafe, aber keine alten Tiere; nehmt einjährige, da ist das Fleisch zarter."

Langsam kamen sie dem Versteck der Jungen näher, sodass diese die Raubritter erkennen konnten. Zumindest sahen sie deutlich die Gesichter der beiden Schwertträger.

Dietrich und Wolfhard verharrten auf dem Waldboden und stellten vor Schreck vorübergehend ihre Atmung ein. Zum Glück für die beiden war es schon fast dunkel geworden. Die Geächteten machten auch keinerlei Anstalten, nach ihnen zu suchen – sie waren sich ihrer Sache recht sicher. Gerade einmal vier Schritt entfernt, standen zwei der Geächteten mit ihrem Schwert in der Hand. Sie hatten den Burschen den Rücken zugedreht. Die anderen beiden erlegten nacheinander drei Lämmer. Die Herde wurde unruhig, und ein lautes Blöken begann.

Als die Schafe lauter wurden, krochen die Jungen weiter rückwärts in das Farnkraut, um noch besseren Schutz zu haben. „Nur nicht erwischt werden!", dachten beide. Dietrich sah genau hin, entdeckte dann, dass der Anführer schulterlanges, dunkles Haar trug; sein Gesicht zierte ein langer, gekräuselter Bart, der von einigen grauen Haarsträhnen durchzogen wurde. Der andere Schwertträger war einen Kopf kleiner, korpulent und hatte eine Glatze. Nur am äußeren Kopfbereich konnte Dietrich einen dünnen Haarkranz erkennen, ähnlich wie ihn die Mönche trugen, so eine Tonsur.

Die beiden Bogenschützen hatten die drei toten Schafe aus der Herde herausgezogen.

„Bringt sie zu den Pferden", ordnete Herbort an. Die Männer griffen nach den Hinterläufen und schleiften die Tiere hinter sich her. Dann hievten sie sie vor den Sätteln auf die Pferde. Zunächst tänzelten die Pferde ein wenig, beruhigten sich aber schnell wieder. Es war für sie keine ungewohnte Fracht.

„So, Männer, das war es für heute Abend – zurück in den Wald und ab ins Lager!", waren die letzten Worte, die die im Farnkraut liegenden Burschen vernahmen.

Einige Minuten später erwachten sie aus ihrer Schockstarre. Zunächst starrten sie auf die Wiese und beobachteten den Wald. Kein Wort verließ ihre Lippen. Leise sagte Dietrich im Flüsterton: „Mein Mund ist furztrocken, ich habe gezittert vor lauter Angst."

Ebenso leise antwortete ihm Wolfhard: „Frag mich mal! Weißt du was? Das waren sie, das waren die Geächteten, die man auch die schwarzen Reiter nennt. Sie haben uns drei Schafe gestohlen." Vorsichtig gingen sie zu der eingepferchten Herde, die sich mittlerweile etwas beruhigt hatte. Nun sahen sie auch, warum ihr Hütehund nicht angeschlagen hatte: Er lag tot auf der Seite; ein Pfeil ragte ihm aus dem Hals.

„Wir lassen die Schafe, wo sie sind, und rennen jetzt auf direktem Weg in die Stadt und schlagen dort Alarm", sagte Dietrich.

Am folgenden Sonntag saß Tilmann mit seinen Söhnen im „Goldenen Löwen". Mit an ihrem Tische waren noch Heinrich Kottsieper, Robert Frauenknecht sowie Gerold vom Steinberg. Die Männer waren bei guter Laune, nachdem sie einige Biere getrunken hatten. „Das war doch mal wieder ein schöner Gottesdienst. Dieser Pfarrer versteht es doch, ganz anders auf die Bürger zuzugehen, als unser Justus es tat", sagte Tilmann. „Der Mann war doch krank. Erst hatte er die beiden Jungen umgebracht, nicht ohne sich vorher noch an ihnen zu vergehen, und dann schlug er sich einmal in der Woche auch noch grün und blau. Ständig peinigte er sich und trug unter seiner Kutte einen Büßergürtel am Oberschenkel. Wenn er nicht bei dem Stadtbrand tödlich verunglückt wäre, hätte man ihn vor den Richter gestellt und auf dem Marktplatz geköpft. Schließlich hatte ich ja den Beweis geliefert", äußerte sich der Medicus Gerold vom Steinberg. „Unser neuer Pfarrer hat auch ein ganz anderes Verhältnis zu Gott. Er stellt ihn als Gott der Liebe dar, nicht wie Justus, der ewig mit dem Herrn drohte!", meinte Jacub. Plötzlich öffnete sich die Tür des Gasthofes und Elmar von Altenhofen, der Ratsmann aus Weperevorthe, betrat den „Löwen". Er erkannte Tilmann und ging auf ihn zu. „Das ist hier also euer Rathaus! So eines hätte ich auch gerne", sagte er und reichte den Männern lachend die Hand. Tilmann stellte ihn kurz den anderen vor.

„Was verschlägt Euch unangemeldet nach Lennep?", wollte Tilmann wissen.

„Es gibt Neuigkeiten über die Geächteten. Ich habe die Nachricht mit der Deutung Eurer Frau erhalten – sie scheint sehr intelligent zu sein. Faszinierend, wie sie die versteckten Hinweise entschlüsselt hat! Wir waren wohl zu blöd, die gesprochene Wahrheit unserer Minne im Hintergrund zu entziffern. Aber auch ich habe eine höchst bedeutende Neuigkeit: Es gab bei uns erneut einen Überfall, nichts Großes, aber immerhin haben die Geächteten wieder zugeschlagen und einem Bauern drei Schafe gestohlen. Dabei gab es aber dieses Mal zwei Augenzeugen. Die Hütejungen haben die Raubritter ohne Helm gesehen und konnten sich somit ihre Gesichter einprägen. Außerdem kenne ich nun den Pfad, den sie benutzen, um zu ihrem Versteck zu gelangen. Ich habe Minne noch einmal kommen lassen, und ihr werdet es nicht glauben, aber sie wurde immer gesprächsbereiter, nachdem sie einen Krug Met getrunken hatte."

Tilmann und Jacub lachten beide gleichzeitig.

„Nicht böse sein, Herr Elmar, aber wenn ich an die Kräuterfrau denken muss, fällt mir immer der Tag in Eurem Ratssaal ein und wie sich die Minne da aufgeführt hatte!"

„Nun gut, ich versprach ihr also einen weiteren Krug ihres Göttergetränkes, wenn sie mir den Pfad zeigen würde, der zum Versteck der Räuberbande führt. Das tat sie dann auch, deshalb bin ich unangemeldet nach Lennep gekommen, um Euch zu fragen, wie wir nun gegen die Bande vorgehen."

Die Lenneper hatten aufmerksam zugehört; jeder hier wusste ja, worum es ging.

„Simon, versuch, Ritter Wentzel zu finden, und bring ihn hierher – erklär ihm kurz die Situation. Wir warten hier auf euch", sagte Tilmann. Simon sprang auf und eilte davon.

„Vielleicht kriegen wir sie jetzt an ihren Hammelbeinen? Die werden garantiert alle hingerichtet werden, da bin ich mir sicher", gab der Medicus von sich.

„Da man ihnen nun genug nachweisen kann und es jetzt sogar zwei Augenzeugen gibt, glaube ich das allerdings auch. Kopf ab den Halunken!", sagte Jacub. Der Wirt hörte Jacubs Worte: „Was glaubst du, Schwiegersohn, was dann hier los sein wird! Ein riesiges Volksfest wird das in Lennep geben. Bürger aus der ganzen Umgebung werden in die Stadt strömen, und wir Wirte machen das Geschäft unseres Lebens."

Tilmann sagte: „Viele Bürger freuen sich doch auf so eine Hinrichtung. Wenn es dann noch solche Verbrecher sind, ist ihre Freude doppelt so groß. Es ist für viele eine Genugtuung zu sehen, wie sie am Galgen baumeln. Außerdem spricht es sich bei den Räubern herum, dass man mit den Lennepern nicht alles machen kann." Dann war Simon auch schon mit dem Ritter zurück.

Tilmann erzählte ihm noch einmal alle Neuigkeiten und sagte dann: „Was denkt Ihr, Herr Ritter? Was schlagt ihr vor, wie wir nun vorgehen sollen?"

Der Ritter überlegte noch, da sprang Elmar plötzlich auf: „Ich muss noch einmal zu meinem Pferd; ich habe etwas in der Satteltasche vergessen. Bin sofort wieder zurück."

Die Männer sahen sich verwundert an: „Der hat es aber eilig", sagte Heinrich Kottsieper. Elmar war schneller zurück im „Löwen", als man erwartet hatte. In der Hand hielt er einen Krug, den er auf den Tisch stellte.

„Tilmann, ihr kennt euch doch mit Schafen aus – sagt mir bitte, was das in dem Krug ist." Tilmann öffnete den Verschluss des Kruges, und ein widerlicher Gestank breitete sich aus. Elmar hielt ihm sein Messer hin: „Hol es heraus!" Tilmann nahm das Messer und fuhr damit in den Krug; als er es herauszog, hing ein wabbeliges, schlammiges Etwas an der Klinge. „Nun, weißt du, was es ist?", fragte Elmar. – „Ekelhaft, aber das sieht aus wie Eingeweide eines Schafes, vielleicht sogar ein Darm", sagte Tilmann.

„Genau richtig, und was glaubt ihr, woher das stammt? Aus der Weper. Ein Fischer sah es im Wasser schwimmen und zog es heraus. Und dieser Fischer war gar nicht so blöd. Er dachte sich: ‚Wie kommen Eingeweide von Schafen in die Weper? Die Fleischhauer aus unserem schönen Huckergeswage verarbeiten die Tiere mit Haut und Haar. Nichts, aber auch gar nichts bleibt vom Tier übrig. Da die Geächteten sich regelmäßig ihr Essen in Form von Schafen besorgen, muss ihr Versteck direkt am Fluss liegen, da, wo sie die Tiere ausnehmen und die nicht zu verwertenden Innereien ins Wasser werfen!' Und somit haben wir jetzt sogar zwei Möglichkeiten, sie anzugreifen: einmal über den Pfad, den mir Minne gezeigt hat, und dann noch durch den Fluss, der sicherlich an ihrem Lager vorbeiführt."

„Simon, bring die Suppe hier nach draußen und schütte sie irgendwo hin, sonst muss ich gleich kotzen", sagte Tilmann.

Nun übernahm der Ritter das Gespräch. „Das sind alles sehr gute Neuigkeiten; ich muss das mit unserem Grafen besprechen und denke, Ihr Herren solltet dabei sein. Er allein kann uns sagen, was er zu tun gedenkt. Er allein trägt dann für diese Aktion die Verantwortung, und er allein bestimmt auch die Vorgehensweise und die Stärke der Truppe."

„Wir schicken einen Sendboten und bitten um einen Termin. Es wird wohl ein paar Tage dauern, bis wir eine Antwort erhalten", sagte Jacub.

Neueröffnung der Gaststätte am Gänsemarkt. Der lombardische Wirt hatte ihr den Namen „Schenke zum Schwelmer Tor" gegeben. Simon hatte diesem Tag förmlich entgegengefiebert, so verrückt war er auf seine neue Eroberung. „Heute werde ich ihr einen Kuss stehlen", dachte er. Elfi wusste von seiner Eroberung zwar noch nichts, aber heute würde er sie aufklären, denn kein anderer Gedanke fand mehr Platz in seinem Kopf. Ein bisschen hatte er sie ja belogen. Ganz so unerfahren war Simon in der Liebe gar nicht mehr. Drei Mal war er bei den Hübschlerinnen aufgetaucht, nämlich dann, wenn er es in seiner Hose nicht mehr aushalten konnte. Da er sich schämte, ging er nur bei Dunkelheit und klammheimlich zu ihnen, sodass ihn keiner der Lenneper zu Gesicht bekommen hatte.

Er überquerte mit seinem Bruder, seinem Vater und ihrem Vorarbeiter Karl den Alter Markt; sie schlenderten am Rathaus und an der Kirche vorbei in Richtung Schwelmer Tor. Aus der Ferne sahen sie schon viele Bürger vor dem Gasthaus stehen, die in ihren Händen Holzbecher mit Bier oder Wein hielten, wie Jacub vermutete. Bei diesem warmen

Wetterbedingungen war es äußerst angenehm, im Freien zu feiern. Einige Feuerkörbe brannten bereits. Dann kam sie – ein Traum in Schwarz! –, ein Tablett in ihren Händen, auf dem weitere Becher standen. Sie verteilte volle Becher und sammelte die leeren zum Spülen ein. Als sie Simon entdeckte, sagte Elfi: „Schön, dass ihr es geschafft habt, du und deine Familie! Ich sage meinen Herrschaften Bescheid, dass ihr hier draußen steht. Drinnen ist kein Platz mehr, nicht einmal mehr Platz, um eine Feder auf den Boden fallen zu lassen – außerdem ist es ja schön warm und die Luft hier draußen ist auch angenehmer."

Simon sah sie mit gerötetem Gesicht an, sagte aber kein Wort. Sein Vater hatte ihn beobachtet: „Mach den Mund zu, sonst wird dein Herz kalt", sagte er.

„Das ist aber ein flotter Käfer", meinte Jacub zu Simon, „da kann man ja von Glück sprechen, so etwas als Schwägerin zu bekommen."

„Lass ja die Finger von ihr – du hast deine Gundula, Bruderherz!", sagte Simon eifersüchtig.

Karl, ihr Vorarbeiter, drehte seinen Kopf zum Brunnen: „Da kommen unsere Dorfschönheiten", flüsterte er und stieß dabei Jacub an. Die Damen hatten sich herausgeputzt; sie trugen sicherlich zu so einem Anlass ihre schönsten Gewandungen. Mit weit ausgeschnittenen Oberteilen lockten sie obenherum ihre Freier an; später dann würden sie ihre Röcke heben, um letztendlich für das Untenherum bezahlt zu werden. Sie hielten Ausschau nach alleinstehenden Burschen. Da kaum Lenneper Weiber anwesend waren, mussten sie sich nicht fürchten und brauchten sich auch keine dummen Sprüche anzuhören. Geschickt verteilten sie sich unter das trinkfreudige Volk. Als Brunhilde an den Männern vorbeischlenderte, rief sie mit einem anmachenden Lächeln:

„Hallo, Karlchen, sehen wir uns später noch?"

Tilmanns Vorarbeiter drehte sich verschämt zur Seite, so als hätten die Worte nicht ihm gegolten; dabei errötete er so heftig, dass Jacub sagte: „Die meinte dich, Karl."

Allen war bekannt, dass Karl regelmäßiger Stammgast bei den Huren am Gänsemarkt war. Als Junggeselle bedeutete es keineswegs eine Schande, dieses Haus aufzusuchen.

Der Wirt und seine Frau betraten die Gasse. Rokko Ronaldi hielt ein Tablett voller Becher in den Händen.

„Greife zu, Herr Wülleweber, iste lecker Biere. Isse schön, dass ihre gekomme seid. Möchte ich Frau vorstelle, das isse meine Anna", sagte er fast akzentfrei.

Tilmann gab ihr die Hand und stellte ihr Karl und seine Söhne vor: „Willkommen in Lennep und auf gute Nachbarschaft, Frau Ronaldi!" – „Das wünschen wir uns auch!"

„Musste du wisse, Anna, Herre Tilemann isse de Bürgermeister und hatte besorgt uns die Genehmigung für Taverne, isse guter Mann."

Da in ihrem neuen Gasthof Hochbetrieb herrschte, mussten die Ronaldis auch schnell wieder zurück, um ihre Gäste zu bedienen. Mit zunehmendem Biergenuss wurde es zu fortgeschrittener Stunde in der Gasse erheblich lauter und die Zecher ausgelassener. Zwei der Hübschlerinnen hatten junge Burschen an den Händen und gingen quer über den Gänsemarkt zu ihrem Etablissement. Kurze Zeit später erschien Brunhilde, um mit einem Riemenschneidergesellen um die Hausecke zu verschwinden. Es schien die beiden nicht weiter zu stören, dass sie im Blickfeld einiger Zecher standen. Der Geselle drückte die Hure an die Hauswand und machte sich an ihren prallen Brüsten zu schaffen. Er knetete sie mit den Händen und saugte dabei an den Warzen wie ein durstiger Säugling. Dabei stöhnte er und rief: „Komm schon, ich will dich bespringen, bin heiß wie ein Stier!"

Brunhilde hob darauf ihr Kleid; sie schien nichts darunter zu tragen. Der Geselle ließ seine Hosen auf die Knöchel rutschen und machte sich an ihr zu schaffen. Er griff hinter Brunhildes Pobacken und zog damit ihren Unterleib nach vorne. Nun passierte etwas Unglückliches für die beiden – mitten in ihrer Paarungszeremonie.

Rokko Ronaldi wollte den Fensterstoff zur Seite ziehen, damit mehr frische Luft in seinen Gasthof gelangte, als er die beiden draußen sah. Lauthals schrie er: „Was macke die Sweine da an meine Hausewand!" Er rannte auf die Straße, bog in die schmale Gasse, die an seinem Gasthof vorbeiführte, hob die rechte Faust und brüllte: „Meine Gastehofe isse keine Hurehaus, ihr alle seid alte Sweine. Isse heute annegefange mitte meine Betrieb und ihre machte meine Geschäfte kaputt." Erschrocken versuchte der Geselle, seine Hose hochzuziehen, und wollte schnell die Flucht ergreifen, als ihn Rokkos Fuß voll in den Allerwertesten traf. Der Geselle machte einen Satz und flog auf den harten Lehmboden der Gasse. Er rappelte sich auf und rannte schnell von dannen. „Wille dis nichte mehr hier sehen", rief ihm der Lombarde nach. Brunhilde hatte sich heimlich und leise weggeschlichen, um weiterem Ärger aus dem Weg zu gehen.

Tilmann und seine Söhne hatten die Wut des neuen Wirtes mitbekommen und hielten sich vor Lachen die Bäuche. Selbst der stets stille Karl kicherte.

Rokko ging kopfschüttelnd zurück in seinen Gasthof. Etwas später betrat Elfi die Gasse und blieb bei den Wüllenwebers stehen. „Endlich", dachte Simon, der schon lange auf diesen Moment gewartet hatte. „Komm", sagte er zu ihr, „es ist ruhiger geworden; lass uns rüber zum Brunnen gehen, da können wir uns etwas unterhalten." Sie gingen an zwei brennenden

Feuerkörben vorbei, die ein gelbes Licht von sich gaben. Dunkle Schatten flackerten an den hell erleuchteten Wänden der kleinen Lenneper Häuser. Als sie den Brunnen erreicht hatten, setzten sie sich auf den steinernen Rand: „Was hat dich und deine Familie eigentlich nach Lennep verschlagen?", wollte Simon wissen.

Elfi sah ihn an; in ihren Augen spiegelte sich das Restlicht des Feuerkorbes: „Du weißt, mein Vater stammt aus der Lombardei. Er war früher Weinhändler und brachte die Weine aus seiner Heimat in den Kölner Raum, um sie auf den Märkten zu verkaufen. Dabei lernte er meine Mutter kennen und lieben, die ihrerseits einen Stand besaß und auf den Märkten als Garbräterin verschiedene Leckereien verkaufte. Durch das ständige Reisen meines Vaters sahen sie sich nur sehr selten, also beschlossen sie, gemeinsam in die Lombardei auszuwandern. Ich war da so vier oder fünf Jahre alt. Aber damals war die Gegend sehr unruhig. Es gab viele Kriege, angezettelt durch die Patrizierdynastien, die die Macht in den Stadtstaaten untereinander aufgeteilt hatten. Eine Zeit lang wohnten wir in Bergamo, später dann in Mailand. Es ging auch eine Weile lang ganz gut, doch meine Mutter litt fürchterlich unter dieser Unsicherheit und sehr unter Heimweh, wollte wieder in ihr geliebtes Rheinland zurück. Sie konnte meinen Vater dazu überreden, und so kamen wir zurück nach Colonia und wollten dort eine Gaststube eröffnen. Der Ratsmann meinte aber, es gäbe bereits genügend Gaststuben in der Stadt, und somit erhielten wir keine Genehmigung. Ein Händler, den mein Vater kannte, erzählte uns von dem Lenneper Stadtbrand und von dem gelungenen Wiederaufbau. Dann meinte er noch, dass Lennep immer weiter wachsen würde und dass es viele Leute gäbe, die sich dort niederlassen würden. Also kamen wir hierher und erhielten zu unserem

Glück die Genehmigung von deinem Vater."

Simon hatte ihrer Erzählung aufmerksam zugehört. Doch nun, fand er, sollte er zur Sache kommen – aber das fiel ihm nicht so leicht. Er merkte, wie er errötete, und war nur froh, dass sie es nicht wahrnehmen konnte, weil es dafür zu dunkel war.

„Ich muss dir etwas gestehen, aber lach mich bitte nicht aus! Als ich dich zum ersten Mal gesehen hatte, traf mich Amors Pfeil mitten in mein Herz. Auf den ersten Blick habe ich mich in dich verliebt!" So, jetzt war es raus, dachte er. Lächelnd sah sie ihn an. Auf ihren Wangen bildeten sich zwei Grübchen, die ihr ein liebliches Aussehen verliehen.

„Wir kennen uns doch kaum", sagte sie. – „Ich weiß, aber ich kann mich gegen meine Gefühle nicht wehren."

„Trotzdem war es sehr lieb von dir, mir so etwas zu sagen. Also, ich mag dich auch, aber wir sollten uns ein wenig Zeit zugestehen, findest du nicht auch?"

„Ja, du hast sicherlich recht." Er lachte sie an: „Ehe ich mich verabschiede, muss ich noch eine ungewöhnliche Methode anwenden." Er nahm sie in die Arme und gab ihr einen zärtlichen Kuss auf den Mund, und wie Amor es gewollt hatte, erwiderte sie ihn. Die Zungenspitzen tanzten miteinander in ihren Mundhöhlen. „Welch ein überwältigendes Gefühl!", empfand Simon – und das breitete sich nicht nur in seinem Mund aus.

Kapitel 10

Am folgenden Montag traf gegen Mittag der erwartete Sendbote aus Neuenberge ein und übergab Tilmann Wüllenweber ein Pergament seines Lehnsherren. Tilmann nahm es entgegen und ging damit auf die Wiese, wo Ritter Wentzel den Burschen das Bogenschießen beibrachte. Er wollte ihn beim Brechen des gräflichen Siegels mit dabei haben.

Mit vollem Einsatz waren die Burschen gerade dabei, einen auf Holz aufgemalten Eber zu erschießen. Laut hörte er des Ritters Anweisungen. Als Wentzel ihn kommen sah, rief er laut: „Alle Schießübungen einstellen."

Ritter Wentzel begrüßte Tilmann: „Willkommen auf dem Schlachtfeld, Herr Bürgermeister", sagte er scherzhaft.

„Hier, Herr Ritter – eben angekommen. Öffnet es; es ist von unserem Grafen."

Wentzel brach das Siegel und rollte das Pergament auseinander. Dann las er leise den Inhalt und hielt nach einer Weile inne: „Am Freitag soll der Angriff erfolgen. Zur Laudes werden sie hier am Kölner Tor mit zehn Bewaffneten erscheinen. Wir sollen uns bereithalten."

Dann verzog er das Gesicht und deutete damit Unzufriedenheit an: „Ich soll die Burschen hier anführen. Von diesem Vorschlag bin ich nicht so begeistert. Sie sind an und für sich noch nicht so weit. Die Geächteten sind erfahrene Haudegen, mit denen nicht zu spaßen ist. Wie man von ihren Überfällen weiß, gehen sie mit brutalster Rücksichtslosigkeit vor."

Tilmann nickte: „Ich werde mit dem Grafen reden, dass er sie in die zweite, ungefährlichere Reihe stellt."

„Wie soll das denn im dichten Wald funktionieren? Da müssen wir uns etwas anderes einfallen lassen. Aber wartet, ich habe da einen Vorschlag zu machen. Wenn die Söldner des

Grafen den Pfad zum Versteck der Bande benutzen, um sie im Wald anzugreifen, dann treffen sie zweifellos aufeinander. Wir könnten vorher den Fluss hinaufgehen und ihnen einen eventuellen Fluchtweg abschneiden."

„Der Vorschlag stimmt mich zuversichtlich", meinte Tilmann.

Der Ritter ging zu seinen Burschen: „Kommt mit, Herr Wüllenweber, wir sollten es ihnen mitteilen, aber unter strengster Geheimhaltung."

Der Jubel unter den Burschen war überschäumend, glaubten sie doch tatsächlich, sie müssten gegen den Feind, die Geächteten, kämpfen. Aber der Ritter trieb ihnen die Flausen schnell aus dem Kopf: „Das Kämpfen überlasst besser den Söldnern und Rittern unseres Grafen – die sind darin geschult und werden dafür auch entlohnt. Wir decken nur den Rückzugsweg der Geächteten ab; sollte es einem oder mehreren von ihnen gelingen, sich von den Kampfhandlungen abzusetzen, um die Flucht zu ergreifen, werden sie auf uns treffen. Bis Freitag werdet ihr aber noch tüchtig weitere Übungen lernen."

„Ich bin am Donnerstag bestimmt wieder in Lennep", sagte Jacub, als er mit anderen Händlern am Dienstagmorgen nach Colonia aufbrach, um dort fertiggestellte Tuchballen abzuliefern. Fünf Fuhrwerke, beladen mit verschiedenfarbigen Tuchen aus bester Lammwolle, verließen die Stadt. Karl hatte Jacub noch ein paar Stücke Schafskäse mitgegeben. Er sollte versuchen, sie für ihn in Colonia an Gaststätten zu verkaufen. „Ihr habt ja selbst gesagt, Herr, er wäre sehr gut", meinte Karl. „Er kann es nicht lassen, mich Herr zu nennen", dachte Jacub. Als er und sein Bruder noch klein waren, da nannte Karl sie beim Vornamen, doch mit den Jahren schlich sich immer häufiger das „Herr" ein. „Ich werde mit ihm darüber noch reden", nahm er sich vor. Jacub führte mit seinem Wagen die kleine Händlerkarawane an. Der Weg vor ihnen befand sich in einem guten Zustand. Seine Familie winkte ihm noch hinterher. Als sie an seinen Weiden vorbeikamen, sah Jacub aus der Ferne seine Herde sowie Rupert und Roland, die sich auf ihrem Schäferstock aufgestützt hatten. Er winkte ihnen zu, und seine Schäfer winkten zurück. Er war mächtig froh, dass die beiden wieder genesen waren. Er müsste noch einen oder besser zwei Hunde besorgen und für den Weidebetrieb ausbilden lassen. Der eine, der noch übrig war, war bei der Größe der Herde maßlos überfordert. Fettleibig dürfte der bestimmt nicht werden. In Gedanken versunken, dösten die Männer auf ihren Fuhrwerken in Richtung Fronhof Wermelskirchen.

Simon entzog sich geschickt seinen Aufgaben und schlich währenddessen lieber in der Nähe der neuen Gaststube umher. Seine Augen waren auf der Suche nach Elfi. Da kam sie auch schon mit drei leere Holzeimern aus dem Schankraum, betrat die Gasse und ging zum Brunnen am Gänsemarkt. Heute waren hier auch wirklich viele Gänse, angetrieben von jungen Mädchen und Mägden, die sie durch das Schwelmer Tor zu den Löschteichen trieben, wo sie sich satt trinken konnten. „Ich wünsche einen schönen guten Morgen!", sagte Simon. „Oh, der Tuchmachersohn ist auch schon so früh unterwegs! Was macht er denn hier?"

„Er sucht die wunderschöne Wirtstochter, um sie zu fragen, ob sie wohl etwas Zeit mit ihm verbringen könnte!"

„Ich brauche drei Eimer Brunnenwasser, um Becher und Teller zu spülen. Danach hätte ich ein wenig Zeit."

„Komm, ich helfe dir", sagte Simon und nahm ihr die Eimer ab. Er ließ den an dem Seil hängenden Eimer mehrere Male in die Tiefe gleiten, um damit nach und nach Elfis drei zu füllen.

„So, das hätten wir! Ich bringe sie dir in die Gaststube." – „Ist das nicht zu schwer, alle drei auf einmal zu tragen?"

„Nein", wiegelte er ab, „das macht mir nichts aus." Aber die beiden vollen Holzeimer in seiner rechten Hand waren nicht gerade leicht.

Simon half ihr noch beim Spülen der Becher, dann verschloss sie die Tür und sie verließen die Stadt durch das Schwelmer Tor.

„Wo sind denn deine Eltern", wollte er wissen. „Die haben sich doch deinem Bruder Jacub angeschlossen, um mit den Händlern nach Colonia zu fahren. Sie wollen dort einiges für die Gaststube kaufen."

„Das wusste ich gar nicht! Dann kommen sie ja auch erst am Donnerstag mit den anderen wieder zurück."

„Bis Freitag haben wir die Gaststube geschlossen."

„Drei Tage sturmfreies Wirtshaus, und eure darüber liegende Wohnung ist auch leer", sagte Simon und dachte dabei an etwas ganz Bestimmtes. Er überlegte weiter, während sie Hand in Hand die Heerstraße entlangschlenderten. Ob sie wohl schon einmal neben einem Manne gelegen hatte? Hatte sie wohl schon ein oder vielleicht mehrere Male ihren Rock gehoben? Vorstellen mochte er sich den Gedanken nicht, aber wenn es denn so gewesen sein sollte: Ihn würde es nicht kümmern.

„Komm, dort drüben unter der alten Kastanie ist ein schöner Platz, dort können wir uns hinsetzen", schlug er ihr vor. Als sie unter dem ausladenden Baum saßen, fragte Simon schüchtern: „Hast du schon mal einen Freund gehabt?"

„Oh ja, zwei Burschen – mit dem einen war ich drei und mit dem anderen sechs Monate zusammen", sagte sie voller

Selbstbewusstsein. Simon musste schlucken. Er riss einen Grashalm aus der Erde, steckte ihn in den Mund und kaute voller Verlegenheit darauf herum. Da er Gewissheit haben wollte, stellte er ihr eine saublöde Frage, über die er sich im Nachhinein selbst hätte ohrfeigen können.

„Und hast du denn schon einmal …"

„Natürlich nicht! Was glaubst du denn, was für eine ich bin!", sagte sie empört.

„Entschuldige bitte, ich habe ja nur mal vorsichtig nachgefragt", murmelte er, stellte aber gleichzeitig große Erleichterung bei sich fest. Sie lehnte mit dem Rücken am Stamm des Baumes, als Simon sich vor ihr auf die Knie hockte. „Wunderschöne Augen hast du, Elfi, so blau wie die Tiefe des Ozeans, so blau wie der Himmel, so blau wie die Kopffedern einer Blaumeise."

„Jetzt ist es aber genug mit dem Honigschlecken", lachte sie. Bist du ein Ritter? Packst du jetzt die Minne aus – Gedichte, Prosa und Reime und solche Dinge? Das schmeichelt, ich gebe es zu, aber ist diese Zeit nicht schon lange vorbei?" Er saß nun direkt vor ihr, hatte die Ellenbogen auf ihre angewinkelte Knie aufgestützt und sah ihr dabei weiter tief in die Augen. Dann holte Elfi mit Worten aus: „Wunderschöne braune Augen hast du, Simon, so braun wie ein abgeernteter Acker im Herbst, so braun wie ein verschlammter Weg, so braun wie die Flügel eines Adlers." Jetzt hielt sie beide nichts mehr – sie fielen in ein lang anhaltendes Gelächter ein. Nach einiger Zeit wischten sie sich die Tränen aus den Augen. Dann beugte sich Simon zu ihr herüber, und ihre Lippen berührten sich. Dieser Kuss dauert viel länger als der am Brunnen beim Gänsemarkt.

Sie waren nicht allein unter ihrer Kastanie. Etwa zwanzig Schritt entfernt lagen zwei Burschen auf dem Waldboden und beobachteten das Pärchen. „Jetzt beißt er sie wieder in den Kopf", sagte Hugo.

„Quatsch, die sind verliebt ineinander, und die küssen sich", gab Sven zurück. Die beiden Brüder hatten ihren Onkel Simon und seine neue Freundin von Lennep aus verfolgt. Sie waren gerade die mutigen Soldaten der Stadtwache gewesen und hatten mit ihren Holzschwertern ihre Stadt gegen fremde Eindringlinge verteidigen müssen. Sie hielten sich auf Distanz, robbten aber, als das Pärchen es sich bequem gemacht hatte, bis auf wenige Schritt durch das Unterholz an sie heran, um den Feind besser beobachten zu können. „Der Gegner ist auf dem Rückzug und ruht sich gerade aus", stellte Hugo fest. „Dann wird es wohl keine weiteren Kampfhandlungen mehr geben – Rückzug, Soldat!", erwiderte Sven. Leise zogen sie sich in ihre Stellung zurück.

Gerlinde, die Magd des Hauses, hatte das Abendmahl bereits aufgefahren, als Tilmann als Letzter von der Arbeit kam und sich müde am Tisch niederließ.

„Immer nur sitzen, keine Bewegung – ich werde immer dicker, seit ich Bürgermeister bin."

„Du armer Kerl, dann hast du ja bestimmt auch keinen Hunger mehr", sagte Anneliese und entfernte seinen Teller.

„Lass den ja hier stehen, sonst stecke ich dich ins Verlies", sagte Tilmann lachend.

„Was gibt es denn Gutes", wollte Tilmann wissen.

„Suppe aus Hülsenfrüchten, Opa", rief Sven. Er sah zu seinem Bruder Hugo hinüber, der an der anderen Tischseite saß; neben diesem hockte verträumt sein Onkel Simon.

„Der ist verliebt", sagte Sven und kicherte; dabei zeigte er auf seinen jungen Onkel.

„Ja, er liebt die Tochter aus dem neuen Wirtshaus, die

küssen sich immer", legte Hugo nach.

Wütend sah Simon die Burschen an: „Haltet endlich euer Maul", fauchte er sie an. Tilmann sah seine Frau an, und auch die beiden mussten schmunzeln. „Aber das ist doch schön, wenn euer Onkel verliebt ist. Da ist doch nichts Schlimmes dran", sagte Annelieses zu ihren Enkelkindern.

„Trotzdem ist er verliebt, und geküsst hat er sie auch – wir haben es mit eigenen Augen gesehen!", gab Hugo trotzig zurück.

Simon schüttelte den Kopf und aß von der Suppe. Dann sah er die beiden ernsthaft an uns sagte: „Ihr wollt Soldaten sein? Ihr seid Verräter und Petzen!"

„Wir haben euch ausspioniert. Wir sind die Stadtwache von Lennep, ihr die fremden Eindringlinge", schob Sven hinterher.

„Apropos Eindringlinge: Willst du am Freitag dabei sein, wenn es gegen die Geächteten geht?", wollte Tilmann von Simon wissen.

Simon schluckte gerade einen Löffel Suppe hinunter. „Ja, Vater, wir reiten alle mit – die gesamte Truppe, die Ritter Wentzel ausgebildet hat. So etwas lassen wir uns nicht entgehen!"

„Ich werde auch mitreiten; zusammen mit unserem Medicus Gerold vom Steinberg bilden wir die Nachhut. Er nimmt seinen Wagen mit, falls es Verletzte gibt. Die Geächteten werden sich mit Sicherheit nicht so einfach ergeben; es könnte eine längere Schlacht werden. Da ist es mir schon recht, wenn wir einen Mediziner bei uns haben", sagte Tilmann.

„Können wir auch mit, Opa?", wollte Hugo wissen.

„Ich würde euch tapferen Ritter gerne dabei haben, aber ich habe eine wichtigere Aufgabe für euch. Während unserer Abwesenheit habt ihr die Aufgabe, die Stadt zu bewachen – das Kölner und das Schwelmer Tor müssen kontrolliert werden."

„Gut", sagte Sven, „dann übernehmen wir das hier und kümmern uns um Lennep."

Am Freitagmorgen hatten sich die Burschen mit ihrem Ausbilder Ritter Wentzel von Reinhardhausen vor dem Kölner Tor versammelt. Zehn Männer von der Truppe durften die geliehenen gräflichen Schwerter tragen. Zu den Schwertern kamen noch weitere Waffen hinzu. Zwei Mann besaßen eine Armbrust, drei weitere hatten Bögen, und die fünf restlichen hatten sich von ihren Vätern Spieße und Speere ausgeliehen. Sie feixten herum und spielten die Angelegenheit herunter.

„Die kesseln wir ein, nehmen sie fest und übergeben sie dem Richter. Hängen sollen sie! Alle am Galgen aufknüpfen!", sagte einer der Burschen. Ritter Wentzel war bedrückt, wusste er aus vielen Kämpfen doch, wie es in der Realität zugehen konnte. In nackter Panik hatte in ähnlichen Situationen schon so manch junger Bursche das Weite gesucht und war gerannt wie ein Hase. Er stellte sich demonstrativ vor seine Burschen: „Hört mir genau zu. Ich werde euer Anführer sein. Ich verlange von jedem Einzelnen von euch, dass ihr meinen Anweisungen genau Folge leisten werdet. Wer nicht genau das tut, was ich sage, der wird diesen Tag nie mehr in seinem Leben vergessen. Wir decken lediglich den Fluchtweg ab für den Fall, dass die Soldaten des Grafen nicht alle Geächteten stellen können. Das ist hier kein Spaß und kein Spiel! Wenn Schwerter aufeinanderprasseln, spielen sie wie Musikinstrumente ein Lied, aber in diesem Fall das Lied des Todes. Ich hoffe, ihr habt mich alle verstanden?" Die Burschen blickten zu Boden und bestätigten seine Anweisungen mit einem Nicken oder einem gemurmelten „Ja".

Tilmann kam auf seinem Pferd durch das Kölner Tor geritten. An seiner Seite, auf einem zweiten Pferd, saß der

Amtmann von Huckengeswage. Er war am Vortage in Lennep eingetroffen, um gemeinsam mit den Männern zu reiten und ihnen die Stelle zu zeigen, wo der Pfad in den Wald hinein begann – der Pfad, den Minne ihm gezeigt hatte. Ihm folgte der Medicus Gerold von Steinberg auf seinem Fuhrwerk. Auf der Ladefläche hatte er Decken, Verbandsmaterial und Pasten verstaut, dazu seinen Besteckkoffer.

„Die Soldaten des Grafen müssten jeden Moment hier eintreffen", sagte der Huckengeswagener.

„Glaubt Ihr", fragte ihn Tilmann, „glaubt Ihr, dass Graf Adolf mit ihnen reiten wird?"

„Nein, das glaube ich nicht. Unser Graf ist nicht für so etwas zuständig, das überlässt er lieber seinen Männern. Kriegshandlungen mag er nicht so. Er heißt ja nicht umsonst ‚der Sanfte vom Berg'".

„Ja", sagte Tilmann, „da waren seine Vorfahren schon aus einem anderen Material. Die haben doch keine Schlacht und keinen Kreuzzug ausgelassen. Der Bruder Adolfs III., Engelbert von Berg, Erzbischof von Köln, war sogar bekannt dafür, als Kirchenmann häufig zu den Waffen zu greifen. Er sprach dem Weltlichen mehr als dem Kirchlichen zu."

„Ich sehe eine Staubwolke am Horizont", rief Ritter Wentzel, „dort drüben, das dürften die Berger Soldaten sein." Die Köpfe aller Anwesenden drehten sich in die besagte Richtung. Kurze Zeit später erreichten die berittenen Soldaten den Eingang am Kölner Tor. Es war schon eine überwältigende Streitmacht, die jetzt hier vor ihnen stand.

Ritter Wentzel ging auf ihren Anführer zu. Es war Ritter Eberhard von Ehringhausen, der schon seit vielen Jahren im Dienste des Grafen stand. Ritter Eberhard stieg vom Pferd und begrüßte Ritter Wentzel und die anderen Männer. Er trug, wie auch seine Soldaten und Ritter Wentzel, den Berger

Wappenrock: den roten Löwen, auf seinen Hinterbeinen stehend, aus dem Hause Limburg-Berg. Ritter Eberhard ging auf Jacub zu: „Bevor wir uns aufmachen: Könntet Ihr mit Euren Leuten unsere Pferde tränken?" Er drückte ihm, weil er es gewohnt war zu befehlen, einfach die Zügel in die Hände. Dann sagte er zu Ritter Wentzel: „Kommt, lasst uns ein Stück gehen." Sie entfernten sich von der Truppe, gingen über das Feld. Jetzt, da sie alleine waren, streiften sie die Förmlichkeiten ab.

„Wie weit bist du denn mit deiner Ausbildung bei den Gildensöhnchen?" Wentzel sah Eberhard an: „Noch eine Woche, dann sind die drei Monate um. Einige haben sich ganz gut angestellt, aber auf einen Kampf mit den Geächteten dürften sie sich natürlich nicht einlassen. Sie hätten nicht den Hauch einer Chance. Wenn sie jedoch als begleitende Söldner die Warenlieferungen ihrer Väter beaufsichtigen, könnten sie sich gegen Raubgesindel und Wegelagerer zur Wehr setzen. Dafür dürfte es gerade reichen. Ich habe ihnen die Grundkenntnisse des Schwertkampfes vermittelt, den Umgang mit der Armbrust und dem Bogen. Mehr kann man von mir in drei Monaten nicht verlangen."

„Ja, mein Freund, da hast du sicherlich recht", gab Eberhard zurück. Dann gingen sie langsam zum Kölner Tor, und Wentzel erzählte seinem Waffenbruder, wie sie gegen die Geächteten vorgehen wollten.

Am Tor angekommen, zählte Eberhard schnell die Kämpfer durch, dann meinte er: „Ich habe 35 Mann gezählt, ist das richtig?"

„Ja", sagte Wentzel, „minus dieses drei. Dabei zeigte er auf Tilmann, den Medicus und den Huckengeswagener. Dann fuhr er weiter fort mit seinen Erklärungen: „Der Mann hier ist für den Notfall da und fungiert als unser Medicus. Man weiß

ja nie, was passiert! Diese beiden Herren sind die Amtmän-
ner der Stadt Lennep, Herr Wüllenweber, und von Huckengeswage, Herr von Altenhofen – er zeigt uns den Weg, der
zum Lager der Geächteten führt." Dann besprachen die Ritter
das weitere Vorgehen mit den Männern.

„Alles aufsitzen, wir reiten los!", rief Ritter Wentzel. In diesem Moment kamen Sven und Hugo durch das Kölner Tor
gelaufen. Hugo rief mit schriller Stimme: „Alles klar, Großvater, ihr könnt reiten – wir sind auf dem Posten!" Dabei fuch-
telten sie mit ihren Holzschwertern durch die Luft.

Die Soldaten ritten in gemäßigtem Tempo, um ihre Pferde zu schonen, in Zweierreihen hintereinander. An vorderster
Stelle die beiden Ritter, gefolgt vom Ratsmann, der ihnen den
Weg zeigte. Dahinter dann Tilmann mit seinen Söhnen und
der Wagen mit dem Medicus. Jacub und Simon waren ins Gespräch vertieft. „Und – hast du sie schon …?"

Simon stutzte über diese dreiste Frage seines älteren Bruders. „Ich habe mich doch erst zwei Mal mit ihr getroffen!
Und wenn dem so wäre, wie du sagst, würde ich damit sicherlich nicht hausieren gehen."

Jacub lachte: „Mir als deinem Bruder kannst du es doch
mitteilen! Schließlich sind wir eine Familie." Es machte Jacub
sichtlich Spaß, seinen Bruder hochzunehmen, und er sprang
auch darauf an.

„Ich frage dich ja auch nicht, wann du mit deiner Gundula
rummachst!"

Jacub hatte ein fettes Grinsen im Gesicht. Als Simon es bemerkte, sagte er: „Ja, lach nur, du Sausack." Dann musste er
aber selber lachen.

„Trotzdem – was für ein Zufall, dass wir beide zwei Wirts-
töchter haben. Da die beiden Wirtsfamilien ja dadurch auch

über Umwege miteinander verwandt wären, bestünde kein Grund, ein Konkurrenzdenken aufzubauen", sinnierte Jacub. Schweigend ritten sie noch einige Zeit im Trott des Trupps weiter.

Dann blickte Simon auf: „Wo sind wir jetzt eigentlich?"

„Wir müssten kurz vor Huckengeswage sein – haben bald unseren Standort erreicht. Es dauerte auch nicht lange, da zeigte der Huckengeswagener Ratsmann auf einen breiteren Weg, der zur Weper führte. „So, hier ist euer Einsatzort. Die Lenneper können mir mit Ritter Wentzel folgen, ebenso Herr Wüllenweber und der Medicus."

Hier lag der Fluss etwa einhundert Schritt breit frei von Baumbewuchs zwischen zwei Feldern. Danach fing das dichte Waldgebiet in Richtung Huckengeswage an, das sich bis nach Weperevorthe erstreckte. Die Männer stiegen von den Pferden, banden sie an herunterhängenden Ästen fest und bildeten danach einen Kreis, um ihr weiteres Vorgehen zu besprechen.

Der Ratsmann von Huckengeswage erklärte: „Ich reite mit Ritter Eberhard von Ehringhausen und den Soldaten von Neuenberge zu dem besagten Pfad. Wir brauchen ungefähr zwanzig Minuten bis dorthin. Danach begeben wir uns direkt in den Wald, bis wir die Hütten gefunden haben, und leiten den Angriff ein. Ihr solltet von hier aus einen Sperrriegel bilden, indem ihr uns durch die Weper und am Ufer entlang entgegenkommt. Euer Weg dürfte kürzer sein, da die Hütten ja bekanntlich am Wasser liegen. Sollte es uns nicht gelingen, sie allesamt zu stellen, und sollte es einigen glücken, die Flucht zu ergreifen, werden sie nur durch den Fluss flüchten können. So laufen oder reiten sie direkt in eure Arme – darauf solltet ihr vorbereitet sein. Und, Männer von Lennep – ich sage extra ‚Männer' und nicht mehr ‚Burschen', denn für so eine Tat braucht man Männer –, spielt bitte nicht die

Helden. Ich möchte euch nicht auf dem Wagen des Medicus zurückbringen!" Der Ratsmann ging zurück zu den Soldaten von Neuenberge.

„Eine anspruchsvolle Rede", dachte Wentzel, „für so einen Schreibpulthengst. Wir sollen hier kämpfen, während der sich gleich, wenn es ernst wird, aus dem Staube machen wird." Ritter Wentzel bestimmte nun die Schlachtordnung. „Sollten welche von denen direkt auf uns zureiten, dann haben unsere Schützen es schwer, die Reiter mit ihren Pfeilen zu treffen. Sie werden sich hinter den Hälsen und Köpfen der Tiere in Deckung bringen. Also teile ich die Schützen so ein, dass sie von der Seite aus schießen können. Also ihr drei", dabei zeigte er auf seine Männer, „du, du, und du, ihr Bogenschützen, geht auf die rechte Uferseite, und die beiden mit der Armbrust decken die linke Uferflanke ab. Ich werde vorausgehen, hinter mir die fünf Leute mit ihren Spießen, dann folgen die Schwertträger, die von Jacub Wüllenweber angeführt werden. Also, Männer, es müsste jetzt so weit sein – dann wollen wir aufbrechen und uns nasse Füße holen. Die Weper scheint hier nicht allzu tief zu sein, passt aber trotzdem auf eventuelle Untiefen auf und achtet auf die Algen auf den Steinen, die sind sauglatt. Nicht, dass mir hier noch einer von euch ertrinkt."

Dann gingen sie in der geplanten Formation in den Fluss und verschwanden im dichten Wald. Jacub wusste nicht, wie ihm geschah – er war kurzfristig zum Anführer erklärt worden. Die ganze Verantwortung der Schwertkämpfer lag nun auf seinen Schultern. Welche näheren Aufgaben dabei auf ihn zukamen, das wusste er allerdings nicht.

Tilmann und Gerold vom Steinberg beobachteten, wie sich der Ritter und die Söhne der Stadt aufmachten, um vielleicht in ihren ersten Kampf zu ziehen. Tilmann bekam ein schlechtes Gewissen: „Jetzt bin ich der Meinung, dass es wohl besser für meine Söhne gewesen wäre, wenn sie zu Hause geblieben wären."

„Du machst dir unnötige Sorgen. Ritter Wentzel ist ein erfahrener Kämpe; er lässt sie nicht ins offene Schwert rennen", gab der Medicus zurück. Dann setzten sie sich beide auf die Ladefläche des Fuhrwerks und warteten, was da wohl kommen mochte.

Ritter Eberhard von Ehringhausen teilte nach dem Vorbild des Ritters Wentzel seine Leute genauso ein. Als sie den Pfad erreicht hatten, gingen sie einige Schritt in den Wald, um dort ihre Pferde anzubinden. Den Ratsmann ließen sie bei den Pferden zurück. Er konnte vielleicht Stadtgeschichte schreiben, war aber auf keinen Fall ein Kämpfer.

Vor ihnen tat sich der schmale Pfad auf. Es war ein kaum erkennbarer Weg, ein Wildwechsel, nicht mehr. Trotzdem erkannte Ritter Eberhard Pferdespuren im Lehmboden. Also wurde der Pfad von den Geächteten benutzt. „Ich werde den Weg hier nehmen und ihr folgt mir. Wenn wir in der Nähe ihres Verstecks sind, ziehen wir unseren Trupp in die Breite. Jeweils fünf von euch an jeder Seite, sodass wir eine Front gegen sie bilden können. Wir müssen versuchen, das Überraschungsmoment auf unserer Seite zu haben, sie zu überrumpeln, bevor sie wissen, was überhaupt passiert ist. Ob ihr Gefangene nehmen wollt, ist jedem von euch im Kampfe selbst überlassen. Ich kann euch nicht sagen, auf wie viele Gegner wir genau treffen werden. Es könnten fünf, acht oder zehn Männer sein, wir wissen es nicht.

Nun verlange ich von euch, dass ihr all eure Sinne anspannt! Gebt auf jedes Geräusch acht, das ihr vernehmt. Verhaltet euch selber ruhig – es wird, bis wir sie gefunden haben – kein

Wort gesprochen." Dann legte er seinen Finger über die Lippen und winkte mit der Hand, was so viel bedeuten sollte wie: Folgt mir, es geht los.

Ritter Wentzel und seine Mannen waren schon gut durchnässt – einige von ihnen bis zum Hals. Durch den Algenbelag, der sich auf den im Wasser liegenden Steinen befand, rutschten sie ständig aus, und manch einer landete mit voller Montur im kalten Weperwasser. Bei den Männern, die am Ufer entlanggingen, reichten die Nässe und der braune Schlamm nur bis zu den Knien. Die meisten von ihnen benutzten ihre Schwerter und Spieße im Wasser als Stütze.

Auch sie versuchten, sich so leise wie möglich zu verhalten. Die meisten Geräusche, die sie machten, wurden vom Gluckern und Rauschen des Wassers übertönt. Es kostete sie viel Kraft und Anstrengung, sich durch den Fluss fortzubewegen. Immer wieder rutschte einer der Männer aus und landete auf den Knien oder sogar auf dem Hinterteil. Jedem Sturz folgte stets ein kurzer Fluch. Simon, der neben Jacub hertrottete, hatte sich einen Stock als Gehhilfe zugelegt: „Verflucht, ist das anstrengend und kalt", flüsterte er seinem Bruder zu.

„Wir werden wohl noch einige Zeit unterwegs sein, bevor wir uns in der Nähe ihres Lagers aufbauen können", antwortete Jacub. Ritter Wentzel hob seinen rechten Arm und sagte leise: „Kurze Verschnaufpause."

Im Lager hatten die Geächteten zusammen mit ihren Huren einen Kreis gebildet. Sie saßen auf dem Waldboden, unterhielten sich und ließen den Weinschlauch kreisen. Ihre drei Anführer, Giselbert von Gallingen, Gerold von Rippenstein sowie Herbort von Genrohe, saßen in einer der Hütten und planten einen neuen Überfall: „Einmal sollten wir noch zuschlagen, aber so richtig", sagte Herbort. „Wenn ich dich so betrachte, hast du doch schon einen Plan, mein Freund", vermutete Gerold.

„Und zwar einen total verrückten, ihr werdet staunen! Wenn wir das so, wie ich mir das vorstelle, durchziehen, dann haben wir alle für Monate ausgesorgt", erklärte Herbort. Neugierig sahen ihn die anderen beiden an.

„Wir rauben die Stadtkasse von Lennep! Giselbert, du bist doch ein schlauer Fuchs! Du gibst dich als Kaufmann aus und erscheinst dort gut gekleidet im Rathaus, und nur mit dem Bürgermeister persönlich wird verhandelt. Du wirst vorgeben, ein wohlhabender Händler und Kaufmann zu sein, der eine Niederlassung, also ein Geschäft, in Lennep eröffnen möchte. Um es auch für den Bürgermeister interessant zu machen, sagst du einfach, du wärest Pelzhändler, würdest mehrere Male im Jahr Pelze dort angeliefert bekommen, sie dort lagern und natürlich auch verkaufen. Ein selbstsicheres Auftreten dürfte ja für dich kein Problem sein. Der Bürgermeister wird bemüht sein, dir dabei Hilfe zu leisten, denn er wittert ein attraktives Geschäft für seine Stadt. Nun folgt der wichtigste Punkt: Du legst einen Beutel mit Silberlingen auf seinen Tisch und bedankst dich freundlich bei ihm. Teile ihm mit, es sei ein Geschenk von dir für seine Freundlichkeit und Unterstützung. Nun müsste er das Geld in seine Truhe legen und verschließen. Jetzt solltest du herausfinden, wo er es verbirgt. Dann fragst du ihn, ob du deine Gewinne in Zukunft vorübergehend bei ihm deponieren könntest, und um sicherzugehen, lässt du dir zeigen, wo er es aufbewahren wird und wie es abgesichert ist. Wenn wir alle Informationen haben, gehen wir mit vier Leuten in die Stadt, vier reichen Kaufleuten. Unsere Gesichter kennt ja niemand, da wir sie bis jetzt bei jedem Überfall verborgen gehalten haben. In der Dorfschenke schmeißen wir eine Runde nach der anderen und geben den Bürgern das Gefühl, dass wir unermesslich reich wären. Wir selber aber trinken nur recht wenig. Gegen Mitternacht täuschen wir vor, uns zu verabschieden. Unser Gesinde würde uns mit Fuhrwerken am Kölner Tor abholen. Danach warten wir, bis alles ruhig ist, brechen ins Rathaus ein und holen uns die Geldtruhe."

Mit staunenden Blicken sahen ihn die Männer an: „Wie willst du denn die Truhe an der Torwache vorbeibekommen?", fragte Gerold nach.

„Ganz einfach: Wenn überhaupt, ist nur ein Wachmann auf den Beinen, der andere wird schlafen. Gerold geht schwankend auf ihn zu, tut so, als sei er betrunken, zieht seinen Dolch und sticht ihn ab. Dann folgen wir anderen mit dem Geld, gehen zu unseren versteckten Pferden, auf die einer von unseren Leuten aufgepasst hat, und reiten reich davon. Am darauf folgenden Tag sollten wir die Gegend schnellstens verlassen. Wir reiten nach Colonia und tauchen für einige Zeit dort unter, danach geht es in unser Winterquartier." Alle fanden Herborts Plan genial. Plötzlich nahmen sie vom Lagerplatz her Rufe wahr. Die drei Anführer sprangen auf und eilten nach draußen.

„Wir werden angegriffen, schrie laut einer von Herborts Leuten. Zu den Waffen, Männer!" Die Geächteten griffen nach ihren Schwertern und Spießen, die nur zwei Schritt von ihnen entfernt lagen.

Wie Gespenster traten die Soldaten mit gezückten Waffen in ihren Händen aus dem dichten Unterholz. Die fünf Geächteten stürzten sich auf die ersten aus dem Dickicht tretenden Angreifer, ihre drei Huren hielten plötzlich Knüppel in den Händen und warfen sich mit in die Schlacht. Sie wussten, dass sie von den Geächteten abhängig waren; sollten sie hier eine Niederlage erleiden, wäre auch ihr Leben zu Ende. Am Galgen baumeln würden sie – allesamt. Schnell bildeten sich die ersten Paare, die ihre Schwerter aufeinander niederprasseln ließen. Die typischen Kampfgeräusche hallten durch den Wald. Die Weiber verteidigten sich und schlugen mit ihren Knüppeln auf die Rücken der Soldaten ein. Schmerzerfüllte Schreie drangen aus den Kehlen der getroffenen Männer. Für die Soldaten des Grafen war es nicht leicht, sich gegen zwei Gegner gleichzeitig zu wehren. Ein weiteres lautes Stöhnen und Schreien drang durch das Unterholz. Die ersten Blutstropfen spritzten auf den Waldboden, um dort zu versickern. Altes braunes Laub wurde mit dem Saft des Lebens getränkt und verwandelte sich in ein dunkles Rot.

Herbort hatte die Situation schnell erkannt; er sah, dass weitere fremde Männer mit gezogenen Schwertern aus dem dichten Wald traten, um in Kampfstellung eiligst zum kleinen Vorplatz ihrer Hütten zu gelangen. Sogleich wusste er, dass er und seine Leute einer Übermacht gegenüberstanden.

„Los, Männer, holt die wertvollen Felle und unser restliches Geld! Wir verschwinden von hier. Wir nehmen die Pferde und reiten durch den Fluss bis zur Lichtung!", befahl Herbort.

Gerold von Rippenstein griff nach den Fellen, die in zwei Leinensäcken verstaut waren. Leicht konnte man sie quer über das Pferd legen, da sie mit einer Schnur verbunden waren und nicht allzu viel wogen. Giselbert von Gallingen raffte schnell noch die Geldbeutel zusammen, dann rannten sie mit Herbort zusammen hinter die Hütten, wo ihre Pferde angebunden waren.

„Was ist mit den anderen?", rief Giselbert. – „Das ist jetzt unwichtig, die werden hier niedergemacht. Wenn wir gerettet sind, suchen wir uns später neue Männer, und Huren finden wir an jeder Häuserecke. Die Männer, gegen die uns kämpfen, sind keine Anfänger – das sind Soldaten. Die wurden garantiert vom Grafen von Berg hierher geschickt. Unsere vielen Überfälle hat sie auf den Plan gerufen. Wir müssen jetzt schnellstens unsere eigene Haut retten", sagte Herbort. Währenddessen saßen sie auf, verließen unter dem Schlachtlärm den Platz, kehrten zum Fluss und ritten unauffällig und unerkannt in Richtung Lennep. Ihre Kaltblüter waren kräftige Pferde und gewohnt, unter Kampfeslärm ruhig zu agieren. Nun nahm Ritter Eberhard von Ehringhausen aus den Augenwinkeln wahr, dass da Männer versuchten, zu verschwinden. „Verflucht, da hauen welche ab", schrie er laut, aber es war bereits zu spät um sie zu ergreifen. Einem Soldaten des Grafen hatte man wohl den Schädel eingeschlagen. Er lag auf dem Bauch mit blutverschmiertem Hinterkopf, sein Helm lag einen Schritt entfernt im Gras. Eberhard hatte seinen Gegner bereits niedergestreckt und versuchte nun, sich einen Überblick über den Kampfverlauf zu verschaffen. Eine Hure hielt sich mit schmerzverzerrtem Gesicht ihren linken Arm, aus dem ein Rinnsal Blut floss. Einer der Geächteten lag mit abgeknicktem Kopf tot auf dem Boden. Es war der Geächtete, den man den Messerwerfer nannte. Seine Messer hatten ihm jedoch in diesem Nahkampf nicht viel genutzt, also hatte er zum Schwert gegriffen, mit dem er aber keine großen Erfahrungen hatte. Daraufhin wurde er von einem Soldaten mit einem schweren Streich am Hals getroffen, genau am Ende seiner Kettenhaube. Durch die Wucht des Schlages wurden Arterien und Sehnen durchtrennt, somit lag er in einer großen Blutlache, und der rote Saft versickerte langsam ins Erdreich.

Die Soldaten bildeten nun einen Ring um die noch kämpfenden Geächteten. Ihre Gegenwehr erlosch aber zusehends. Dann rief Ritter Eberhard laut und deutlich: „Stellt sofort die Kampfeshandlungen ein, lasset eure Waffen fallen und ergebt euch. Eure Anführer haben sich bereits feige aus dem Staub gemacht."

Einer der Geächteten war bereits tot, eine Hure schwer verletzt. Die anderen hatten leichtere Verwundungen und waren übersät mit blauen Flecken, Blutergüssen und Schnittwunden. Da der Überfall für sie zu plötzlich gekommen war, hatten sie nicht mehr die Zeit und die Möglichkeit gehabt, ihre Schutzkleidung anzulegen. So nahmen sie den Kampf ohne Kettenhaube und Kettenhemd auf, ohne Lederharnisch oder was sonst noch ihrem Schutze diente. Nach der Aufforderung des Ritters sahen sie ihre Hilflosigkeit ein. Mit gesenktem Haupt warfen sie ihre Waffen auf den Waldboden. „Fesselt sie", rief Eberhard. Einer der Soldaten warf die mitgebrachten Stricke auf den Boden. Die vier Geächteten und die beiden Huren standen in der Mitte des Kreises und wurden von den Schwertern der Soldaten in Schach gehalten. Dann nahmen zwei Soldaten die Stricke auf und fesselten ihnen nicht gerade zimperlich die Hände auf dem Rücken. Der verletzten Hure banden sie ein Stück Linnen um den Arm, um die Blutung zum Versiegen zu bringen. Ritter Eberhard hatte nun die Situation fest im Griff. Dann zeigte der Ritter auf zwei seiner Leute: „Ihr beiden nehmt unseren toten Soldaten mit. Er soll auf dem Burgfriedhof eine würdige Bestattung erhalten. Den Kerl da mit seinem halb durchtrennten Hals, den könnt ihr liegen lassen – der ist Nahrung für den Wald, den holen sich die Würmer und die Krähen", sagte Eberhard und machte sich danach auf, um sich die Hütten etwas näher von innen anzusehen. Die anderen warteten so lange auf ihren Anführer. Er durchstöberte die Hütten und trat nach einer gewissen Zeit wieder auf den Platz: „Nichts Nennenswertes, nur Gelumpe und Essensreste, ein paar Weinschläuche und Schafspelze. Die drei, die geflüchtet sind, haben sicherlich ihre wertvollsten

Sachen mitgenommen. Eberhard ging auf einen der Gefangenen zu: „Wer waren die drei? Waren es eure Anführer?"

Er erhielt keine Antwort. Dann rammte der Ritter wie aus heiterem Himmel seine Faust in die Magengrube des Geächteten. Der fiel wie ein Sack in sich zusammen und lag stöhnend auf dem Waldboden. Zwei Soldaten des Grafen zogen ihn sogleich wieder hoch und stellten ihn auf die Beine. „Gut", sagte er weiter, „ihr müsst nicht antworten, ich kann das sofort hier erledigen." Dann zog er sein Schwert: „Bück dich, du Hundesohn, ich möchte dir den Kopf abschlagen." Ohne zu zögern, ließ sich der Mann auf die Knie gleiten und sagte: „Wir werden sowieso gehängt, und das dauert – da ist mir Kopfabschlagen schon lieber, weil es schneller geht." Eberhard holte mit seinem Schwert weit aus. „Nein, nein, bitte nicht, ich sage Euch alles, was Ihr wissen wollt", schrie eine der Huren voller Verzweiflung. Eberhard senkte sein Schwert: „Dann folge mir." Er nahm sie an die Hand, zog sie hinter sich her und stieß sie in die Hütte. „Setz dich, erzähl mir alles: wer ihr seid, die Namen der Anführer, wo eure Raubzüge stattfanden – alles, ich will alles wissen." Dann fing sie weinend an zu erzählen.

„Geht in Stellung, Männer, da kommen Reiter durch den Fluss", kommandierte Ritter Wentzel, der Hufschlag vernommen hatte.

Jacub, Simon und die anderen Gildensöhne standen mit gezückten Schwertern in zweiter Reihe hinter Wentzel. Dann sah der Ritter die drei Reiter durch den Fluss kommen. Herbort hatte die jungen Burschen ebenfalls entdeckt: „Köpfe runter und durchgaloppieren, wir reiten sie nieder", schrie er seinen Männern zu. Wentzel sah, dass die schweren Schlachtrösser genau auf sie zugeritten kamen.

„Schützen: bereithalten, Spieße nach vorn." Panik brach unter den Burschen aus, als sie sahen, dass die schweren Pferde wie eine bewegliche Wand aus Leibern auf sie zugeritten kamen. Die ersten schossen schon ihre Pfeile ab, als sich noch gar keine Möglichkeit ergab, überhaupt einen der Geächteten zu treffen. Herbort trieb seinem Ross die Absätze in die Flanken. Wild mit den Schwertern um sich wedelnd, sprangen die Burschen beiseite. „Schießt", rief Wentzel. Einer der Pfeile eines Armbrustschützen versenkte sich im seitlichen Teil des hölzernen Sattels. „Gib den Bogen her", schrie Wentzel und riss ihn einem seiner Schützlinge aus der Hand. Blitzschnell legte er den Pfeil auf die Sehne, zielte und schoss. Herbort war schon durchgebrochen und an den Burschen vorbei, als ihn Wentzels Pfeil von hinten traf und seinen linken Oberarm durchbohrte. Man hörte noch einen lauten Schmerzensschrei aus seiner Kehle dringen. Nun war Gerold von Rippenstein auf gleicher Höhe mit den Lennepern. Der schlug abwechselnd nach beiden Seiten mit seinem Schwert nach den Burschen. Einer der Jungen stand zu weit in der Flussmitte, wurde darauf von dem Pferd umgeritten und bekam einen Huftritt auf seinen Oberschenkel verpasst. Schreiend fiel er ins Wasser. Dann war auch der zweite Geächtete an ihnen vorbei. Nun sah Wentzel noch Giselbert von Gallingen auf sich zu reiten. Der Ritter verlor nun die Geduld und riss einem weiteren Burschen, der hinter ihm stand, den Spieß aus der Hand.

Als Giselbert kurz vor ihm war, rammte Wentzel den Spieß von unten hinauf direkt in den Bauch des Geächteten. Der wollte sein Pferd noch herumreißen, doch es war bereits zu spät. Er ritt praktisch in die Spitze der Lanze hinein, die sich daraufhin schräg hoch bis zu seinem Herzen bohrte. In hohem Bogen flog er rückwärts aus dem Sattel über das Hinterteil seines Pferdes und landete im Fluss, der sich sofort rötlich verfärbte. Ein furchtbares Röcheln verließ seine Lippen, dann war Giselbert ein toter Mann. Damit war auch schon alles vorbei. Ein toter Feind, ein verletzter Nachwuchssöldner mit gebrochenem Oberschenkel und zwei, die entkommen konnten – das war die Bestandsaufnahme ihres Abenteuers.

„Ihr beiden, nehmt den Toten mit, du nimmst seinen Gaul, und ihr beiden dort stützt euren verwundeten Mitstreiter. Auf geht's, zurück zum Einstieg." Die Burschen wussten, dass sie fast alles falsch gemacht hatten. So hatten sie sich das Söldnerleben mitnichten vorgestellt. Die Realität sah doch irgendwie anders aus. Aber ihr Respekt vor Ritter Wentzel stieg ins Unermessliche – wie er den Geächteten aufgespießt hatte! Nun betrachteten die Burschen ihren Ausbilder voller Bewunderung.

Tilmann Wüllenweber saß auf seinem Pferd: „Ich reite ein Stück durch den Fluss, ihnen entgegen", sagte er zu dem Medicus. Gerade, als er sein Pferd ins Wasser führen wollte, sah er Herbort und Gerold heraneilen. „Wo kommen die denn so plötzlich her?", dachte er. Dann fiel es ihm wie Schuppen von den Augen und er beging einen großen Fehler, denn er zog sein Schwert, als die beiden Anführer der Geächteten an ihm vorbeigeritten kamen. „Bleibt stehen, ihr Halunken", rief er, gab seinem Pferd die Sporen und verfolgte sie. Tilmann war schneller als sie, denn er hatte keinen Vollblüter unter sich, sondern einen gekreuzten Araberhengst.

„Bist du des Wahnsinns? Bleib hier, du Idiot. Tilmann, komm zurück", rief der Medicus Gerold vom Steinberg hinter ihm her. Doch Tilmann war wie im Rausch. Er wollte den Strauchdieben das Handwerk legen. Schnell kam er näher heran und konnte die beiden Linnensäcke auf einem der Pferde erkennen, die beim Galoppieren auf und ab wippten. Ihm war klar das es sich um gestohlene Ware handeln musste. Dann sah er, dass der andere Reiter einen Pfeil im schlaff herabhängenden Arm stecken hatte. Als er noch fünf Schritt von den beiden entfernt war, drehte sich Gerald von Rippenstein mit dem Oberkörper im Sattel um, legte einen Pfeil in seinen Bogen und spannte die Sehne. Mit einem Zischen flog der Pfeil los.

Tilmann verspürte einen fürchterlichen Schmerz in seiner linken, oberen Brust. Ihm wurde schwarz vor Augen, und er fiel aus dem Sattel – genau in ein dichtes Brombeergestrüpp. Die Dornen, die sein Gesicht böse zerkratzten, spürte er nicht mehr, als er mit dem Gesicht nach unten zwischen den einzelnen Ranken des Strauches auf dem Boden aufschlug. Sein Gaul rannte noch einige Meter hinter den anderen her, blieb dann jedoch stehen und fing an zu grasen. Herbort und Gerold waren verschwunden – mit ihrer ganzen Erfahrung im Kampf konnten sie sich gegen eine Übermacht in Sicherheit bringen.

Als Ritter Wentzel mit seinen Helden aus der Weper stieg, fragte Jacub: „Wo sind denn mein Vater und der Medicus?"

Die Männer sahen sich suchend um. Dann hörten sie etwas weiter unterhalb der Weper jemanden laut schreien, der wild mit den Armen wedelte.

„Das ist der Medicus", sagte Jacub, der das Schlimmste befürchtete und sogleich loslief. Als er bei ihm ankam, sah er seinen Vater zwischen den Brombeeren liegen. „Heilige Maria, was ist denn geschehen?"

„Dein Vater wollte den Helden spielen, hat die Geächteten verfolgt und wollte sie stellen. Sie haben ihn aus dem Sattel geschossen. Schnell, wir packen seine Beine und ziehen ihn da raus", sagte der Medicus, der laut fluchte und sich große

Sorgen um seinen alten Freund machte. Zwei Männer eilten herbei, um mit ihren Schwertern das dornige Gebüsch auseinanderzudrücken. Als sie Tilmann am Ufer abgelegt und umgedreht hatten, sahen sie sein blutiges, von den Dornen zerkratztes Gesicht. Jacub stotterte: „Ist er tot?"

„Nein, das sieht schlimmer aus, als es tatsächlich ist." Der Medicus beugte sich über ihn und brach einen Teil des in der Brust steckenden Pfeiles ab: „Das hier bereitet mir größere Sorgen als die Kratzer in seinem Gesicht. Geh, hol die anderen und meinen Wagen; wir legen ihn auf die Ladefläche, wo ich ihn notdürftig verbinden kann. Dann erzähle mir, wie es bei euch gelaufen ist, wenn wir zurück auf dem Weg nach Lennep sind. Dein Vater muss schnellstens behandelt werden, bevor sich die Wunde entzündet."

Elmar von Altenhofen, der Amtmann von Huckengeswage, war mit Ritter Eberhard, den Soldaten und den Gefangenen bei den anderen eingetroffen. Tilmann war immer noch ohne Bewusstsein und lag auf dem Wagen – neben ihm mit schmerzverzerrtem Gesicht der junge Bursche mit dem gebrochenen Oberschenkel. „Nehmt eure Pferde, begleitet den Medicus und die Verletzten nach Lennep. Ich komme später nach. Wir müssen sehen, dass wir die Huren sowie die gefangenen Geächteten nach Neuenberge bringen", sagte Ritter Wentzel.

Jacub und Simon waren ganz außer sich vor Sorge. So schnell es die Verletzten zuließen, fuhren sie nun zurück.

„Direkt zu mir, in mein Haus, da habe ich alle Instrumente, die ich benötige, um diese verfluchte Pfeilspitze aus seiner Brust zu operieren", deutete der Medicus an.

„Ich reite voraus und sage Mutter Bescheid", sagte Simon und galoppierte los. Jacub band sein Pferd am Ende des Fuhrwerkes fest und setzte sich auf den Kutschbock neben den Medicus.

„Wird Vater die Verletzung überleben?"

„Wenn sich die Wunde nicht entzündet, das heißt, wenn sich kein Eiter bildet, dann ja – aber ich kann dir nichts versprechen. Er darf auf keinen Fall Fieber bekommen. Der Pfeil muss raus, dann warten wir die nächsten Tage ab", antwortete der Medicus.

„Das mit Vater ist unsere Schuld. Hätten wir die beiden Flüchtigen nicht entkommen lassen, dann hätten sie auch nicht unseren Vater aus dem Sattel schießen können. Wir waren einfach zu blöd für diese Aktion, meine Güte", sagte Jacub, „war das ein Tag!"

Ritter Eberhard führte den Trupp zurück nach Huckengeswage an. Sie hatten sich geeinigt, die Gefangenen dort im Verlies unterzubringen.

„Wir senden unserem Grafen eine Nachricht, dann kann er entscheiden, was mit ihnen und den Huren passieren soll. Wie ich unseren gerechten Grafen kenne, werden sie noch angehört, bevor er sie vor ein Gericht stellt, wo sie verurteilt werden. Ich hätte sie sofort aufgehängt", sagte Ritter Eberhard. – „Jaja, unser Herr Graf der Sanftmütige! Ich hätte den Strauchdieben auch sogleich die Rübe abgehauen. Was die alles hier in der Gegend angerichtet haben! Weiß der Teufel, wie viele brave Schäfer und Kaufleute sie auf dem Gewissen haben …", gab der Ratsmann von sich.

„Ihr habt ein großes Mundwerk – dafür, dass ihr bei der Schlacht nicht dabei gewesen wart", sagte Eberhard, lachte aber dabei. Der Amtmann sah leicht beleidigt zur Seite, sagte aber dann: „Wie geht es weiter?"

„Wenn die Geächteten in eurem Verlies schmoren, reite

ich mit meinen Männern zur Burg zurück. Ihr braucht also dem Grafen keine Nachricht zukommen zu lassen; ich werde ihm persönlich Bericht erstatten. Ob die Verhandlung dann hier in Huckengeswage, in Lennep oder aber auf seiner Burg stattfinden soll, das kann er dann selbst entscheiden", sagte Eberhard.

Der Amtmann nickte: „Ist ja auch egal, wo und in welcher Stadt sie zum Tode verurteilt werden."

Dann erreichten sie die Stadt Huckengeswage und warfen die Gefangenen in den Kerker. Die vier Männer saßen in einer Zelle, die Huren im Raum nebenan, sicher an Händen und Füßen angekettet.

Ritter Eberhard verabschiedete sich von dem Amtmann und ritt mit seinen Männern zurück nach Neuenberge, wo sie erst in der Dunkelheit ankommen würden.

Kapitel 11

Äußerst unruhig wartete Anneliese auf ihren verletzten Mann. Sie stand neben der Torwache und ging nervös und angespannt einige Schritte hin und her, dann wechselte sie von einem Bein auf das andere. Simon hatte sein Pferd dem Stallburschen übergeben und eilte ebenfalls zum Tor.

Dann sahen sie die ersten Reiter ankommen; als Letztes folgte der Wagen des Medicus. Die Burschen ritten auf direktem Weg durch das Tor in die Stadt, um ihren Eltern von dem Teilerfolg zu berichten – nur die Anführer hatten sie nicht erwischt, sie waren leider entkommen. Als der Wagen über die dicken Holzbohlen rollte, sprang Anneliese mit gerafftem Kleid auf die Ladefläche. „Tilmann, was ist los? Bist du denn verrückt? Was hast du denn da für einen Unsinn verzapft."

„Er kann dich nicht hören, er ist bewusstlos, Anneliese", rief ihr der Medicus zu.

Am Haus des Medicus angekommen, trugen die Männer die Verletzten in den Behandlungsraum. Gerold ging sofort los, um sich die Hände zu waschen. Tilmann war noch immer ohne Bewusstsein, deshalb kümmerte sich der Medicus zuerst um den Jungen, den Sohn eines Weinhändlers. Er sah sich den Oberschenkel an und steckte ihm daraufhin ein Stück Holz zwischen die Zähne. „Draufbeißen, es tut weh – ich muss dein Bein richten und schienen." Mit einem gekonnten Dreh brachte er den gebrochenen Knochen in die richtige Stellung. Der Bursche gab einen lauten Schmerzensschrei von sich und fiel daraufhin ebenso in Ohnmacht.

„Komm, Annelieses, halt die Holzschienen hier fest, dann kann ich sein Bein stabilisieren und verbinden – der spürt jetzt nichts mehr. Sechs Wochen darfst du mit dem Bein nicht auftreten, hast du mich verstanden? Auf dem anderen Bein hüpfend oder mit Krücken kannst du dich bewegen, wenn du auf das heimliche Gemach musst. Solltest du nicht auf meinen Ratschlag hören, wachsen die Knochen falsch zusammen und du wirst ein Krüppel bleiben", gab der Medicus dem Ohnmächtigen nervös seinen Rat.

„So, und nun zu deinem Mann, der da meinte, den Helden spielen zu müssen. Hier stellt sich mir eine schwerere Aufgabe, und ich brauche deine Hilfe. Zuerst zieh ihm vorsichtig das Hemd aus."

Anneliese zog sein Hemd hoch, wollte es gerade über den Kopf ziehen, als Tilmann das Bewusstsein zurückerlangte. „Wo bin ich", stotterte er und sah sich im Raum um.

„Keine Aufregung, du bist schwer verletzt und liegst bei deinem Freund, dem Medicus, auf dem Tisch. Ein Pfeil steckt in deiner Brust zwischen Schulter und deinem Herzen."

„Ich erinnere mich, die Geächteten."

„Pssst, nicht sprechen, das strengt nur unnötig an. Gerold wird dir die Pfeilspitze entfernen", sagte Anneliese zu ihrem Mann; dabei sah sie sich die Wunde und den tief im Fleisch steckenden Pfeil an. Ihr Mann schien große Schmerzen zu haben, auf seiner Stirn standen Schweißperlen, sein Kopf fühlte sich heiß an.

Der Medicus breitete auf einem Laken sein Besteck aus. „Leg ihm ein Stück Holz zwischen die Zähne – solange er bei Bewusstsein ist, wird er starke Schmerzen haben. Ich kann beim besten Willen nicht sagen, wie lange ich benötige, um die Spitze zu entfernen. Die Biester haben hässliche Widerhaken, die sich ins Fleisch bohren. Es ist passiert, was ich befürchtet hatte: Er hat Fieber bekommen, und das gefällt mir überhaupt nicht." Jacub und sein Bruder Simon saßen auf einer Holzbank an der Fensterseite des Raumes. Man sah ihnen an, dass sie sich die größten Sorgen um ihren Vater machten;

sie ließen aber den Medicus arbeiten und stellten keine unnötigen Fragen.

Gerold hielt das kleine, scharfe Messer in der rechten Hand. „Ich muss jetzt hier einen Schnitt machen, die Einschussstelle vergrößern, sonst komme ich nicht an die Pfeilspitze heran. Nimm die Tücher und fang damit die Blutung auf", wies er Anneliese an.

Tilmann biss fest auf das Holz, dann schnitt ihm der Medicus ins Fleisch. Ein Stöhnen durchdrang den Raum. Dann versuchte er, den Pfeil mithilfe einer flachen Zange am abgebrochenen Holzschaft herauszuziehen, was aber nicht gelang. „Verflucht", stöhnte er, „er sitzt hinter einem Knochen. Die Widerhaken verhindern das Entfernen." Er bewegte den Pfeil hin und her, aber die Spitze hatte sich am Knochen verkeilt. Nun floss vermehrt Blut aus der aufgeschnittenen Wunde. Ein Linnen war schon vollgesogen, und Anneliese griff nach einem weiteren Tuch.

„Ich muss die Zange ansetzen und versuchen, die Eisenspitze in der Wunde zu drehen, um sie dann herauszuziehen."

Er legte sein Messer beiseite und griff nach einer weiteren, bereitliegenden Zange.

Mit diesem Werkzeug in der Linken hielt er den Holzschaft des Pfeiles fest, mit der Rechten fuhr er tief in die Wunde, um an dessen Ende zu gelangen. Tilmann stöhnte laut und fiel danach wieder in die Bewusstlosigkeit.

„Ich glaube, ich bekomme sie zu fassen – warte, du Drecksvieh, gleich habe ich dich." Er griff fester zu, drehte die Zange mit einem gekonnten Ruck und zog den Pfeil blitzschnell heraus. An seinem Ende hing die eiserne Spitze, an der man die üblen Widerhaken genau erkennen konnte.

„Da ist das Vieh", sagte der Medicus und warf den Pfeil in eine Schale.

Annelieses drückte fest auf die Wunde, um die Blutung zu unterbinden.

Gerold vom Steinberg goss etwas Wein in die Wunde. Warum er das tat, das wusste er so genau auch nicht, aber alle Bader und Chirurgen machten es so. Dann verband er die Wunde: „Ich werde jeden Tag nach ihm sehen und ihm einen neuen Verband anlegen. Möchtest du, Anneliese, dass er vorerst hier bei mir bleibt?" Irritiert schüttelte sie den Kopf: „Nein, wir nehmen ihn mit nach Hause. Simon, geh zu den Stallungen und hol unseren Wagen. Wir bringen Vater zurück und legen ihn in sein Bett; da hat er seine Ruhe."

„Ich gehe mit", sagte Jacub.

„Hallo, Mutter, der Wagen steht doch vor der Türe. Damit haben wir Vater doch hierher gebracht", sagte Simon.

Anneliese fasste sich an die Stirn. In ihren Augen bildeten sich Tränen – jetzt, da die Anspannung vorbei war. „Natürlich, Simon, du hast ja recht! Ich bin nur etwas durcheinander. Ich könnte deinen Vater im Nachhinein noch ohrfeigen. Den Held spielen, um dabei fast noch umzukommen – wenn ich so etwas schon höre!"

Als Tilmann in seinem Bett lag, machte sich Anneliese daran, Wadenwickel aufzulegen. Der Medicus hatte ihr empfohlen, diese ständig zu erneuern, um das Fieber zu senken. Ihr Mann drehte seinen verschwitzten Kopf hin und her; er schien Fieberträume zu haben. Karl, ihr Vorarbeiter, sah vorbei, um sich nach Tilmanns Wohlergehen zu erkundigen. Auch Hugo und Sven standen plötzlich am Bett ihres Großvaters: „Was hat Opa denn? Warum spricht er nicht mit uns?", fragte Sven seine Oma. „Er ist verletzt, Sven. Opa hat die Diebe und Mörder gejagt; er hat einen Pfeil in die Brust bekommen, den der Medicus entfernt hat. Nun braucht euer Opa Ruhe, damit er wieder gesund wird", erklärte ihnen die Oma. Sven zog Hugo am Ärmel seines Hemdes: „Komm, wir gehen zu den Schafen auf die Weide", dann rannten die beiden Brüder auch schon los. Auch Karl ging zurück in die Stallung. Anneliese war nun allein mit ihrem Mann. Sie tupfte mit einem Tuch den Schweiß aus seinem Gesicht, dachte dabei an die langen Jahre, die sie mit ihm gemeinsam verbracht hatte. Anneliese faltete die Hände und betete: „Lieber Gott, lass ihn bitte noch einige Zeit bei mir – er ist so ein guter Ehemann, Vater und Großvater. Er ist noch zu jung, hol ihn bitte noch nicht in dein Reich; wir alle brauchen ihn hier auf Erden." Dann legte sie ihren Kopf auf seinen Bauch und fing bitterlich an zu weinen.

Jacub ging ins Rathaus, um Heinrich Kottsieper aufzusuchen, Vaters Stellvertreter. Er wollte eine genaue Schilderung des Vorfalls haben, außerdem eine detaillierte Berichterstattung über die vergangene Schlacht. Jacub saß vor dem Schreibtisch, dahinter auf einem Stuhl Heinrich. Dieser hatte den Platz seines Vaters eingenommen.

Irgendwie stieß es dem jungen Wüllenweber übel auf: „Noch ist mein Vater nicht tot", dachte Jacub, verwarf aber seinen Gedanken, weil er wusste, dass Heinrich ein uralter Freund seines Vaters war und solche Gedanken nicht hegte. Hunderte von Fragen prasselten auf Jacub nieder. Alles musste er dem zweiten Bürgermeister genauestens schildern. Als er am Ende angelangt war, meinte Heinrich: „Dann bin ich ja mal gespannt, wo die Gerichtsverhandlung stattfindet und wo man die Halunken hängen wird. Das gibt ein riesiges Volksfest! Sollte es hier in Lennep sein, käme mir das sehr zupass. Lennep würde noch bekannter, viele Leute besuchten unsere Stadt, die Gaststuben machten guten Umsatz und es wäre wieder einmal richtig was los im Städtchen."

Jacub verabschiedete sich von Heinrich. Im Hinausgehen dachte er: „So kann auch nur ein Bürgermeister denken." Als er das Ämterhaus verließ, traf er vor der Türe seinen Bruder, der auf dem Weg zum neuen Gasthof war, um seiner neuen Eroberung einen Besuch abstatten. „Na, Brüderchen, auf den Spuren Amors?"

„Kümmere dich um deine Gundula und deine Kinder?", fauchte Simon Jacub an.

„Sei doch nicht immer so gereizt, wenn ich dich auf deine neue Freundin anspreche, Brüderchen!"

„Lasst mich doch einfach alle zufrieden! Wenn meine Beziehung in trockenen Tüchern ist, werdet ihr es als Erste erfahren", sagte Simon und ließ seinen Bruder stehen. Er ging zum Gänsemarkt; im Gasthof wollte er etwas trinken, später dann vielleicht mit Elfi sich ein wenig die Füße vertreten.

Man merkte ihr sofort an, dass sie sich über seinen Besuch sehr freute. Sie begrüßte ihn mit einem Lächeln. Simon gönnte sich ein Bier, meinte dann, er wolle ihr die Schafherde zeigen, die sich gerade in der Nähe auf den Wiesen vor dem Schwelmer Tor befände.

„Ich sage nur noch eben meinem Vater Bescheid", sagte Elfi. Ihre Eltern waren damit beschäftigt, an der Kochstelle einen Eintopf für die Abendgäste vorzubereiten. Rokko Ronaldi sah den jungen Wüllenweber: „Wer isste der junge Manne?"

„Wir gehen vor die Stadtmauer, er möchte mir seine Schafsherde zeigen", gab Elfi zurück.

„Ick diss nokemal fragen, wer isste der junge Manne?"

Irgendwie ging ihr Vater ihr auf den Geist – schließlich war sie kein kleines Kind mehr: „Isste Sohn von de Burgermeiste, heisste Simon Wullenweber", gab sie etwas patzig zurück und machte ihren Vater nach.

Der sah sie böse an: „Inne swei Stunden biste zuruck", antwortete er mit einem verächtlichen Blick auf seine Tochter.

Schnell entfernten sich die beiden und verschwanden aus dem Gasthof, von wo es nur ein paar Schritte zum Schwelmer Tor waren. Simon hatte recht – bald sahen sie die Herde: „Ich stelle dir unsere beiden Schafhüter und unseren Hütehund vor; sie sind dort drüben und bewachen die Tiere." Auf dem Weg dorthin erzählte ihr Simon die Geschichte der Geächteten, von den Überfällen auf die Herde und die Händler, von der Festnahme in den Wäldern vor Huckengeswage und dass zwei aus der Bande entkommen konnten. Elfi hörte gespannt zu. „Aber das Schlimmste ist, dass mein Vater schwer verletzt zu Hause liegt. Einer der Räuber hat von seinem Pferd aus auf ihn geschossen. Er hat eine fürchterliche Wunde oberhalb der linken Brust, die nur schlecht heilen dürfte, wie unser Medicus sagte. Jetzt hat er auch noch Fieber hinzubekommen", erzählte Simon seiner neuen Freundin. „Das tut mir wirklich sehr leid", antwortete Elfi. Dann erreichten sie die Herde und gingen zu den Schäfern, wo ihr Simon einiges über die Wolle und das Tuchhandwerk erklärte.

Gerold vom Steinberg stand am Bett seines Freundes. Neben ihm befand sich Tilmanns Frau und hielt sich die Hände vors Gesicht. Gerold sagte: „Das verfluchte Fieber will nicht runtergehen. Was mich fertigmacht, ist: Ich weiß nicht, warum. Von seinen Kratzern im Gesicht kann das Fieber nicht stammen; seine Wunde sieht gar nicht so schlecht aus."

„Seit zwei Tagen fiebert er dahin, isst nichts und trinkt keinen Schluck. Ich befeuchte nur regelmäßig seine trockenen Lippen. Manchmal stammelt er ein paar unverständliche Worte – ich weiß nicht mehr, was ich für ihn tun kann", gab Anneliese voller Verzweiflung von sich.

Gerold überlegte: „Ich bin mit meinem Latein ebenso am

Ende, aber Tilmann ist ein zäher Hund, der stirbt nicht so schnell. Sein Körper kämpft gegen das Fieber an, und wir sollten noch bis morgen abwarten. Sollte sich keine Besserung einstellen, lasse ich einen Mönch aus dem Beyenburger Kloster holen; vielleicht sieht der eine Möglichkeit, ihm zu helfen."

Jacub betrat die Stube. Er sah sogleich, dass es seinem Vater nicht besser, sondern eher schlechter ging. Gerold begrüßte ihn kurz: „Grüß dich, Jacub. habe gerade mit deiner Mutter vereinbart, dass wir noch bis morgen warten wollen." Jacub nickte, und auch ihm sah man die Verzweiflung an. Dann klopfte es an der Tür. „Ich geh schon, Mutter", sagte Jacub und schritt zur Tür. Als er sie geöffnet hatte, stand Ritter Wentzel vor ihm: „Ich habe einige Neuigkeiten. Doch zuerst: Wie geht es deinem Vater?"

„Seht selbst – da liegt er, und es sieht nicht gut mit ihm aus." Wentzel trat ans Lager und sah den schweißnassen Tilmann auf seinem Bette liegen. Er drehte sich wieder um: „Ich habe die Ausbildung hier beendet und war gestern auf Neuenberge, um unserem Grafen Bericht zu erstatten. Im Großen und Ganzen war er mit unserer Aktion zufrieden, nur dass uns zwei von ihnen entkommen sind, fand er nicht so gelungen. In zwei Wochen, also Mitte September, soll die Gerichtsverhandlung auf Neuenberge stattfinden. Wie er mir sagte, handele es sich nur um eine Formsache – die Beweise gegen die Geächteten seien ja erdrückend. Sie dürften alle gehängt werden. Was allerdings mit ihren Weibsbildern passiert, das muss dann der Richter entscheiden", berichtete ihnen Wentzel.

„Das hört Vaters Vertreter Heinrich Kottsieper womöglich nicht so gerne. Er hätte die Verhandlung sowie die Hinrichtung am liebsten hier in Lennep gehabt – eine Großveranstaltung, die Leute in die Stadt zieht und die Kassen klingeln lässt", sagte Jacub. Ritter Wentzel verabschiedete sich von den Tilmanns und vom Medicus, um seinen Rückweg nach Neuenberge anzutreten. „Vielen Dank noch einmal für Eure Ausbildung, Herr Ritter", bedankte sich Jacub bei ihm. Mit einem „Hum" verließ er die Stube.

„Ich mach mich auch auf den Weg. Ich sehe morgen früh wieder bei Tilmann vorbei", meinte auch der Medicus und folgte dem Ritter. Als alle gegangen waren, schob sich Anneliese einen Stuhl ans Krankenbett ihres Mannes. Sie setzte sich, bereitete neue Wadenwickel vor und tupfte ihm den Schweiß von der Stirn. Dann faltete sie die Hände und betete erneut zu Gott. Sie flehte ihn um Hilfe an und versprach ihm, auch jeden Sonntag in die Kirche zu gehen.

Am nächsten Morgen zur Terz stand schon der Medicus vor ihrer Türe und klopfte laut. Mit wirren Haaren und einem verschlafenen Gesichtsausdruck öffnete Anneliese.

„Ah, du bist es – komm rein. Ich fürchte, es ist keine Besserung eingetreten."

Gerold, der Medicus, ging ans Bett und betrachtete sich seinen Freund.

„Er hat in der Nacht wirre Worte von sich gegeben. Ich habe versucht, ihn anzusprechen, aber er zeigte keinerlei Reaktion. Seit drei Tagen hat er nichts gegessen und getrunken. Der Teufel ist in seine Glieder gefahren", erklärte Anneliese. Während Gerold sich die Wunde ansah, betraten leise Jacub und Simon die Stube. Sie hörten noch, wie Gerold sagte: „Ich bin mit meinem Latein am Ende – wir müssen damit rechnen, dass er in den nächsten Tagen sterben wird."

Jacub verzog das Gesicht. Es kam ihm vor, als hätte ihn ein Schwerthieb getroffen. „Nein, niemals, das wird nicht passieren! Eine Möglichkeit haben wir noch. Mir fallen da die

Worte des Amtmannes aus Huckengeswage ein. Er erzählte uns bei unserem Besuch dort, dass die Minne Leuten das Leben gerettet habe, die man bereits aufgegeben hatte."

„Was hast du vor?", fragte ihn seine Mutter.

„Ich möchte nichts unversucht lassen – will mir später keine Vorwürfe machen müssen. Ich nehme jetzt auf der Stelle mein Pferd mit einem zweiten Gaul und reite nach Huckengeswage, und werde nicht ohne Minne zurückkommen." Er drehte sich auf der Stelle um, ging zur Tür und warf sie beim Verlassen ins Schloss. Keine zehn Minuten später hörte Anneliese, wie er durch die Wallstraße an ihrem Haus vorbeigeritten kam. Schnell ließ er die Stadt hinter sich; das zweite Pferd hielt er am Zügel. „Es tut mir leid, aber heute kann ich euch nicht schonen", sagte er zu seinen Tieren. In Gedanken versunken war er damit beschäftigt, alle Möglichkeiten auszuloten, die seinen Vater retten könnten. Nach einiger Zeit ritt er an der Stelle vorbei, wo man seinen Vater vom Pferd geschossen hatte, und dann folgte der Pfad, den die anderen benutzt hatten. Dann endlich sah er die Stadt und ritt einfach an der dumm dreinschauenden Stadtwache vorbei, auf direktem Weg zum Rathaus. Die Torwache sah ihm mit offen stehendem Mund nach und schüttelte den Kopf.

Jacub band die Pferde vor der großen Rathaustür an einer Stange fest. Hier befand sich auch ein Pferdetrog, sodass die Tiere endlich trinken konnten. Schnellen Schrittes eilte er in den Ratssaal, wo letztens die Besprechungen stattgefunden hatten. Der Bürgermeister Elmar von Altenhofen sprang erschreckt auf die Beine, als er die Tür laut zuschlagen hörte.

„Meine Güte – habt Ihr mich erschrocken! Ihr seid doch der junge Wüllenweber! Was verschlägt Euch hierher?"

Jacub ließ sich auf einen Stuhl sinken: „Habt Ihr etwas Wasser für mich?"

„Moment, ich lasse Getränke holen", dabei klingelte er mit einer Tischglocke. Kurze Zeit später erschien der Ratsdiener. Er erhielt den Auftrag, verschwand und war schon nach zwei bis drei Minuten mit einem Krug frischem Wasser und mit Bechern zurück. Der Ratsmann sah Jacub fragend an. Dann sprudelte es aus diesem nur so hervor.

Er erzählte ihm den ganzen Krankheitsverlauf seines Vaters. Zum Schluss sagte er dann: „Und deshalb will ich die Minne mitnehmen, denn wenn ich mich recht erinnere, sagtet Ihr damals, sie habe schon manchem Bürger der Stadt helfen können. Unser Medicus Gerold vom Steinberg hat meinen Vater bereits aufgegeben. Ich möchte mit Eurer Minne einen letzten Versuch starten."

„Das ist keine gute Nachricht, junger Wüllenweber! Welch eine Schmach, dass zwei der Täter auch noch entkommen konnten! Gut, reitet zur Weper und fragt unsere Stadtwache nach Minnes Hütte. Er kann Euch erklären, wo sie anzutreffen ist, falls sie nicht im Wald unterwegs ist, um ihre geheimnisvollen Kräuter zu sammeln", sagte der Amtmann.

„Ich habe extra einen zweiten Gaul mitgebracht, damit es schneller geht als mit einem Fuhrwerk. Ich hoffe, sie setzt sich in den Sattel, um mit mir zurückzureiten?"

„So alt, wie die Minne aussieht, ist sie gar nicht. Viele täuschen sich da gewaltig. Ich schätze sie auf Ende dreißig. Sie erscheint einem nur so alt, weil sie so verwahrlost ist und das Wort Körperpflege wohl noch nie zu Ohren bekommen hat. Ihre wirren Haare, die Felle und die Ketten, die langen Fingernägel, die Hühnerbeine am Gürtel – mit all dem gerät sie ins Zwielicht, in eine Schattenwelt, die wir uns nicht vorstellen können. Glaubt mir, junger Wüllenweber, die Minne ist bei Weitem nicht dumm oder gar zurückgeblieben, wie vielleicht einige glauben mögen – Ihr dürft sie auf keinen Fall unterschätzen!" Jacub bedankte sich und wollte keine weitere Zeit verlieren. Er stieg auf sein Pferd, ritt zur Stadtwache und fragte den Wachhabenden nach Minnes Hütte.

„Ihr seid doch derjenige, der vorhin hier wie von einer Biene gestochen durchgaloppiert ist?"

„Verzeiht, guter Mann, es war ein Notfall. Ich musste dringend zum Bürgermeister", gab Jacub zurück.

Als die Wache hörte, dass er beim Bürgermeister gewesen sei, stellte er auch keine weiteren Fragen, sondern erklärte ihm freundlich den Weg zu Minnes Hütte.

Dort angekommen, stieg Jacub vom Pferd und klopfte an die Tür eines verwahrlosten Hauses.

Aus dem Inneren ertönte Minnes Stimme: „Was wollt Ihr? Haut ab und lasst mich zufrieden." – „Ist die aber wieder freundlich", dachte Jacub.

„Gute Frau, öffnet bitte, ich habe eine große Bitte an Euch. Außerdem kennen wir uns", rief Jacub.

Es dauerte eine Weile, dann flog die Tür mit einem lauten Krachen auf. Da sie wohl geklemmt hatte, hatte Minne sie einfach mit dem Fuß von innen aufgetreten. Dann stand sie vor Jacub. „Diese verhexte Tür klemmt ständig. Was wollt Ihr?"

Gute Güte, wie furchteinflößend sie wieder aussah! Auf seinen vielen Reisen in die Hansestädte, nein in seinem gesamten Leben hatte er solch ein Individuum noch nicht vor die Augen bekommen.

„Ich komme aus der Hansestadt Lennep …"

„Das weiß ich doch", unterbrach sie ihn, „was wollt Ihr von mir?"

Jacub erzählte ihr von der Jagd auf die Geächteten, danach von der Verletzung seines Vaters. Er erwähnte den Medicus und dessen Behandlungsmethoden und dass er nun mit seinem Latein am Ende war. „Schlussendlich möchte ich Euch bitten, mit mir nach Lennep zu kommen, um meinen Vater zu untersuchen."

Sie nahm einen Stock von der Wand, ging um Jacub herum und betrachtete ihn aufmerksam, dabei klapperten ihre Ketten, die um ihren Hals baumelten. Der Gestank, der von ihr ausging, stieg Jacub in die Nase.

„Welcher Lohn erwartet mich, wenn ich mit Euch komme?"

Da fiel Jacub ein, dass sie eine Vorliebe für Met hegte, den sie Göttertrank nannte.

„Gute Frau, ich kann euch Silberlinge geben, oder ein Fass von dem guten Göttertrank. Ihr könnt es Euch aussuchen!"

„Wie komme ich wieder zurück?"

„Mit dem Fuhrwerk. Mein jüngerer Bruder wird euch zurückbringen", sagte Jacub und wartete auf eine Antwort.

„Wartet hier, bin gleich wieder zurück. Was sagtet Ihr? Es ist eine Schussverletzung?" Jacub bestätigte mit einem Nicken.

Nach einer Ewigkeit, wie Jacub empfand, kam sie mit einer ledernen Tasche zurück. Sie stieg auf das Pferd, als würde sie täglich reiten; Jacub sah ihr erstaunt zu. Damit hatte er nicht gerechnet.

„Was ist? Los jetzt!", sagte Minne und ritt an.

An ihren Bewegungen sah Jacub, dass sie wirklich noch nicht so alt sein konnte, wobei sie auch noch gut zu Pferde saß.

Gerold der Medicus, Anneliese, ihr Sohn Simon und ihre Enkelkinder saßen voller Sorgen an Tilmanns Bett.

Der Medicus sagte: „Ich begreife das alles nicht. Mir ist schleierhaft, woher dieses verdammte Fieber kommt!"

„Eine Hoffnung bleib uns noch, wenn Jacub mit dem Kräuterweib kommt", hoffte Anneliese. „Kennst du sie eigentlich, Gerold?"

„Persönlich nicht, aber ich habe viele gute Dinge von ihr gehört. Die muss in einer anderen Welt leben, wie ich hörte, in einer Welt voller Teufel, Dämonen, einer Welt mit Satan und Luzifer."

„Du jagst mir Angst ein", sagte Anneliese.

„Sie soll ja keine von denen sein, sie hasst sie förmlich, sie nimmt Kontakt zu den Wesen auf – somit bekämpft sie das Teufelsvolk. Sie ist so eine Art Dämonenaustreiberin."

Dann ging die Türe auf und Jacub betrat den Raum. An seiner Seite stand sie – das Kräuterweib aus Huckengeswage. Jacub wollte sie gerade vorstellen, da schritt sie auch schon zum Krankenbett, ohne die anderen zu beachten oder auch nur zu begrüßen. Sie ging um Tilmann herum und fühlte nach seiner Stirn.

„Zündet das Feuer an, lasset die Flammen tanzen", forderte sie. Jacub ging zum Kamin und entfachte mit Kienspänen ein Feuer. Hugo und Sven hatten sich hinter Annelieses Gewandung verborgen, als sie Minne zu Gesicht bekommen hatten. Vom heutigen Tage an glaubten sie wieder an Hexen. Ihr Mut zum Rittertum war urplötzlich verloren gegangen. Minne zog Tilmanns Hemd und Hose aus, sodass er nur noch mit seiner Brouche auf dem Bett lag.

„Legt ihn dort auf den Tisch."

Gerold und Jacub hoben Tilmann an und legten ihn vorsichtig auf den großen Küchentisch. Simon verzog sich in eine Ecke der Stube, auch ihm war das alles hier nicht geheuer.

„Mach mehr Feuer, ich brauche viel Glut, und bring mir einen Krug Wein", sagte sie zu Jacub. Der tat, wie ihm geheißen. Dann öffnete Minne ihre Tasche und steckte sich etwas in den Mund. Kauend ging sie zum Tisch zurück.

„Legt ihn auf den Bauch", hob sie wieder an. Jacub und Gerold drehten Tilmann um, dann nahm Minne zwei ihrer

Hühnerbeine und fuhr damit die Wirbelsäule entlang, genau über die langen Rückenmuskeln. Dabei kratzte sie einige Striemen in Tilmanns Rücken. Im Anschluss daran schüttete sie etwas Wein auf die Kratzer und massierte die Flüssigkeit in die Haut ein. Danach holte sie einen Strauß feiner Birkenreiser aus ihrer Tasche und schlug damit auf den Rücken, bis er feuerrot war. „Umdrehen."

Nun begann die Prozedur auf der Brust- und Bauchseite. Immer wieder ging sie um den Tisch herum, und nun kam wieder die andere Seite von ihr zum Tragen. Wie von einem Fluch befallen, rief sie laut: „Verschwindet, ihr Teufel, lasst los von diesem Mann. Geht zurück in den Wald, aus dem ihr gekommen seid. Weichet, ihr Dämonen, nehmt das Böse wieder mit zurück in das Unterholz. Satan, auch du, ich will dich hier nicht mehr sehen, nur das Gute bleibt hier bei mir", schrie sie mit gehobenem Kopf an die Zimmerdecke.

Hugo und Sven verließen fluchtartig die Stube; sie meinten, in den Stallungen wären sie besser aufgehoben. Erneut kippte Minne etwas Wein auf Tilmanns fast nackten Körper, erneut schlug sie mit den Birkenzweigen auf ihn ein. Sie achtete aber peinlichst darauf, nicht seine Schusswunde zu berühren. Als sie mit ihrem Ritual fertig zu sein schien, nahm sie das Schüreisen von der Wand und steckte es ins Feuer.

„Feuer, Feuer", rief sie, „die Heilkraft der Flammen, ihr werdet die Dämonen vertreiben." Dann beugte sie sich über Tilmanns Mund und roch daran. Danach nahm sie den Verband von seiner Wunde und schnupperte auch hier an der Wunde, wie ein Hund, der an seinem Knochen schnüffelt.

Laut rief sie und sah dabei zur Decke: „Der Todessaft des Teufels, der Eiter, dieser gelblich-grüne Sud, des Teufels Elixier."

Jetzt kam der absolute Höhepunkt ihrer Behandlungsmethode.

„Haltet ihn fest, beide Arme und Beine", sagte Minne und steckte Tilmann einen Pfropfen aus Linnen in den Mund. Anneliese stand wie starr an der Wand und sah dem Treiben der Hexe zu. „Oje, oje!", stammelte sie. Gerold hatte sich über Tilmanns Beine gelegt und Jacub hielt die Arme seines Vaters fest. Der Medicus konnte sich denken, was da nun kommen mochte. Die Hexe hatte Eiter gerochen, also musste das Fieber doch von der Wunde stammen. Wie aus dem Nichts hatte sie plötzlich ein kleines Messer in der Hand und schnitt damit die Wunde gezielt wieder auf. Dann trat ihr auch schon der Eiter entgegen, der sich tief im Inneren der Wunde befunden hatte. Ein ekelerregender Gestank ging von der Wunde aus und durchzog den Raum. Mit einem Tuch fing sie den Eiter auf. Über Tilmanns Lippen ging ein lautes Stöhnen. Jacub sah schnell in eine andere Richtung. Nach dem Eiter folgte Blut. Nun kam das Schwierigste der Behandlung. Minne griff nach dem Schürhaken, setzte die Spitze genauestens an und drückte den heißen Haken tief in die Wunde. Nur etwa drei bis vier Sekunden reichten ihr aus. Die Wohnstube roch nach Eiter und verbranntem Fleisch. Gerold drehte den Kopf zur Seite, dann sah er Anneliese auf dem Fußboden liegen; sie war ohnmächtig geworden – es war dann doch zu viel für sie gewesen. Beim Ausbrennen der Wunde riss Tilmann seine Augen weit auf, fiel danach aber sofort in tiefe Bewusstlosigkeit. Gerold wusste ebenso gut wie Minne, dass sich die Wunde ganz in der Nähe des Herzens befand, und hier lag das eigentliche Problem. Wäre sie an sein Herz gekommen, hätte das für Tilmann den Tod bedeutet. Nun hieß es nur noch beten und abwarten. In seiner Brust klaffte ein großes Loch, über das sich nun Minne beugte und in das sie den durchgekauten Inhalt ihres Mundes, eine grüne Speichelsuppe, hineinlaufen ließ. „Ihr könnt es jetzt verbinden", sagte sie zum Medicus. „Die

Dämonen haben das Weite gesucht – ich hoffe nicht, dass sie zurückkehren werden. Übrigens: Der Pfeil war vergiftet mit den bösen Mächten des Waldes, mit dem Gift der verbotenen, abtrünnigen Pflanzen. – Wo ist mein Göttertrunk? Wer bringt mich nach Hause?"

Als Anneliese aufwachte, saß sie auf einem Stuhl mit einem feuchten Tuch auf dem Kopf. „Was … was ist geschehen?", stotterte sie. Jacub stand direkt neben ihr. „Du bist aus deinen Schuhen gekippt, Mutter."

„Und Vater, lebt er noch?"

„Natürlich, er ist aber immer noch ohne Bewusstsein. Du sollst weiter Wadenwickel auflegen, hat Minne gesagt."

„Großer Gott, was ist sie nur für ein Weib. Wo ist sie denn jetzt?"

„Simon bringt sie zurück nach Huckengeswage – mit ihrem versprochenen Met im Gepäck. Zuerst wollte er nicht, dann habe ich ihn aber überzeugen können, dass Minne ungefährlich sei. Der glaubt jetzt sicherlich genau wie seine Söhne wieder an Hexen und Dämonen. Trotzdem hat er zur Vorsicht aber Vaters Schwert mitgenommen. ‚Man weiß ja nie!', hatte er noch gesagt, bevor sie losfuhren." Jacub grinste über sein breites Gesicht wegen der Furcht seines jüngeren Bruders.

„Ich habe gedacht, dass Vater nicht seinen Verletzungen erliegt, sondern diese Walküre ihn umbringt. Als es nach verbranntem Fleisch gerochen hatte, wurde mir schwarz vor Augen."

Gerold trat hinzu: „Die kann froh sein, dass sie nicht im Süden des Reiches wohnt."

„Was meinst du damit?", fragte Anneliese.

„Na, die Händler erzählen so einige, seltsame Geschichten. Sie sprechen von sogenannten Säuberungsaktionen, die in der

Lombardei, Venedig, Rom und in Spanien durchgeführt werden, ja selbst bis ins Alpengebiet hinein."

„Wovon sprichst du? Mach es doch nicht so spannend!"

„Ich rede von der ‚Hexenverfolgung'. Das Oberhaupt der katholischen Kirche, der Papst, hat vor Jahren schon veranlasst, sogenannte Ketzer und Hexen zu verurteilen. Wenn die unsere Minne zu Gesicht bekämen … also bei ihrem Aussehen stände sie am nächsten Tag brennend auf dem Scheiterhaufen."

Anneliese sah ihn mit großen Augen an: „Und das geht so einfach? Ich dachte immer, das seien nur dumme Erzählungen!"

„Sind es leider nicht, es sind die Inquisitoren und die Dominikanermönche. Sie werden vom Volk die ‚Hunde Gottes' genannt und eilen von Dorf zu Dorf und von Stadt zu Stadt. Dort gibt es unter ihrer Aufsicht die schnellen Verfahren. Sie haben bestimmte Vorstellungen, wie eine Hexe oder ein Ketzer auszusehen habe. Typische Merkmale sind Warzen oder Geburtsmale – auch Brand- oder Feuermale genannt. Die sehen sie als Zeichen des Teufels. Da gibt es ganze Register, woran man Hexen erkennen kann. Mit der Minne hätten sie mit Sicherheit nicht lange gefackelt."

„Es reicht für heute", sagte Anneliese, „ich habe genug erlebt!" Dann stand sie auf, um sich ihren Mann erneut anzusehen. Hingebungsvoll wechselte sie zum wiederholten Male die Wadenwickel, als sie ein leises Stöhnen vernahm.

„Er fantasiert noch", sagte Gerold, „wir sollten ihm noch ein wenig Ruhe gönnen." Der Tag neigte sich dem Ende zu, aber Anneliese saß auch in der folgenden Nacht am Bett ihres Mannes.

Am frühen Morgen des nächsten Tages zuckte Anneliese plötzlich zusammen. Ihr Kopf hatte auf Tilmanns Oberschenkel gelegen, und dort war sie letztendlich eingenickt. Ihre gesamten Nackenmuskeln waren verspannt gewesen. Mit den Händen wischte sie sich den Schlaf aus den Augen und musste dabei kräftig gähnen. Sie beugte sich über ihren Mann, der – womit sie gar nicht gerechnet hätte – plötzlich die Augen aufschlug. Dann stammelte er mit brüchiger Stimme: „Wo bin ich? Was ist passiert?" In ihrem Rücken saßen auf drei Stühlen der Medicus, Jacub und Simon. Sie hatten sich mit der Nachtwache am Bett abgelöst, hatten ihre Mutter aber schlafen lassen, bis sie wieder aufgewacht war.

Alle Anwesenden gingen schnellen Schrittes zum Krankenbett.

Anneliese hielt sich beide Hände vor ihr Gesicht. Sie weinte bitterlich und rief: „Er lebt, mein Tilmann lebt!" Sie erhob sich und griff vorsichtig nach seiner Hand.

„Du bist zu Hause, bei mir, bei deiner Anneliese."

Tilmann war völlig erschöpft. Fast hätte ihn das Fieber dahingerafft, doch nun meldeten sich bei ihm neue Lebensgeister: „Durst – ich habe fürchterlichen Durst!" Jacub nahm einen Becher voll Wasser und hielt ihn seinem Vater an den Mund, der gierig daraus trank. Danach sah Tilmann sich kurz im Raum um, schlief dann aber auch gleich wieder ein.

„Jetzt beginnt sein Genesungsschlaf. Er wird wieder ganz gesund werden; seine Fieberschübe sind vorbei – dank Minne", sagte Gerold vom Steinberg. Vor lauter Freude und vor Erschöpfung ließ sich Anneliese auf einen Stuhl sinken.

„Du gehst jetzt und legst dich ein paar Stunden hin, Mutter. Ich bleibe mit Simon hier bei Vater. Wir kümmern uns um ihn. Hast du in den letzten drei Tagen überhaupt geschlafen?", fragte Jacub.

Sie schüttelte den Kopf und erhob sich. Sichtlich gezeichnet verließ sie den Raum, ging die Treppen hoch, warf sich so, wie sie war, auf ihren Alkoven und schlief sofort tief und fest. Auch der Medicus verabschiedete sich; er wollte am nächsten Tag noch einmal vorbeisehen.

Zur Non wachte Anneliese auf, streckte sich und ging sofort wieder in die Stube, um nach ihrem Mann zu sehen. Simon und Jacub saßen an seinem Bett; er schlief noch immer.

„Und – ist er noch mal wach gewesen?"

„Ja, in der Nacht zwei Mal. Er hat viel getrunken, danach weiter geschlafen", erklärte ihr Jacub.

„Könnt ihr noch etwas hierbleiben? Ich würde gerne ein frisches Huhn vom Bauern besorgen, um zur Stärkung eine frische Hühnersuppe zuzubereiten." Ihre beiden Söhne nickten.

Anneliese warf sich ihre Kukulle über die Schultern und verschwand.

„Sollte Vater wieder ganz gesunden, dann hat die Minne ein kleines Wunder vollbracht. Wir sollten uns dann noch einmal bei ihr bedanken", sagte Simon.

„Ja", sagte Jacub, „ihr Wissen in der Krankenpflege scheint unbegrenzt zu sein. Selbst unser Medicus hat höchste Achtung vor ihr – egal, wie sie auch aussieht oder was in ihrem Kopfe vorgeht."

Anneliese kehrte heim, im Schlepptau ihre beiden Enkelkinder, die sie am Brunnen beim Gänsemarkt getroffen hatte. Sie wollten nach ihrem Großvater sehen.

„Ihr seid entlassen – ich bleibe jetzt hier", sagte sie zu ihren Söhnen.

Simon und sein Bruder machten sich auf den Weg zur Jakobsmühle, um bei den Walkern und Färbern vorbeizuschauen.

„Die werden sich wundern, uns zu sehen – so lange sind wir

schon nicht mehr dort gewesen!", erwähnte Jacub beiläufig.

Anneliese stellte ihren größten Topf auf die Feuerstelle.

„Was machst du da, Oma?", fragte Hugo.

„Ich koche das Huhn aus und gebe etwas Gemüse hinzu, damit euer Großvater eine kräftige Suppe bekommt, wenn er wieder aufgewacht ist. Durch meine Suppe wird er schneller wieder gesund, das wollt ihr doch auch?"

„So viel Suppe kann unser Großvater doch gar nicht alleine essen", meinte Sven.

„Ach, ihr meint also, ihr müsstet ihm dabei behilflich sein?"

Die beiden grinsten übers ganze Gesicht – ihre Großmutter hatte begriffen.

„Weißt du, Oma, wenn Großvater die ganze Suppe alleine essen würde, dann fängt er nachher noch das Gackern an wie die Hühner", sagte Hugo, und erneut kicherten beide. Anneliese schmunzelte; ihre Enkelkinder hatten einen besonderen Platz in ihrem Herzen. Sie waren ihr und natürlich auch Tilmanns ganzer Stolz. Die beiden vertrugen sich auch sehr gut miteinander. Gut, hier und da kam es auch mal zu kleineren Streitigkeiten, aber schnell vertrugen sie sich jedes Mal wieder, und keiner konnte lange ohne den anderen auskommen. Auch waren sie immer für irgendwelche Späße zu haben, gleichzeitig erledigten sie aber mit Gewissenhaftigkeit ihre Arbeiten, die man ihnen auftrug. Drei Stunden später saßen die Brüder am Tisch und nagten die letzten Fleischreste und die übrig gebliebene Haut von den Knochen des Huhns. „Hum, lecker, vor allen Dingen die fettige Haut", sagte Hugo schmatzend.

Tilmann war zwischenzeitlich wach geworden. Nun schlief er nicht sofort wieder ein, sondern aß brav seine Suppe und trank noch ein paar Becher Wasser. Anneliese erklärte im in allen Einzelheiten, was in der Zwischenzeit passiert war.

„Dann brauche ich gar nicht zur Gerichtsverhandlung nach

Neuenberge reiten, wenn die Geächteten verurteilt werden?"

„Nein, die Beweislage ist eindeutig. Ich vermute, dass man sie schnellstens hängen wird. Simon und Jacub werden aber kurz angehört. Sie werden dabei sein, sowie die Augenzeugen und die Ritter", erklärte ihm seine Frau. Später stützte sie ihren Mann und die beiden gingen die Treppe hoch in ihr Schlafgemach. Als sie nebeneinander im Bett lagen, sagte Anneliese: „Guter Mann, was hat dich denn getrieben, alleine gegen diese beiden Geächteten vorzugehen und hinter ihnen herzureiten, um sie zu stellen?"

„Ich weiß auch nicht mehr. Als ich sie sah, dachte ich an unseren getöteten Herbert, da kam eine unbändige Wut in mir hoch und ich wollte sie mit aller Gewalt zur Strecke bringen." Anneliese beugte sich über ihn: „Noch mal ganz viel Glück gehabt! Mach das aber bitte nie wieder, mein Hase." Dann gab sie ihm einen Kuss.

Zur gleichen Zeit kam aus Richtung Colonia ein Reiter auf das Kölner Tor zugeritten. Er stieg vom Pferd und erkundigte sich bei der Stadtwache, wo er denn eine Bleibe für die Nacht finden könnte.

Conradis, der gerade Dienst hatte, beschrieb ihm den Weg zum Alter Markt. „Geht in den ‚Löwen', da ist das Essen gut und die Unterkunft sauber." Der Fremde bedankte sich und ging mit dem Pferd an der Hand in die besagte Richtung. Vor dem Gasthof sah er auch schon den Mietsstall, wo er seinen Gaul für die Nacht unterstellen konnte, dann betrat er den recht leeren „Löwen". Er legte seine Heuke ab, setzte sich an einen Tisch und rief den Wirt, um seine Bestellung aufzugeben.

„Das ist aber ruhig bei Euch", sagte der Fremde.

„Noch zu früh – in einer Stunde wird es hier voll sein",

gab der Wirt Rosenbaum zurück. „Seid Ihr fremd hier in der Stadt?", wollte er noch wissen.

„Ja, bin auf der Durchreise, suche aber vorher noch jemanden, der hier wohnt", gab der Fremde zurück. Der Wirt fragte nicht weiter nach, sondern beeilte sich, seinen Gast zu bedienen.

Derweilen betraten mehrere Männer den Gasthof. Einer setzte sich an den Tisch des Fremden, und schnell kamen sie ins Gespräch.

„So, dann seid Ihr ein Bürger der Stadt?", fragte der Fremde.

Der Bürger von Lennep nickte: „Ich bin hier als Weber beschäftigt. Vielleicht wisst Ihr es nicht, aber Lennep ist eine Tuchmacherstadt."

„Welch ein Zufall! Dann könnt ihr mir bestimmt weiterhelfen. Ihr kennt vermutlich auch die Familie Wüllenweber hier aus der Stadt?"

„Sogar sehr gut! Ich arbeite für sie. Aber was wollt ihr von denen?"

„Es könnte sein, dass ich mit ihnen Geschäfte machen werde. Ist denn dieser Tilmann noch derjenige, der das Sagen hat?"

„Ja und nein, in erster Linie ist es sein Sohn Jacub, der von seinem Bruder Simon unterstützt wird. Dann und wann mischt der alte Wüllenweber zwar noch mit, aber er hat meistens andere Dinge zu verrichten, da er der Bürgermeister unserer Stadt ist", berichtete der Weber dem Fremden, der nun einen Krug Bier ausgab.

„Sind die Söhne denn schon verheiratet?", horchte der Fremde ihn weiter aus.

„Der Jüngste nicht, doch Jacub schon lange, hat sogar zwei Kinder von neun oder zehn Jahren."

„Wie funktioniert denn das? Hat er etwa Zwillinge?"

Der Weber trank einen kräftigen Schluck, dann wischte er sich mit dem Handrücken den Mund ab: „Nein, nur der Hugo ist von ihm; der Sven war ein Waisenkind und die Wüllenwebers haben sich seiner angenommen. Die beiden sind auch ganz unterschiedliche Typen vom Aussehen her. Hugo hat braune Haare und dunkle Augen, genau wie sein Vater. Sven hingegen ist blond und hat einige Sommersprossen im Gesicht; es sind aber beides nette Burschen", erzählte der Weber.

Der Fremde überlegte, dann dachte er bei sich: „Alles, was ich wissen muss, habe ich nun ausreichend erfahren. Wie ein Bierchen doch so manchen einfachen Burschen gesprächig macht ..."

Dann sprach er zu dem Weber: „Ach so, mein Freund – eine Frage habe ich noch an dich. Wenn ich morgen früh die Familie aufsuchen will, wo muss ich da hin? Ich meine, wo steht ihre Bleibe?"

„Ganz einfach, ihr reitet oder geht zur Wallstraße. Das ist die Straße, die im Bogen um unsere ganze Stadt führt, immer an der Stadtmauer entlang. Von hier aus gesehen ist ihr Haus auf der rechten Seite des Kölner Tors, das prächtigste in unserer Stadt. Ihr könnt es nicht verfehlen."

„Ich werde deinem Vorgesetzten von deiner Freundlichkeit berichten, doch nun muss ich mein Bett aufsuchen – ich war heute lange im Sattel. Vielen Dank noch mal, und gehabt Euch wohl!"

Tilmann erholte sich zusehends. Er aß mit gesundem Appetit und lief schon wieder voller Unruhe durch die Stube.

„Morgen gehe ich zurück an meine Arbeit. Es ist bestimmt vieles liegen geblieben während meiner Abwesenheit", sagte er zu seiner Frau.

„Morgen gehst du nicht zur Arbeit und in den darauf folgenden Tagen ebenfalls nicht. Glaubst du eigentlich, wo wir uns hier tagelang um dich die größten Sorgen gemacht haben, dass ich dich jetzt schon wieder gehen lasse?"

Tilmann setzte sich an den Küchentisch: „Bei der Minne muss ich mich aber auf jeden Fall noch bedanken."

„Ja, das wäre sicherlich angebracht", sagte Anneliese.

„Wann ist noch mal die Gerichtsverhandlung auf Neuenberge?"

„In drei Tagen. Simon und Jacub wollten auf alle Fälle dorthin, um sich das Spektakel anzusehen."

Tilmann langweilte sich, aber zu seinem Glück klopfte es an der Tür.

Er erhob sich, öffnete sie, und vor ihm standen seine Freunde.

„Na, du altes Schlachtross", sagte mit lautem Organ sein Vertreter Heinrich Kottsieper. Dahinter folgten Robert Frauenknecht und der Medicus.

„Bist ja wirklich nicht kleinzukriegen – ist auch gut so", meinte Heinrich.

Die drei Männer umarmten Tilmann nacheinander und klopften ihm die Schultern.

„Kommt, Männer, setzt euch zu mir – wir trinken etwas zusammen."

Tilmanns alte Freunde waren neugierig, und er musste ihnen noch einmal alles berichten, von der Schlacht bis zu seiner Genesung. Es sollte ein langer Tag werden.

„Ich muss noch einmal fort, um einige Erledigungen zu tätigen. Ich bin in einer Stunde wieder zurück – und sauft nicht so viel", riet ihnen Anneliese.

Nach einer Weile klopfte es erneut an Tilmanns Tür. „Nanu", dachte er, „wer könnte das noch sein?"

Vor ihm stand der Wirt des neuen Gasthofes, der Lombarde Rokko Ronaldi.

„Wollte kurze ‚Alles Gute!' sagen. Elfi mir hatte erzählt, was passierte isste. Hatte unser Burgermeister viele Gluck gehabte." Tilmann gab ihm die Hand: „Kommt herein und trinkt etwas mit mir und meinen Freunden", sagte er.

Kapitel 12

Colonia am großen Fluss war die zweitgrößte Stadt im Frankenreich. Nur Paris übertraf sie noch bei Weitem. Colonia war die Stadt der Patrizier, die Stadt des Glaubens, das Heilige Köln, aber auch die Stadt der Bettler und Gaukler. Menschenmassen strömten durch die Straßen, um die Gebeine der Heiligen Drei Könige zu bewundern. Die Pilgerstadt am Rhein und der Ort, an dem fast alle Mönchsorden vertreten waren. Die Stadt der Kirchen und Klöster, von einer gewaltigen Stadtmauer umschlossen. Der Sitz der Richerzeche, Welthandelsmetropole, Bischofsstadt – es gab fast nichts, was es in dieser Stadt nicht gab. Im Patrizierviertel direkt neben dem Overstolzen-Haus befand sich der Wohnsitz der Familie Birkelin und weiterer edler Geschlechter. Hier herrschte das Kölner Kapital, eine Vielzahl von einflussreichen Familien, die alle bestrebt waren, Reichtum zu erlangen und ihren Besitz zu vermehren, um so ihre Macht und ihr Ansehen zu stärken. Viele der Familienoberhäupter waren in den Jahren auch als Bürgermeister tätig gewesen oder waren es noch. Sie gestalteten die Stadtpolitik von Colonia, waren im Schöffenkolleg und in verschiedenen Räten vertreten, waren gleichzeitig auch Mitglieder der Richerzeche. In dieser vereinigte sich seit dem 12. Jahrhundert eine weltliche Bruderschaft, die man auch den Verband der Reichen nannte. Viele von ihnen, aber gerade das Geschlecht der Overstolzen, waren wie auch die Lenneper im Tuchhandel tätig. Eine ihrer Hauptarbeiten war darüber hinaus auch die Gewandschneiderei.

Es war Mitte September, und der Sommer neigte sich dem Ende entgegen. Regen und Kälte zogen von Westen her über Colonia in Richtung des Bergischen Landes. Im Hause des Patriziers Gotthard Birkelin brannte ein kleines Feuer im

Kamin. Gegen die in dem Raum auftretende Feuchtigkeit ließ er einige Holzscheite verbrennen.

Mit seiner Frau hatte er es sich vor dem wärmenden Feuer gemütlich gemacht.

„Gute Güte – ist das schon kalt für diese Jahreszeit! Aber ich denke, nur vorübergehend. Der Herbst wird uns noch einige schöne Tage bescheren."

Seine Frau sah ihn an: „Komm zu mir, mein Liebster, ich werde dich ein wenig wärmen." Er stellte seinen Weinkrug auf eine Anrichte ab und ging zu ihr.

„Was war sie nur für eine Schönheit! Gotthard war mit sich zufrieden und mit dem, was er getan hatte. Von keinem hatte er sich reinreden lassen. Er war seinen Weg gegangen, mit aller Konsequenz bis zum Schluss; dann hatte er sie geheiratet, seine Solveig aus Dänemark, die blonde Schönheit mit den dunkelblauen Augen. Er kannte ihre ruchlose Vergangenheit aber nur zu einem bestimmten Teil. Alles hatte ihm Solveig nicht von ihrem Leben verraten, als er sie im Bordell kennengelernt hatte. Dieses hübsche Mädchen war auf die schiefe Bahn geraten, aber nur für ganz kurze Zeit. Er hatte sich im ersten Moment in sie verliebt, als er das Bordell betreten hatte. Sofort ging er zum Weiberwirt, um sie für die Nacht zu buchen. Solveig verführte den Patrizier nach allen Regeln der Kunst; alle ihre Feinheiten und Geschicklichkeiten setzte sie gezielt ein, und Gotthard Birkelin war begeistert von ihren Verführungskünsten – er schmolz förmlich dahin. Für ihn war sie ein junges Mädchen, das durch widrige Umstände im Bordell gelandet war.

„Ich hole dich hier raus", sagte er nach der ersten Nacht zu ihr. Genau darauf hatte Solveig auch spekuliert. Und es wurde Zeit für sie, den Absprung zu planen. Noch war sie eine Schönheit, aber sie merkte, dass das Alter an ihr nagte. Am

Mundwinkel und um ihre Augen hatten sich die ersten kleinen Fältchen gebildet, vereinzelte graue Haare zeigten sich. Die ganze Wahrheit hatte sie ihm nicht erzählen können, nur einen bestimmten Teil ihres Lebens sollte er erfahren. Sie umgarnte den Patrizier, verwöhnte ihn, stellte sich aber gleichzeitig als selbstständige Persönlichkeit dar. Manchmal war sie sein bester Freund, der für alles Verständnis zeigte, dann eine gute Hausfrau und Köchin, oder einfach eine begabte, hoch talentierte Geliebte. Immer mehr merkte sie, wie er auf ihre Ränkespiele hereinfiel. Immer mehr las er ihr sämtliche Wünsche von den Lippen ab. Dann kam tatsächlich der Tag, an dem er sie heiratete, gegen den Wunsch seiner Familie. Alle hatten ihm seinerzeit von der Hochzeit abgeraten.

Die Vermählung war nun schon zwei Jahre her, seine Abhängigkeit von ihr dauerte ungeschmälert an. Dass sie jahrelang als Hübschlerin unterwegs gewesen war, bevor er sie kennenlernte, verschwieg sie ihm. Auch erwähnte sie nie etwas davon, dass sie mit schwerster Geschlechtserkrankung in einem Kloster gelegen hatte und in einem langwierigen Prozess durch viel Aufopferung der Nonnen letztendlich geheilt wurde. Es hätte kein gutes Bild auf sie geworfen, und wenn er von ihrer gesamten Vorgeschichte gewusst hätte, wäre es nie zu einer Heirat gekommen. Das Einzige, was sie ihm verraten hatte, war die Geschichte von ihrem Jungen, Sven, der bei seinem Erzeuger in Lennep wohnen würde. Nun war der Zeitpunkt gekommen, wo sie sicher genug im Sattel saß, um ihren Jungen zurückzuholen. Sie wusste, dass ihre Vergangenheit für ihren Mann lückenhaft war, sie verstand es aber, bei Nachfragen alles so geschickt zu verpacken, dass sie die Löcher mit weiteren Lügen stopfen konnte.

„Ich habe eine Überraschung für dich, mein Schatz", sagte

Gotthard zu ihr. Sie sah ihn mit ihren großen blauen Augen fragend an.

„Ein Bekannter von mir leistet für mich Späherdienst. Ich habe ihn nach Lennep geschickt, und er weiß, wo dein Sohn steckt. Er hat für uns alles ausspioniert – alles, was wir wissen müssen!"

Solveig stand auf, nahm ihren Mann in den Arm und gab ihm einen dicken Kuss auf den Mund: „Du bist immer so lieb zu mir!"

„Alles überlasse ich dir und deiner Fantasie – du musst mir sagen, was zu tun ist. Wenn du es möchtest, hole ich ihn da raus; er könnte dann bei uns leben. Ich werde mich bemühen, ein guter Vater zu sein."

Gotthard Birkelin war acht Jahre älter als Solveig und hatte keine eigenen Kinder. Sollte es zu einer Adoption kommen, wären sie und ihr Sohn der Erbe des Imperiums der Birkelin. Das stand ihr gut zu Gesicht.

„Jacub Wüllenweber, sein Vater, wird das nicht kampflos hinnehmen", sagte sie.

„Aber was will er denn gegen mich unternehmen? Wir holen ihn nach Colonia, denn hier habe ich mit meinen Freunden das Sagen. Ich kenne den Richter, und glaub mir, er ist mir noch manchen Gefallen schuldig."

„Du weißt von meinem Vater. Ich hatte dir von ihm erzählt, dass er Kapitän zur See ist. Vielleicht denkt er, dass ich bereits in der Erde liege. Seit Jahren haben wir nichts mehr voneinander gehört. Wir könnten den Jungen holen, gehen zurück nach Hause und planen eine Bootsfahrt nach Dänemark. Wir machen etwas Urlaub und entspannen uns am Ostmeer. Dann würdest du meinen Vater kennenlernen, und gleichzeitig vertiefen wir unser Verhältnis zu dem Jungen. Wenn etwas Zeit ins Land gegangen ist, kehren wir nach

Colonia zurück und bereiten die Adoption vor."

Gotthard war wie immer mit allem, was seine junge Frau vorschlug, einverstanden. Gotthard Birkelin bestätigte ihren Vorschlag mit einem Kopfnicken.

„Es ist schon spät – lass uns zu Bett gehen. Morgen beim Frühstück entwerfen wir einen Plan", sagte er.

Gernot und Wibold, die Stalljungen der Wüllenwebers, hatten zwei Pferde gesattelt und warteten auf ihre Herren. Heute war der Tag der Gerichtsverhandlung auf Neuenberge – den wollten sich Jacub und Simon nicht entgehen lassen. Tilmann wäre gerne mit ihnen geritten, doch Anneliese hatte nur gesagt: „Mit deiner Verletzung auf gar keinen Fall!" So musste er wohl oder übel klein beigeben und seine Vernunft walten lassen.

„Bis morgen Abend sind wir wieder zurück – dann berichten wir dir alles, Vater", sagte Jacub. Die Brüder verabschiedeten sich und bestiegen ihre Pferde, wollten aber noch am Krasspütt vorbeireiten und die dahinter liegende Werkstatt aufsuchen, wo sie sich vom Schmied Schwerter anfertigen lassen wollten. Beide waren nun der Meinung, dass ihnen nach der Ausbildung durch Ritter Wentzel ein Schwert gut zu Gesichte stünde. Beide wollten nun ihre eigenen Waffen mit sich führen. Als sie die Schmiede erreicht hatten, stiegen sie von den Pferden, banden sie fest und betraten den offenen, großen Raum. In der Mitte brannte das Schmiedefeuer, das eine angenehme Wärme verbreitete. Gregor der Schmied stand mit nacktem Oberkörper vor dem Amboss und bearbeitete ein Stück Eisen. Er trug nur eine Hose; über seinem nackten, muskulösen Oberkörper hatte er eine Lederschürze hängen, die am Nacken verknotet war. Seine beiden Arme waren so kräftig wie dicke Äste einer Eiche. An den Wänden hing eine große Anzahl verschiedener Hämmer und Zangen.

„Ah, die Herren Wüllenweber! Willkommen in meiner Schmiede!", begrüßte er sie.

„Grüß dich, Schmied, wir brauchen deine Hilfe. Es wäre nett, wenn du uns beraten könntest!"

Der kräftige Schmied warf das Eisen auf eine Ablage, stellte den Hammer beiseite und gab ihnen die Hand.

Jacub erzählte ihm von ihrem Vorhaben, und der Schmied hörte aufmerksam zu.

„Das ist machbar. Ihr müsst aber mit zwei bis drei Wochen rechnen. Diese Zeit benötige ich, wenn ihr Spitzenqualität haben wollt und kein Schwert, das nach ein paar Schlägen gleich zerbirst."

„Was macht denn Spitzenqualität aus?", wollte Simon wissen.

„Kommt mit, ich zeige euch ein Muster." Sie gingen durch die Schmiede in Gregors Wohnraum. Er stellte eine Holzkiste auf den Tisch und öffnete den Deckel. Zum Vorschein kam ein prachtvolles Schwert.

„Heiliger Jakobus! Welch ein Exemplar – es sieht aus, als hätte ein glorreicher Held damit gekämpft", sagte Jacub und nahm es in die Hände. Er übte einige Schläge damit, indem er es durch die Luft gleiten ließ.

„So etwas meine ich. Seht diese Hohlkehle in der Mitte des Blatts. Hier ist der Stahl weicher und geschmeidiger, sodass er nicht brechen kann und besser balancierbar ist. Nach außen hin schmiede ich es härter und härter. Die oberen beiden Endungen werden scharf geschliffen, der untere Teil bleibt stumpf, der ist dazu da, dem Gegner die Knochen zu brechen. Hier seht ihr vor dem Knauf die Parierstange, leicht zur Schwertmitte nach oben geschmiedet, und zum Schluss das mit Leder umwickelte Handstück. Es soll anschmiegsam und gut zu greifen sein", erklärte ihnen der Schmied und legte das Prachtexemplar zurück in die Holzkiste.

„So etwas möchte ich haben", sagte Simon. „Ich auch", schloss sich Jacub an.

Der Schmied lachte: „Habt ihr eine Vorstellung davon, was so etwas kostet und wie viel Arbeit darin steckt?" Beide Brüder schüttelten den Kopf; daraufhin nannte der Schmied seinen Preis, und die beiden mussten erst einmal schlucken.

„Damit hatten wir nicht gerechnet", meinte Jacub. Sie entschieden sich dann doch eher für die mittlere Qualität – die war schon teuer genug.

„Also wollt ihr beide die gleichen Schwerter?"

„So ist es", sagte Jacub.

„Gut! Wenn sie fertiggestellt sind, lasse ich euch eine Nachricht zukommen; dann ihr könnt sie abholen."

Per Handschlag wurde der Kaufvertrag gegenseitig bestätigt.

„Auf nach Neuenberge", sagte Simon. Sie schwangen sich aufs Pferd und dritten durchs Kölner Tor in Richtung Fronhof Wermelskirchen.

Dort angekommen, ließen sie den Hof linker Hand liegen und ritten noch ein Stück geradeaus, dann nur noch abwärts ins Tal, wo sie schon von Weitem den Prunkbau, die Höhenburg, stehen sahen.

„Immer wieder ein gewaltiger Anblick, der Wohnsitz der Grafen von Berg und Limburg." – „Ja, da hast du wahrlich recht, Simon", sagte Jacub.

Sie waren aber nicht alleine. Aus der gesamten Umgebung waren Menschen zur Burg unterwegs, um der Gerichtsverhandlung beizuwohnen. So oft kam es ja nicht vor, dass man vier Männer und drei Frauen auf einmal verurteilte. Vereinzelte Reiter, Pilger, Familien mit Kindern sowie Bauern – alle waren auf den Beinen. Jeder Einzelne wurde am Falltor kontrolliert und überprüft.

Jacub und Simon gaben ihre Pferde an den Stallungen ab, wo auch schon mächtig Betrieb war, dann schlenderten sie zum Innenhof der Burg. Auf der Empore standen acht Stühle; hier hatte man auch den Richtertisch aufgestellt. Linker Hand von der Bühne standen zwei neu errichtete Galgen.

Das Volk bemühte sich um die vordersten Plätze, obwohl es noch längere Zeit bis zur Eröffnung der Verhandlung dauern würde.

Jacub sah an der Burgmauer empor und bemerkte, dass der Graf aus einem Erkerfenster das Treiben im Vorhof beobachtete.

„Sieh, Simon, dort oben schaut unser Graf aus dem Fenster." Der hob seinen Kopf und spähte in die besagte Richtung.

„Komm, wir kaufen uns etwas zu essen – mir knurrt der Magen, und gegen ein Bier hätte ich auch nichts einzuwenden", schlug Jacub vor.

Auf dem Hinweg hatten sie gesehen, wo die Verkaufsstände aufgebaut waren; so gingen sie zurück, um sich etwas Essbares zu besorgen. Beide wählten ein Stück geräucherten Lachs mit einem Becher Bier und setzten sich an einen grob geschreinerten Holztisch, wo sie es sich schmecken ließen.

„Weißt du, was mich wundert? Es hat überhaupt keine Zeugenbefragung gegeben. Ich hatte gedacht, wir müssten hier aussagen!"

„Weißt du, was ich glaube? Die Beweislast ist dermaßen überwältigend, dass es gar nicht erst vonnöten war, Zeugen zu befragen. Sie haben in deren Versteck die schwarzen Wappenröcke mit ihren Helmen gefunden. Außerdem dürften die drei Huren alles ausgeplaudert haben, wofür man ihnen vielleicht Straferleichterung zugestanden hat. Die sind so schuldig wie das Amen in der Kirche", bemerkte Jacub.

Nachdem sie ihren Hunger und Durst gestillt hatten, gingen sie zurück in den Burginnenhof. Einige Pagen und Knappen rückten auf der Empore Stühle und Tische zurecht, dann betraten mehrere Männer das Podium.

„Kennst du jemanden von denen?", fragte Simon seinen Bruder.

„Nur den Grafen, ich kann ihn aber nicht sehen. Die Männer dort müssen wohl die Schöffen und der Richter sein, das drückt ihre Kleiderordnung aus."

Dann näherte sich ein Priester im Ornat, gefolgt von zwei jungen Messdienern, die ihn bis zum Tisch begleiteten, sich danach aber wieder verabschiedeten. Als sich alle gesetzt hatten, betrat Graf Adolf von Berg das Podium. Das Volk, sein Volk, kniete nieder. Dann trat er an den Rand der Empore und sprach:

„Erhebt euch. Wir haben uns hier versammelt, um ein gerechtes Urteil über Männer zu fällen, die als die Geächteten bekannt geworden sind. Morde, Plünderungen und Diebstähle waren ihr Tagesgeschäft, und selten ist mir ein Fall unter die Augen gekommen, wo die Beweislage so eindeutig war, wie es hier und heute der Fall ist. Wir haben Aussagen von zwölf Geschädigten vorliegen, wir haben im Unterschlupf der Bande die schwarzen Wappenröcke gefunden, mit denen sie sich bei Überfällen getarnt hatten. Des Weiteren haben wir die Aussagen ihrer drei Begleiterinnen, die an der Seite der Geächteten gelebt haben und mit ihnen durch die Lande gezogen sind" – das Wort Hure vermied er. „Als Lehnsherr werde ich so eine Missetat nicht dulden. Keiner darf von mir sowie von dem Richter Milde erwarten. Ich übergebe jetzt die Federführung und den Prozessverlauf den ehrenwerten Herren und unserem Richter. Lasset die Gefangenen bringen!"

Da das Verlies nur einen Steinwurf entfernt lag, dauerte es nicht lange, bis vier Kerkerknechte mit den Gefangenen am Podium auftauchten. Man hatte sie mit Ketten an den Füssen sowie an den Händen gefesselt. Die drei Frauen gingen mit etwas Abstand hinter den Männern her; sie waren nur mit Stricken gebunden.

„Buuuh! Diebe, Mörder! Hängt das Pack!", riefen die Leute. „Hängen ist zu schade", brüllte ein anderer, „auf das Rad mit ihnen." Kaum hatte das Volk die Männer kommen sehen, flogen auch schon die ersten Wurfgeschosse auf sie nieder. Alles, was sie entbehren konnten, flog den Gefangenen um die Ohren oder mitten ins Gesicht. Verfaultes Obst und Gemüse, stinkende Eier und verdorbene Fische. Die Wut des Volkes kannte keine Grenzen oder gar Scham – dafür waren zu viele anständige Bürger von diesen Halunken abgestochen und bestohlen worden. Als sie vor der Empore standen, winkte Graf Adolf mit den Armen: „Es reicht jetzt – ich möchte nicht, dass ihr aus meinem Innenhof ein Misthaufen macht", sagte er streng. Das Bewerfen der Gefangenen wurde daraufhin eingestellt, und endlich begann die Verhandlung.

In der letzten Nacht hatte Solveig über ihr bisheriges Leben nachgedacht. Als sie vor vielen Jahren ihren Jungen Sven in Lennep bei Jacub abgegeben hatte, wettete niemand mehr einen Pfennig auf ihr Leben. Mehrere Mediziner hatten sie untersucht und ihr nur noch wenige Wochen zu leben gegeben. Mit zu vielen Männern war sie in jungen Jahren ins Bett gestiegen. Es waren nicht die Städter – nein, die Seeleute hatten sie angesteckt, die von Hafen zu Hafen unterwegs waren, sich hier und dort ein Mädchen gönnten. Solveig gab ihnen aber nicht die alleinige Schuld, denn sie hatte sich fortwährend der Einsamkeit ausgesetzt gefühlt und war somit froh – und hatte es ja auch darauf angelegt –, sich einen Seemann nach dem anderen ins Bett zu holen. Ihr Vater, der von Beruf Kapitän war, fuhr wochenlang zur See und ließ sie in verschiedenen Hafenstädten alleine zurück. Ihre Mutter war schon lange verstorben und sie hatte kaum noch Erinnerungen an sie gehabt. Als sie dann schwanger wurde, brach der Vater mit ihr, und sie verließ das elterliche Wohnhaus. Nach der Geburt ihres Sohnes blieb ihr keine andere Möglichkeit mehr, als sich einer Gruppe Hübschlerinnen anzuschließen. Das, was sie früher gerne gemacht hatte, tat sie jetzt wieder, aber nur noch gegen Bezahlung. Nach langem Hin und Her hatte sie sich diese schlimme Geschlechtskrankheit zugezogen; angesichts ihres baldigen Todes machte sie dann in Lennep Jacub klar, dass er sich nun um ihren gemeinsamen Sohn kümmern sollte. Auf keinem Fall wollte sie ihn in ein Heim geben, und so willigte Jacub ein, den Jungen bei sich aufzunehmen. Für die Bevölkerung Lenneps war Sven ein Adoptivkind. Die Schande mit dem Kegel wollte sich die Familie Wüllenweber ersparen.

Nachdem sie mit ihren befreundeten Huren Lennep verlassen hatte, reisten sie nach Colonia, und auf diesem Weg wurde ihr Zustand immer schlechter, sodass es bald nicht mehr weiter mit ihr ging. Ständig bekam sie Fieber, hatte Ausschlag und Juckreiz zwischen den Beinen, starke Schmerzen im Arbeitsbereich. Auch ihre Mitstreiterinnen wussten keinen anderen Rat mehr, als sich von ihr zu trennen. Da sahen sie das Franziskanerinnenkloster in Colonia und gaben ihre kranke Mitreisende dort ab. Hier jedoch sollte ihr Schicksal einen anderen Weg einschlagen.

Erzbischof Heinrich hatte das Kloster am 12.8.1306 zu Ehren der Heiligen Clara geweiht. 1309 erhielt der Konvent ein päpstliches Privileg, das ihm Steuerfreiheit einräumte. Durch unzählige Schenkungen des Adels und durch Eintritt vieler

Edelfrauen in den Orden kam das Kloster zu immensem Wohlstand. Hier nahm man sich letztendlich Solveigs Erkrankung an. Die Äbtissin führte ein strenges Regiment mit Zucht und Ordnung, aber die Krankenabteilung war vorzüglich, und dort gelang es den Nonnen tatsächlich, Solveig im Laufe mehrerer Monate von ihrer schweren Krankheit war zu heilen. Der Wissensstand des Klosters in der Krankenpflege übertraf den der Bader oder der Medici. Durch ihren Reichtum standen den Nonnen Gelder zu Verfügung, um Forschungen zu betreiben und somit stets auf dem neuesten Wissensstand zu sein.

Nach ihrer Heilung verpflichtete sich Solveig in dem Kloster als Novizin, um Gott für seine Gnade zu danken. Mit großer Wissbegierde, fleißig und strebsam, begann sie ihr Noviziat. Doch die ewigen Gebete, die harte Arbeit des klösterlichen Lebens, der fehlende Schlaf – all dies ließ sie wieder auf andere Gedanken kommen. Nach ihrer vollkommenen Genesung schien sie ihr Versprechen an Gott vergessen zu haben. Kurz bevor sie ihr Gelübde ablegen sollte, wurde sie dabei erwischt, wie sie sich an der Klostermauer von einem Gärtner verführen ließ. Ihr fleischlicher Trieb hatte erneut die Oberhand gewonnen, ihre Gelüste waren stärker als ihr Verstand. Das hatte für sie den sofortigen Ausschluss aus dem Orden bedeutet, woraufhin sie sich zwangsläufig wieder für ihre alte Tätigkeit entschied. In dem Bordell in Colonia lernte sie glücklicherweise Gotthard Birkelin kennen, der von ihrer ganzen Vorgeschichte keinen blassen Schimmer hatte. Solveig war ein Musterbeispiel für den Verfall der Sitten, und sie war sich dessen bewusst. Durch den frühen Tod ihrer Mutter hatte sie auf Zuneigung und Liebe verzichten müssen, die ihr auch ihr Vater nicht geben konnte, da er ja die meiste Zeit zur See fuhr. Jede ihrer kurzen Affären gab ihr ein kleines Stück der vermissten Geborgenheit, auch wenn sie wusste, dass es die falsche Lösung war.

Sie verstand es, ihren Mann mit erlogenen Geschichten zu beeindrucken und sein Mitgefühl für sie zu wecken. Wenn sie jetzt noch ihren Jungen zurückbekäme, würde sie auf einer Woge der Harmonie schwimmen.

„Guten Morgen, meine Liebe! So früh schon auf den Beinen?" Gotthard gab ihr einen Kuss und setzte sich an den gedeckten Frühstückstisch.

„Ich bin sehr aufgeregt wegen meines Jungens! Klingt ja total verrückt, wenn man den eigenen Sohn von seinem Vater entführen muss. Das Gute an der Sache ist, dass er ganz sicher annimmt, ich wäre schon vor langer Zeit gestorben. Der Lenneper Medicus hatte es ihm damals bestätigt; er gab mir nur noch ein paar Wochen. So hat er keinen Anlass anzunehmen, wir, das heißt, seine frühere Geliebte, hätte seinen Sohn entführt. Er wird vollkommen im Dunklen tappen", sagte Solveig mit ihrer ganzen Verschlagenheit. Doch auch hier spann sie ihr Ränkespiel, denn ihrem Mann gegenüber hatte sie nur von einem steten Fieber gesprochen, aber die Geschlechtskrankheit mit keiner Silbe erwähnt. Sie umgarnte alles mit einem Netz von Lügen.

„Komm", sagte Gotthard, „wir holen ihn uns. Jetzt sofort, wir brechen gleich auf." Er rief nach der Dienstmagd und erteilte ihr einen Auftrag. Die verließ daraufhin schleunigst das Haus.

„Ich erzählte dir doch von meinem Späher, der in Lennep war. Ich lasse ihn holen; er reist mit uns, er könnte eine große Hilfe sein. Er wird bald hier erscheinen und dann machen wir uns gemeinsam auf den Weg, den Jungen, nein: deinen Jungen zu holen – oder sollte ich sagen: unseren?"

Kapitel 13

Der Richter beriet sich zum letzten Male mit den Schöffen, dem Priester und seinem Lehnsherrn Graf Adolf von Berg.

„Bitte", sagte der Graf leise zu seinem Richter, „verzichtet auf die Grausamkeiten des Räderns. Ich weiß, es wäre hier angebracht, aber ein einfaches Hängen würde mir als Strafe reichen." Der Richter nickte: „Verstehe, ich mag dieses Gemetzel ebenfalls nicht; das ist mir zu barbarisch." Dann erhob er sich und sprach im Namen Gottes das Urteil. Zuerst jedoch breitete er die Beweislage aus, die einfach überwältigend war. Keiner erwähnte auch nur das Wort Milde. Die einzige Art von Milde war die, dass man sie nicht auf das Rad spannte. Auch das verdreckte, jämmerliche Aussehen der Gefangenen erzeugte bei der Bevölkerung keinerlei Mitleid mehr. Das Gericht sah es ebenso. Für die fünf Männer lautete der Urteilsspruch: „Tod durch den Strang."

Der Richter bestand darauf, das Urteil gleich im Anschluss zu vollstrecken.

Nun waren die drei Huren an der Reihe. Hier ließ der Richter aufgrund ihrer Gesprächsbereitschaft ein wenig Milde walten.

„Ihr habt euch der Mitwisserschaft schuldig gemacht, ihr habt mit den Geächteten zusammengelebt, sie in ihrer Lebensweise unterstützt. Zum Tode werde ich euch nicht verurteilen, stattdessen sollen euch die Ohren geschlitzt werden, und ihr werdet des Landes verwiesen. Eine Woche gebe ich euch Zeit, das Hoheitsgebiet unseres Grafen von Berg zu verlassen. Innerhalb dieses Gebietes erkläre ich euch für vogelfrei. Sollte euch irgendeiner in dem besagten Gebiet töten, so muss er sich nicht vor dem Richter verantworten. Henker, walte deines Amtes!"

Die Henkersknechte führten die Huren der Geächteten zum Richtblock, wo sie geschnitten werden sollten. Nacheinander wurden ihr Köpfe auf den Block gelegt, und unter großem Gegröle der Zuschauer schlitzte der Henker mit einem scharfen Messer ihre Ohrläppchen auf. Er spaltete sie bis zur Ohrmuschel – als Zeichen, dass sie Diebinnen seien. Laute Schreie der Huren hallten durch den Innenhof der Burg. Der Richtblock färbte sich rot, an den Seiten lief das Blut herunter. Anschließend scheuchte sie der Henker vom Hof. Mit blutenden Ohren und gerafftem Rock rannten die Huren, vor Schmerzen laut schreiend, durch die Burganlage dem Ausgang entgegen. Nun wandte sich das Volk den vier Geächteten zu. Es war bereits Nachmittag; Simon und Jacub beschlossen, in der Burg zu nächtigen. Sie wollten erst am nächsten Tag nach Lennep zurückreiten. „Wenn wir schon einmal hier sind", sagte Jacub, „sollten wir es auch ausnutzen und zusehen, wie Gerechtigkeit verkündet und ausgeführt wird."

Die Knechte banden den zwei beiden Geächteten einen Strick um den Hals, als der Priester ein letztes Gebet für sie sprach. Mit der Bibel in den Händen bat er Gott um Vergebung für die, die vom Wege abgekommen waren. Er erregte damit aber wenig Aufmerksamkeit bei den Geächteten, die sich bereits mit ihrem Schicksal abgefunden hatten. Dann ging alles ziemlich zügig vonstatten. Die Menschen feierten die Hinrichtung wie ein Volksfest. Je mehr die Übeltäter am Galgen mit den Beinen zuckten und strampelten, desto größer wurde das Geschrei der Zuschauer. „Scheißt euch richtig die Hosen voll, ihr Mörder", rief ein altes Weib. Nachdem auch die anderen beiden am Strick baumelten, neigte sich ein Tag der Genugtuung zu Ende. Die Zuschauer strömten zu den Garstuben und zu den nächstliegenden Tavernen, wo sie den erfolgreichen Tag feiern wollten. Auch Jacub, Simon und ihr

Ausbilder, Ritter Wentzel, der zu ihnen gestoßen war, suchten gemeinsam einen Gasthof auf, in dem sie den Abend verbringen wollten.

Etwa zweihundert Schritt vor dem Kölner Tor in Lennep hielt das Fuhrwerk an. Der Patrizier Gotthard Birkelin steuerte den Planwagen; neben ihm saß sein Späher, den er Ferdinand nannte. Solveig hingegen sollte sich nicht zeigen; sie hatte die Reise unter der Plane auf der Ladefläche verbracht. Da die Wüllenwebers sie für tot hielten, war es besser, sie tauchte erst gar nicht auf.

„Am besten lässt du dich hier nicht blicken", sagte Gotthard zu ihr. Ferdinand sprang vom Wagen und machte sich zu Fuß auf, um sich in der Stadt umzusehen. Er wollte herausfinden, wo sich Sven herumtrieb. Es gab noch ein kleines Problem: den Jungen ohne großes Aufsehen zu erwischen. Sie wollten ja nicht wegen Entführung die halbe Stadt auf den Fersen haben. Ferdinand betrat Lennep wie beim letzten Male und ging zielstrebig zum Alter Markt. Er setzte sich auf eine Parkbank und beobachtete die Umgegend. Einen richtigen Plan hatte er nicht, als er sich auf dem Platz umsah. Einige Pilger schritten an ihm vorbei, ein paar Handwerker waren unterwegs sowie spielende Kinder.

„Die Kinder", dachte er, „hier könnte ich es versuchen." Er suchte sich einen Jungen aus, der in etwa das Alter von Sven haben musste, und rief ihn zu sich.

„Hey, mein Freund, komm einmal zu mir!", rief er den Jungen.

„Wie heißt du denn?"

„Helge. Wieso fragt Ihr, Herr?" – „Helge, du kennst doch sicher die beiden Jungs von den Wüllenwebers, den Sven und seinen Bruder Hugo?"

„Ja, mit denen spiele ich des Öfteren."

„Du könntest mir einen Gefallen erweisen." Ferdinand holte einen Geldbeutel hervor und klimperte damit herum. Helge sah genau hin.

„Möchtest du dir ein paar Pfennig verdienen?" Der Junge nickte: „Was muss ich denn dafür tun, mein Herr?"

„Das ist ganz einfach. Weißt du, wo die beiden jetzt im Moment gerade sind?"

Helge überlegte kurz, dann verneinte er die Frage.

„Hier fängt jetzt deine Aufgabe an. Du gehst zum Haus der Wüllenwebers und fragst nach ihnen. Du fragst, wo sie sind, und sagst, dass du mit ihnen spielen möchtest. Weißt du, ich bin ihr Oheim und ich möchte sie mit meinem Besuch überraschen, deshalb darfst du auf keinen Fall erwähnen, dass ich hier bin, sonst wäre es ja keine Überraschung mehr, verstehst du? Wenn du zurück bist, bekommst du deinen versprochenen Lohn." Helge sagte: „Bin schnell wieder zurück"; dann rannte er los wie ein kleiner Wirbelwind.

Ferdinand nahm wieder auf der Bank Platz. Ihm gefiel Lennep: „das ist ein schönes Städtchen", dachte er. Seine Augen flogen über die lieblichen kleinen Häuser, über den gepflasterten Platz, hinüber zum „Goldenen Löwen".

Nur kurze Zeit war vergangen, da stand Helge schon wieder vor ihm: „Sie sind unten am Bach; sie bauen dort einen Damm, um das Wasser zu stauen."

„Das hast du sehr gut gemacht, mein Junge. Hier ist dein Geld."

„War auch nicht schwer. Ich bin in ihren Stall gegangen und habe dort die Stalljungen gefragt, die spielen auch oft mit ihnen."

„Jetzt sag mir nur noch, wo der Bach ist!"

„Wenn Ihr aus dem Kölner Tor herauskommt, dann fließt

er linker Hand Richtung Jakobsmühle. Es ist kein richtiger Bach, sondern nur ein Bächlein. Die stauen das Wasser dort, um Fische anzulocken."

Ferdinand erhob sich, streichelte über den Kopf des Jungen: „Mit dir kann man richtig gute Geschäfte machen!"

Der Patrizier steuerte den Wagen in die angegebene Richtung. Ferdinand saß neben Solveig auf der Ladefläche. Durch einen Schlitz in der Plane konnten sie ihr Umfeld im Auge behalten.

„Ich glaube, hier ist der Bach", sagte Gotthard und drehte dabei den Kopf nach hinten. Dann sprach er weiter: „Ein Weg führt parallel daran entlang, ich werde ihm folgen." Nach zehn weiteren Minuten sah er die beiden Jungen im Bach stehen und mit Steinen hantieren. Die Schuhe standen am Ufer, die Hosen hatten sie bis zu den Knien hochgeschoben. Sie waren so in ihr Spiel vertieft, dass sie das heranfahrende Fuhrwerk nicht bemerkten.

„Gleich bin ich da. Denk daran, dass alles sehr schnell gehen muss", sagte Gotthard. Als er auf gleicher Höhe mit den Jungen war, hielt er den Wagen an.

„Na, ihr Burschen, macht das Spaß? Wer von euch ist denn der Sven?", fragte der Patrizier.

Der blonde Sven kam die Böschung herauf und trat an den Wagen.

„Geh mal hinten zur Ladefläche – da wartet eine Überraschung auf dich."

Der Junge sah ihn fragend an, dachte sich nichts dabei und ging ruhigen Schrittes zum Ende des Wagens. Als er vor der Plane stand, riss Ferdinand sie blitzschnell auseinander, griff sich den Jungen und zog ihn in den Wagen. Seine Beine baumelten noch heraus, da griff Solveig ebenfalls zu, und beide zogen den Jungen gemeinsam der Länge nach auf die Plattform.

„Fahrt los, Herr!", rief Ferdinand laut. Sven schrie wie am Spieß, wodurch Hugo nun auch die Uferböschung hoch gestürzt kam. Er sah den Wagen fortfahren, aus dem heraus sein Bruder laut um Hilfe schrie. Rasch entfernte sich das Fuhrwerk vom Ort des Geschehens. Hugo wusste nicht, wie ihm geschah. Was war hier passiert? Er begriff rein gar nichts. Man hatte seinen Bruder gestohlen – aber warum nur? Er sprang förmlich in seine Schuhe und rannte so schnell er konnte nach Hause, vorbei an der Torwache, direkten Weges durch die Wallstraße bis in die Wohnstube, wo seine Großmutter das Essen zubereitete. Keuchend und schweißgebadet verharrte er: „Oma, Oma, sie haben Sven gestohlen. Die Männer mit dem Wagen haben ihn auf die Ladefläche gezogen und sind mit ihm davongefahren!"

„Was erzählst du da für einen Unsinn? Macht ihr wieder eure Späße mit mir?" – „Nein, bestimmt nicht, die haben meinen Bruder entführt", sagte Hugo völlig aufgelöst.

„Komm her, setz dich und erzähl mir alles langsam und ausführlich. Atme erst einmal richtig durch!"

Dann sprudelte es nur so aus Hugo heraus. Anneliese hörte aufmerksam zu, dann sagte sie: „Geh sofort ins Rathaus, berichte alles deinem Großvater. Ich suche eure Mutter, um es ihr zu sagen."

Hugo sprang auf und rannte sofort los.

Sven wusste nicht, wie ihm geschah. Was hatten sie mit ihm vor? Wollte man ihn umbringen? Panische Angst machte sich in ihm breit. Er wehrte sich, trat und schlug nur so um sich. Dabei brüllte er laut um Hilfe. Ferdinand griff ihn sich und hielt ihn fest. Solveig nahm seinen Kopf zwischen die Hände:

„Sei ruhig, sei ganz ruhig! Ich bin es doch, deine richtige Mutter! Erkennst du mich denn nicht mehr? Du gehörst doch zu mir. Ich bin nun wieder für dich da – wir werden die vergangenen Jahre gemeinsam nachholen. Vertraue mir, mein Sohn!"

Sven sah sie voller Verzweiflung an: „Was willst du von mir? Ich habe dich noch nie in meinem Leben gesehen. Ich will zurück zu meiner Mutter nach Lennep."

„Das geht nicht mehr, wir sind jetzt deine neue Familie. In Zukunft wirst du bei mir und deinem neuen Vater leben. Wie sind sehr reich, weißt du, haben ein großes Haus in der Stadt, und ich kann dir alle deine Wünsche erfüllen", versprach ihm Solveig.

Sven schmiss sich auf den Boden und fing an, bitterlich zu weinen. Er schluchzte: „Ich will nach Hause, bitte, bitte, bringt mich nach Hause!"

Gotthard und Solveig hatten mit solch einer Reaktion im Vorfeld gerechnet. Beide wussten, dass ihnen sein Gejammer an die Substanz gehen würde.

„Warte erst einmal, bis du dein neues Zimmer gesehen hast – du wirst begeistert sein! Wir haben auch ein Schiff auf dem Rhein, darauf können wir, so oft du willst, mitfahren."

„Ich will kein Zimmer, auch kein Schiff – ich will nach Hause und zu meinem Bruder", heulte Sven. Auf Höhe des Fronhofes von Wermelskirchen kamen ihnen zwei Reiter entgegen, die freundlich grüßten. Es waren Jacub, Svens Vater, und Onkel Simon. Hätte Sven sie gesehen, hätte er alles gegeben, nur um sich bemerkbar zu machen, doch leider war dem nicht so, da er heulend in sich zusammengekauert unter einer Plane auf der Ladefläche des Fuhrwerks lag. Auch seine Mutter hatte ihren vorbeireitenden ehemaligen Liebhaber nicht gesehen, da sie mit ihrem Sohn beschäftigt war. So trafen sich ihre Schicksale auf engstem Wege, fuhren aber unglücklicherweise aneinander vorbei.

Gegen Abend erreichten sie ihr Haus in Colonia. Solveig zeigte ihrem Sohn sein neues Zimmer, den aber gar nichts zu interessieren schien. Er warf sich aufs Bett und weinte erneut. Sven befand sich in einer Situation, mit der er nicht fertig werden konnte und auch nicht wollte. Solveig stellte ihm frisch zubereitetes Essen auf sein Zimmer, dann ließ sie ihn allein, schloss aber vorsichtshalber die Zimmertüre von außen ab.

„Er wird sich daran gewöhnen, an die neue Situation; es dauert ein paar Wochen. Nur mit viel Zuneigung und Liebe wirst du an ihn herankommen", sagte Gotthard zu seiner Frau.

„Ja, du hast sicherlich recht. Nach diesem anstrengenden Tag sollten wir zu Bett gehen und uns ein wenig ausschlafen", schlug Solveig ihrem Mann vor.

Kapitel 14

Es war wie auf einem Kriegsrat. Die gesamte Familie Wüllenweber saß zusammen und beriet die neue, unverständliche Lage. Keiner von ihnen konnte sich ein Bild davon machen, was hier vor sich ging.

„Wer entführt einen kleinen Jungen beim Spielen? Mir fällt keine Antwort darauf ein", sagte Jacub, der am liebsten sofort losgeritten wäre, um Sven zu suchen. Doch wo? Wo sollte er suchen? Wo anfangen, wen sollte er fragen? Alles ergab keinen Sinn – machtlos saß er am Küchentisch und grübelte. Tausend Gedanken schossen ihm durch den Kopf, aber kein einziger schien auf die richtige Spur zu führen. Gundula weinte vor sich hin; sie wurde von Simon und Anneliese getröstet.

„Hugo, sei so lieb und erzähl uns die ganze Geschichte noch einmal von vorne. Ihr wart also am Bach, einen Staudamm bauen. Was passierte dann?", fragte sein Großvater. Hugo erzählte alles noch einmal – zum vierten Male. „Ich kann mir da absolut nichts zusammenreimen", meinte Jacub erschüttert.

„Lösegeld", sagte Tilmann, „es kann nur um Lösegeld gehen! Sie haben ihn entführt, weil sie unsere Familie ausspioniert haben. Sie denken, wir wären sehr reich und wohlhabend. Ich rechne damit, dass in den nächsten Tagen eine Lösegeldforderung kommen wird."

„Du könntest recht haben! Alles andere ergibt keinen Sinn", sagte Jacub.

„Dann sollten wir die Ruhe bewahren und abwarten", sagte Anneliese.

„Ich will meinen Bruder wiederhaben!", rief Hugo und fiel danach weinend seiner Mutter in die Arme.

„Glaub mir, mein Sohn, ich werde deinen Bruder zurückholen", tröstete ihn sein Vater.

Es sprach sich wie ein Lauffeuer in Lennep herum, dass einer der Wüllenweberjungen entführt worden war. Am nächsten Tag stand der Weber in Tilmanns Wohnung, um ihm von dem Fremden zu berichten, der ihn über allerlei Dinge ausgefragt hatte.

„Es war im ‚Goldenen Löwen'; er sagte mir, er wolle mit Euch Geschäfte machen. So erklärte ich dem Fremden, wo Euer Haus sei."

„Ich mache dir daraus keinen Vorwurf – du hast dich ganz normal verhalten. Danke, dass du mich informiert hast! Aber weiterhelfen tut es uns leider nicht."

„Aber er war sehr an Euren Enkeln interessiert – wie sie denn hießen und wie alt sie wären", berichtete der Weber weiter.

„Das ist interessant! Er hat dich nach ihnen ausgefragt, aber warum? Es kann doch nur um Lösegeld gehen", meinte Tilmann kopfschüttelnd. Er ging im Raum hin und her und fand einfach keine Erklärung für das Ganze.

Am nächsten Tag – es lag immer noch kein Erpresserbrief vor – kam eine Mutter mit ihrem Jungen: „Erzähl dem edlen Herrn Wüllenweber, was dir passiert ist", sagte die Frau.

Tilmann kannte den Jungen, da er des Öfteren mit seinen Enkeln zusammen gespielt hatte.

„Setz dich dort auf den Stuhl, Max, und erzähl mir alles. Du brauchst keine Angst zu haben, es geschieht dir nichts."

„Als ich mit meinen Freunden auf dem Alter Markt war, rief mich ein fremder Mann zu sich. Er sagte, er wäre Svens und Hugos Oheim und er wolle sie überraschen. Er gab mir Geld dafür, dass ich herausfand, wo sie sich aufhielten. Ich begab mich zu den Stalljungen, und die sagten mir, dass die beiden am Linepe-Bach seien, um einen Staudamm zu bauen. Nur dies habe ich ihm mitgeteilt. Dann wollte er noch von mir wissen, wo der Bach denn fließe. Ich sagte: ‚Linker Hand vom Kölner Tor in Richtung Jakobsmühle.' Das war alles."

„Hat er dir einen Namen genannt?", fragte ihn Tilmann. Der Junge verneinte. „Gut, dann kannst du mit deiner Mutter jetzt gehen. Und vielen Dank für eure Hilfe!", sagte Tilmann und brachte sie zur Tür. Als die Familie Wüllenweber wieder allein zusammen war, sagte Tilmann: „Wie ihr mitbekommen habt, hat ein fremder Mann unsere Familie ausspioniert, den Standort unseres Haus, dazu die familiären Verhältnisse. Einmal hat er den Weber und dann den Jungen von eben ausgequetscht. Doch wie es aussieht, ging es ihm nur um unseren Sven, und genau das verstehe ich nicht."

„So kommen wir nicht weiter, Vater. Ich werde nach ihm suchen. Morgen früh breche ich auf", kündigte Jacub an. „Aber wo und wie?", fragte Tilmann.

„Wenn ich das wüsste, wäre ich weiter. Ich reite den Weg Richtung Colonia und werde mich überall nach ihm erkundigen. Einer muss ihn doch gesehen haben." – „Vielleicht kommt dir ja das Glück zu Hilfe; ich drücke dir beide Daumen!", sagte Anneliese.

Colonia – im Patrizierhaus der Birkelin. Viel verändert hatte sich am nächsten Tag nicht. Als Solveig die Türe aufgeschlossen hatte, saß Sven mit geröteten Augen auf seinem Bett; er sah aus, als hätte er die halbe Nacht geweint. Sie stellte sein Frühstück auf den Tisch: „Lass es dir gut schmecken! Wenn du fertig bist, machen wir einen Ausflug an den Rhein. Das ist der größte Fluss im gesamten Frankenland."

Kein Wort kam über seine Lippen, aber etwas anderes spielte sich in seinem Kopfe ab. Er konnte sich jetzt an seine Mutter erinnern. In weiter Ferne, in der hintersten Ecke seines Gedächtnisses, taten sich verschwommen einige Bilder auf – Bilder aus der Zeit, wo er drei Jahre alt war. Es waren Bilder davon, als sie sich vor der Lenneper Stadtmauer getrennt hatten und seine Großmutter mit ihm zu den Schafen gegangen war. Er sah auf das Essen und meinte: „Ich habe keinen Appetit."

„Na gut, vielleicht später!", sagte Solveig. Durch die schwache Erinnerung an seine Mutter geriet er etwas durcheinander. War seine Mutter gar nicht seine Mutter? War es wirklich diese Frau hier? Was soll es – dieser Mann hier im Haus war jedenfalls nicht sein Vater, das wusste er genau. Dies alles brachte ihn dermaßen durcheinander, dass er sich wütend auf sein Bett warf.

Zwei Stunden später gingen sie alle drei am Rhein entlang. Solveig hielt ihn fest an der Hand, denn sie war sich nicht sicher, dass er, wenn sie ihn los ließe, nicht sofort das Weite suchen würde.

Sie erreichten einen kleinen Hafen, gingen über einen Steg und stiegen auf das Deck eines Bootes. „Setz dich auf die Holzkiste, ich werde dir ein paar Dinge erklären. Ich war damals etwas krank und mir ging es nicht so gut. Mir war heiß und ich hatte Fieber. Darauf gab ich dich in Lennep bei deinem Vater ab. Er und ich waren einmal ein Liebespaar, aber wir haben uns nicht so gut verstanden; deshalb trennten wir uns", erklärte sie. Nun sah Sven sie an: „Du kennst meine Familie?"

„Natürlich, sehr gut sogar. Dein Vater heißt Jacub, dein Opa Tilmann, deine Großmutter Anneliese und dein Onkel, das ist der Simon.

Es beruhigte Sven etwas, dass sie wohl doch keine ganz fremde Frau war. Der Patrizier Gotthard hörte seiner Frau gespannt zu, da er ja diesen kurzen Teil der Geschichte kannte.

„Was ist mit meiner Mama?", fragte Sven.

„Die Gundula ist deine falsche Mutter. Sie hat lange genug dafür gesorgt, dass du nicht zu mir gekommen bist. Gezwungenermaßen hast du die ganze Zeit bei der Familie in Lennep verbracht. Ich bin deine richtige Mutter – deshalb habe ich dich geholt. Dein Vater hätte dich mir niemals freiwillig gegeben, also blieb mir keine andere Wahl. Du sollst doch bei deiner wahren Mutter aufwachsen. Das war doch nicht nett von ihnen gewesen, nur weil ich ein bisschen krank war, dich mir einfach wegzunehmen!" Solveig spann erneut ihre Pläne. Mit Fäden der Lüge umspann und umgarnte sie ihren Sohn. Gotthard war erstaunt über ihre Darstellung, gleichzeitig auch verwundert. So durchtrieben hatte er seine geliebte Frau noch gar nicht kennengelernt.

„So, und nun unternehmen wir eine Bootsfahrt. Wenn wir auf dem Fluss sind, dann darf Sven nachher einmal das Steuer übernehmen und das Boot lenken", sagte Gotthard.

Seinen ersten Halt legte Jacub am Fronhof zu Wermelskirchen ein. Als er vom Pferd stieg, sah er ein spielendes Mädchen, das mit einer Katze herumtobte. „Komm doch bitte mal her, Kleine", rief er ihr zu. Das Mädchen kam, lustig anzusehen, auf ihn zugehüpft.

„Sag doch deinen Eltern bitte, dass ich sie sprechen möchte!" Kaum hatte er die Worte gesagt, da kam ein zerlumpter, unangenehm riechender Mann aus einem Schweinestall.

„Was wollt Ihr, mein Herr?", fragte dieser. – „Eine Bitte; ich bin auf der Suche nach einem kleinen Jungen von neun Jahren. Er hat blondes Haar, blaue Augen und vereinzelt Sommersprossen im Gesicht. Ist er zufällig hier vorbeigekommen?"

Der Schweinebauer überlegte kurz, dann sagte er: „Nein, mein Herr, ich habe niemanden gesehen." Jacub bedankte sich, stieg aufs Pferd und ritt weiter in Richtung Colonia. „Es wäre auch verwunderlich gewesen, wenn mir direkt der Erste hätte Auskunft erteilen können", dachte er.

In Colonia angekommen, suchte er sich zuerst eine Bleibe für die Nacht und brachte danach sein Pferd in einem Mietsstall unter. „Gib ihm eine Extraportion Hafer – er war heute lange auf den Beinen", sagte er zu dem Stallburschen. Dann machte er sich auf die Suche nach seinem Jungen. Jacub dachte, wenn sie hungrig gewesen sind, müssten sie ja etwas gegessen haben; also versuchte er es in den Gaststuben der Stadt. Er ging von einer zur anderen und erzählte überall den gleichen Spruch: „Habt ihr vielleicht einen neun Jahre alten Jungen gesehen mit blonden Haaren und blauen Augen und einigen Sommersprossen im Gesicht?" Aber überall, wo er nachfragte, antworteten die Leute mit einem deutlichen Nein.

Am nächsten Tag ging die Prozedur weiter, aber auch wieder erfolglos, bis zum Abend. Er wollte in seiner Gaststube zu Abend essen, als zwei Männer den Gasthof betraten und sich in einer Ecke an einem Tisch niederließen. Jacub sah kurz auf – und ihm blieb die Spucke weg! Er blickte auf sein Bier, dann erneut zu den fremden Männern in der Ecke.

„Heilige Maria Magdalena, das sind die beiden Anführer der Geächteten – die beiden, die sich in der Weper durchgekämpft hatten!", war er sich sicher. Was sollte er nun tun? Er stand auf, ohne die Männer anzusehen – vielleicht hätten sie ihn ebenfalls erkannt –, dann ging er zum Wirt und sagte leise: „Wo können wir uns ungestört unterhalten?"

Der Wirt schien ein netter Zeitgenosse zu sein und bat ihn in die Küche.

„Hört mir genau zu! Die beiden Männer, die eben Euer Lokal betreten haben, sind Geächtete und werden von unserem Grafen Adolf gesucht. Sie sind die Anführer – den Rest ihrer Mannschaft haben wir festgenommen, sie sind auf Neuenberge gehängt worden und dürften jetzt in der Hölle schmoren. Auf die beiden dort in der Ecke wartet der Strick."

„Holt die Stadtwache! Fragt nach ihrem Hauptmann Sebastian, kommt dann mit einigen Soldaten zurück; dann könnt ihr sie festnehmen", riet ihm der Wirt.

„Wo finde ich die Stadtwache?"

Der Wirt erklärte ihm kurz den Weg: „Es sind vielleicht zehn Minuten zu gehen. Die Straße, in der sich die Wache befindet, heißt ‚Zum Katzenbuckel'." – „Ich werde mich beeilen – aber was ist, wenn sie aufbrechen, bevor ich zurück bin?"

Der Wirt überlegte, dann sagte er: „Ich schicke meinen Burschen hinter ihnen her, dann kann er uns sagen, wo sie einkehren oder wo sie die Nacht verbringen werden."

Ohne die beiden Männer anzusehen, verließ Jacub das Gasthaus. Er nahm den vom Wirt beschriebenen Weg, gelangte dann in die Straße „Zum Katzenbuckel" und ging direkt in die Wache. Ein Wachsoldat saß bequem, die Beine auf dem Tisch, auf seinem Stuhl. Als Jacub den Raum betrat, zog er sie blitzartig herunter. Er erhob sich: „Wie kann ich helfen, mein Herr?", fragte er.

„Hört zu, ich bin ein Tuchmacher aus Lennep und muss schnellstens Sebastian sprechen. Es geht um Leben und Tod."

„Moment, bitte", sagte der Wachmann und verschwand darauf in einem Nebenraum, war aber gleich mit Sebastian wieder zurück.

Jacub erzählte ihm schnell seine Geschichte und dass die Männer im Gasthof säßen. Der Hauptmann folgte seinen Lippen, dann sagte er: „Franz, geh in eure Unterkunft, ruf sofort vier oder fünf Soldaten und kommt dann zu mir, aber in voller Bewaffnung. Beeil dich, schnell, schnell!"

„Den Rest der Geschichte kann ich Euch auf dem Weg zur Gaststube erzählen", sagte Jacub. Ein paar Minuten später standen vier kräftige Soldaten im Raum, alle mit Schwertern, Dolchen und Speeren bewaffnet. „Gut, dann lasst uns aufbrechen!", befahl ihr Hauptmann. Eilig hasteten sie, von den Bürgern Colonias beobachtet, durch die Straßen.

„Also", sagte Jacub, „ihr Anführer heißt Herbort von Genrohe, sein Begleiter war auch sein Stellvertreter; sein Name lautet Gerold von Rippenstein. Wichtig ist vielleicht noch zu erwähnen, dass dieser Herbort eine Verletzung haben muss. Bei seiner Flucht hatte ihm einer unserer Schützen eine Schussverletzung zugefügt. Sein linker Arm wurde von einem Pfeil durchbohrt, die Wunde dürfte ihm jetzt noch Schmerzen bereiten."

Etwa fünfzig Schritt vor dem Gasthof hielten sie an. „Wir warten hier auf Euch. Geht hinein; wenn sie noch am Tisch sitzen, kommt zurück und gebt uns Bescheid, dann stürmen wir den Gasthof", plante der Hauptmann sein Vorgehen. Jacub nickte und ging los. Er trat ein und setzte sich kurz auf seinen alten Platz, nahm einen Schluck von seinem Bier und blickte dabei schnell zu dem Tisch in der Ecke hinüber. Die Geächteten saßen noch immer dort und unterhielten sich angeregt. Jacub trank aus, ging zum Wirt, gab ihm eine Münze und verließ als zahlender Gast den Schankraum.

Er ging zum Hauptmann und bestätigte die Anwesenheit der Räuber mit einem Kopfnicken. Ihr Anführer hatte die Soldaten eingewiesen und sie wussten, was zu tun war. Lautlos gingen sie zur Eingangstür. Der Hauptmann schob sie auf und hielt sie für seine Soldaten offen. Die stürmten schnellen Schrittes in den Raum, die Spieße im Anschlag, auf die beiden völlig überraschten Männer zu. Der Hauptmann folgte seinen Männer mit dem Schwert in der Hand. Ehe die Übeltäter überhaupt reagieren konnten, hatte jeder zwei auf sich gerichtete Spieße vor der Brust.

„Rührt euch nicht von der Stelle – ihr seid festgenommen." Herbort und Gerold standen langsam auf, ihre Hände glitten zum Schwert.

„Zieht es, und ihr seid auf der Stelle tot. Runter mit dem Waffengehänge!", befahl der Hauptmann mit eiserner Stimme. Die beiden überraschten Geächteten sahen sich an, gehorchten aber und lösten die Schnallen ihrer Gürtel. Danach legten sie ihr Waffengehänge vor sich auf den Tisch. „Umdrehen, mit dem Gesicht zur Wand, und die Hände auf den Rücken!", befahl Sebastian. Die Männer gehorchten. Einer der Soldaten stellte seinen Spieß beiseite und zog ein paar Stricke hervor, mit denen er den Geächteten die Hände auf dem Rücken fesselte. Dann verließen die Soldaten das Gasthaus mit den Gefangenen. Auf der Gasse ging Sebastian auf Herbort zu, ergriff seinen linken Arm und schob den Stoff des Ärmels hoch. Herbort verzog kurz das Gesicht, und zum Vorschein kam die noch nicht verheilte Schussverletzung. „Abführen, ab in den Kerker mit diesem Gesindel", sagte der Hauptmann. Die Soldaten trieben die beiden Strolche mit ihren Spießen vor sich her, gefolgt von ihrem Hauptmann und von Jacub, der noch eine Aussage machen sollte.

Jacub hatte immer noch keine Spur von seinem Sohn, aber dieses kleine Erfolgserlebnis war auch nicht von der Hand zu weisen. Er war stolz auf sich, und er merkte, dass es ihm gut tat zu wissen, dass die beiden Letzten der Geächteten nun ihrer gerechten Strafe nicht mehr entkommen konnten. Sie würden wie ihre Freunde baumeln – baumeln am Strick der Gerechtigkeit. Diese Geschichte hatte ein Ende gefunden. Die Bürger im Bergischen Land würden diese erfreuliche Nachricht gerne aufnehmen. „Und ich habe sie gefunden …"

Am nächsten Morgen ging Jacub erneut auf die Suche nach seinem Sohn. Er hatte den Wirt in sein Unternehmen eingeweiht, der ihm den Vorschlag machte, es mal bei den Bütteln zu versuchen – oder an der Dombaustelle. „Viele, die Colonia aufsuchen, gehen zu den Gebeinen der Heiligen Drei Könige; das ist der Anziehungspunkt unserer Stadt", sagte er.

Ohne allzu große Hoffnung machte er sich auf den Weg, um immer wieder die gleichen Sätze aufzusagen, immer wieder Kopfschütteln zu ernten. Am Abend sah er ein, dass es zwecklos war – erfolg- und planlos. So würde er nicht weiterkommen. Er beschloss, die Suche abzubrechen, um zurück nach Lennep zu reiten. An den gesamten beiden Tagen hatten ihn die befragten Leute nur mit einem Wort beschieden, nämlich mit einem deutlichen Nein. Er ging früh zu Bette, warf sich auf sein Lager und schlief erschöpft ein. Zum Sonnenaufgang saß er bereits auf seinem Pferd – unterwegs nach Lennep, ohne eine positive Mitteilung für seine Familie, was ihn sichtlich traurig stimmte.

„Was isste mit deine Neffe passierte? Ganze Statte sprecken von kleine gestohlene Junge", fragte Rokko Simon, der vor dem Gasthof am Schwelmer Tor stand und sich nach längerer Zeit wieder einmal bei Elfi hatte blicken lassen. „Wir wissen es alle nicht, Herr Ronaldi. Keiner weiß, warum man ihn entführt hat." – „Wenn man de Kerle gesnappte hatte, musste du ihme die Eier appesneiden!"

„Das wird mein Bruder sicherlich gerne übernehmen."

Dann ging er mit Elfi durchs Schwelmer Tor in Richtung „ihrer Kastanie", wie sie den Baum nannten. Sie zogen ihre Kukullen aus, die sie als Unterlage auf die Erde legten, da der Boden nun nicht mehr so angenehm warm war wie noch vor einigen Wochen. Der Herbst hielt Einzug ins Bergische Land. Der Waldboden war bereits übersät mit Blättern, die in Gelb, Gold und allerlei Brauntönen leuchteten. Die Lenneper Kinder waren mit geflochtenen Körben unterwegs, um Bucheckern, Eicheln und Pilze zu sammeln.

„Ihr habt schlimme Tage hinter euch?", sagte Elfi.

„Ja, das kannst du laut sagen. Das Ungewisse an der Sache ist, dass keiner weiß, warum. Warum wird ein kleiner Junge entführt?"

„Meinst du, er wird zurückkommen?"

„Es gibt kein Lebenszeichen von ihm – ich glaube fast, wir sehen ihn nicht mehr wieder."

Elfi nahm Jacub in die Arme. Sie küssten sich lange, dann flüsterte sie: „Lass uns heiraten, ich bin die Heimlichtuerei leid." Simon sah sie mit leuchtenden Augen an: „Du meinst das wirklich ernst?"

„Natürlich, sonst hätte ich es nicht gesagt!"

„Ja, ja, ja, darauf warte ich doch nur! Wann wollen wir denn heiraten, jetzt oder erst morgen?"

Elfi lachte laut: „Wir sollten es unseren Eltern mitteilen. Meiner Mutter habe ich es schon gesagt, sie wird meinen Vater davon überzeugen. Aber ich glaube, er mag dich."

„Bei mir sieht die Sache nicht anders aus. Wo wollen wir denn feiern?"

„Die kirchliche Trauung in der Sankt-Nikolaus-Kirche hier in Lennep, die Hochzeitsfeier bei uns im Gasthof", meinte sie.

Simon küsste sie erneut, dabei glitt seine Hand an ihren Busen, den er leicht streichelte.

„Ich habe noch nie für einen Mann meinen Rock gehoben – habe mich für meine Hochzeit aufgespart, dabei soll es auch bleiben. Diese Zeit musst du dich leider noch gedulden", sagte Elfi. Schweren Herzens willigte Simon ein. „Tja", meinte er mit einem Lächeln, „dann gehe ich bis dahin zur Hübschlerin Brunhilde am Gänsemarkt."

„Unterstehe dich, sonst schlag ich dich tot", dabei stieß sie ihm kräftig in die Rippen.

Sven war mit seiner neuen Situation bei Weitem nicht glücklich. Er vermisste vor allen Dingen seinen Bruder Hugo, aber auch den Rest seiner Familie. Alles, was seine Mutter ihm vorschlug, schien ihn nicht im Geringsten zu interessieren. Der Patrizier Gotthard Birkelin und seine Frau Solveig gaben sich die erdenklichste Mühe, auf Sven einzugehen, um seine Sympathien zu erhalten, doch der Junge blockte jegliche Annäherung ab. Jeden weiteren Tag, den er mit ihnen in dem prachtvollen Patrizierhaus verbrachte, erwähnte er, dass er zurück zu seiner Familie wolle. Immer nur die gleichen Worte: „Ich will zurück nach Lennep."

Solveig konnte machen, was immer sie wollte – sie kam nicht an ihren Sohn heran. Jeden Wunsch wollten sie ihm erfüllen, doch Sven verlangte überhaupt nichts von ihnen – noch nicht einmal eine Bootsfahrt reizte ihn, auch nicht das selbstständige Steuern des Bootes.

„Wir werden eine lange Schiffsreise machen, den Rhein hinab bis in die Nordsee, um Dänemark herum bis zu meinem Geburtsort", erklärte ihm seine Mutter. Sven zuckte lediglich mit den Schultern. Er redete kaum ein Wort und war äußerst bockig.

Solveig wollte ihren Vater in Dänemark besuchen. Ob er noch arg böse auf sie war? Im Streit hatten sie sich vor Jahren getrennt; es war einem Rausschmiss gleichgekommen, als sie ihren Sohn Sven erwartete. „Ein uneheliches Kind", hatte er seinerzeit gesagt, „kommt mir nicht ins Haus. Was sollen denn die Leute nur von uns halten!" Er hatte rasch gemerkt – aber es war bereits zu spät –, dass sein kleiner Engel Solveig gar kein Engel mehr war. Stets hatte sie ihn hinters Licht geführt, wenn er auf Fahrt war. In den Hafenstädten, so verbreiteten es die Matrosen, war Solveig eine Berühmtheit für schnelle Nächte geworden. Diese alten Probleme wollte Solveig nun aus der Welt schaffen. Sie war jetzt die Frau eines Patriziers, eine angesehene Dame von Stand, und ihren Mann wollte sie nun ihrem Vater verstellen. Sie wollte ihm zeigen, dass sie etwas geschafft hatte, dass sie und ihr Mann zu den reichsten und einflussreichsten Familien von Colonia gehörten. Und natürlich wollte sie ihrem Vater auch seinen Enkel vorstellen. In ihr kam wieder das alte Gefühl auf; sie schrie förmlich nach Geborgenheit. Sie wollte das nachholen, was ihr als Kind versagt geblieben war. Intrigen und Ränkespiele gaben sich bei ihr die Hand. Groß geworden auf den Straßen und ihr weiteres Leben in Hurenhäusern geformt – das war bis zu ihrer Hochzeit ihr Leben gewesen, dem sie nun endgültig und ein für alle Mal den Rücken kehren wollte. Dazu gehörte ihr Sohn Sven sowie ihr geachteter Ehemann. Mit diesen beiden stellte sich ein neues Bild dar.

Familie Wüllenweber war der Verzweiflung nahe. Als Jacub zurück war ohne jegliche Nachricht, ohne die kleinste Neuigkeit, da brach aus ihnen eine unvorstellbare Enttäuschung hervor.

„Ich weiß nicht mehr weiter, habe keine neue Idee und auch keinen Plan", sagte Jacub am nächsten Morgen beim Frühstück. Maßlose Hilflosigkeit verbreitete sich bei den Wüllenwebers. „Da hat derjenige, der unseren Sven entführt hat, bewusst alles so geplant, dass er keinerlei Spuren hinterließ." –

„Ist alles langweilig und doof", sagte Hugo murrend.

„Ich starte einen letzten Versuch. Hugo, komm bitte einmal mit mir", sagte Anneliese, nahm ihren Enkel an die Hand und ging mit ihm in ihre und ihres Mannes Schlafkammer.

„Setz dich aufs Bett und hör mir genau zu. Du willst doch unbedingt, dass dein Bruder zu uns zurückkehrt, das ist doch richtig?" Hugo nickte.

„Nur du kannst uns dabei helfen, weil du als Einziger dabei gewesen bist und ihn als Letzter gesehen hast. Jetzt erzähl deiner Großmutter noch einmal, was alles passiert war. Erinnere dich an jede Kleinigkeit." – „Aber das habe ich schon so oft erzählt!"

„Ich weiß! Nur noch einmal für mich, bitte. Leg dich aufs Bett und schließ die Augen – Gott wird dir helfen." Hugo zog die Schuhe aus, legte sich auf den Rücken und schloss die Augen.

„So, nun bist du wieder in deinen Gedanken mit deinem Bruder an der Linepe. Ich stelle dir Fragen, und du beantwortest mir sie. Also: Ihr wart gemeinsam am Bach – was habt ihr da gemacht?"

„Sven und ich wollten mit Steinen einen Staudamm bauen. Dann wird das Wasser dort tiefer und es schwimmen mehr Fische darin, die wir dann fangen wollten."

„Was war dann?"

„Plötzlich stand ein Fuhrwerk neben uns auf dem Weg, wir hatten es nicht kommen hören."

„Weil ihr in euer Spiel vertieft wart. Wie ging es weiter? Wie viele Personen saßen auf dem Wagen?"

Hugo sagte: „Zwei Männer, einer saß auf dem Bock, der andere hinter ihm auf der Ladefläche unter einer zugezogenen Plane."

„Wie sah der Mann auf dem Bock aus?"

Hugo ließ sich etwas Zeit mit seiner Antwort: „Gut. Ich meine, er hatte eine teure Gewandung an, so wie ein edler Herr." Dann fügte er noch hinzu: „Und er trug so einen Hut, den die reichen Leute auf ihrem Kopf haben. Wie heißt das noch schnell? Seide oder Samt – mit einer kurzen Feder."

„Und wer hat euch angesprochen?"

„Der edle Mann, der den Wagen fuhr. Er sagte: ‚Na, Jungens, macht das Spaß? Wer ist denn der Sven?' – ‚Ich bin das, wieso?', rief Sven.

‚Geh einmal nach hinten zur Ladefläche, dort ist eine Überraschung für dich.'" Anneliese nickte: „Und dann?"

„Na, Sven ging nach hinten direkt an den Wagen, dann flog die Plane beiseite und ein Mann griff nach seinen Armen."

„Der zog ihn dann auf die Ladefläche?"

„Ja, aber nicht so ganz, seine Beine oder seine Knie bremsten an der Ladekante ein wenig ab."

„Erzähl weiter, mein Schatz."

„Sven schrie wie ein Ferkel am Spieß, als wollte man ihn grillen. Also, der Wagen fuhr schon los, als Svens Beine noch im Freien baumelten. Der Mann schimpfte, er sagte böse Worte, dann griff noch jemand zu. Ich sah für einen Moment langes, blondes Haar zwischen der Plane hervorlugen. Dann waren sie auch schon verschwunden; es ging alles sehr schnell."

„Dann muss da ja noch jemand auf dem Wagen gewesen sein?"

„Wieso? Ach ja, du hast recht, Großmutter. Ich sah zwei Hände, die Sven unter die Arme gegriffen hatten, und zwei weitere Hände zogen an seinen Schultern. Vier Hände sind ja zwei Personen, oder?"

„Warum hast du das bis jetzt noch nicht erzählt?"

„Was meinst du denn?"

„Das mit den vier Händen und dem blonden Haaren."

„Wieso, ist das so wichtig?"

Anneliese überlegte kurz: „Das hast du gut gemacht, mein Junge." Sie ging auf seine Frage nicht ein, wollte dem kleinen Mann keine Vorwürfe machen.

„Ich habe noch etwas vergessen: Sven hatte gar keine Schuhe an, die standen nämlich noch auf der Wiese am Bach."

Anneliese nahm ihren Enkelsohn in die Arme und gab ihm einen Kuss.

Sie hatte einen Einfall, der ihnen vielleicht weiterhelfen konnte.

„Wenn du magst, kannst du jetzt zu den anderen in den Stall gehen."

Hugo sprang auf die Beine, zog sich seine Schuhe an und verschwand im Laufschritt.

Kapitel 15

Als Anneliese die Stube betrat, wurde sie von allen Familienmitgliedern erwartungsvoll angestarrt.

„Und? Gibt es neue Erkenntnisse?", fragte Jacub.

„Es könnte sein." Dann erzählte sie alles, was ihr Hugo berichtet hatte – alles ohne Ausnahme. Alle ließen das Aufgenommene sacken, aber keiner sagte etwas dazu.

„Fällt euch nichts auf?"

„Gut, es war wohl noch eine Person mehr auf dem Wagen, aber was soll das ausmachen?", sagte Tilmann. Gundula sah Anneliese mit großen Augen an. Sie hatte etwas gemerkt, ihr war einiges aufgefallen, dachte Anneliese.

„Männer sind so dumm wie Stroh. Könnt ihr nicht kombinieren?"

Tilmann sah Jacub an, der seinen Bruder Simon, und der blickte danach an die Decke.

„Wie bei den Worten, die Minne gesprochen hat – das habt ihr vor einigen Wochen auch nicht kapiert. Lange blonde Haare! Solveig ist nicht tot – sie lebt und hat ihren Sohn entführt! Begreift ihr nun?"

Stille verbreitete sich im Raum. Jeder dachte angestrengt nach.

„Das würde ja heißen …"

„Genau, das heißt: Sie ist nach ihrem Fortgehen von Lennep nicht gestorben, sondern jemand muss sie geheilt haben", erklärte Anneliese ihren Männern.

Tilmann sagte: „Aber der Medicus hatte doch gesagt, dass sie …"

„Er wird sich wohl geirrt haben", entgegnete ihm Gundula.

„Simon", sagte Tilmann, „geh und bring mir den Medicus hierher.

„Dann war sie – ich meine Solveig – fast sieben Jahre wie vom Erdboden verschwunden. Wo mag sie nur gesteckt haben? Warum ist sie nicht schon viel früher hier aufgetaucht?, fragte Jacub.

„Diese Fragen kann ich dir leider nicht beantworten – jetzt noch nicht", entgegnete seine Mutter.

„Das heißt, es gibt neue Erkenntnisse für eine erneute Suche. Zumindest weitere Anhaltspunkte. Warten wir auf Gerold vom Steinberg – ich habe ihm einige Fragen zu stellen", sagte Tilmann.

Gundula ging zur Anrichte und kam mit einem Krug Wein zurück: „Jacub, verteil bitte die Becher – ich glaube, ein Schluck Wein könnte jetzt nicht schaden."

Da kam auch schon Simon mit dem Medicus zurück.

„Ich habe ihm schon weitläufig alles mitgeteilt", meinte Simon.

„Setz dich, Gerold; nimm einen Becher Wein!" Tilmann sah ihn merkwürdig an: „Du hattest Solveig damals für so gut wie tot erklärt. Wie kann es sein, dass dieses Luder überlebt hat?"

„Nach den damaligen Erkenntnissen hatte ich ihr nur noch einige Wochen gegeben – das ist richtig. Sie war auch vorher von anderen Medizinern untersucht worden, die die gleiche Diagnose stellten. Ich war also mit meiner Meinung nicht allein gewesen", gab er zu seinem Schutze von sich.

„Was war das genau für eine Erkrankung?", wollte Anneliese wissen.

„Die Krankheit nennt man Lues venerea. Sie wird durch zu viel Geschlechtsverkehr mit fremden, unterschiedlichen Personen verbreitet. Unsauberkeit spielt dabei auch eine Rolle. Hat man die Krankheit erst einmal, so gibt man sie bei jedem weiteren Verkehr an andere Personen weiter. Sie ist wie die Pestilenz äußerst ansteckend."

„Aber sie wurde geheilt!", sagte Tilmann zu seinem Freund.

„Ja, man hat da wohl etwas dagegen gefunden, ich habe auch davon gehört. Es gibt wohl neuerdings ein Verfahren, um sie zu behandeln, fragt mich aber nicht, wie", gab der Medicus zurück.

„Wer könnte es denn wissen?", ließ Anneliese nicht locker. Der Medicus kratzte sich am Kinn: „Wenn überhaupt, dann die Nonnen in den Klöstern. Ich muss euch das nicht erzählen, aber viele dieser Klöster sind nach innen hin unendlich reich. Ja, sie horten geradezu Reichtümer, die sie vom Adel geschenkt bekommen haben. Viele Edelfräulein gehen in die Klöster, und deren Äbtissinnen erhalten satte Schenkungen in Form von Geschmeide oder Ländereien. Oft ist ihre Armut nach außen hin vorgespielt. Hier könnte der Schlüssel für das Ganze versteckt sein. Ihre Krankenabteilungen müssen nicht aufs Geld sehen – sie haben genügend für ihre Forschungszwecke zur Verfügung. Manch eine der Nonnen hat regelrecht Medizin studiert, sie verbringen einige Zeit bei jüdischen Ärzten, und in Kräuterkunde macht ihnen sowieso keiner etwas vor. Möglicherweise gibt es Behandlungsmethoden, die die Kreuzfahrer aus dem Heiligen Land mitbrachten. Die Mediziner der Sarazenen und Muselmanen sind weltweit anerkannt die besten."

„Deine Erklärungen in Ehren, aber wo sollen wir nun weitersuchen?", fragte Tilmann seinen Freund.

Anneliese mischte sich nun in das Gespräch der Männer ein: „Wohin mögen sie Sven gebracht habe? Ich vermute, er ist irgendwo in Colonia. Solveig wollte doch damals mit ihren Wanderhuren nach Colonia ziehen, um ihre sogenannten Geschäfte zu tätigen. Wenn sie schon so krank gewesen war, wie Gerold es schilderte, dann muss sie auch in oder um Colonia herum geheilt worden sein."

„Jacub", sagte Gerold der Medicus, „du solltest dich bei den Klöstern umhören. Das sind zwar sehr viele im heiligen Colonia, aber mehr als die Hälfte kannst du von vornherein streichen, weil es Männerklöster sind. Also suche ausschließlich bei den Nonnen. Da Solveig ja eine Frau ist, dürfte sie nicht von Klosterbrüdern behandelt worden sein. Ich würde bei den Benediktinerinnen, bei den Cellitinnen oder bei den Franziskanerinnen nachfragen."

„Wenn sie einem Manne überhaupt Auskunft erteilen", erwiderte Gundula.

„Tilmann", sagte Anneliese, „du hast doch nicht so viel im Rathaus zu tun, oder?" Ihr Mann kniff die Augen zusammen und dachte: „Was brütet sie nun wieder aus?"

„Du kümmerst dich mit Gundula ein wenig um unser Haus und um Hugo, und ich fahre mit Jacub die Klöster ab. Mir als Frau werden sie eher Auskunft erteilen." – „Besser, ich antworte jetzt nichts darauf ...", dachte Tilmann, also kam nur ein leises Brummen über seine Lippen.

„Morgen früh brechen wir auf, mein Sohn", sagte Anneliese, und wenn sie das so sagte, konnte man es für bare Münze nehmen.

Bei Beginn der Morgendämmerung, zur Prim, hörte man schon die ersten Geräusche vor dem Hause der Wüllenwebers. Anneliese hatte Jacub recht früh geweckt. Nur schwer war er aus seinen Federn gekommen. Seine Mutter hatte schon einen Korb mit Reiseproviant fertig gepackt und in den Wagen gestellt.

„Wollen wir nicht reiten", fragte Jacub scherzhaft.

„Kann es sein, dass du schlecht geträumt hast, mein Sohn? Ich und reiten – was glaubst du wohl, was mein Hinterteil dazu sagen würde! Zäum das Pferd, wir nehmen den Wagen.

Das dauert zwar etwas länger, ist für deine Mutter aber angenehmer."

Eine halbe Stunde später. Wer saß auf dem Bock und hielt die Zügel in Händen? Anneliese Wüllenweber! „Du machst mich fertig, Mutter! Was sollen denn die Leute denken, wenn ich neben dir sitze und du den Wagen lenkst?" – „Kannst mich ja später ablösen; jetzt schlafen doch noch alle."

Das Kölner Tor war noch verschlossen, als sie dort ankamen. Jacub sprang vom Wagen, um die Torwachen zu wecken. Verschlafen öffnete Conradis die Verschlüsse. „Schon wieder angeln? Dieses Mal mit Mama?" Jacub verstand die Ironie in seinen Worten: „Red keinen Unsinn, mach endlich auf!" Das Fuhrwerk rollte über die dicken Planken hinweg in Richtung Colonia.

„Wo setzt du denn immer über, wenn du nach Colonia reitest?"

„Da ist ein kleiner Rheinhafen bei Huttorp, von dort aus verkehren Lastkähne, die im Wechsel von Huttorp nach Colonia fahren", erklärte Jacub seiner Mutter.

„Weißt du, wo wir den Wagen unterstellen und übernachten können?"

„Natürlich, ich kenne da einen Gasthof mit eigenem Mietsstall und einem geräumigen Innenhof für unser Gefährt."

„Dann lass uns von dort aus mit unserer Suche beginnen."

Jacub lächelte in sich hinein. Seine Mutter hatte immer noch eine gewaltige Durchschlagskraft; fortwährend preschte sie vorneweg, wenn ihr etwas in den Kopf stieg. Wie sein Vater schon immer sagte: „Leg dich besser nicht mit Mutter an, wenn sie sich etwas vorgenommen hat oder wenn sie übel gelaunt ist!"

Am Nachmittag kamen sie in Colonia an. Alles war gut gegangen, bis auf eines: Anneliese ist auf der Überfahrt seekrank geworden und hatte speiend über der Reling gehangen, was für sie eine völlig neue Erfahrung war. Sie brachten ihr Pferd im Mietsstall unter, nahmen sich zwei Zimmer in einem Gasthof, der sich „Pilgerstübchen" nannte und den Jacub schon von vorherigen Besuchen kannte. Hier waren sie in der Stadtmitte von Colonia; von hier aus sollte am nächsten Morgen ihre Suche beginnen. Der Wirt, ein freundlicher Zeitgenosse, zeigte ihnen auf einer Karte, wo sich die Frauenklöster befanden. Nach dem Abendmahl gingen sie recht früh zu Bette, denn es sollte ein langer Tag folgen.

Im Norden von Colonia fing ihre Suche an. „Hier muss es sein. Bleib sitzen; ich versuche, mir Eintritt zu verschaffen, um mit der Mutter Oberin zu sprechen."

Sie hatten mit dem am weitesten entfernten Kloster angefangen, im Stadtteil der Nordstadt mit Namen „Niederich", gelegen an der Höhe der Straße Eigelstein. Hier stand das vor langer Zeit erbaute Benediktinerinnenkloster, direkt an der Kapelle der heiligen Magdalena. Die Frauen lebten nach den Regeln des heiligen Benedikt von Nursia.

Den Eingang bildete ein mächtiges Portal. Anneliese zog an einem Seil, an dem eine Glocke befestigt war, und eine Novizin öffnete ihr. Anneliese brachte ihr Anliegen vor und erhielt Eintritt. Jacub saß wartend auf dem Wagen. Da ihm langweilig wurde, kontrollierte er derweilen die Achsen sowie die Räder seines Fuhrwerkes, bis seine Mutter zurück war.

„Und?", fragte er sie.

„Ich habe mit der Oberin gesprochen. Solveig ist nicht hier gewesen, und das glaube ich ihr auch. Sie ist eine liebenswürdige, ältere Dame."

Dann reisten sie zurück und suchten die Antonsgasse. Dort angekommen, standen sie vor dem Kloster der Cellitinnen, das erst vor Kurzem gegründet worden war; doch auch hier hatten sie keinen Erfolg. Vor ihrer Weiterfahrt erkundigten sie sich bei einem Weinhändler nach dem Kloster der Franziskanerinnen.

„Auf geht's – zum nächsten Versuch!" Auch hier das gleiche Ritual: dickes Holz, große Eingangstür, daneben die Glocke. „Ich versuche es, vielleicht lässt man mich ja mit herein", meinte Jacub und stellte sich neben seine Mutter. Ein kleines Fenster in der Tür öffnete sich und eine Nonne sah heraus: „Kann ich dir helfen, Schwester", fragte sie, sah dabei aber nur Anneliese an. „Wir möchten gerne die Mutter Oberin sprechen."

„Um was handelt es sich?" – „Es ist eine familiäre Angelegenheit", gab Anneliese zurück. „Wartet einen Moment hier", dann schloss sie das kleine Fenster. Etwa zehn Minuten später ging das Tor vor ihnen auf. „Dies ist mein Sohn, darf er mit eintreten?"

„In das Hauptgebäude nicht, aber wir haben für männliche Begleitung einen Besucherraum. Folgt mir bitte, ich führe euch dorthin. Die Mutter Oberin wird dann gleich kommen."

Es war ein prachtvolles Kloster – von Sträuchern und Obstbäumen umgeben, innerhalb der Mauern Gemüsegärten, Stauden, Blumen und Fischteiche. Nonnen in ihren langen Gewändern waren bei der Arbeit. Sie befreiten die Beete von lästigem Unkraut, warfen es aber nicht fort, sondern sortierten und sammelten es. Im Vorbeigehen sagte die Nonne zu ihnen: „Der Herrgott kennt nichts Unnützes in seiner Natur – jedes Pflänzchen hat eine Bedeutung." Dann traten sie in einen einfachen Raum ein. Zwei Holzbänke und ein Tisch stellten das gesamte Mobiliar dar. Und – wie konnte es auch anders sein – ein großes Holzkreuz hing an der Wand und zeigte den leidenden Jesus.

Als die Oberin den Raum betrat, erhoben sich Anneliese und Jacub. Die Nonne begrüßte sie freundlich.

„Nehmt Platz und tragt mir Eure Wünsche vor", sagte die Oberin, eine kleine Person, der man anmerken konnte, dass sie es gewohnt war, zu befehlen und Anweisungen zu erteilen. Sofort fielen Anneliese die tief sitzenden, fast schwarzen, stechenden Augen auf.

Anneliese fing an, die gesamte Geschichte zu erzählen. Die Oberin hörte aufmerksam zu. Am Ende ihres Vortrages angekommen, sagte Anneliese: „Und deshalb sind wir hier in Colonia und suchen in den Klöstern nach Hinweisen."

„Ihr wisst, dass es das Klostergeheimnis gibt und niemand darüber reden darf?", gab die Oberin zurück.

„Das ist mir bewusst, jedoch handelt es sich ja hierbei um die Entführung eines Jungen, des Sohnes meines Jacub hier und meines Enkelkindes. Wir wollen der Frau nichts Böses, nur unseren Jungen zurückholen. Er kennt seine leibliche Mutter überhaupt nicht." Anneliese war vom Wesen her der Nonne ähnlich; auch ihr Durchsetzungsvermögen war nicht gerade gering, als sie deutlich fortfuhr: „Verehrte Mutter, es handelt sich doch dabei um eine Straftat." Die Mutter Oberin rutschte etwas nervös auf ihrem Stuhl hin und her. Sie bat sich eine kurze Bedenkzeit aus, spielte dabei mit den Fingern an ihrer Gebetskette und schien angestrengt zu überlegen.

„Wie lange soll das jetzt her sein?", fragte die Oberin.

„So ungefähr sechs Jahre", sagte Jacub.

„Wartet hier, ich werde in meinen Unterlagen nachsehen." Es dauerte eine Weile, bis sie mit einem Stapel verschiedener Schriften zurückkam.

„Ich mache das hier nur aus christlicher Nächstenliebe", murmelte sie und sortierte die Schreiben. Dann zog sie ein Pergament hervor.

„Das könnte sie gewesen sein; ich habe hier eine Trine Andresen, sie kam seinerzeit schwer erkrankt zu uns. Sie wurde wochenlang von Schwester Walburga behandelt und wurde später wieder völlig gesund. Ich kann mich gut an sie erinnern; sie hatte lange blonde Haare und blaue Augen, vereinzelte Sommersprossen im Gesicht, und ein Zahn im Oberkiefer fehlte ihr. Als sie hier ankam, war sie äußerst schwach und bemitleidenswert. Ihr wisst, unter welcher Erkrankung sie gelitten hatte?"

Anneliese und Jacub nickten gleichzeitig. Dann fuhr die Oberin fort: „Als sie geheilt war, wollte sie unbedingt aus Dankbarkeit in unserem Kloster bleiben; sie wollte Novizin werden und später das Gelübde zur Nonne ablegen. Wir schnitten ihr die Haare ab und kleideten sie ein. Nach ihrer Genesung, also zumindest die erste Zeit, machte sie sich ganz gut und fügte sich ins Klosterleben ein. Doch schon bald wurde sie unzufrieden, meckerte über dieses und jenes, stritt mit ihren Mitbewohnerinnen, schimpfte über zu viel Arbeit und über die Gebete. Dann kam der Tag, an dem wir drei große Bäume fällen mussten. Zu diesem Zweck bestellten wir zwei Männer mit Sägen, Äxten und Seilen zu uns, da wir zu solch einer Arbeit nicht fähig waren. An diesem Tag war es, als würden die Dämonen von ihr Besitz ergreifen, als wenn ihr der Teufel etwas ins Ohr geflüstert hätte. Sie ließ sich an der Klostermauer von einem der Männer verführen und wurde dabei von unseren Nonnen gesehen, die dann bei mir Meldung machten. Diesen Skandal konnte ich nicht ungestraft lassen, und ich entließ sie aus unserem Konvent. Ich konnte nicht zulassen, dass unser Kloster durch solch ein Vergehen in Verruf gerät."

„Die Beschreibung der Novizin, ihr Aussehen, alles stimmt überein, nur ihr Name Trine Andresen, der ist falsch – ihr richtiger Name lautet Solveig Rassmussen", stellte Jacub fest.

„Bitte, Mutter Oberin, teilt mir mit, was dann mit ihr passiert ist. Wo ist sie hingegangen, was hat sie nach dem Rauswurf unternommen?", wollte Anneliese von ihr wissen.

„Einige unserer Nonnen sind im Außendienst tätig, als Seelsorgerinnen; sie berichteten mir, dass sie wohl in einem Bordell gestrandet sei, Gott hab sie selig." Jacub sah seine Mutter an: „Sie scheint wohl aus ihrer Vergangenheit nichts gelernt zu haben."

„Meint ihr, Mutter Oberin, dass sie noch hier in Colonia ist?", fragte Anneliese.

„Ihr wisst, ich dürfte euch so etwas nicht erzählen; aber ja, sie wurde in einem Bordell in der Priestergasse gesehen, mehr kann ich nicht preisgeben."

„Damit ist uns schon sehr geholfen! Und habt keine Soge, wir werden niemandem von Eurem Entgegenkommen berichten", sprach Anneliese und erhob sich von der Holzbank. Sie und ihr Sohn hatten genug erfahren – jetzt konnten sie weiterforschen. „Recht herzlichen Dank! Nun komm, mein Sohn, wir müssen weiter." – „Moment noch, Mutter." Jacub griff in seine Geldkatze und reichte der Nonne eine Handvoll Münzen: „Als kleines Dankeschön."

Die Oberin verneigte sich dankbar und rief eine ihrer Nonnen, die die Wüllenwebers bis ans Eingangstor begleitete.

„Dann lass uns mal die Hurenhäuser abfahren; das wird sicherlich aufregend werden", meinte Jacub grinsend.

„Ich bin ganz neugierig, wie das alles endet, was wir alles noch über dieses Solveig erfahren werden. Wie du siehst, mein Sohn, weißt du jetzt, wie schlimm so ein kleines Abenteuer enden kann."

„Glaub mir, ich bin äußerst erbost und könnte ihr persönlich den Hals umdrehen."

„Um den Rest deines Lebens im Kerker zu verbringen? Wenn wir uns beeilen, erreichen wir vielleicht noch dieses Hurenhaus vor der Dunkelheit. Das klingt ja geradezu wie ein Witz: ein Bordell in der Priestergasse! – Auf geht's, Brauner!", rief sie.

Zur Non, gegen 15 Uhr, standen sie mit ihrem Wagen vor besagtem Bordell.

„Jetzt kann ich schon wieder die gleiche Geschichte erzählen, aber um sie einfach abzukürzen, habe ich eine Idee", meinte Anneliese und klopfte an die Pforte des Hauses.

Eine aufgedonnerte Hure, stark geschminkt, mit tief ausgeschnittenem Dekolleté öffnete ihnen die Tür. Als sie Anneliese sah, sagte sie: „Der junge Mann kann eintreten, aber was willst du von uns?" Abschätzend sah sie sie von Kopf bis Fuß an. Am liebsten wäre ihr Anneliese in die Parade gefahren, aber sie wusste, dass ihr das nicht weiterhelfen würde. Also sagte sie mit aller Freundlichkeit: „Gute Frau, wir sind keine Kunden. Ich suche meine Nichte; man sagte mir, dass sie hier sei."

„Eure Nichte? Wie soll die denn heißen?"

Kurz überlegte sie, welchen Namen sie nennen sollte: „Meine Trine Andresen, ich muss sie dringend sehen."

„Die Trine!", sagte die Hure erstaunt. „Dieses Luder ist schon lange nicht mehr bei uns. Die hatte einen kleinen Kampf mit unserem Weiberwirt. Sie hatte versucht, ihn hinters Licht zu führen, und er hatte sie dabei erwischt. Er schlug ihr die Faust ins Gesicht. Durch den Hieb flog sie durch den ganzen Empfangsraum. Sie rappelte sich hoch und zog ihm mehrere Male ihr Kerbholz über den Schädel. Blutüberströmt fiel der Weiberwirt auf die Knie, hat aber die Schläge leider überlebt. Danach ist sie geflüchtet, einfach so verschwunden. Kann sein, dass sie in einem anderen Bordell untergekommen ist. Hier darf sie sich auf jeden Fall nicht mehr blicken lassen, sonst schlägt der Weiberwirt sie tot, das kannste glauben."

„Was meint Ihr denn, wo wir nach ihr suchen könnten?", fragte Jacub die Hure.

„Versucht es am Rheinhafen, links vom südlichen Eingangstor, direkt hinter der Stadtmauer. Dort verkehren viele Seeleute."

„Vielen Dank für Eure Freundlichkeit", sagte Jacub. Er und seine Mutter stiegen erneut auf den Wagen: „Das reicht mir für heute! Lass uns in den Gasthof zurückfahren; ich habe Hunger und falle danach in mein Bett. Wir suchen dann morgen weiter!", ordnete Anneliese wie ein Hauptmann an. Jacub nickte erneut – was blieb ihm bei diesen Mutter auch anderes übrig?

Am nächsten Morgen beim gemeinsamen Frühstück. „Sprach die Hure gestern nicht vom Rheinhafen, wo viele Seeleute verkehren? Ich kann mir gut vorstellen, dass wir sie dort antreffen werden – auf Matrosen hatte sie immer schon gestanden; sie waren ihre Lieblingsfreier. Sie brachten frischen Wind und Abenteuer in ihre Kammer, einen Hauch von der weiten Welt", murmelte Jacub, während er einen Teller Gerstenbrei aß.

Nach dem Essen ließen sie ihr Gefährt stehen und machten sich der Bewegung halber zu Fuß auf Solveigs Spuren. Sie gingen durch die Gassen, kamen irgendwann zum Severinstor und an die Mauer, die den Süden Colonias nach außen abschirmte. Sie durchquerten das große Tor und erreichten die angrenzende Handwerkersiedlung, wo Jacub sich bei einem Silberschmied nach dem Hurenhaus erkundigte. Der sah ihn von der Seite an, beschrieb ihm aber den Weg. Direkt am Rhein fanden sie das Gebäude. Vor dem Haus befand sich eine geräumige Veranda, die von einer älteren Dame mit einem Besen bearbeitet wurde. Sie entfernte das erste aufkommende Laub, den Sand und Reste von getrocknetem Lehm.

„Ihr werdet entschuldigen", wurde sie von Anneliese angesprochen, „wir bräuchten ein paar Auskünfte. Arbeitet Ihr zufällig hier in diesem Haus?"

Die Dame stellte ihren Besen zur Seite: „Ja, zufällig, was wollt Ihr?"

Sie musste eine Hure sein, so, wie sie aussah, so, wie sie geschminkt war und so, wie sie ihr Kleid trug. Man sah ihr an, dass ihre Jugend bereits seit Langem vorüber war. Falten im Gesicht und graue Haare auf dem Haupt hatten sich bereits breitgemacht.

Anneliese ging zu ihr hin und reichte ihr die Hand: „Anneliese Wüllenweber aus Lennep, und das ist mein Sohn Jacub", stellte sie sich vor, „kennt Ihr eine Trine Andresen?"

„Das blonde Trinchen? Aber natürlich, sehr gut sogar", gab die Hure zurück, dann reichte auch sie den beiden die Hand: „Gunde – ich bin die Gunde."

„Wir hätten einige Fragen an Euch", sagte Jacub.

Gunde überlegte, dann sagte sie: „Ich bin gerne bereit, Eure Fragen zu beantworten; aber seht mich an, bin nicht mehr die Jüngste. Die jungen Dinger hier nehmen mir meine Kunden weg. Ende des Monats habe ich ständig zu wenig Kerben in meinem Holz, deshalb wären ein paar Münzen nicht schlecht, um meine Zunge etwas zu lockern."

Jacub griff in seine Geldkatze und gab ihr ein paar Pfennige. Gunde sah sich um, griff schnell zu und ließ das Geld unter ihrer Gewandung in einer eingenähten Tasche verschwinden. „Kommt, Ihr hohen Herrschaften, wir gehen ein paar Schritte." Gemeinsam gingen sie an der Stadtmauer entlang.

„Ja, die Trine war hier gewesen, war eine Hübsche, hat gut

angeschafft. Viel mehr als ihre Kolleginnen. Sie kam aus einem anderen Bordell, wo sie Streit mit dem Weiberwirt hatte. Er hatte sie ins Gesicht geschlagen, doch sie ließ sich so etwas nicht gefallen und zog ihm ihr Kerbholz über den Schädel. Daraufhin musste sie türmen und fand bei uns Unterschlupf. So etwas wie die Trine ließ sich unser Weiberwirt nicht durch die Lappen gehen. Er stellte sie ein und bewachte sie, denn der andere Weiberwirt hatte ihr geschworen, sie totzuschlagen."

„Wo ist sie denn jetzt?", wollte Anneliese wissen.

„Als unser Weiberwirt verstarb – er hatte eine Fischvergiftung –, hatte Trine keinen Beschützer mehr; daraufhin kam sie im Bordell an der Domplatte unter. Ein edler Laden, sag ich euch. Die Kerle waren wie wild hinter Trinchen her. In diesem edlen Bordell verkehren auch die reichen Kölner Pfeffersäcke – die Patrizier, Kaufleute und Händler, Handwerksmeister und Männer aus dem Rathaus. Einer der Patrizier, sein Name ist Gotthard Birkelin, hat sich in Trine verliebt. Doch sie nannte sich dort nicht mehr Trine, sondern Solveig Rassmussen – warum, weiß ich nicht."

Jacub spürte, dass er hier weiterkommen würde.

„Wie geht ihre Geschichte weiter, gute Gunde?", fragte Anneliese.

„Na, der Birkelin war so verrückt nach ihr, dass sie außer mit ihm mit keinem anderen Mann mehr schlafen durfte. Er war fürchterlich eifersüchtig gewesen; so machte er ihr einen Heiratsantrag."

Anneliese sah sich beim Gehen um und schrie dann laut auf: „Pfui, wie ekelig! Kommt, lasst uns hier weggehen." Jacub folgte ihrem Blick und sah den Grund ihres Aufschreis: Auf zwei Pfählen, die sie gerade passiert hatten, waren zur Abschreckung zwei abgetrennte Köpfe aufgespießt. Angewidert drehte Anneliese ihren Kopf zur Seite.

„Die stecken seit drei Tagen auf den Pfählen. Sind vom Henker vor dem Severinstor geköpft worden. Müssen Mörder gewesen sein", erklärte ihnen Gunde.

Jacub sah sich die Köpfe genauer an, dann rief er laut: „Mutter, das sind die beiden Anführer der Geächteten, die ich in dem Gasthof erkannt hatte – Herbort von Genrohe und sein zweiter Mann, Gerold von Rippenstein! Da sie adeliger Abstammung waren, hat man sie geköpft und nicht gehängt." Jacub winkte den Köpfen zu: „Macht's gut, ihr beiden, viel Spaß auf euren Spießen!" – „Jacub", sagte Anneliese laut, „so redet man nicht über Tote!"

„Gras verwelkt, Steine zerfallen zu Staub, Tiere verfaulen – der Tod ist das letzte Ereignis im Leben", sinnierte die Hure Gunde. Anhand ihrer Äußerung merkte Anneliese, dass es ihr nicht so gut gehen dürfte. Sie hatte Mitleid mit der Hure – für sie war der Wagen der Jugend abgefahren.

„Wie ging es denn weiter, Gunde?"

„Ach so, ja – also der Patrizier Birkelin hat die Solveig tatsächlich geehelicht. Der Aufschrei in Colonia war groß. Seine gesamte Familie war dagegen. Ein Patrizier heiratet eine Hure! So etwas hatte es in der Stadt noch nicht gegeben. Die Kinder dichteten Reime auf die beiden. Es half nichts – er heiratete sie. Sie wohnen direkt neben dem Hause der Overstolzen; da hat der Birkelin seinen Prachtbau stehen – ein Haus vom Allerfeinsten. Und aus der Trine ist die Solveig geworden und aus der Solveig dann die Patrizierfrau Birkelin – das nennt man einen Aufstieg! Und nebenan bei denen, da wohnen die anderen, die Reichen von Colonia, die Pfeffersäcke, Cleingedank, Hardevust, die Horn und wie sie alle heißen. Glück muss man eben haben im Leben!"

Anneliese gab ihr für ihre Beredsamkeit noch ein paar weitere Münzen, woraufhin ein Leuchten in ihren Augen erstrahlte.

„So, ich muss zurück, sonst bekomme ich Ärger mit unserem Weiberwirt. Seit letzter Woche haben wir einen neuen, der ist sehr streng. Wenn Ihr Solveig seht, dann bestellt ihr schöne Grüße von der alten Gunde. Ich denke, dass Frau Birkelin sich nun nicht mehr mit mir in der Öffentlichkeit zeigen wird … Ach, was wollt Ihr eigentlich von ihr?", hakte sie jetzt nach.

Anneliese sah nicht ein, ihr jetzt die Wahrheit zu sagen – es hätte ihr zu leid getan. Aber in diesem Fall durfte sie ein bisschen lügen: „Ich bin ihre Tante und möchte sie gerne einmal wiedersehen." Gunde nickte, ging zurück und winkte dabei.

„Eine richtige nette Hure, nicht mehr die Hübscheste, aber sehr nett und sympathisch", meinte Jacub beiläufig.

Sie schlenderten durch das Severinstor und fragten sich zum Haus der Overstolzen durch.

„Du siehst, mein Sohn, wie schwer es die Mädchen in so einem Hurenhaus haben. Prostitution ist eine schwere Last auf ihren Schultern, von der sie eines Tages erdrückt werden." Gemeinsam trotteten sie ohne große Worte nebeneinander durch Colonia, bis Anneliese rief: „Sieh mal! Ich glaube, das ist das Haus der Birkelin."

Kapitel 16

Anneliese läutete an der Türglocke. Beide waren nervös und äußerst gespannt auf die Begegnung mit Solveig. Ob sie auch Sven sehen würden? Nach einer Weile wurde die Tür von einer Hausangestellten geöffnet. Sie war eine junge, hübsch anzusehende Dienstmagd. „Was kann ich für die Herrschaften tun?", fragte sie. Anneliese schob sich, resolut wie immer, vor ihren Sohn: „Wir möchten gerne die Dame des Hauses sprechen."

„Das ist leider nicht möglich, die Herrschaften sind verreist."

„Wohin sind sie denn verreist und wann kommen sie wieder?", fragte Jacub, der nun äußerst ungeduldig wirkte. Er hatte dieses dauernde Fragen langsam satt.

„Das darf ich Euch leider nicht sagen. Ich habe da genaue Anweisungen von meinem Herrn."

Jacub sah sich um; sein Blick ging die Straße hinauf und hinunter, dann sagte er: „Lass mich mal machen, Mutter." Er schob und drückte die Magd samt seiner Mutter in den Flur des Hauses, zog danach blitzschnell die Tür zu.

„So, mein Fräulein – ein Schrei, und ich schneide dir den Hals durch!"

Dabei zog er seinen Dolch und hielt ihn der Magd an die Kehle. Mit einem Auge zwinkerte er seiner Mutter zu.

„Sprechen wirst du, und zwar jetzt." Die Magd zitterte am ganzen Körper.

„Bitte, tut mir nichts."

„Hör zu, wenn du meine Fragen beantwortest, verspreche ich dir, dass dein Herr nicht erfahren wird, von wem ich die Informationen habe", sagte Jacub mit strengem Ton.

Die Magd stöhnte: „Wenn er es erfährt, fliege ich auf der Stelle hier raus, und vorher wird er mich schlagen!" Jacub dachte: „Mit der könnte man schönere Dinge machen, als sie zu schlagen ...“

„Wo sind sie hin?“

„Mit ihrer Kogge den Rhein hinab, durch das Nordmeer nach Dänemark.“

„Sie haben einen kleinen Jungen bei sich – ist das richtig?“

„Ja, er ist noch nicht lange in unserem Haus, und ich glaube, er ist auch nicht besonders glücklich.“

„Wie lange wollten sie unterwegs sei, oder vielmehr: Wann erwartest du sie zurück?“

„Also, mein Herr sagte, dass sie das Christfest hier in ihrem Haus verbringen wollten.“

Damit hatte sie alle Neuigkeiten, die sie brauchten.

„Ich danke dir für deine Hilfe. Du musst dich nun nicht verrückt machen. Der Junge, den sie bei sich haben, das ist Sven, und er ist mein Sohn. Sie haben ihn entführt, und ich werde ihn zu mir zurückholen. Und, gute Frau, denk daran: Das Gesetz ist auf meiner Seite – also nichts für ungut.“ Jacub versuchte, die aufgelöste Magd mit seinen Worten etwas zu beruhigen. Dann verließen die Wüllenwebers den Prunkbau und gingen zu ihrem Gasthof zurück.

„Meine Güte, so brutal kenne ich dich ja gar nicht – mit einem gezogenen Dolch an der Kehle einer jungen, hübschen Magd!“

„Ich mich auch nicht“, lachte Jacub. – „Du schienst aber Eindruck hinterlassen zu haben ...“

„Hast du einen Blick auf die Inneneinrichtung geworfen, Mutter?“

„Und ob ich das getan habe. Die massiven Anrichten mit den Schnitzarbeiten und dann die Teppiche, alle aus dem Orient! Der Birkelin muss Geld ohne Ende besitzen.“

„Dagegen leben wir in schlichter Armut. Er wird sehr viel

Einfluss auf den Ausgang der Geschichte nehmen. So einfach werden wir unseren Jungen nicht zurückbekommen. Die reichen Pfeffersäcke sitzen alle hier im Stadtrat von Colonia und bestimmen, wo es lang geht. Sie sind Bürgermeister, Schöffen, Richter und …"

„Wir werden Sven hier herausbekommen, das ist so sicher wie das Amen in der Kirche", bestimmte seine Mutter.

„Hier können wir im Moment nichts mehr unternehmen. Lass uns morgen früh zurück nach Lennep fahren, mein Junge."

Das Pferd war angespannt, Mutter und Sohn waren zur Rückfahrt bereit.

„Da waren wir ja doch wenigstens etwas erfolgreich. Das sind doch ein paar nette Tage gewesen mit vielen interessanten Leuten, die wir so kennengelernt haben", sagte Anneliese.

„Ich fand die Gunde sehr sympathisch, vom Leben gezeichnet – ewig in Bordellen gelebt, aber trotzdem aufrichtig und hilfsbereit, soweit ich es einschätzen kann."

„Sag einmal … Unser Karl geht doch regelmäßig zu den Huren am Gänsemarkt. Wäre die Gunde nicht eine Frau für ihn?"

„Mutter, willst du die beiden etwa verkuppeln, ohne sie vorher gefragt zu haben? Die kennen sich doch überhaupt nicht."

„Es war nur so ein Gedanke, der mir durch den Kopf schoss."

„Sieh, dort drüben ist der Anleger, von dem unsere Fähre ablegt. Es sieht so aus, als könnten wir noch mit. Dann sind wir doch früher wieder in Lennep zurück, als wir dachten."

„Wenn ich das Wasser sehe, wird mir schon wieder schlecht, ich hasse Wasser, Flüsse, Seen, Meere – all dies ist nicht meine

Welt. Alles schaukelt und ist in Bewegung, wie grausam!"

„Komm, das packen wir noch." Jacub kam als Letzter mit seinem Wagen auf den Lastkahn, wo die Räder mit Bremsblöcken abgesichert wurden. Sein Pferd war sehr umgänglich und ruhig. Ihm schien das alles nichts auszumachen – als fahre es täglich mit einem Boot.

„Du musst zum Land hinsehen, nicht aufs Wasser oder auf die Wellen", empfahl Jacub seiner Mutter. Aber alle guten Ratschläge schienen nicht zu fruchten: Schon nach wenigen Minuten hing seine Mutter mit dem Oberkörper über der Reling und spuckte sich die Seele aus dem Leib. Nachdem die Fähre am anderen Ufer angelegt hatte, musste Jacub seine Mutter stützen, so schlecht ging es ihr.

„Komm, setz dich auf den Kutschbock – ich mach das hier."

Jacub fuhr den Wagen von Bord des Schiffes. Nach einer weiteren Stunde sagte Anneliese: „Jetzt geht es mir wieder besser; ich könnte auch eine Kleinigkeit essen und trinken."

Jacub wunderte sich nur, machte aber an einem Gasthof halt, in dem sie sich eine Mahlzeit gönnten. Am frühen Abend rollten sie durch das Kölner Tor in die Wallstraße und hielten vor ihrem Haus.

Es dauerte nicht lange, da stand auch schon der Rest der Familie in der Gasse und umringte das Fuhrwerk. Alle waren furchtbar neugierig, was sie Neues zu berichten hätten.

„Wo ist denn mein Bruder?", rief Hugo sogleich.

„Der kommt später. Es geht ihm gut und er lässt dich schön grüßen", log Anneliese ein bisschen, um Hugo zu beruhigen.

Karl und die Stalljungen nahmen ihnen das Fuhrwerk ab und brachten es in den Stall.

„Kommt mit ins Haus! Jacub und ich, wir erzählen euch alles, was wir in den letzten Tagen erlebt haben."

Vereint saßen die Wüllenwebers am großen Tisch, und Anneliese sowie Jacub schilderten ihre Erlebnisse.

Gundula, Simon, Tilmann und der kleine Hugo hörten ihren Schilderungen gebannt zu, ihre Magd bediente sie mit Wein und belegten Broten.

„Das heißt", sagte Tilmann am Ende, „dass wir in den nächsten zwei bis drei Wochen nur hier herumsitzen und warten, wie die Zeit vergeht?"

„Genau so ist es – vorher können wir nichts unternehmen", bestätigte Jacub.

„Und dann reitest du erneut nach Colonia und bringst Sven mit, wenn sie von ihrer Reise zurück sind?", fragte sein Vater.

„Genau so ist es", jauchzte Hugo, und alle lachten laut über die vorlauten Worte des Jungen.

„Man hat ihn uns entführt. Das ist eine Straftat, die doch niemand dulden kann. Ich werde mit dem Hauptmann der Stadtwache, den ich übrigens kenne, zu ihnen hingehen, und gemeinsam holen wir den Jungen da heraus", erläuterte Jacub seinen Plan.

„Ich hoffe, dir und dem Hauptmann wird dies gelingen, aber unterschätze den Kölner Klüngel nicht! Die reichen Pfeffersäcke halten in dieser Stadt zusammen wie Pech und Schwefel. Sie sitzen im Stadtrat und in allen Gilden. Sie alleine haben dort das Sagen. Sie alleine bestimmen, was gemacht und getan wird", meinte Tilmann.

„Wird schon schiefgehen! Übrigens, Simon, ich soll dich noch recht herzlich von den beiden Anführern der Geächteten grüßen. Herbort sagte mir, er wolle sich noch einmal mit dir unterhalten – er würde auch nicht mehr davonlaufen." Simon sah ihn verwundert an. Er hatte seinen Bruder nicht verstanden.

„Jacub", sagte Anneliese, „man spottet nicht über so etwas – vor allen Dingen nicht über Tote!"

Anneliese erzählte den anderen von dem Erlebnis am Severinstor, wo sie die aufgespießten Köpfe gesehen hatten.

„Ja, ja, das geht in Colonia recht schnell. Verhaftet, Verhandlung, Richterspruch, Kopf abtrennen, zwei Tage später aufgespießt – und zur Abschreckung direkt vor den Eingangstoren der Stadt aufgestellt und aufgereiht. Das wird in allen großen Städten so gehandhabt. Nicht jedoch hier bei uns in Lennep. Gegen solche Maßnahmen weiß ich mich zu wehren", gab Tilmann kund.

Simon hustete laut: „Äh, dann haben wir ja noch ein wenig Zeit, meine Angelegenheit zu klären."

„Was hast du denn auf dem Herzen", fragte ihn seine Mutter.

Tilmann platzte mit der Neuigkeit heraus: „Unser Sohn will Elfi heiraten."

„Vater, du bist gemein! Ich wollte es doch den anderen sagen …"

„Ist doch nicht so wichtig. Das ist doch eine erfreuliche Neuigkeit, darüber freue ich mich sehr", sagte freudestrahlend seine Mutter.

„Ihr seid also einverstanden? Elfis Eltern ebenfalls; ihr Vater meinte mit seinem Akzent: ‚Isse meine Tochter dann Schwiegertochter von die Burgermeister, aber make nix. Wullenweber isse gute Familie.'"

Ein breites Grinsen flog über ihre Gesichter.

„Ihren Alten machst du verdammt gut nach", sagte Jacub lachend.

„Ich habe den beiden vorgeschlagen, dass wir die Hochzeit im Wonnemonat Mai abhalten", sagte Tilmann.

„Ja, das ist ein guter Einfall, wenn die beiden damit einverstanden sind. So, für heute haben wir genug geplant. In den nächsten Tagen kümmere ich mich um die Vorbereitungen für das Christfest". Anneliese stand auf und gähnte. „Gute Nacht, bis morgen!" – „Ich komme gleich nach", rief Tilmann ihr hinterher.

Es war sechs Tage vor dem ersehnten Feste, als die Kogge der Birkelin im Rheinhafen anlegte und festmachte. Hafenarbeiter kamen auf den Steg und zurrten den Kahn fest. Solveig und Hugo sprangen als Erste von Bord auf die Landungsbrücke, danach folgte der Patrizier Gotthard.

„So", sagte Solveig, „auf nach Hause in unser trautes Heim!" Sie waren in Dänemark gewesen und hatten dort Solveigs Vater, den Kapitän, besucht. Nach vielen Jahren der Trennung waren sie sich in die Arme gefallen und hatten ihre Zwietracht vergessen. Sie stellte ihm ihren Mann und ihren Jungen vor. Auch dieses Mal gelang es ihr, ihren Vater mit vielen Lügen ein bisschen glücklich zu machen. Sie sprach bei jeder Gelegenheit mit ihm – wenn ihr Mann und ihr Sohn sich am Strand aufhielten, herumtollten oder beim Angeln waren. Sven war lieber mit Gotthard zusammen als mit ihr, denn mit ihm konnte er wenigstens Fische fangen. Wieder umgarnte Solveig ihren Vater mit einem Netz aus lauter Lügen. Solveig konnte es einfach nicht lassen: Immer wieder geriet sie erneut in einen Sog von Unwahrheiten. Bald wusste sie selbst nicht mehr, was wirklich noch der Wahrheit entsprach. Von all den Dingen, die sie erlebt hatte, wie zum Beispiel ihrer Erkrankung, ihrem Aufenthalt im Kloster, ihrem Beruf als Hure in diversen Häusern – davon erzählte sie ihm kein Wort. Sie gaukelte ihm vor, sie hätte es anders geschafft, die wohlhabende, einflussreiche Frau eines Patriziers zu werden. Sie sehnte sich – wie ihr ganzes Leben lang – erneut nach Geborgenheit und intakten Familienverhältnissen. Gleichzeitig warf sie mit ihren fatalen Lügen alles wieder über den Haufen. Um ihr Gewissen zu beruhigen, sagte sie des Öfteren zu sich selbst: „Ich bin keine Hure, ich bin eine Patrizierin; ich verkehre in den besten Kreisen der Stadt."

Zu Hause angekommen, sagte Solveig zu ihrem Sohn: „Bald ist Weihnachten – du darfst dir ein Geschenk aussuchen."

„Ich will nach Hause", war jedes Mal seine Antwort. Irgendwie konnte seine Mutter keine engere Verbindung zu Sven aufbauen; er blockte jeden Annäherungsversuch ab, um nicht zu sagen: Er hasste sie förmlich. Sie war für ihn die Schuldige; denn sie, seine leibliche Mutter, hatte ihm seine geliebte Familie weggenommen, und das verzieh er ihr nicht. Sven war ein aufgewecktes Kerlchen. Als Solveig ihn fragte: „Du musst doch einsehen, dass ein Junge zu seiner waren Mutter gehört", da gab er barsch zurück: „Und dann holst du mich erst nach so vielen Jahren zu dir? Und gehört ein Junge nicht auch zu seinem richtigen Vater und zu seinem Bruder?"

„Er braucht noch mehr Zeit", sagte Gotthard leise zu seiner Frau. Um das Thema zu wechseln, fragte Gotthard: „Was haltet ihr davon, wenn wir auf den Markt gehen, um Zweige und Schleifen für das Christfest zu besorgen? Anschließend schmücken wir unser Haus und machen es weihnachtstauglich!" Sven zog gelangweilt die Schultern hoch.

„Weißt du, Simon, du könntest doch mit einigen deiner Söldner in den Wald fahren, um Zweige zu brechen. Ich werde mit Hugo, der Magd und anderen Lenneperinnen mit dem Schmücken der Häuser beginnen. Haltet Ausschau nach Misteln, Eiben- und Tannenzweigen. Die Kirche schmücken wir mit Tannengrün, unsere Häuser mit den anderen Zweigen. Schön um die Fenster und Türen herum, mit bunten Bändern verziert, sieht das doch sehr weihnachtlich aus. Diese

Zweige üben, wie du ja sicherlich weißt, eine Zauberkraft auf die Fruchtbarkeit der jungen Mädchen aus, außerdem sollen sie der Gesundheit und dem Wachstum dienen. Und was wir nicht vergessen dürfen: Wir müssen noch viele Brote backen und den leckeren Früchtekuchen."

„Du machst das schon, Mutter!", sagte Simon und machte er sich auf den Weg, um den Auftrag zu erledigen. „Bin gegen Abend wieder zurück!", rief er und verschwand im Stall.

Tilmann betrat die Stube: „Ich komme gerade aus der Kirche. Der Pfarrer will ein Krippenspiel aufführen – dafür braucht er noch ein paar Bürger, die als Laiendarsteller fungieren sollen. Er dachte da an Hugo, Karl, Roland und Rupert. Hugo soll das Jesuskind spielen, die anderen drei die Heiligen Drei Könige aus dem Morgenland. Begeistert werden die Schäfer sicherlich nicht sein", lachte er.

„Ich finde die Idee gut! Dann kommen sie einmal aus dem verstaubten Stall heraus. Im Sommer sind sie mit den Schafen auf den Weiden, im Winter verkriechen sie sich in den Stallungen. So nehmen sie wenigstens am Dorfleben teil", sagte Anneliese.

„Da hast du nicht ganz unrecht. – Sag mal, Hase: Wann wolltest du denn mit Jacub nach Colonia aufbrechen, um noch einmal nach Sven zu suchen?"

„Jacub sagte mir, dass er übermorgen dorthin fahren will. Ich begleite ihn natürlich, auch wenn ich den Pegel des Rheins wieder einmal anheben werde. Das Übelwerden auf dem Schiff ist mir der Junge einfach wert."

„Und du glaubst, das es dieses Mal gelingen wird, ihn von dort loszueisen?"

„Ich denke, schon. Wenn wir sie antreffen, dann sollen die mich einmal richtig kennenlernen! Ohne den Jungen kehre ich nicht mehr zurück!"

„Wenn die dich richtig kennenlernen, dann tun sie mir jetzt schon leid … Eine Frau Wüllenweber darf man nicht unterschätzen!"

Sie lachte ihren Mann an: „Vorsicht, mein Gatte – die Stube hängt voller Ohrfeigen!"

„Bevor ich es vergesse: Morgen zimmern wir mit einigen Handwerkern den Stall von Bethlehem und die Krippe zusammen. Sie steht dann in der Kirche an der Stelle, wo sonst der Herr Pfarrer predigt. Alles wird für den 25. Dezember ein wenig verändert und umgebaut. Wir sollen noch zwei Schafe für den Stall mitbringen. Ein Bauer kommt mit einem Esel, Heinrich Kottsieper, mein Vertreter, spielt den Josef und die Brunhilde vom Gänsemarkt die Maria."

Da fuhr Anneliese ihren Mann laut an: „Seid Ihr denn alle verrückt geworden in eurem Rathaus? Eine Hure als Maria! Welcher Hundsfott ist denn auf so eine Idee gekommen?"

„Beruhige dich", lachte Tilmann, „das sollte nur ein Scherz von mir sein."

„Raus aus meinem Haus! Veralbern kann ich mich selbst!", fuhr ihn Anneliese an. Tilmann blieb aber stehen: „Komm, Hase, war doch nur ein Schelmenspiel. Aber im Ernst: Wir haben noch keine Darstellerin, die die Maria spielen könnte. Weißt du niemanden?" Anneliese überlegte kurz, dann sagte sie blitzartig: „Ich – ich mache das!" Tilmann sah sie mit großen Augen an: „Du willst die Mutter von Jesus von Nazareth spielen?"

„Meinst du etwa, ich sehe dafür zu alt aus? Überleg dir deine Antwort jetzt ganz genau!"

„Nein, mein Hase, ich traue dir das schon zu. Hugo als Jesuskindlein ist ja auch etwas kräftig geraten. Seine Krippe wird Übergröße haben, vermute ich."

„Wie soll denn der Ablauf vonstattengehen?"

Tilmann setzte sich auf einen Stuhl: „Am Nachmittag um die fünfte Stunde ist Einlass in die Kirche. Der Pfarrer will die Weihnachtsgeschichte vorlesen, und er wird dann die dazu passenden Darsteller aufrufen. Danach folgt das Übliche: Gebete, Lieder und was weiß ich. Im Anschluss daran gehen die Leute zum Feiern in die Gasthäuser. Doch wir gehen dieses Mal nicht zu den Rosenbaums, sondern zu unserem neuen Wirt aus der Lombardei, zu Rokko Ronaldi, Simons zukünftigem Schwiegervater. Es hat mir dort immer gut gefallen, außerdem will er leckere Sachen aus seiner Heimat kochen und auftragen. Die Rosenbaums werden auch ohne uns ihren Laden voll haben. Nächstes Jahr können wir wieder zu denen gehen – so wechseln wir zwischen den Eltern unserer Schwiegertöchter hin und her."

„Ich sehe, du hast bereits alles geplant. Soll mir recht sein …", sagte Tilmanns Frau.

„So, ich werde mich wieder auf den Weg machen. Ich bin in der nächsten Zeit in der Kirche, um mit den anderen das Bühnenbild aufzubauen. Heinrich Kottsieper vertritt mich so lange im Rathaus. Es ist ziemlich ruhig dort im Moment, er wird sich nicht überarbeiten."

„Heinrich Kottsieper?", lachte Anneliese. „Du meinst wohl meinen Mann Josef …"

Es begann gerade erst, hell zu werden, als Jacub und seine Mutter mit ihrem Wagen Lennep durch das Kölner Tor verließen. Conradis verschloss den Eingang hinter ihnen noch einmal. Er wollte sich noch etwas auf seinen Strohsack legen. „Eindeutig noch zu früh …", murmelte er. „Wo die Wüllenwebers immer um diese Uhrzeit schon hin müssen?"

„Heute ist der Tag der Entscheidung", kam es aus Jacubs Mund.

„Dein Wort in Gottes Ohr", gab seine Mutter zurück. Es war empfindlich kalt geworden, sodass sie sich in dicke Decken eingewickelt hatten. Annelieses Gebende war ihr zu kalt gewesen – so hatte sie kurzerhand die Fellmütze ihres Mannes genommen und sich über den Kopf gestülpt. Sie waren froh, dass noch kein Schnee gefallen war; dies hätte ihre Fahrt nach Colonia deutlich erschwert. Als der neue Tag sein Licht über die Hügel schob, war es wunderbar anzusehen, wie sich über die leicht vereisten, weißen Gräser der Wiesen ein durchsichtiger Schleier des Morgennebels gelegt hatte. Die ersten Sonnenstrahlen durchbrachen die verschleierte Stimmung.

„Was für ein wunderschöner Morgen – wie reizvoll das Bergische Land doch sein kann!", sagte Jacub leise; er war von der Landschaft fasziniert.

„Wenn ich an die Überfahrt denke, wird mir jetzt schon schlecht."

„Mach dich doch nicht vorher schon verrückt! Mir ist das so etwas von egal, ob das ein Boot auf dem Rhein ist oder auf dem Meer."

Dabei fiel ihm spontan ein, dass er im Unrecht war; er erinnerte sich, wie er vor vielen Jahren auf der Fahrt von Lübeck nach Bergen grün und blau gewesen war und sich drei Tage am Stück übergeben hatte. Solveigs Vater, Kapitän Rassmussen, hatte sein Schiff über die Ostsee durch die nördliche Meerenge zur Hansestadt Bergen gesteuert. Damals ging es ihm genau so schlecht wie heute seiner Mutter. Er dachte, er würde diese Überfahrt nie überleben. „Das sollte ich ihr jetzt besser nicht erzählen", überlegte er bei sich. Es war übrigens damals die Fahrt zum Nordland, wo er Solveig kennengelernt hatte. „So ein Zufall – jetzt bin ich wieder auf dem Weg zu ihr", dachte Jacub.

„Was machen wir, Jacub, wenn sie unseren Jungen nicht freiwillig herausgeben wollen?"

„Da sie sicherlich nicht mit uns rechnen, ist das Überraschungsmoment auf unserer Seite. Sollte sich der Patrizier querstellen, wende ich Gewalt an. Meine Geduld ist am Ende."

Anneliese sah ihren Sohn von der Seite an: „Ganz wie dein Vater – nein, noch etwas mutiger bist du. Trotzdem dürfen wir nicht zu viel Aufsehen erregen; er ist ein Patrizier, und wir sind in seiner Stadt, wo er die Macht hat und Helfer sowie mächtige Freunde, die ihm beistehen werden. Aber wir haben zwei Vorteile ihnen gegenüber: der Tatbestand der Entführung und das Vorleben dieser Solveig. Die Frage ist nur die: Falls die Sache vor einen Richter kommt, der über das Sorgerecht entscheiden soll – inwieweit ist dieser durch die Patrizier und durch die Richerzeche beeinflussbar? Weißt du, was ich meine, mein Sohn? Mir fällt da nur ein Wort ein: Korruption."

Jacub hatte seiner Mutter gut zugehört. „Wir können nur abwarten, was da auf uns zukommt. Sieh, Mutter, da vorne ist der Fluss und der Anleger für die Fähre."

„Mir wird schlecht."

Kapitel 17

Nach der Überfahrt auf die andere Rheinseite war Anneliese abermals grün und blau im Gesicht. Immer noch stark schwankend, stand sie am Ufer.

„Mutter, du siehst aus, als wärest du soeben von den Toten auferstanden!" Anneliese sah ihn an, dann schoss erneut ein Strahl von Erbrochenem aus ihrem Mund. Sie hielt sich dabei röchelnd an einem der Wagenräder fest. Jacub stützte seine Mutter und reichte ihr ein Leinentuch, mit dem sie sich den Mund abwischte.

„Ich glaube", sagte sie mit schwacher Stimme, „das war die vorerst letzte Ladung." Dabei sah sie auf ihre gerade besudelten Schuhe.

„So kann ich niemanden gegenübertreten. Wir sollten einen Gasthof aufsuchen, wo ich mich etwas frisch machen und die Schuhe säubern kann."

„Das machen wir, Mutter. Aber du hast viel Flüssigkeit verloren – eine kräftige Hühnersuppe könnte dich wieder auf die Beine bringen."

Sie stiegen auf ihr Gefährt und machten sich auf den Weg zu dem Gasthof, in dem sie auch das letzte Mal genächtigt hatten. Er lag nicht allzu weit vom Haus der Birkelin entfernt.

Annelieses Schwanken nahm ab, ihre Übelkeit verschwand, und sie kehrte wieder zu den Lebenden zurück.

„Wir sind ja früh dran", sagte sie. „Ich lege mich etwas aufs Bett und ruhe mich aus, dann säubere ich meine Schuhe, und danach kann von mir aus die Konfrontation mit deiner Solveig um unseren Sven beginnen."

Es war um die Mittagszeit, als sie vor dem Haus der Birkelin standen. Anneliese zog mehrere Male am Strick der

Türglocke; kurze Zeit später öffnete die ihnen bereits bekannte Magd. Erschrocken sah sie Mutter und Sohn an.

„Gerne würden wir die Herrschaften sprechen, könntet Ihr uns anmelden?", sagte Jacub. Ängstlich sah die Magd die beiden an.

„Ihr müsst Euch nicht fürchten", flüsterte Anneliese, um sicher zu sein, dass sie niemand hörte, „wir verraten Euch nicht." Das junge Mädchen nickte: „Wartet hier bitte, ich melde Euch bei meinen Herren an", sagte sie und verschwand. Sie ließ die beiden im Flur stehen, als Sven die Eingangstreppe heruntergelaufen kam. Er hatte ihre Stimmen gehört und sofort erkannt: „Vater, Vater, Großmutter! Endlich kommt ihr mich holen!" Mir ausgebreiteten Armen fing Jacub seinen Sohn auf. Beide drehten sich im Kreis, dann war Oma an der Reihe.

„Wo wart ihr denn so lange? Wo ist mein Bruder? Was macht Großvater?" Seine Fragen überschlugen sich, die Freunde sprudelte nur so aus ihm hervor. Da ertönte laut Solveigs Stimme: „Geh sofort auf dein Zimmer." In einem kostbaren Gewand stand sie vor den Wüllenwebers. Sofort bemerkte Jacub, dass sie nun weitaus ansehnlicher aussah als noch vor Jahren, als sie Sven bei ihm in Lennep abgegeben hatte.

Jacub hielt seinen Sohn fest und schrie Solveig an: „Du bist wohl überrascht, dass wir dich nach langer Suche endlich gefunden haben! Eine Hure im Patrizierfrauen-Gewand, die ihren eigenen Sohn entführen ließ und ihrem Vater und seiner Familie entriss, die alle Welt hinters Licht geführt hat! Eine Hure, die ihre Freunde sowie ihren Vater jahrelang betrogen hat! Diese Hure will jetzt Anspruch auf ihren verschenkten Sohn erheben? Nein, Solveig, dein Spiel ist zu Ende! Der Junge geht zurück mit mir – dahin, wo er hingehört!"

Solveig lief vor Wut rot an im Gesicht, dann schrie sie nach ihrer Magd. „Maria, bring den Jungen auf sein Zimmer; er hat hier bei diesem Streit nichts verloren." Sven sah seinen Vater an: „Gehorche, geh mit ihr; wir holen dich später."

Dann stand plötzlich Solveigs Mann im Flur – zum Glück hatte er Jacubs Worte nicht mitbekommen „In meinem Hause wird nicht herumgebrüllt, habt ihr das verstanden? Ihr seid hier nicht willkommen, also verschwindet."

Nun platzte Anneliese der Kragen: „Ihr wart in Lennep ebenfalls nicht willkommen, als ihr unseren Jungen entführt habt. Das war eine verbrecherische Handlung! Das Recht ist auf unserer Seite!", schrie sie zurück. „Gebt uns den Jungen raus, dann seid ihr uns auf der Stelle wieder los."

„Der Junge bleibt hier im Haus bei meiner Frau und bei mir – basta."

Der Streit zwischen den beiden sich gegenüberstehenden Parteien eskalierte; es wurde noch lauter. Da fing Sven, der von der Magd festgehalten wurde, an zu weinen.

„Verschwinde endlich auf dein Zimmer!", schrie ihn Gotthard an. Jacub schob seine Mutter beiseite und zog seinen Dolch.

„Jetzt ist Schluss mit diesem Zirkus hier! Rücke sofort den Jungen heraus!" Er hielt den Dolch auf bedrohliche Art vor sich, sofort zum Kampfe bereit.

„Ihr bedroht mich in meinem eigenem Haus mit Eurer Waffe?"

Mit diesen Worten griff auch der Patrizier nach seinem Dolch, und es kam zum Kampfe. Die Frauen sprangen beiseite, als sich Jacub auf Gotthard stürzte. Der wich zurück und hielt ihm ebenfalls seinen Dolch entgegen.

„Seid ihr denn völlig verrückt geworden!", schrie Anneliese. Die Männer hörten sie nicht mehr, da ihre Wut von ihnen Besitz genommen hatte; ihr Verstand konzentrierte sich ausschließlich auf das Gefecht. Sie tänzelten im Kreis umher.

Jacub ließ seinen Dolch mal in die linke, mal in die rechte Hand gleiten. Beide Männer täuschten Scheinangriffe vor. Dann machte Gotthard einen schnellen Schritt auf Jacub zu und wollte ihm den Dolch in die Schulter rammen. Dieser wich gerade noch zur Seite aus und schlug ihm so kräftig die Faust ins Gesicht, dass sein Gegenüber taumelnd gegen die Flurwand flog. Er blieb aber stehen und schüttelte nur seinen Kopf. Ein schmaler Blutfaden rann aus seinem Mund und tropfte vom Kinn auf seinen weißen Patrizierkragen.

Beide Kämpfer waren in etwa gleich groß, sodass keiner einen Vorteil hatte. Die beiden Frauen schrien wie wild durcheinander. „Hört auf damit, hört endlich auf!"

Den Männern stand der Schweiß auf der Stirn, als sie erneut, schon schwer keuchend, neue Angriffe wagten. Jacub stieß mehrere Male in Richtung des Oberkörpers des Patriziers zu. Bei einem Stoß bohrte sich seine Dolchspitze in dessen Oberarm. Ein lauter Schrei verließ daraufhin seine Lippen. Der Schmerz stachelte ihn nun noch mehr auf. Nun kam es zum Nahkampf; beide hielten jeweils den Messerarm des anderen fest. Sie drehten sich dabei, zogen ihre Knie an und versuchten, den Gegner in den Unterleib zu treffen. Jacub fing sich in diesem Moment eine fürchterliche Kopfnuss des Patriziers ein. Er wurde durch die Wucht nach hinten geschleudert. Anneliese hielt sich vor Angst um ihren Jungen die Hände vor den Mund. Solveig stand wie unter Schock; mit weit aufgerissenen Augen und mit ihrem Rücken an der Wand starrte sie die Kämpfer an. Jacub lag gerade in einer Ecke des Flures. Sein rechtes Auge schwoll langsam zu, doch er rappelte sich wieder auf. Als er den Kampf erneut aufnehmen wollte, rief Anneliese zu Solveig: „Komm jetzt, wir müssen beide dazwischengehen, oder willst du, dass sich die Männer hier gegenseitig umbringen? Das nützt unserem Sven überhaupt nichts, wenn er sein Leben ohne seinen Vater oder auch Stiefvater verbringen muss." Solveig erwachte aus ihrer Lethargie, als Anneliese sie an den Schultern packte, um sie kräftig durchzurütteln. Nun sprangen beide Frauen zwischen die Kämpfer und breiten ihre Arme aus: „Sofort aufhören, Schluss damit!", rief Anneliese.

„Stellt eure Kampfhandlungen ein, auf der Stelle!", rief nun auch Solveig, die eingesehen hatte, dass Jacubs Mutter recht hatte. Keuchend standen sich die Männer gegenüber, dann ließen sie ihre Dolche sinken.

Anneliese ging zu den Männern hin und nahm ihnen den Dolch aus der Hand.

„So geht das nicht! Was wir hier tun, kann nicht im Sinne des Jungen sein. Es muss da eine andere Lösung geben. Wir sollten uns zusammensetzen und darüber reden, wie wir eine Einigung erzielen", sagte Anneliese etwas leiser und nahm damit die Dynamik aus der Situation.

Immer noch schwer atmend, setzte sich Jacub auf die unterste Treppenstufe. Von hier aus ging es in den prunkvollen Wohnbereich der beiden, dachte er. Sven und die Magd waren mittlerweile verschwunden. Da ergriff Anneliese erneut das Wort: „Wir müssen ein Verfahren anstreben. Ein Richter soll entscheiden, wer das Sorgerecht für den Jungen bekommt."

„Oh", meinte der Patrizier, der sich nun auch etwas beruhigt hatte, „damit wären wir selbstverständlich einverstanden. Soll es die Staatsgewalt entscheiden!"

„Wie geht so etwas vonstatten?", fragte Jacub.

„Ganz einfach, ihr geht zum Hauptmann der Wache und übergebt ihm ein Schriftstück mit Eurem Anliegen. Der leitet es weiter zum Bürgermeisteramt, dieses an den entsprechenden Richter. Er wird euch dann einen Termin nennen, wann es zur Verhandlung kommt. Solange das nicht geklärt ist, bleibt der Junge bei uns", bestimmte der Patrizier. Dass der Junge so lange bei ihm bleiben sollte, wurmte Jacub gewaltig. Gerade als er anfing, sich wieder vor dem Patrizier aufzubauen, drängte sich Anneliese dazwischen: „Damit sind wir einverstanden!"

Jacub sah seine Mutter voller Verzweiflung an. Er verstand ihre Argumentation nicht. Oder hatte sie bereits einen neuen Plan, von dem er noch nichts wusste? Was war mit der wahren Schuldigen? Solveig hielt sich aus allem heraus. Sie überließ ihrem Mann das Feld – er würde schon wissen, was gut für sie sei, schließlich war er einer der wichtigsten Männer von Colonia. Er kannte sie alle, die Ratsleute, die Richter und die Schöffen. Mit ihrem Einfluss würde er das mit dem Sorgerecht schon klären.

Solveig hatte die Magd gerufen, die mit ein paar Linnentüchern in der Hand zurückkam, um die leichten Blessuren zu versorgen. Jacub hielt sich eines unter seine blutige Nase, und Gotthard presste ein Tuch unter die leicht aufgeschlitzte Gewandung, wo ihn Jacubs Dolch erwischt hatte. Es war jedoch nur die Spitze eingedrungen, sodass die Wunde nicht allzu groß zu sein schien.

„Gut, dann werden wir es so angehen. Der Richter soll ein Urteil im Sinne des Jungens fällen. Aber bitte seid so nett, bevor wir zurück nach Lennep aufbrechen, dass wir uns von Sven verabschieden können", sagte Jacub.

Gotthard Birkelin sah seine Frau an: „Ich bin damit einverstanden, hol bitte den Jungen." Sie ging los, man merkte ihr aber an, dass sie mit dieser Entscheidung nicht so richtig einverstanden war. Wenn es nach ihr gegangen wäre, hätte der Junge seinen Vater und die Großmutter nicht mehr zu Gesicht bekommen. Sie schritt die große Treppe hinauf in den Wohnbereich und kam kurze Zeit später mit Sven an der

Hand zurück. Der Junge hatte vom vielen Weinen gerötete Augen. „Mein Gott", dachte Anneliese, „was tun wir diesem armen Kerl nur an?"

Als Solveig ihn losließ, rannte er sofort zu seinem Vater, der ihn in die Arme schloss. Er schlang seine kleinen Arme um dessen Hals. Jacub zog ihn einige Meter zur Seite, sodass die anderen seine Worte nicht verstehen konnten. Er legte seinen Mund an Svens Ohr und flüsterte leise: „Du must jetzt ganz stark sein. Hör mir genau zu. Im Moment bleibst du noch hier bei deiner Mutter. Es wird aber nicht lange dauern, bis du wieder bei uns und bei deinem Bruder bist. Ich hol dich hier raus, dann gehen wir gemeinsam zurück nach Lennep. Du bist doch schon ein richtiger, mutiger Mann. Denk an die Ritter, die Johanniter und die Templer. Du wolltest doch immer sein wie sie. Stolz und Ehre, denk immer daran, solange du noch hier bist."

Sven sah seinen Vater mit treuen, aufopfernden Augen an und nickte, dann sagte er leise: „Wird gemacht, Vater, aber danach bin ich ein Ritter!"

„Ich verspreche es dir. Wenn du zurück bist, rede ich mit Ritter Wentzel, er wird dann sein Schwert ziehen und dir den Schwertgurt anlegen. Dann erhältst du die Schwertleite." Jacub erhob sich und ging zu den anderen zurück. Solveig griff schnell nach Svens Hand und verschwand mit ihm.

Als Anneliese und ihr Sohn das Haus des Patriziers gerade verlassen wollten, sagte dieser noch mit einem ironischen Ton: „Gute Heimreise – wir sehen uns vor Gericht!"

„Ja", sagte Anneliese, „wir sehen uns vor Gericht! Die beiden verließen den prunkvollen Patrizierbau und gingen in Richtung ihres Gasthofes, wo ihr Gefährt stand.

Sven lag in seinem Zimmer auf dem Bett und schluchzte in sein Kopfkissen. Die Ereignisse dieses Tages waren zu viel für ihn gewesen; kurze Zeit später schlief er erschöpft ein.

In der Wohnstube saßen Solveig und ihr Mann vor dem beheizten Kamin: „Die Geschichte ist so gut wie beendet. Der Junge wird für immer bei uns bleiben, dafür werde ich sorgen. Morgen früh bin ich sowieso im Rathaus; ich werde dort mit den Verantwortlichen sprechen, um danach den Richter aufzusuchen. Hier in Colonia besteht für sie nicht der Hauch einer Change, den Jungen zu bekommen. Mein Einfluss ist einfach zu mächtig, auch wenn sie der Meinung sind, dass die Entführung ein Straftatbestand sei. Das mag vielleicht für dieses Lennep gelten, nicht jedoch für Colonia!"

„Ich weiß, dass du in solchen Dingen recht hast, mein Schatz. Was meinst du – soll ich uns einen Krug des guten italienischen Weins holen lassen?", fragte Solveig.

„Das ist ein guter Vorschlag! Wir haben uns jetzt einen guten Schluck verdient. Die Magd soll gleichzeitig auch etwas zu essen auf den Tisch stellen; das Kämpfen macht verdammt hungrig", meinte Gotthard.

Da Solveig von ihrem älteren Manne abhängig war, von seinem Stand sowie von seinem Vermögen, kam in ihr nun das wieder hervor, was sie über Jahre in den Hurenhäusern gelernt hatte: ihn um den Finger wickeln und grazil Schmeicheleien verschenken. „Du warst sehr mutig, das hat mir imponiert. Hätte der Kampf noch länger gedauert, dann wärst du als Sieger daraus hervorgegangen. Er konnte dir im Gefecht nicht das Wasser reichen!"

Gotthard aalte sich in den Worten seiner jungen Frau. Heute würde er sie noch nehmen und ihr zeigen, wie stark er in Wirklichkeit war.

Solveig hingegen kannte die Männer. Sie wusste genau, was sie wollten und von den Frauen erwarteten. In diesem Bereich standen ihr alle Raffinessen zur Verfügung, alle Tricks. Im Alltag war sie Gotthards bester Freund, sie konnte mit ihm lachen und sich bei Anlässen präsentieren. Am Abend war sie eine herausragende Gesellschafterin – doch in der Nacht eine gewöhnliche Nutte, wie sich die Männer eine wünschen.

Eine Nacht verbrachten Anneliese und Jacub noch in ihrem Gasthof, um am nächsten Morgen zum Hauptmann der Wache zu gehen und dort die nötige Anklageschrift vorzubereiten. Durch seine zahlreichen Besuche in der heiligen Stadt Colonia kannte sich Jacub schon recht gut hier aus.

„Dort drüben ist das Wachhaus, Mutter."

Er stoppte den Wagen und ging mit seiner Mutter in das Gebäude, in dem zwei Bewaffnete beim Würfelspiel an einem Tisch saßen. Als sie die beiden kommen sahen, erhoben sie sich. „Gott zum Gruße", sagte einer der Wachmänner und ging auf Jacub zu.

„Kann ich weiterhelfen, der Herr?"

„Ist der wachhabende Hauptmann anwesend?"

Der Soldat nickte: „Kleinen Moment, ich werde ihn benachrichtigen." Er drehte sich um und verschwand in einem anderen Raum.

Als er zurückkam, folgte ihm der Hauptmann. „Ihr schon wieder – der Jäger der Geächteten!", sagte er mit einem freundlichen Lächeln.

Sie gaben sich die Hand, und Jacub stellte ihm seine Mutter vor. Dann erklärte er ihm den Grund seines Erscheinens.

„Na, dann werde ich mal Pergament und Federkiel holen."

„Wie geht es dann weiter?", fragte ihn Jacub.

„Wenn Ihr Eure Anklage schriftlich niedergelegt habt, leite

ich das Schreiben an den Rat weiter. Der ist dann verantwortlich, den Richter zu unterrichten. Ihr werdet dann eine Nachricht erhalten, wann die Verhandlung stattfindet."

Jacub schrieb die Zeilen so, wie er sie für richtig hielt. Er beschrieb die Entführung seines leiblichen Sohnes und bezeichnete die Sache als „Raub".

Dann schrieb er einige Sätze über sich, seine Arbeit, über seine Familie und dass sein Vater Bürgermeister von Lennep sei. Wie er Solveig kennengelernt hatte und wie daraus der gemeinsame Sohn entstanden war. Zum Schluss auch noch, wie sie ihren Sohn nach ihrer Erkrankung bei Jacub in Lennep abgegeben hatte. „Und hiermit beantrage ich das Wohn- und Sorgerecht für meinen Jungen Sven." Damit endete sein Schreiben.

Am Schluss überflog er noch einmal die geschriebenen Zeilen, tupfte die frische Tinte ab und rollte das Pergament zusammen, um es dem Hauptmann zu überreichen. Schon bei ihrer ersten Begegnung hatten die beiden Männer Sympathie füreinander empfunden, deshalb erwähnte der Hauptmann noch: „Ihr begebt Euch da auf dünnes Eis! Nicht, dass ich Euch den Erfolg nicht gönne – das ist es sicherlich nicht –, aber als Fremder in Colonia eine Klage gegen einen Patrizier zu gewinnen, das ist fast aussichtslos."

Anneliese hatte sich bis jetzt mit Worten zurückgehalten, doch jetzt hakte sie nach: „Wie meint Ihr das?"

„Oh, meine Dame, hier kennen sich alle – die, die dort oben sitzen, im Rathaus, meine ich –, die kratzen sich nicht gegenseitig die Augen aus. Mit denen ist das wie mit einer verschworenen Bruderschaft: Man gibt und nimmt – einen kleinen Gefallen hier und einen Gegengefallen dort. Hier herrscht das Kapital der Pfeffersäcke und der Richerzeche. Colonia ist da sicherlich anders gestrickt als die meisten anderen Städte."

Anneliese dachte über diese Worte nach, nickte mit dem Kopf, antwortete aber nicht weiter. Jacub kannte seine Mutter; er wusste, dass sie wieder einmal etwas ausheckte.

„Vielen Dank für Eure Hinweise", sagte Jacub, und er und seine Mutter verabschiedeten sich von dem Hauptmann.

Draußen kletterten sie auf den Wagen, um schnellsten den Hafen zu erreichen.

„Ich wünschte, ich wäre schon auf der anderen Uferseite", stöhnte Anneliese.

Jacub kicherte: „Mach dich doch nicht so verrückt, das geht doch alles zügig bis zur anderen Seite."

Am anderen Ufer angekommen, lachte Anneliese laut: „Das war das erste Mal, dass ich mich nicht übergeben habe – und schlecht ist mir nur ein kleines bisschen."

„Weil ich dich in Gespräche verwickelt habe – dadurch hattest du erst gar keine Zeit, über Übelkeit nachzudenken. Ablenkung, an was ganz anderes denken – schon ist es vorüber", sagte Jacub.

Der Wagen fuhr vom Rheinufer zurück auf die Straße, die nach Lennep führte.

„Wir sind doch gut in der Zeit. Es dürfte noch reichen, einen kleinen Umweg zu machen", schlug Anneliese vor.

„Wo willst du denn noch hin?"

„Einen Abstecher nach Neuenberge machen. Ich würde gerne mit unserem Grafen Adolf sprechen. Der ist jetzt zur Weihnachtszeit bestimmt auf seiner Burg."

„Wieso das jetzt, Mutter?"

„Lass das meine Sorge sein; ich weiß genau, was ich zu tun habe."

„Aber wir sind nicht einmal angemeldet und haben keinen Termin!"

„Du kennst doch deine alte Dame – glaubst du etwa, ich benötige einen? Es gibt manchmal wichtige Dinge im Leben, bei denen man vorher nicht nach einem Termin fragen kann."

Schweigend und in Gedanken vertieft setzten sie ihre Fahrt fort, bis sie in der Ferne die prachtvolle Burg erblickten. Jacub fuhr den Wagen, als sie am Zwingertor ankamen und von den Torwachen aufgehalten wurden.

Nach einem kurzen Gruß wollte der Soldat die Ladefläche kontrollieren.

„Alles leer, guter Mann, wir führen keine Ladung mit uns", sagte Jacub.

Der Soldat schob die Planen mit seinem Speer auseinander und warf einen kurzen Blick auf die leere Ladefläche.

„Was ist der Grund Eures Besuches?"

Anneliese dachte: „Das hat den überhaupt nichts anzugehen!", dann sagte sie: „Wir möchten unseren Freund, Ritter Wentzel, besuchen und ihm schöne Weihnachten wünschen."

Daraufhin winkte der Soldat sie durch.

Vom Rande der riesigen Schildmauer ragten die Pechnasen hervor, einige der Vorrichtungen, die zur Verteidigung der Burg genutzt wurden. Sollte es zu einem Angriff kommen, konnte man durch die steinernen Rinnen siedendes Öl oder heißes Pech auf die Angreifer schütten.

Ihr Wagen rollte durch einen kleinen Innenhof, der mit einem Falltor abgesperrt werden konnte. Linker Hand befanden sich die Unterkünfte der Burgbediensteten, dahinter waren die Stallungen sowie die Waffenkammern.

„Was war das denn gerade, Mutter? Du hast ja geschwindelt", sagte Jacub.

„Du glaubst doch wohl selber nicht, dass ich einer Torwache erzähle, was ich hier vorhabe!"

Jacub steuerte den Wagen in den Haupthof, der sich nun wiederum zu ihrer rechten Seite befand. Dort banden sie ihr Pferd an einem dafür vorgesehenen Holzbalken fest, stiegen vom Bock und gingen zum Eingangstor – genau zu dem Tor, durch das Anneliese schon einmal einfach an dem Pagen vorbeigeschritten war. Als sie den Türklopfer drei Mal gegen die darunter befestigte Messingplatte schlug, öffnete sich die Tür einen Moment später. Vor ihr stand der gleiche Bursche – der Page von damals.

Seinem Blick entnahm Anneliese, dass er sie ebenfalls wiedererkannt hatte.

„Ihr wollt sicherlich wieder zu unserem Herrn Grafen?", fragte er sie.

„Und wir haben auch keinen Termin, weil es Dinge im Leben gibt, die sich so plötzlich entwickeln, dass einem keine Zeit bleibt, noch vorher Termine zu machen." – „Moment bitte, wen soll ich melden?", fragte der Page.

„Anneliese Wüllenweber aus Lennep, die Frau des Bürgermeisters, mit ihrem Sohn Jacub. Und sagt dem Herrn Grafen, es ist äußerst wichtig!"

Der Page verschwand.

„Glaubst du, dass er uns jetzt in der Vorweihnachtszeit überhaupt empfangen wird?"

Jacubs Mutter meinte: „Da sein Banner oben auf dem Bergfried weht, ist er auf jeden Fall anwesend, und er wird uns auch empfangen; das sagt mir einfach mein Gefühl." Jacub sah sich erneut im Innenhof der Burg um; dabei berichtete er seiner Mutter: „Dort drüben stand die Empore für den Prozess gegen die Geächteten, und von da vorne wurden die Gefangenen gebracht." Er zeigte dabei mit seinem Arm auf das Verlies. Die Tür ging erneut auf: „Der Herr Graf lässt bitten."

Die Wüllenwebers folgten dem Pagen in den Besucherraum,

wo sie vom Vogt empfangen wurden: „Wieder einmal auf unserer schönen Burg? – Folgt mir bitte!" Mittlerweile kannte Anneliese den Weg schon von ihrem letzten Besuch. Dieses Mal mussten sie nicht warten, denn Graf Adolf saß hinter seinem Arbeitstisch. Als sie eintraten, erhob er sich: „Die gute Frau Wüllenweber nebst ihrem Sohn! Was für ein Problem ist es denn dieses Mal, das Euch zu mir führt?"

Mutter und Sohn knieten mit dem rechten Bein auf dem Boden und beugten dabei tief ihre Köpfe.

„Erhebt Euch und nehmt bitte Platz dort auf den Stühlen."

Anneliese sah dem Grafen in die Augen: „Wenn es nicht ein so ernsthaftes Problem wäre, würden wir Euch nicht zur Christzeit aufsuchen, Herr Graf. Ihr kennt meinen Sohn; er war ja bei der Verfolgung der Geächteten mit dabei und …" – „Gute Frau", unterbrach sie Graf Adolf, „wie ich sehe, ist Euer Sohn schon seit Langem erwachsen, sodass ich glaube, er kann für sich selber sprechen."

„Entschuldigt mich, Herr Graf, ich weiß, dass ich immer etwas vorlaut bin – mein Temperament geht öfters mit mir durch."

„Also, junger Wüllenweber, erzählt mir, was Euch auf dem Herzen liegt!"

Als Erstes berichtete Jacub dem Grafen, dass er es war, der die beiden Anführer der Geächteten in dem Gasthof in Colonia entdeckt hatte. Damit hoffte er auf einen kleinen Sympathiebonus. Dann kam er auf die Geschichte zurück, die seine Mutter bewogen hatte, den Herrn Grafen aufzusuchen, und er erzählte ihm alles: wie es in Bergen angefangen hatte, wie Solveig den Jungen in Lennep bei ihm abgegeben hatte, von ihrer Krankheit, ihrem Aufenthalt im Kloster sowie von ihrer Genesung. Er vergaß auch nicht Solveigs Geschichte als wandernde Hübschlerin und ihr Unterkommen in diversen Hurenhäusern, bis sie schließlich den Patrizier Birkelin heiratete.

Der Graf verzog keine Mine, sondern hörte die gesamte Zeit aufmerksam zu.

Nun kam Jacub endlich auf den Punkt: „Dann haben die drei – also Solveig, Herr Birkelin und ein Gehilfe – mir den Jungen aus Lennep entführt; und das klingt noch recht milde – für mich war das ein Raub. Nun sitzt er in Colonia bei seiner Mutter, die er überhaupt nicht kennt, und sie wollen meinen Sven, so heißt er, nicht mehr hergeben. Aus diesem Grund kam es gestern in seinem Haus zu einem Duell mit Dolchen zwischen uns. Zum Glück gingen meine Mutter und Solveig dazwischen und brachten uns auseinander."

„Das ist eine schlimme Geschichte, aber ich verstehe nicht, was ich da für Euch unternehmen kann. Ich kenne den Patrizier Gotthard Birkelin aus Colonia; ich hatte schon mit ihm und seinen Geschäftspartnern zu tun gehabt. Wenn er diese Hure geheiratet hat, wird seine Familie nicht gerade glücklich darüber sein. Wie ging es nach dem Duell weiter?"

„Er schlug mir vor, über das Sorge- und Wohnrecht solle ein Richter in Colonia entscheiden. Also ging ich zum Hauptmann der Wache, der mir den weiteren Werdegang erklärte." Jacub schilderte dem Grafen das geplante Prozedere und fuhr dann fort: „Der Hauptmann gab mir am Schluss noch einen wichtigen Hinweis. Er erwähnte, dass die Ratsmänner wie auch die Richter untereinander befreundet seien und dass ich als Lenneper kaum eine Möglichkeit hätte, das Sorgerecht zu erhalten. Häufig ist der eine dem anderen noch einen Gefallen schuldig. Das geht mir gegen den Strich! Das ist der Grund, Herr Graf, warum wir zu Euch gekommen sind. Ich fürchte, dass ich dort einfach überrumpelt werde", beendete Jacub seine Schilderung.

Ein Lächeln spannte sich um Graf Adolfs Lippen. Anneliese hatte die ganze Zeit nur zugehört und kein weiteres Wort gesagt – die eine Zurechtweisung hatte ihr gereicht.

„Die müssen aber in dem Franziskanerinnenkloster gute Kräuter gehabt haben, dass sie diese Solveig heilen konnten!", stellte Graf Adolf fest. Jacub wunderte sich über die ausweichenden Worte seines Grafen. Solveigs Erkrankung war doch jetzt nicht das Problem. War er sich des Ernstes der Lage nicht bewusst?

„Wer sagt denn eigentlich, dass der Richter in Colonia diese Sache entscheiden soll? Der Birkelin etwa? Er ist ein schlauer Fuchs, doch liegt er mit seiner Behauptung falsch. Diese Patrizier mitsamt ihrer arroganten Richerzeche stoßen mir seit Langem übel auf. Für sie existiere ich nur auf dem Papier, sitze hier fern auf meiner Burg. Noch gehört Colonia zu meiner Grafschaft. Der Birkelin will Euch über den Tisch ziehen; er glaubt, Ihr seid ein dummer Junge. Es war genau richtig, mich hier aufzusuchen."

Jacub fühlte nach den Worten seines Grafen Erleichterung.

„Euch steht das Recht zu, die Verhandlung in Lennep zu führen; da ist schließlich Euer Junge entführt worden. Aber wir machen es anders: Die Angelegenheit wird hier auf meiner Burg entschieden – durch einen neutralen Richter und ebensolche Schöffen, Männer, die weder Euch noch den Patrizier kennen. Wärt Ihr damit einverstanden, junger Wüllenweber?" Jacub sah seine Mutter an, die schnell nickte und so den Vorschlag des Grafen befürwortete.

„Das wäre in meinem Sinne, Herr Graf."

„Schön; dann lasse ich einen Richter aus Weperevorthe kommen und gebe Euch durch einen Sendboten Bescheid wegen des Termins."

Jacub errötete leicht, als er sagte: „Herr Graf, ich hätte da noch eine kleine Bitte an Euch. Als ich mich von meinem Sohn Sven verabschieden musste, habe ich ihm gesagt, er solle die Angelegenheit wie ein wahrer Ritter durchstehen. Wenn er wieder bei mir und seinem Bruder wäre, würde ich dafür sorgen, dass man ihn zum Ritter schlüge – natürlich in einer kindlichen Form. Darf ich dazu vielleicht Ritter Wentzel hinzuziehen? Er kennt meine beiden Jungen von der Ausbildung der Lenneper Kaufmannsburschen her. Er war ja eine Zeit lang zu Gast in unserer Stadt."

Der Graf lachte laut: „Ihr seid mir vielleicht ein Früchtchen? Das mit der Schwertleite ist wirklich gut – ich werde das übernehmen. Nach der Verhandlung – die, wie ich hoffe, für euch glücklich ausgeht – werde ich den beiden Burschen im Rittersaal die Schwertleite abnehmen. – Wenn es das gewesen war; junger Wüllenweber … Ich habe noch mehr Termine vor dem Feste", sagte der Graf und erhob sich.

Anneliese und Jacub bedankten sich von ganzem Herzen und verließen, in gebückter Haltung rückwärtsgehend, den Raum.

„Wir hätten es wahrlich schlechter treffen können. Unser Graf ist schon ein edler Mann mit viel Feingefühl", sagte Anneliese.

„Oh ja, das ist er. Und jetzt auf nach Hause! Ich bin jetzt wieder guten Mutes", rief Jacub. Anneliese ließ sich das Gespräch mit dem Grafen noch einmal durch den Kopf gehen: „Trotz alledem ist unser Graf ein Schlitzohr. Du erzählst ihm deine Probleme, und er sagt: ‚Die Franziskanerinnen müssen aber gute Kräuter gehabt haben.' Er weicht raffiniert vom Hauptthema ab und kommt dann in einem Nebensatz wieder darauf zurück. Daran merkst du, dass er schlau wie ein Fuchs ist. Am Ende des Gespräches schwimmt er mit dir wieder auf einer Welle."

Jacub hörte nur mit einem Ohr zu. Er war mit seinen Gedanken bereits in Lennep beim Weihnachtsfest: „Ze wihen nahten, auf geht's zur geweihten Nacht."

Anneliese hüstelte: „Dafür muss ich mir noch ein ärmliches, zerrissenes Kleid besorgen oder anfertigen, schließlich spiele ich die Maria, Jesus' Mutter im Stall von Betlehem. Bin mal gespannt, wie Heinrich Kottsieper als mein Ehemann Josef aussieht."

Jacub steuerte den Wagen am Fronhof Wermelskirchen vorbei. Von nun an ging es leicht bergab bis Lennep.

Als der Wagen die Wallstraße entlangrollte, kam ihnen schon Hugo entgegengelaufen. „Habt ihr Sven mitgebracht?", rief er seinem Vater entgegen.

„Nein, mein Junge, aber bald werden wir ihn holen; es dauert nicht mehr so lange."

Traurig, mit hängendem Kopf, ging er zurück in die Wohnstube.

„Wir müssen ihn noch etwas hinhalten und ablenken; das dürfte ja gerade jetzt zur Weihnachtszeit nicht so schwer sein", sagte Anneliese.

Als sie sich in der Stube versammelt hatten, berichtete Jacub seiner Familie von dem Erlebten. Tilmann fragte seinen Sohn: „Dann hast du also wirklich mit dem Pfeffersack richtig gekämpft?"

„Unser Sohn war mutig, aber auch wütend; so kannte ich ihn überhaupt nicht", sagte Anneliese. Simon und Gundula hörten zu, Hugo war beleidigt und verzog sich in den Stall.

„Ach, Bruderherz, der Schmied war gestern hier – du sollst dein Schwert abholen, es ist fertig", teilte ihm Simon mit. „Oh, das freut mich! Dann muss ich vorher mein Geld zusammenkratzen – das wird nicht gerade billig werden."

Simon lag noch etwas auf dem Herzen: „Was ist denn mit meiner und Elfis Hochzeit? Muss die nicht auch langsam geplant werden?"

„Jetzt bleib mal auf dem Teppich, Simon! Wir haben Dezember, deine Hochzeit findet im Mai statt – was willst du denn jetzt schon alles planen?", fragte ihn seine Mutter.

„Mein kleiner Bruder ist unruhig, weil er vorher noch nicht darf", sagte Jacub mit einem Lachen. Simon errötete: „Du Hundsfott", sagte er und verließ den Raum.

„Das war aber nicht gerade nett von dir! Du weißt doch, dass er sich bei so einer Bloßstellung vor allen Leuten beleidigt fühlt", sagte Tilmann.

„Morgen früh muss ich zum Pfaffen; ich und die anderen Handwerker stellen das Bühnenbild für das Krippenspiel fertig. Kannst ja mal vorbeikommen, um es dir anzusehen – das wird eine schöne Sache", sagte Tilmann zu seiner Frau.

„Das mache ich gerne! Vielleicht hat ja unsere Magd noch ein altes heruntergekommenes Kleid irgendwo hängen?", meinte Anneliese. – „So sind nun mal die Frauen: Mit der Auswahl einer Gewandung können sie sich tagelang beschäftigen …" – mit diesen Worten verließ Jacub grinsend die Stube.

Kapitel 18

„Den Stern mit dem Schweif noch etwas höherziehen – ja, so ist es gut, jetzt hängt er genau über der Krippe", sagte der Pfarrer. Einen Tag vor dem großen Feste wurde immer noch gesägt, gehämmert und geschmückt.

„Legt noch ein wenig Stroh in die Krippe, sonst sieht man Hugo nicht richtig – äh, ich meine das Christuskind", ordnete Tilmann an.

Heinrich Kottsieper betrat die Kirche und stand vor dem Podium, auf dem sich der Stall befand. „Den Esel und die Schafe würde ich rechts in der Ecke festbinden, davor könnten sich dann die Heiligen Drei Könige positionieren – das wäre für das Auge ein gutes Bild." Zwei Zimmerleute rollten einige abgesägte Holzstümpfe heran, die als Sitzgelegenheiten für die Darsteller dienen sollten.

„Hier sitzt du mit meiner Frau Maria", grinste Tilmann und legte seine Hand auf des Freundes Schulter.

„Ich werde hier stehen, um die Weihnachtsgeschichte zu erzählen. Währenddessen rufe ich die Personen auf, die dann die Bühne betreten. Weihrauch – wir brauchen noch Weihrauch; wo habe ich ihn nur hingelegt?", rief der Pfarrer äußerst nervös. Dann betrat Anneliese mit ihrem Sohn Hugo die Kirche: „Das ist ja wirklich wunderschön geworden!"

Sie begrüßte die anderen, und Hugo meinte, er müsse unbedingt ein Probeliegen veranstalten. „Komm her", rief Tilmann, „hier wirst du morgen Nachmittag liegen, eingewickelt in weiße Bänder."

Hugo legte sich in die Krippe: „So bequem ist sie nicht gerade; das Stroh pikst ganz schön." – „Du wirst es aushalten", sagte seine Großmutter. Nun kamen auch noch Jacub und sein Bruder, Robert Frauenknecht und der Medicus Gerold vom

Steinberg. Jeder gab einen weiteren Kommentar von sich.

Der Pfarrer ging auf Simon zu: „Für dich habe ich morgen auch eine Arbeit: Du kannst die Kollekte einsammeln."

Simon wollte sich aber lieber um seine Elfi kümmern, deshalb schlug er vor: „Das kann mein Bruder übernehmen", und drehte sich um, ohne eine Antwort abzuwarten, um die Kirche auf schnellstem Wege zu verlassen.

„Das war die Rache von gestern", murmelte Jacub. Der Pfarrer sah ihn fragend an.

„So", rief Tilmann, „dann wären wir so weit! Alles fertig, alles steht perfekt." Die Männer räumten ihre Werkzeuge beiseite und fegten die Bühne sauber. Anschließend wurde noch frisches Stroh über den Holzboden gestreut. Die Ersten verließen die Kirche; der Pfarrer rief ihnen hinterher: „Dann bis morgen um die fünfte Stunde; kommt rechtzeitig – das Haus wird voll werden!"

Jacub klopfte laut an die Tür des Schmiedes und betrat den Raum. Da der Schmied gerade eine Pause eingelegt hatte, kam Jacub genau zum richtigen Zeitpunkt.

„Ah, da bist du ja! Setz dich; ich hole dir dein Schwert." Der Schmied verschwand im Nebenraum und kam mit dem Schwert zurück, das er in ein ölgetränktes Tuch gewickelt hatte.

Er legte es auf den Tisch, um die schützende Verpackung zu entfernen.

Jacub starrte gebannt darauf: „Das ist meine Waffe?"

„Natürlich – edle Arbeit, oder?" Jacub nahm es in die Hände, wog es und bewegte es so, als würde er mit jemandem kämpfen.

„Fantastisch, mein Freund! Ganz hervorragende Arbeit! Was bin ich dir schuldig?" Der Schmied nannte ihm seinen

Preis. Jacub schluckte kurz und holte dann seine Geldkatze hervor, um den Betrag auf den Tisch zu legen.

„Anfang des Jahres ist das Schwert deines Bruders auch fertig – das kannst du ihm bestellen. Da ihr bei mir zwei Schwerter in Auftrag gegeben habt, kann ich noch einen kleinen Bonus oben drauflegen." Der Schmied griff unter den Tisch, wo sich eine weitere Ablage befand, und zog zwei Schwertscheiden hervor.

„Die schenke ich euch dazu, genau passend."

Jacub war begeistert. Er ließ sein neues Schwert in die Scheide gleiten und wollte schnell wieder nach Hause, um die neue Errungenschaft seinem Vater und seinem Bruder zu zeigen. „Noch einmal vielen Dank", sagte er und verschwand voller Stolz – schneller, als er gekommen war.

Zu Hause angekommen, präsentierte er seine Neuheit den anderen. Auch die Schäfer sowie Hugo, sein Vater und die Stalljungen waren begeistert von dieser Schmiedekunst.

„Dafür muss ich im nächsten Jahr verdammt viele Tuchballen verkaufen", meinte Jacub.

Dann betrat Simon die Stallungen: „Was ist denn hier los? Volksversammlung oder was?" Er blickte zu dem glänzenden Teil in Jacubs Hand: „Das ist es also. Halleluja – welch eine Prachtklinge! Lass mich mal anfassen."

Simon jonglierte mit dem Schwert in der Hand durch den Stall. „Da, nimm das – und hier, du Verräter", rief er laut, als wenn er mit jemandem kämpfte.

„Übrigens, Bruderherz, dein Schwert ist in 14 Tagen ebenfalls fertig, soll ich dir vom Schmied mitteilen."

Hugo ging zu seinem Vater: „Kann ich das auch einmal halten?"

Jacub legte ihm das Schwert in die Hände, die sich langsam nach unten neigten: „Gute Güte, ist das schwer! Gibt es das auch in meiner Größe?"

Er hatte wieder einmal Unsinn gesprochen, sodass alle lachen mussten, aber er selbst lachte am meisten über seinen Witz.

Genau in der Nacht zum 25. Dezember 1335 fing es an zu schneien. Dicke Flocken schwebten in der kühlen Nachtluft sachte wie Daunenfedern zu Boden und hüllten Lennep ein. Der Schmutz der Gassen und Straßen verschwand, alles sah so friedlich und still aus. Dick aufgeplustert saßen einige Krähen auf den Hausdächern.

Tilmann musste mitten in der Nacht seinen Eimer aufsuchen, hatte er doch am Abend zu viel von dem guten Bier getrunken, sodass sich seine Blase gemeldet hatte. Als er aus dem Fenster sah, empfand er Freude: „Wie wunderschön, passend zum Feste!", sagte er zu sich selbst mit klappernden Zähnen. „Die Kinder werden ihre Freude daran haben." Er sah hinunter auf die Gasse; auf dem Pflaster gab es noch keinerlei Spuren von irgendwelchen Tieren oder Menschen. „Ich hole mir hier am Fenster den Tod – schnell wieder unter die warmen Felle!" Seine Frau Anneliese schlief tief und fest, als er sich neben ihr erneut in die Decken und Felle einrollte. Tilmann zog sie sich bis unters Kinn und starrte die Zimmerdecke an. Er empfand Vorfreude auf das anstehende Krippenspiel, fast so wie ein kleiner Junge. Er dachte an seine Jugendzeit, als seine Eltern noch lebten. Sein Vater und seine Mutter, sie hatten wie er und Anneliese ihren Kindern immer ein schönes Weihnachtsfest beschert. Dann schlief er ein.

Hugo war am nächsten Morgen mehr als erstaunt über die weiße Pracht: „Opa, alles weiß – es hat geschneit!"

„Ich habe es schon gesehen. Zieh deine dicken Sachen an;

wir gehen eine Runde durch die Stadt", sagte Tilmann. Hugo rannte zu seiner Mutter: „Schnell, zieh mich an – ich gehe mit Großvater spazieren."

Tilmann nahm seinen Enkel an die Hand und ging mit ihm zum Alter Markt. An der Kirche blieben sie stehen und sahen sich die ersten Eiszapfen an, die am Dachrand der Kirche hingen: „Wenn die herunterfallen und einem in den Kopf dringen, dann ist der aufgespießt wie damals die Geächteten", meinte Hugo. Tilmann schmunzelte, über die Gedankengänge seines Enkels, dann dachte er daran, dass seine andere Hand ja frei war, an der sich sonst immer sein Sven festhielt. Es stimmte ihn melancholisch, wenn er jetzt zum Feste an den entführten Jungen denken musste. Aber es würde bestimmt bald alles wieder gut werden, wenn er erst einmal zurück bei seiner richtigen Familie wäre. Einige Lenneper Bürger begrüßten ihn freundlich. Mit dem einen oder anderen hielt er noch ein kleines Schwätzchen, dann gingen er und sein Enkel zurück nach Hause. Karl, sein Vorarbeiter war in der Stube: „Das Krippenspiel beginnt doch erst zur fünften Stunde; kann ich mit den Schäfern vorher noch zu den Ronaldis gehen, etwas Weihnachtsbier trinken?"

„Natürlich", sagte Tilmann, „vergesst aber eure Gewandungen nicht – ihr spielt heute Nachmittag eine wichtige Rolle im Krippenspiel! Die Heiligen Drei Könige sind ja dem Stern nach Bethlehem gefolgt; nicht dass ihr nur dem Stern folgt, der über dem Gasthof steht, und nicht, dass ihr nachher alle Sterne vom Bier am Leuchten habt!"

Karl musste lachen. „Ich sage Roland und Rupert Bescheid, sie freuen sich sicherlich auf ein Gläschen mit mir." Dann verschwand er in den Stallungen, wo die Schäfer auf ihn warteten. Das Blöken der Schafe drang durch die Gasse, als er das große Stalltor öffnete. Jetzt, bei diesem Wetter, waren sie natürlich alle im Scheunenbereich eingepfercht und mussten gefüttert werden. Bald würde die Schur beginnen; verdammt viel Arbeit kam dann auf die Männer zu.

„Auf, Männer! Zieht eure Königsgewänder an, setzt eure Kronen auf, wir gehen einen trinken. Herr Wüllenweber hat es uns erlaubt."

In der guten Stube waren Anneliese, Gundula und die Magd damit beschäftigt, zwei Gänse in Stücke zu schneiden, zu würzen und anzubraten. Der Duft zog durchs ganze Haus bis hinaus in die Gasse. Die Magd hatte zusätzlich noch einen Gemüsetopf auf der Feuerstelle stehen, in dem auch noch ein großes Stück Speck mitgekocht wurde. Dazu würde sie später frisches Brot von einem Lenneper Bäcker reichen, der extra heute noch seinen Ofen unter Feuer hielt. Die drei Frauen waren mit der Vorbereitung des Festessens beschäftigt, die Schäfer und Karl saßen im Gasthof, Jacub und sein Vater waren ins Rathaus gegangen, Hugo spielte mit den Stalljungen und Simon wollte seine zukünftige Frau aufsuchen.

Zur vierten Stunde war ein Treffen im Wüllenweber-Haus angesagt; hier wollte man sich umziehen, sich für das Krippenspiel fertigmachen und danach gemeinsam in die Kirche gehen. Während Anneliese die Fleischstücke briet, dachte sie daran, dass sie Hugo nachher in Linnen einwickeln musste. Er war ja das Jesuskind, praktisch ein Neugeborenes – und das bei seiner Größe! Die Krippe hatten die Handwerker extra nach seiner Körperlänge gebaut – es gab jetzt kein Zurück mehr. Heinrich Kottsieper war sicherlich kräftig genug, ihn für einen Moment in den Armen zu tragen, bis er ihn ablegen konnte. Schleppend verging der Nachmittag, Dunkelheit breitete sich aus, es hatte aufgehört zu schneien. So langsam trudelten ihre Familienmitglieder ein; nur Karl und die Schäfer fehlten.

„Wo bleibt der Rest?", fragte Anneliese.

„Ich denke, die gehen später direkt vom Gasthof in die Kirche", antwortete Tilmann.

„Lasst uns etwas eher gehen; ich wickle Hugo in der Kirche ein, er kann ja dann nicht mehr laufen."

Da erschien Heinrich Kottsieper als Josef in einem ärmlichen Gewand.

Als Tilmann ihm die Türe öffnete, fragte er kichernd: „Ist mein Frau Maria anwesend?"

Anneliese hatte seine Worte gehört. „Bin gleich so weit, Josef. Das ist das erste Mal in meinem Leben, dass ich das zerlumpteste, verdreckteste Kleid, das es gibt, anziehen muss."

Tilmann und Jacub wurden von Anneliese mit einer Nebenrolle bedacht. Sie zogen sich zwei alte Kittel aus Sackleinen von Karl über, setzten sich eine schäbige Mütze auf und wurden zu Hirten degradiert. Jeder kannte genau seinen Platz, den er während des Krippenspiels einzunehmen hatte; der Pfarrer hatte ihn den „Schauspielern" vorher zugewiesen.

Dann waren alle so weit gekleidet, und das Ensemble marschierte los zur Kirche.

„Mach noch mal voll!", sagte Karl und wedelte mit dem leeren Bierkrug umher.

„Ihr müsste Schluss mache mit die viele Trinkerei. Die Leute warten in die Kirche aufe euche, müsste doch noche mitspiele bei die Krippenspiele", ermahnte sie Rokko Ronaldi. Die Heiligen Drei Könige waren nicht nur angeheitert, nein, sie waren mittlerweile völlig betrunken.

Was Anneliese befürchtet hatte, war nun tatsächlich eingetroffen: Die Könige waren blau.

Roland und Rupert hatten ihre Kronen schief und scheel auf dem Kopf sitzen; Karls Krone lag auf dem Tresen, und mitten darein hatte er seinen leeren Bierbecher gestellt. „Seht mal her, das ist Karls Krone, von Karl dem Großen!", lallte er.

„Wenn das die Krone Karls ist, dann musst du sie nach Aachen zurückbringen, sonst denken die dort, du hättest sie gestohlen", lallte Roland.

Ihre Kronen hatten sich die drei Männer kurz vor dem Feste selbst aus Holz geschnitzt.

„Meine ist aus Birkenholz, die hält ewig", stammelte Rupert.

„Ja, Freunde, meine ist aus dem Baum der Haselnuss", ließ Roland verlauten.

Rupert lachte laut auf: „Sei froh, dass du keine Nüsse auf den Augen hängen hast, sonst würdest du noch hinfallen!" Rokko Ronaldi konnte sich nun auch nicht mehr zurückhalten. Vor lauter Lachen musste er sich mit seinem Handrücken die Tränen aus den Augenwinkeln wischen.

„Jetzt bin ich dran! Meine Krone ist aus der guten, alten Kastanie gemacht", kicherte Karl.

Nun hielt sich Rokko seinen Bauch vor Lachen: „Ich dachte immer, aus Kastanie macht man Kastagnetten!" Die Männer brüllten so laut, dass Elfi und Simon aus dem Nebenraum kamen, um zu sehen, was denn da los sei.

„Ich glaube, ich muss die Könige zur Kirche bringen, sonst vergessen sie noch ihren Auftritt", sagte Simon zu Elfi, „komm doch einfach mit! Es wird doch erst voll bei euch, wenn der Gottesdienst und das Krippenspiel zu Ende sind." Elfi sagte ihren Eltern Bescheid, die einwilligten. Am Tresen ging derweil der Blödsinn weiter. Karl wollte wissen, wen er eigentlich darstellen würde: „Bin ich jetzt Caspar, Melchior oder Balthasar?"

„Du bist der Balthasar – der mit dem Weihrauch –, ich bin der Caspar mit dem Gold, und Ronald ist der mit der Möhre", sagte Rupert.

„Hi hi, Rupert, du Pfeife, das war keine Möhre – das war Myrrhe", kicherte Roland. „Prost, ihr beiden!" Erneut stießen sie mit ihrem restlichen Bier an.

„Der König mit den Möhren aus dem Möhrenland, eine vollkommen neue Darstellung", sagte Karl und lachte erneut.

„Ich muss dem Spuk ein Ende bereiten, sonst endet das alles hier in einer Katastrophe", gab Simon von sich, nahm Elfi an die Hand und ging mit ihr zum Tresen.

„Auf, Männer, auf in die Kirche! Ich begleite euch dorthin", befahl ihnen Simon und hielt dabei die Türe auf.

Schwankend, in bester Stimmung, verließen sie den Gasthof, landeten aber sogleich unsanft im Schnee auf ihrem Hintern.

„Seit wann liegt im Morgenland Schnee?", stammelte Rupert, der ehemalige Kerkerknecht, den Karl vor vielen Jahren zum Schäfer ausgebildet hatte. Mühsam rafften sie sich auf und gingen unter Ausnutzung der gesamten Straßenbreite in Richtung Stadtkirche. Simon und Elfi folgten den drei Gekrönten, dabei amüsierten sie sich kräftig. Als sie das Rathaus erreicht hatten, blieben die drei Könige stehen und öffneten ihre Hosen.

„Was haben die denn jetzt schon wieder vor?", fragte Elfi ihren Freund.

„Warte hier, ich frage sie."

„Männer, was gibt es denn jetzt wieder?" – „Da unsere Blasen voll sind, veranstalten wir ein Wettpinkeln. Derjenige, der am weitesten pinkeln kann, hat gewonnen", erklärt Karl. Simon schüttelte den Kopf. Die drei stellten sich nebeneinander auf, nahmen ihren Schwengel in die Hand und legten los. Einen Augenblick später meinte Rupert: „Bei mir landet alles auf den Schuhen."

Karl lachte laut durch die Gasse: „Dann hast du wirklich gewonnen!"

In der Kirche war alles vorbereitet; das Krippenspiel sollte beginnen. Drei Feuerkörbe gaben etwas Wärme ab, und der Pfarrer hatte sich nicht lumpen lassen, viel Geld für die teuren Kerzen auszugeben, die im Raum verteilt brannten. Der Rauch der Feuerkörbe zog zum Glück der Anwesenden in die obere Abteilung des Glockenturms, wo er durch Öffnungen in die kalte Nacht entweichen konnte. Das Licht der Wachskerzen war gerade ausreichend, dass die Bürger dem Spektakulum zusehen konnten. Die Kirche war jetzt bis auf den letzten Platz gefüllt, auch standen noch einige in den Gängen. Es war das erste Mal, dass ein so gewaltiges Krippenspiel aufgeführt werden sollte. Der Pfarrer und die Laiendarsteller hatten schon im Vorfeld ihr Bestes gegeben. Die hintere Holzverkleidung des Stalls hatten die Handwerker an der Kirchenwand befestigt. Das Stalldach selbst wurde am Bühnenrand von zwei Balken abgestützt. In der rechten Ecke standen zur Dekoration die beiden Schafe von Tilmann, und links auf der anderen Seite befand sich Bauer Schneppendahls Esel, den sie am Stützbalken festgebunden hatten. Genau in der Mitte der Bühne befand sich die Krippe für das Jesuskind, also für Hugo. Darüber hing an der Holzdecke der Stern von Bethlehem mit seinem gelben Schweif.

Endlich konnte es beginnen. Der Pfarrer hielt ein dickes, in Leder gebundenes Buch in seinen Händen.

„Liebe Gemeinde! Ich freue mich, dass ihr so zahlreich erschienen seid. Zum ersten Mal führen wir diese Art von Krippenspiel in unserer Stadt auf. Schon der heilige Franz von Assisi ließ eine Krippe mit Heu aufstellen und Laiendarsteller als biblische Figuren sowie Ochse, Esel und Schafe als Bühnendekoration auftreten. Was wollte er den Gläubigen damit darstellen? Die Not! Er wollte damit vor allem die erbärmliche Not, die Jesus schon bei seiner Geburt erleiden musste, leibhaftig vor Augen führen. Wie war das damals? In der Stadt Nazareth lebte ein Zimmermann namens Josef mit seiner Frau Maria. Ein Engel schwebte hernieder und sprach zu Maria: ‚Fürchte dich nicht, Maria! Du wirst Gottes Sohn zur Welt bringen, er soll Jesus heißen.'

Es begab sich aber zu der Zeit, dass ein Gebot von Kaiser Augustus ausging, dass alle Welt sich schätzen ließe. Zu der Zeit stand Jesu Geburt bevor, und Josef und Maria machten sich auf den Weg, den Geburtsort von Josef aufzusuchen. Es war die Stadt Bethlehem. Der Weg war weit und anstrengend – ihnen taten von dem langen Marsch die Füße weh.

Am späten Abend erreichten sie Bethlehem, wo sie vergeblich nach einer Unterkunft suchten. Sie hatten das Gefühl, sie wären hier nicht willkommen. Doch wo sollten sie ihr Kind zur Welt bringen, ohne eine Unterkunft? Da trafen sie einen freundlichen Mann, der ihnen einen Stall anbot, in dem die Tiere sie wärmen würden."

Der Pfarrer gab das Zeichen. Heinrich betrat mit Hugo auf den Armen die Bühne, gefolgt von Anneliese. In der Nacht hatte Maria ihren Sohn geboren, den sie Jesus nannte. Da man diese Szene auf der Bühne nicht spielen konnte, legte Josef Jesus sofort in die Krippe. Seine Mutter hatte ihn wie ein Bündel zusammengeschnürt, sodass nur noch sein Gesicht hervorlugte, von dem ein verschmitztes Lächeln ausging. Das Publikum verfolgte die Geschichte gespannt. In der ersten Reihe saß der Medicus, neben ihm Robert Frauenknecht: „Gut gespielt und schöne Dekoration", meinte der Letztere.

Nun fuhr der Pfarrer mit seiner Geschichte fort: „Weit draußen auf dem Felde hüteten Hirten ihre Schafe, als auch ihnen ein Engel erschien. Er sprach zu ihnen: „Hört mich an – ich verkündige euch große Freude! In der Stadt Bethlehem ist Gottes Sohn geboren, der die Welt retten und erlösen wird.

Geht in die Stadt, ihr werdet ein Kind in einer Krippe finden." In diesem Moment winkte Hugo mit einem seiner eingewickelten Arme kurz den Zuschauern zu. Über einige Gesichter flog ein leichtes Lächeln. Der Pfarrer schlug eine Seite im Buch um: „Als die Hirten die Stadt erreicht hatten, fanden sie Maria, Josef und das Gotteskind." Nun betraten Tilmann und sein Sohn Jacub in ihrer ärmlichen Bekleidung die Bühne, auf der sie sich neben dem angebundenen Esel niederließen. Der Pfarrer fuhr fort: „Sofort fielen die Hirten auf die Knie und beteten es an. Einer der Hirten erzählte, was der Engel ihnen gepredigt hatte: ‚Das Kind ist ein Geschenk Gottes und ein Zeichen seiner Liebe zu den Menschen. Das Kind wird große Freude in die Welt bringen.' Die Hirten verabschiedeten sich von dem Jesuskind und seinen Eltern. Sie kehrten zurück zu ihren Schafen auf die Felder. Sie dankten Gott, denn alles, was der Engel ihnen gesagt hatte, war tatsächlich eingetreten", erzählte der Pfarrer mit eindringlicher Stimme. Die Hirten Tilmann und Jacub gingen langsam im Rückwärtsgang, tief gebückt, von der Bühne – ihr Auftritt war bereits zu Ende.

Jetzt sollte der Teil mit den Heiligen Drei Königen kommen. Nun passierten unglaubliche Dinge, von denen die Lenneper noch Jahre später reden sollten.

Der Pfarrer blätterte erneut eine Seite in seinem Buch um: „In der Nacht der Geburt sahen drei weise Männer aus dem Morgenland einen hellen Stern am Himmel aufgehen. Er sagte ihnen die Geburt eines Königs voraus. Der Stern zeigte ihnen den Weg nach Bethlehem. Er zog vor ihnen her und blieb genau über dem Stall stehen, wo das Jesuskindlein in der Krippe lag." Dieser Satz war das Zeichen. Nun sollten Rupert, Roland und Karl die Kirche betreten und sich vor dem Jesuskindlein hinknien. Simon weilte mit seinen Königen vor der Kirchentür, als Elfi herauskam und sagte: „Euer Auftritt –

ihr müsst hineingehen." Sie fühlten sich nicht besonders wohl in ihrer Rolle, gingen aber leicht schwankend durch den Kirchengang in Richtung Bühne.

„Oje, oje!", dachte Simon, „hoffentlich geht das gut!"

Nun war der Pfarrer wieder an der Reihe. Er hatte von der Trunkenheit der Könige nichts bemerkt, noch nicht. „Dann gingen die Heiligen Drei Könige in den Stall und fanden dort das Kindlein, dem man dem Namen Jesus gegeben hatte. Sie knieten vor ihm nieder, schenkten ihm Gold, Weihrauch und Myrrhe. Sie dankten Gott dafür, dass der Heiland der Welt geboren war." Nun sollten die Könige so tun, als ob sie ihre Geschenke überreichten. Karl dachte nur noch an die Möhre statt an Myrrhe. Er betrat als Erster der drei die Bühne, kam aber durch seine Gleichgewichtsstörungen nicht richtig in die Hocke und plumpste wie ein nasser Sack auf den Boden. Noch merkte keiner so richtig, was da vor sich ging. Karl tat nun so, als legte er ein Geschenk nieder. Er sah mit starrem Blick in die Krippe, genau in Hugos Augen. Die gewaltige Alkoholfahne, die er von sich gab, veranlasste Hugo, sein Gesicht seitlich wegzudrehen. Nun betrat Rupert die Bühne. Auch er hatte sichtliche Probleme mit seinem Gleichgewicht, war aber trotzdem noch in der Lage, sich ein wenig zusammenzureißen. Er kniete nieder und übergab andeutungsweise sein Geschenk. Der Pfarrer hatte immer noch nichts von der Trunkenheit seiner Könige bemerkt, als nun noch Roland an der Reihe war. Er war der betrunkenste der drei – derjenige von den Königen, die am wenigsten vertragen konnten. Simon hielt sich voller Verzweiflung die Hände vors Gesicht. Er mochte gar nicht mehr zusehen, was da geschah. Elfi und er hatten eine gewisse Vorahnung. Roland sah all das, was hier geschah, wie durch eine dicke Nebelwolke. Kurz vor der Bühne geriet er ins Straucheln. Er schlug auf der Bühne auf, stürzte dabei auf das Jesuskind und überschlug sich mit dem eingewickelten Hugo, der, als sich die Krippe zur Seite rollte, in hohem Bogen durch die Luft flog und schreiend im naheliegenden Heu landete. Ein Raunen ging durch die Kirche. Der Pfarrer und viele andere Gläubige schlugen das Kreuz. Simon und Elfi konnten nicht mehr an sich halten und fielen in ein gemeinsames Gelächter. Jacub und Tilmann sahen dem Geschehen mit großen Augen zu. Anneliese stand auf und ging nach vorne zu ihrem Sohn Hugo. Sie wollte ihn in die mittlerweile wieder aufgestellte Krippe zurücklegen. Aber Hugo hörte nicht auf zu schreien: „Ich will nach Hause! Binde mich bitte los, Mutter!"

Die ersten Lenneper erhoben sich von ihren Sitzen, um ja alles genauestens verfolgen zu können. Auch Roland stand mittlerweile wieder und hielt sich krampfhaft am Stützbalken fest; aus seinem Mund ergoss sich eine gewaltige Ladung Bier auf die Empore. Nun sollte der absolute, unkalkulierbare Höhepunkt des Krippenspiels folgen. Der Esel war durch den Tumult so unruhig geworden, dass er ein lautes I-Aaah, I-Aaah von sich gab. Mit aller Gewalt wollte er von diesem für ihn unheimlichen Ort verschwinden. Plötzlich bewegte er sich, schlug mit den Hufen nach hinten aus, zog an der Leine und riss mit all seiner Kraft den Stützbalken aus der Verankerung. Das Dach, nur noch rückseitig an der Kirchenwand verankert, sank vorne immer schneller in die Tiefe, bis die Kante auf der Bühne aufschlug und dort zum Stillstand kam. Roland verlor seinen Halt, stürzte von der Empore herab und landete genau vor den Füßen des Pfarrers. Der wiederum sprang mit einem Satz rückwärts in Sicherheit. Der Esel war mittlerweile frei und rannte in Panik zum Ausgang. Heinrich, Anneliese und der immer noch eingewickelte Hugo standen mit dem Rücken an der Kirchenwand. Ihnen war nichts zugestoßen.

Vor ihnen hatte sich die große Deckenholzwand abgesenkt – sie standen praktisch im Halbdunkel im toten Winkel. Im gleichen Moment ging Simon zur Kirchentür, um den Esel auf die Straße laufen zu lassen, bevor er noch mehr Unheil anrichten konnte. Verfolgt wurde er von seinem Besitzer, der fortwährend rief: „Bleib stehen, du blöder Esel." Mehrere Männer rannten zur Empore, um das Bühnendach wieder aufzurichten. Einer richtete den Stützbalken wieder auf, auf den man das Dach auflegen wollte. Maria, Josef und das Jesuskind kamen wieder zum Vorschein. Die Heiligen Drei Könige sahen alles doppelt, und der Pfarrer schlug die Hände über dem Kopf zusammen.

Es war der frühe Morgen des 26. Dezembers. Die gesamte Familie Wüllenweber mit allen Bediensteten hatte sich im Wohnraum ihres Hauses versammelt. Es sollte ein Nachgespräch geführt werden – darauf hatte Anneliese bestanden. In einer Ecke des Raumes saßen mit hängenden Köpfen, von ihrer Schuld überzeugt, die Heiligen Drei Könige Karl, Rupert und Roland. Die Männer aus dem Morgenland hatten einen schweren Schädel. Auch der ihnen am Vorabend erschienene Engel konnte ihnen jetzt nicht mehr helfen.

Anneliese stand vor ihnen, die Arme auf den Hüften aufgestützt: „Was ist euch da nur eingefallen? Ihr habt uns zum Gespött der ganzen Stadt gemacht – schämen solltet ihr euch! Es wäre nicht verwunderlich, wenn der Pfarrer kein einziges Wort mehr mit uns spräche."

„Der Esel war an allem schuld", sagte Tilmann.

„Quatsch, das war nur der Tropfen auf den heißen Stein. Angefangen hat alles nur durch die Sauferei unserer Schäfer. Die konnten sich ja nicht einmal mehr auf den Beinen halten, so betrunken waren sie", schimpfte Anneliese.

„Eines haben wir aber mit dem Krippenspiel erreicht", warf Simon in die Runde, „diese Weihnachten wird so schnell in Lennep keiner mehr vergessen. Es wird sich in ihr Gedächtnis einprägen."

Jetzt brachen alle Anwesenden in lautes Gelächter aus.

„Die Frage ist doch die: Ist Gott nur eine erfundene Geschichte, um den Menschen Trost zu schenken? Dann wäre so ein Krippenspiel doch nur ein Märchen ..." Alle sahen Simon erstaunt an; keiner von ihnen wusste eine Antwort.

„Lass das bloß nicht den Pfarrer hören, Simon! Der holt sonst die Inquisition in die Stadt, die stellen dich dann auf den Scheiterhaufen; die werden dir schon zeigen, wer oder was hier erfunden ist!", sagte Jacub.

Die drei Könige entschuldigten sich bei den Wüllenwebers. Sie rechneten damit, noch oft genug im Dorf verspottet zu werden. Am liebsten hätten sie die Stallungen überhaupt nicht mehr verlassen, denn sie ahnten, dass sie jeder, den sie in den Gassen trafen, auf das Krippenspiel ansprechen würde. Seit gestern waren sie das Gesprächsthema der Stadt, und es war ihnen fürchterlich peinlich. Auch Hugo gab seinen Kommentar ab: „Ich werde jedenfalls an keinem Krippenspiel mehr teilnehmen. Die Binden haben mich fast erdrückt, und überall hat es gejuckt, und dieses blöde Stroh hat mich fürchterlich gepikt."

Anneliese streichelte ihm den Kopf: „Nächstes Jahr – sollte es erneut eine Aufführung geben – bist doch eh viel zu groß." Gundula erhob sich und sagte mit einem Lächeln zu ihrer Familie: „Nächstes Jahr haben wir vielleicht einen richtigen Säugling. Wenn der Medicus recht hat, erwarten wir ein Kind!", verkündete Gundula und sah dabei liebevoll ihren Mann an. Der stand mit offenem Munde vor ihr.

„Ein Kind? Seit wann weißt du das denn?"

„Seit vier Tagen – ich müsste im zweiten Monat sein", gab Gundula zurück.

„Und wieso sagst du mir das erst jetzt?" – „Weil wir für nächstes Jahr ein neues Jesuskindlein benötigen", erwiderte Gundula.

„Ist das schön!", rief Anneliese und nahm ihre Schwiegertochter in die Arme. Auch Tilmann hatte ein breites Lächeln im Gesicht.

So ging das Jahr doch noch mit einer guten Nachricht zu Ende.

Kapitel 19

Anfang Januar im Jahre 1336 begann die große Schur. In allen Stallungen wurden die Schafe von ihrer Wolle befreit, die sich zu großen weichen Haufen aufbäumte. Es sollte ein paar Wochen dauern, bis die Arbeit erledigt war. Vom Grafen von Berg hatten sie noch keine Nachricht über die geplante Gerichtsverhandlung erhalten.

Jacub wurde schon äußerst unruhig: „Ich mache mir langsam Sorgen, ob wir überhaupt noch etwas von unserem Sven hören werden!"

„Mit Sicherheit!", sagte sein Vater. „Der Graf wartet garantiert auf besseres Wetter – vielleicht findet die Verhandlung erst im Februar oder im März statt."

„Dein Wort in Gottes Ohr."

„Ach, übrigens, ihr geht doch gleich mit zur großen Versammlung unserer Gilde im Rathaus?", fragte Tilmann seine Söhne.

„Natürlich, Vater, das lassen wir uns nicht entgehen; denn wir leiten ja schließlich unseren Betrieb", sagte Jacub, der seinem Vater damit zu verstehen gab, dass mittlerweile er und sein Bruder Simon die Verantwortung trugen.

„Heinrich Kottsieper und ich haben alles vorbereitet – die Punkte, meine ich, die wir mit den anderen zu besprechen haben."

„Na, da sind wir aber sehr gespannt; dann sollten wir auch jetzt dorthin gehen", sagte Simon und warf sich seine Kukulle über.

„Übrigens", „sagte Tilmann und sah dabei Simon an, „dein zukünftiger Schwiegervater wird auch dabei sein."

„Was hat der denn mit unserer Gilde zu schaffen?", wollte Simon wissen.

„Oh, er hat mir einen guten Vorschlag unterbreitet, den ich den anderen gerne einmal präsentieren möchte."

Anneliese folgte ihren Männern zur Türe: „Ich schicke euch nachher Hugo ins Rathaus; er wird euch Bescheid geben, wenn das Essen fertig ist. Und dann kommt bitte auch sofort – es wäre schade, wenn die Gans nachher kalt und verschrumpelt auf euch wartet!"

Um die fünfzig Männer hatten sich bereits im großen Ratssaal versammelt, als die Wüllenwebers erschienen. Heinrich Kottsieper, den man mittlerweile zum Gildenmeister gewählt hatte, begab sich ans Rednerpult. „Zunächst wünsche ich euch allen ein gesundes und erfolgreiches Jahr! Und, Freunde, ich freue mich, dass ihr so zahlreich erschienen seid. Mit unserem Bürgermeister Tilmann und mit einigen von euch habe ich bereits im Vorfeld gesprochen. Dass wir etwas tun müssen, ist uns allen so klar wie das Amen in der Kirche. Wir haben Absatzprobleme mit unserer Wolle. Die Tuche, die wir herstellen, sind vielen Leuten zu grob.

Nun möchte ich euch einen Vorschlag unterbreiten. Was haltet ihr davon, wenn wir zwei oder auch drei Schiffe chartern und uns direkt am Handel beteiligen? Wir sollten eine Liste aufstellen mit den Gütern, die wir importieren wollen. Als Nächstes: Wie viele Händler und Kaufleute von euch sind bei dieser Sache dabei? Dann die Aufteilung der Waren unter den Personen, die sich finanziell an dem Unternehmen beteiligen wollen. Es muss nicht nur Wolle oder fertiges Tuch sein. Jeder kann selbst bestimmen, was er benötigt. Doch nun kommt das Wichtigste: Ihr denkt sicherlich alle hier, es geht in den Norden. Das ist falsch. Wir würden gerne Boote chartern und sie ins Mare Mediterraneum segeln lassen. Unser Ziel ist Genua. Dort erreichen viele Boote die Stadt und liefern Waren aus Übersee an – Tuche aus Merinowolle, Damast- und Brokatstoffe, Gewürze, Feigen, Wein und vieles mehr. Es gibt dort spezielle Brokatstoffe, in denen die Weber aus Venedig sogar Silber- und Goldfäden mit eingewebt haben. Diese Stoffe sind der Renner beim Adel!"

Ein anderer Tuchhändler erhob sich: „Wer mich nicht kennt: Ich bin Werner vom Bruch. Eure Idee ist sehr gut, aber wie ich gehört habe, gibt es die feine Merinowolle nur – und das ausschließlich – im Königreich Kastilien. Auf die Ausfuhr der Wolle steht die Todesstrafe, so hat es das spanische Königshaus angeordnet. Auch ich habe mich mit dem Thema beschäftigt. Das Merinoschaf stammt ursprünglich aus Nordafrika, genauer gesagt aus Marokko und Tunesien. Es liefert feinste Wolle. Ein genuesischer Kaufmann hatte seinerzeit die Tiere von Berberstämmen gekauft und dann an Spanien veräußert. Ab dem Zeitpunkt wurde die Ware unter dem Namen ‚spanische Wolle' verkauft und vertrieben. Ich sehe da große Probleme beim Erlangen von Merinowolle."

Heinrich antwortete: „Das ist richtig erklärt. Aber es gibt da etwas, was dir nicht bekannt ist. Ich möchte Rokko Ronaldi, unseren neuen Wirt, bitten, nach vorne zu kommen."

Der Wirt stellte sich neben Heinrich und sagte: „Meine Herren, ich habe eine Freund, seine Name iste Mario da Silva. Wohnte inne Genua und isste Handler unte Kaufmanne. Er hatte eine große Schafe die Herde mit Merino Tiere inne die Berge hinter die Statte. Auche besitzte er einige Webestuhle, sodasse ihr fertige Tuch von ihm kaufen könnte. Vonne Genua isste nichte verboten zu kaufen. Dafüre bringt ihr mir gute Weine in Fässern mit, iche miche auch beteilige an die Bootefahrtcharter." Manch einer im Saal hatte ein zustimmendes Lächeln im Gesicht. Rokko war der einzige Ausländer im Dorfe, und die Lenneper fanden seine deutsche Aussprache amüsant.

„Ihr habt Rokko gehört. Nun möchte ich durch Händeheben wissen, wer bei dieser Aktion mitmachen möchte." Heinrich zählte die erhobenen Hände durch und kam auf vierzehn. „Zwei Leute sollten sich noch beteiligen, dann wären es sechzehn, und jeweils vier Händler könnten sich ein Schiff chartern. – Jetzt möchte Jacub Wüllenweber noch ein paar Worte zu euch sprechen. Kommst du, Jacub?"

Mit weiten Schritten ging Jacub zum Rednerpult: „Männer der Gilde, ich möchte euch mitteilen, was ich vorhabe. Mir schwebt vor, fertige Tuche auf Ballen in Genua einzukaufen – unterschiedlichste Muster in unterschiedlichen Farben, gerne auch mit dem einen oder anderen Silberfaden eingewebt. Ich weiß, dass der Adel sowie die reichen Kaufleute in Colonia immense Preise für solche Ware ausgeben. Die Verdienstspanne kann bis zum Siebenfachen betragen – darüber solltet ihr einmal nachdenken. Trotz der Kosten, die da auf uns zukommen, dürften noch reichliche Verdienste übrig bleiben. Auch lombardische Weine, Gewürze und Feigen sind im Moment hoch im Kurs." Jacub legte eine kurze Pause ein, dann fuhr er fort: „Warum fahren wir nicht mit vollen Booten in den Süden? Auch die Italiener haben das Bedürfnis, Waren einzukaufen, die wir hier im Norden herstellen. Wir könnten zum Beispiel Felle mitnehmen oder eingesalzene Heringe, Trockenfisch – danach sind sie ganz verrückt."

„Und Bernstein", rief ein Mann aus dem Saal.

„Wann gedenkt ihr denn aufzubrechen?", rief ein anderer Händler. Heinrich übernahm wieder das Wort: „Jetzt noch nicht, wegen der Winterstürme, aber so Anfang Mai hatte ich gedacht, dann wären wir im Sommer wieder zurück."

„Von wo aus sollen wir denn lossegeln?", wollte ein Händler aus Huckengeswage wissen.

Nun ging Tilmann zum Rednerpult; er wollte ein paar Worte sagen: „Kollegen, wir kaufen unsere Waren ein, sammeln und verstauen sie hier in Lennep, bis wir alles zusammenhaben. Dann beladen wir unsere Fuhrwerke und bringen die Güter nach Brügge. Unsere neue Söldnertruppe kann uns begleiten und als Wachmannschaft fungieren. Auf jedem Boot sollte einer von unseren Leute mit an Bord sein, um den Handel zu kontrollieren. Sind unsere Boote hinterher in Brügge zurück, verstauen wir die Waren im Hansekontor, schicken einen Sendboten nach Lennep, der uns hier verständigt, und fahren dann erneut nach Brügge, um die Handelsgüter abzuholen und hierher zu bringen."

Viele der Händler und Kaufleute nickten zustimmend mit dem Kopf. Es war schon am späten Nachmittag, als man die Listen fertiggestellt hatte. Da betrat Hugo den Saal: „Großvater, ihr sollt essen kommen. Alles steht fertig auf dem Tisch", rief er laut durch den Ratssaal. Einige Männer lachten über den kleinen Kerl. Einer sagte: „Du bist doch das eingewickelte Jesuskind gewesen! Hat man dich aus den Bändern befreit?" Daraufhin lachten einige laut auf. Hugo bedachte den Mann mit einem seiner bösesten Blicke, drehte auf der Ferse um und verließ wütend den Saal.

Tilmann lachte ebenfalls laut: „Das hättest du nicht sagen dürfen. Jetzt hast du einen neuen Feind hier in Lennep, und das dein Leben lang!"

Durch das Wort Jesuskind, das eben gefallen war, kam das Gespräch nun wieder auf das misslungene Krippenspiel. Jetzt war es Zeit für die Wüllenwebers, den Ratssaal zu verlassen und im familiären Rahmen die Gans zu genießen.

Anfang des neuen Jahres tat sich nicht mehr viel im Städtchen. Die Planungen für den Jahresanfang waren besprochen und aufgestellt; nun warteten alle auf besseres, wärmeres Wetter. Jetzt im März taute der restliche Schnee endlich weg; die Sonne fand ein wenig zu ihrer Kraft zurück. Dann kam der sehnlichst erwartende Sendbote mit der Nachricht des Grafen von Berg. Am 2. April zur Sext am Mittag sollte die Verhandlung stattfinden. Jacub Wüllenweber sollte mit Frau und Sohn erscheinen. Wenn er möchte, könne er auch die Großeltern der Kinder mitnehmen, ließ der Graf mündlich über den Sendboten überbringen.

„Endlich hat das Warten ein Ende!", sagte Jacub erleichtert. Als er seinem Sohn Hugo davon erzählte, war dieser wie aufgelöst vor Vorfreude. „Und ich darf mit auf die Burg und sehe dann Sven wieder?"

„So wird es sein, mein Sohn, und wir hoffen alle, dass er dann wieder mit uns gemeinsam zurück nach Lennep gehen kann." Simon betrat die Stube: „Sieh, Bruderherz, was ich hier habe!" Voller Stolz hielt er sein neues Schwert in die Luft. „Gerade fertig geworden, drei Monate später als versprochen – der Schmidt hat wohl zwischenzeitlich seinen Winterschlaf gehalten. Es sieht aber genauso aus wie das deinige." Sie legten beide Schwerter nebeneinander auf den Tisch, um sie zu vergleichen.

„Wirklich, beste Schmiedekunst; es ist kaum ein Unterschied auszumachen", sagte Jacub.

Simon nahm sein Schwert hoch: „Wir sollten auf die Wiese gehen, um sie zu testen. Ein paar der Übungsschläge, die uns Ritter Wentzel beigebracht hat – was hältst du davon, Bruder?"

„Ich zieh dir die Hosen stramm und treibe dich über den Acker!"

Hugo bekam große Ohren. „Ich komme mit und entscheide, wer der Bessere von euch ist."

„Wir werden sehen – auf geht's!", sagte Simon. Die drei verließen voller Erwartung die Stube, um sich gegenseitig ihre Geschicklichkeit zu beweisen. Anneliese rief ihn hinterher: „Bitte mit den Köpfen wiederkommen, aber nicht unter den Armen!"

„Als werdenden Vater darf Simon mich nicht verletzen – ich habe jetzt Schonzeit", kicherte Jacub. Tilmann kam gerade aus dem Rathaus zurück und wollte sein Haus betreten, als seine Söhne mit ihren Schwertern ihm entgegentraten. „Was ist denn hier los? Ist der Krieg ausgebrochen?"

„Simons Schwert ist fertig; wir wollen ein bisschen auf der Wiese üben. Übrigens, wir haben den Verhandlungstermin auf Burg Neuenberge", sagte Jacub.

„Das ist ja eine gute Nachricht! Verletzt euch nicht", sagte er und betrat die Wohnung. Dann rief er ihnen noch „Bis später!" hinterher.

Tilmann ging zu seiner Frau und gab ihr einen Kuss. „Tag, mein Hase! Das sind ja gute Neuigkeiten, die mir Jacub gerade mitgeteilt hat. Ich denke, der Richter gibt uns dann unseren Sven zurück."

„Das denke ich ebenfalls, zumal wenn er ihn selber befragen wird."

„Bei mir im Rathaus läuft nicht alles so, wir ich es mir vorgestellt habe. In der Gilde gibt es Meinungsverschiedenheiten. Vielen Händlern ist das Risiko zu groß, Boote zu chartern, um sie nach Genua segeln zu lassen. Die Männer haben Angst, ihr Geld zu verlieren, haben Angst vor Piraterie. Mehr als zwei Schiffe werden wir nicht zusammenbekommen."

„Ich kann das sehr wohl verstehen – das Risiko ist nicht überschaubar", sagte Anneliese.

„Das weiß ich auch, aber ein gewisses Risiko muss man in unserem Beruf eingehen, wenn man erfolgreich sein will. Ich weiß, dass dir das, was ich dir jetzt sage, nicht gefallen wird, aber einer unserer Söhne wird mit nach Genua segeln. So ein Unterfangen können wir nicht ausschließlich in fremde Hände geben, sodass ich gerne hätte, dass Simon nach seiner Hochzeit auf einem der Schiff mitreist."

Anneliese sah ihren Mann nicht gerade freundlich an: „Es passt mir nicht, aber es muss wohl so sein. Du willst es so regeln, weil Jacub erneut Vater wird, ist das richtig?"

„Genau aus dem Grund. Er ist der Ältere der beiden, hat schon so manche Fahrt alleine erfolgreich vollendet, gute Verhandlungen geführt – jetzt wäre Simon an der Reihe, sich abzunabeln und unsere Interessen zu vertreten."

„Seine zukünftige Frau wird dir die Augen auskratzen, wenn sie hört, dass ihr Simon nach der Hochzeit für mehrere Wochen verschwinden und sie alleine lassen soll! Ihr geht es genauso wir mir früher, als du ständig unterwegs warst; aber so ist das, wenn man mit einem erfolgreichen Händler verheiratet ist. Dadurch führt man ja auch ein finanziell entspannteres Leben."

„Ich wusste, dass du dafür Verständnis aufbringen würdest, mein Hase."

„Wenn sie von ihren Fechtübungen zurück sind, solltest du es Simon sagen; es wird ihm nicht leicht fallen, es seiner Elfi beizubringen."

Tilmann nickte.

Solveig saß mit ihrem Mann vor dem Kamin, als der Sendbote ihnen die Nachricht von Neuenberge überbrachte.

„Damit habe ich nicht gerechnet, dass er die Verhandlung in seiner Burg ansetzt. Unser Graf ist ein raffinierter Hund: Nicht in Colonia, nicht in Lennep, nein auf seiner Burg will er die Verhandlung stattfinden lassen", sagte der Patrizier.

„Dann bist du der Meinung, dass wir den Prozess verlieren werden?", fragte ihn Solveig.

„Auf gar keinen Fall. Der Graf kennt mich; er weiß, dass ich schon manche Dinge für ihn erledigt habe. Er wird sich nicht mit den Mächtigen aus unserer Stadt anlegen, und wir gehören zu diesen. Die Overstolzen, die Birkelin oder die Cleingedank sind Familiendynastien, mit denen sich auch ein Graf von Berg nicht anlegen wird – sonst blieben ihm manche seiner Wünsche in Zukunft verwehrt."

Solveig verfiel in Gedanken. Langsam wurde ihr die ganze Sache um das Sorgerecht zu heiß. Viele unschöne Dinge aus ihrem Leben hatte sie ihrem Ehemann verschwiegen, ihn mit Lügen überhäuft, manche ihrer Taten nicht erwähnt, einfach ausgelassen – Erlebnisse, von denen sie glaubte, sie nicht erzählen zu müssen. Wie würde er reagieren, käme ihre gesamte, wahre Vorgeschichte ans Tageslicht? Dann war sie sich aber ihrer Sache wieder sicher; bis jetzt hatte sie ihn immer umgarnen können, denn genau diese Vorgeschichte hatte sie ja zu dem gemacht, was sie letztendlich war, eine durchtriebene Hure. Sie verstand es blendend, mit Männern umzugehen, ihre Wünsche erfüllt zu bekommen, sie um den Finger zu wickeln. Dieses Wissen gaben ihr die Ruhe zurück, eine Portion Selbstsicherheit, und die verdrängte ihre Sorgen.

„Bier – wir sollten fässerweise Bier mit nach Genua nehmen. Bei den momentanen Temperaturen kann nicht viel mit dem Stoff des Lebens passieren", meinte Tilmann zu seiner Frau. Im selben Moment kamen ihre Söhne von ihrem Gefecht zurück.

Anneliese sah sie neugierig an: „Na, noch alle Gliedmaßen am Körper?" Jacub nickte.

„Kommt, Jungs, setzt euch zu uns an den Tisch; wir müssen

ein paar Dinge besprechen. Wo ist denn Hugo?", wollte ihr Vater wissen.

„Der ist direkt in die Stallungen gegangen, nachdem er uns seine Noten gegeben hatte. Er meinte, ich wäre mit dem Schwert der Stärkere und Simon der Schnellere", gab Jacub von sich. Die beiden Brüder nahmen am Tisch platz.

„Wir müssen einen Plan schmieden", sagte Tilmann, „jetzt ist März und wir sollten anfangen, die Waren zu besorgen, die mit nach Genua gehen. Am 2. April sind wir bei der Verhandlung auf Neuenberge, Anfang Mai wollen wir Simons Hochzeit feiern, und die Waren sollten vorher in den Lagerhallen stehen. Dann ist da noch die Frage offen: Wie schnell bekommen wir die Schiffe, und vor allen Dingen, welche? Heinrich Kottsieper hat schon vor zwei Wochen seine Fuhrwerke in den Norden geschickt, um dort Stockfisch, gesalzenen Hering und Pelze zu kaufen. Ich sagte eben zu eurer Mutter: Bier – was haltet ihr davon, dass wir in Dortmund einige Fässer Bier aufkaufen und sie mit nach Genua nehmen? Unser Bier ist im Süden äußerst beliebt."

„Dafür, dass du Bürgermeister von Lennep bist, kümmerst du dich recht gut um unser Geschäft, regelst wieder einmal alles wie vor deiner Wahl", sagte Jacub etwas aufgebracht.

„Kinder, ihr habt ja recht, aber das Tuchmacherhandwerk sowie der Handel haben bis jetzt mein ganzes Leben bestimmt, da kann man sich nicht so einfach zurückziehen …" Einen Moment lang herrschte Schweigen, dann lenkte Jacub ein: „Also Bier, meinst du?"

„Ja, wenn man es unter Deck auf dem Schiffsboden aufrecht hinstellt und mit Seilen zusammenbindet, steht es fest und die Fässer können nicht umkippen und wegrollen. Und wir bräuchten nur nach Dortmund zu fahren, um es zu besorgen – wer von euch erledigt das?", fragte Tilmann. Die Brüder sahen sich fragend an. „Ich fahre", sagte Jacub, „ich kenne den Weg und ebenso den Braumeister. In zwei Tagen breche ich auf; ich werde unseren Karl mitnehmen, der wird im Moment auf der Weide nicht so dringend benötigt. Robert und Rupert schaffen das leicht alleine. Die Schur ist vorbei, die Wolle zur weiteren Verarbeitung in der Jakobsmühle, und der Stall ist leer. An wie viele Fässer hattest du gedacht, Vater?"

„Ich weiß nicht so genau, aber belade die beiden Fuhrwerke, bis sie voll sind – andere Waren haben wir ja dann nicht mehr. Aber denke an das Gewicht, falls die Heeresstraße nass und glitschig ist!"

„Ja, Vater ... ich weiß, Vater, ich habe das schon des Öfteren gemacht, Vater", sagte Jacub mit einem leichten Anflug von Ironie in der Stimme.

„Ich werde mich in deiner Abwesenheit um die Wolle kümmern. Den Walkern, den Färbern und den Webern sollte man immer auf die Finger schauen, gerade dann, wenn sie wissen, dass wir auf Reisen sind", sagte Simon. Nun meldete sich Anneliese zu Wort: „Habt ihr euch überlegt, wie ihr eure Hochzeit feiern wollt?"

„Ja, zuerst die Trauung in der Kirche und im Anschluss daran natürlich in ihrem Gasthof, drinnen und draußen, wenn das Wetter mitspielt."

Annelieses nickte: „Wenn ihr möchtet, plane ich das Ganze mit Elfis Eltern."

„Dagegen ist nichts einzuwenden", meinte Simon.

„Eine Sache habe ich noch auf dem Herzen", sagte sein Vater. „Spätestens einige Tage nach deiner Hochzeit müssen wir nach Brügge aufbrechen. Das heißt, Jacub begleitet mit den Söldnern die Fuhrwerke, und du, Simon, steuerst einen unserer Wagen und segelst mit nach Genua, um den Warenhandel durchzuführen. Ich möchte nicht, dass man uns übers

Ohr haut. Es sind ja nur noch zwei Schiffe. Außerdem musst du die Bezahlung regeln."

„Aber warum gerade ich? Schon so kurz nach unserer Vermählung?"

Simon fiel die Kinnlade fast auf den Tisch.

Tilmann griff ihn an der Schulter, so als wollte er ihn durchrütteln. „Weil Jacub schon viele Reisen hinter sich hat, und nun bist du einmal an der Reihe. Du bist der Jüngere; jetzt musst du lernen, einmal Verantwortung zu übernehmen. In deinen Händen liegt die Zukunft unseres Handels. Erst wenn das mit euch beiden richtig gut harmoniert, kann ich mich ruhigen Gewissens aus den Geschäften zurückziehen."

Simon schien zu begreifen; er sah seine Eltern an. „Wenn ihr das so meint, wird es wohl stimmen." Etwas zerknirscht verließ er die Stube.

Karl war sichtlich froh, dass Jacub ihn nach Dortmund mitnehmen wollte. So kam er einmal aus Lennep heraus und sah etwas anderes.

Zu Jacubs vollster Zufriedenheit hatte er die beiden Fuhrwerke geholt und die Pferde eingespannt – natürlich mit Hugos kräftiger Unterstützung. „Bringst du mir etwas Schönes mit, Vater?"

„Mal sehen, ich bin doch nur ein paar Tage fort."

„Ihr könnt ihm ja ein Fass Bier mitbringen, Herr", sagte Karl und lachte dabei. Gundula trat an den Wagen und nahm Jacub in die Arme: „Komm gesund wieder zurück", flüsterte sie ihm ins Ohr.

„Dafür werde ich schon sorgen; pass du nur auf unser Kind auf." Jacub streichelte sachte mit seiner rechten Hand über ihren Bauch und berührte dabei die kleine Wölbung.

Dann saßen die beiden Männer auf und fuhren los. Gundula winkte ihnen hinterher.

Etwas später rollten die Wagen durch das Schwelmer Tor, vorbei an den Teichen in Richtung Dortmund. Das erste Grün der Bäume begrüßte sie; Knospen sprangen auf, die aus ihrem Winterschlaf aufgeweckt worden waren, und streckten ihnen ihre gelb-grünlichen zarten jungen Blätter entgegen. Neu sprießende Grashalme schoben sich durch das verwelkte, braune Gras des Vorjahres. Die alten Farben des Winters verschwanden langsam, hervor trat das neue Leben. Kerbtiere wurden durch die aufkommende Wärme aktiv. Tausende von Mücken führten über den Wiesen ihren Tanz auf. Vogelpaare waren emsig damit beschäftigt, neue Nester zu bauen. Ununterbrochen sammelten sie kleine Äste, um sie gekonnt in Baumkronen zu einer Halbkugel zusammenzustecken. Hier würden sie ihr Gelege ausbrüten und es vor Fressfeinden schützen.

Durch das bevorstehende Frühjahr veränderte sich auch die Laune der Menschen. Sie wurden freundlicher und waren wieder voller Tatendrang.

War der Heerweg schmal, fuhren die beiden Wagen hintereinander, doch sobald er breit genug wurde, rollten sie nebeneinander her, sodass sich Jacub und Karl ein wenig unterhalten konnten.

„Was glaubt ihr, Herr – wie lange werden wir unterwegs sein?", fragte Karl.

„Wenn keine Zwischenfälle passieren und das Wetter mitspielt, denke ich, drei Tage." Man merkte es Karl an, wie froh er war, dass ihn sein Herr auf die Reise mitgenommen hatte. Er nahm sich vor, sein Bestes zu geben – vielleicht würde sein Herr ihn dann für weitere Reisen einsetzen.

„Wann erwartest du Jacub denn zurück?", fragte Anneliese ihren Mann.

„Heute noch, oder spätestens morgen. Übrigens, Heinrichs Leute sind gestern aus Hamburg zurückgekommen. Sie haben dort jede Menge Hering und Stockfisch aufgekauft. Pelz und Bernstein jedoch nur in kleinen Mengen – doch egal, jetzt steht erst einmal die Verhandlung auf Neuenberge im Raum. Da müssen wir erfolgreich sein, sonst wüsste ich nicht, wie es mit unserem Sven weitergehen soll. Der ist mir jetzt schon viel zu lange bei seiner neuen Mutter; es besteht die Gefahr, dass er sich an sie und den Birkelin gewöhnt. Eine Eingewöhnung in Colonia bei seiner neuen Familie dürfte für uns nicht von Vorteil sein. Vielleicht will er dann selber nicht mehr?"

„Mit deiner These könntest du recht haben, aber glauben will ich das nicht – zumal, wenn er auf Burg Neuenberge uns und seinen geliebten Bruder wiedersieht", meinte Anneliese.

„Außerdem hast du ja bei unserem Grafen einen Stein im Brett. Ich habe das Gefühl, der bewundert dich."

„Ha, du bist ja auf unseren Grafen eifersüchtig", sagte Anneliese.

„So ein Blödsinn", lachte Tilmann.

Er erhob sich: „Ich gehe durch die Stallungen, um nach dem Rechten und nach Hugo zu sehen. Der treibt sich bestimmt wieder bei den Pferden herum."

Als Tilmann die Wohnung verlassen hatte, legte Anneliese noch ein paar Holzscheite in den Kamin. „Das Holz ist auch bald aufgebraucht; es wird Zeit, dass die Kälte endlich verschwindet", dachte sie.

Tilmann schob das große Tor beiseite und betrat den Stall. Schon hörte er die Stimmen der Stallburschen und seines Enkels Hugo. Die Kinder waren damit beschäftigt, die restlichen Pferde mir Bürsten zu striegeln. Als Hugo ihn erkannt hatte, rief er: „Großvater, was machst du denn hier?" Er rannte auf ihn zu und sprang in seine Arme. Der wirbelte ihn mehrere Runden im Kreis umher.

„Ich wollte einmal sehen, was ihr hier so treibt."

„Oh, nichts Schlimmes. Wir haben die Pferde gefüttert und nun putzen wir sie", sagte Hugo. Auf einmal sagte Tilmann: „Seid ruhig, seid einmal ganz ruhig!" Dann lauschten alle.

„Das ist das Geräusch von Fuhrwerken!", rief Hugo voller Vorfreude.

Sie gingen in die Gasse und sahen, wie ihnen Jacub und Karl mit ihren Wagen entgegenkamen.

„Vater ist zurück!", rief Hugo und rannte den Fuhrwerken entgegen. Tilmann erkannte sogleich, dass die Wagen schwer beladen waren, als sie vor dem großen Stalltor anhielten. Jacub sprang vom Bock, nahm seinen Jungen in die Arme und dann kurz seinen Vater.

„Alles gut gelaufen", sagte er, „haben einen akzeptablen Preis bekommen; auch war es auf den Straßen ruhig – keine nennenswerten Vorfälle."

„Das hört sich ja gut an! Dann lasst uns alles hier im Stall verstauen, bis wir nach Brügge reisen", sagte Tilmann. Sofort machten sich Tilmann, Karl und Jacub an die Arbeit. Fass für Fass wurde über eine dicke angelegte Holzdiele heruntergerollt und an der Stallwand aufgestellt.

„Wo ist denn mein Bruderherz?"

„Während deiner Abwesenheit hatte er sich täglich an der Jakobsmühle aufgehalten und die Arbeiten dort überwacht. Nun ist er, glaube ich, bei seiner Elfi. Er kann es wohl kaum noch bis zur Hochzeit aushalten. Wie mir schwant, sticht ihn der Hafer", sagte Tilmann lachend. Auch Jacub schmunzelte. Sein Vater sah ihn an: „In drei Tagen ist die Verhandlung; mir wäre wohler, wir hätten bereits das Ergebnis – dieses Warten und diese Ungewissheit zermürben einen förmlich."

„Ja, da hast du recht. Mir geht es auch nicht anders; ich muss jeden Tag daran denken und spiele in Gedanken die Verhandlung durch", sagte Jacub.

Kapitel 20

„Wir werden viel zu früh auf Neuenberge sein; aber egal –
lieber zu früh als zu spät. Das würde einen schlechten Eindruck machen", meinte Tilmann. Er saß mit seiner Frau und
Hugo vorne auf dem Fahrerbock. Jacub hatte es sich direkt
hinter ihnen auf der Ladefläche bequem gemacht. Simon war
in Lennep geblieben; schließlich musste ja einer die Leute
beaufsichtigen. Der Wagen polterte über die Heerstraße in
Richtung Wermelskirchen.

„Ich schätze, wir sind zwei Stunden früher da – dann können wir noch bei den Rittern vorbeischauen", schlug Tilmann
seiner Familie vor.

„Au ja", rief Hugo voller Vorfreude, „dann gehe ich zu Ritter Wentzel – der zeigt mir bestimmt die Waffenkammer des
Grafen!" Für ihn war es der erste Besuch auf Neuenberge. Er
würde staunen über das, was da auf ihn zukam! Der Wagen
rollte nun an den Fronhöfen bei Wermelskirchen vorbei in
das Tal Richtung Burg. Da entdeckte Hugo sie aus der Ferne
als Erster: „Da ist sie, Großvater! Siehst du sie auch?" Er stand
auf, um besser sehen zu können. „Meine Güte, ist die gewaltig – die ist ja riesengroß!"

„Oh, ich kenne die Burg recht gut, ich bin schon viele Male
hier gewesen", gab er zur Antwort.

Ihr Wagen rollte zum Zwingertor, wo sie von den Wachhabenden angehalten wurden, die sie nach dem Grund ihres
Besuches fragten. Tilmann beantwortete seine Frage, und der
Wachhabende winkte sie durch. Hugo starrte die hohen Mauern an, dann eilte sein Blick zur Zugbrücke. Ihr Fuhrwerk
rollte durch ein zweites Tor, dann tat sich ein großer Innenhof
vor ihnen auf.

Tilmann erklärte seinem Enkel die Gegebenheiten: „Dort

in dem Haus wohnt das Gesinde, unterhalb davon sind die Pferdeställe, und nebenan ist die Hufschmiede. Da vorne in dem Haus, da befindet sich deine Waffenkammer; sie wird vom Waffenmeister geleitet – er hat die gesamte Aufsicht über alles, womit man Feinde aufspießen kann."

Dann bogen sie durch einen weiteren Torbogen und erreichten einen größeren freien Platz. „Hier findet oft die Ausbildung der Knappen statt", erklärte Jacub seinem Sohn. Ein Mann kreuzte ihren Weg: „Seid ihr wegen der Verhandlung hier?" Tilmann bejahte. „Gut, dann könnt ihr euren Wagen dort drüben am Geländer abstellen und festmachen", sagte der Fremde und ging einfach weiter.

„War das der Graf?", fragte Hugo. „Aber nein, das war nur ein Knappe", antwortete Jacub.

Sie banden ihr Pferd an einem Holzbalken fest und gingen durch einen weiteren ausgeprägten Torbogen in den Innenhof von Neuenberge. Mächtige Treppen führten in die Burg. Linker Hand der Treppe befand sich ein Brunnen, an dem zwei Frauen ihre Eimer mit Wasser füllten. Einige Pagen und Knappen rannten aufgeregt umher, als hätte sie jemand aus ihrem Dämmerschlaf aufgescheucht. Jacub nahm seinen Sohn an die Hand: „Dieses große Gebäude dort, das ist der Palast, in dem sich der Rittersaal befindet. Dort wird, glaube ich, unsere Verhandlung nachher stattfinden. In diesem Saal werden alle wichtigen Entscheidungen für und über unser Land gefällt, hier berät sich der Adel – der Graf, die Ritter und alle die, die glauben, etwas Wichtiges zu sagen zu haben."

Einen Moment später fuhr er fort: „Der hohe Turm dort drüben ist der Bergfried. Die befestigten hölzernen Gänge und Aussichtstürme oben am Ende des Turmes nennt man Schwalbennester, und unten im Erdgeschoss befindet sich der

Kerker. Hier steckt der Graf junge Burschen rein, wenn sie zu frech werden!" Dabei verzog er keine Miene. Hugo sah ihn fragend, aber auch etwas erschrocken an.

„Du must nicht alles glauben, was dein Vater dir erzählt", sagte seine Großmutter. Tilmann zeigte in eine Richtung. „Kommt, wir gehen in den Garten und sehen uns Blumen und verschiedene Kräuter an. Die Burg ist überall im Land für ihren Kräutergarten berühmt. Hier auf der Burg leben einige Johannitermönche. Sie versorgen und behandeln die Kranken, kümmern sich weitgehend um die Gärten mit den vielen Heilpflanzen. Dort warten wir die Zeit ab, bis wir an der Reihe sind." Sie gingen am Kerkereingang vorbei, den Hugo ängstlich betrachtete. In seiner Fantasie malte er sich aus, wie ein zerlumpter Dieb auf der Erde sitzt, frierend im fauligen Stroh. Im anschließenden Park ließen sie sich auf zwei Bänke nieder, um die Wartezeit zu überbrücken; hier befand sich ein weiterer Brunnen. Kurze Zeit später erschien wieder dieser Bursche: „Seid ihr die Birkelin?"

„Nein", sagte Jacub, „wir sind die Wüllenwebers aus Lennep."

„Gut, wenn ihr an der Reihe seid, lasse ich euch holen", sagte der Bursche und verschwand. „Komischer Vogel!", meinte Tilmann.

Plötzlich ertönte ein Schrei durch den Innenhof der Burg: „Sven! Sieh mal, Vater, da kommt Sven!" Hugo sprang auf und rannte auf seinen Bruder los, der von seiner Mutter an der Hand gehalten wurde. Er riss sich los, um seinem Bruder entgegenzulaufen. Die beiden nahmen sich an die Hände und tanzten vor Freude im Kreis, was jedoch von Solveig schnellstens unterbunden wurde. Auch Jacub rief: „Komm bitte zurück, Hugo." Mit lautem Protest trennten sich die Brüder voneinander.

Bald erschien ein Knappe, der ihnen mitteilte, dass die Verhandlung in wenigen Minuten beginnen würde. Als sie den Rittersaal betraten, war Hugo völlig überwältigt von den Malereien, von den Möbeln und überhaupt von dieser Größe – dann auch noch die Kandelaber überall! In die riesigen Fenster hatten Handwerker bunte Bleiverglasungen eingesetzt, die mit den Wappen verschiedener Städte verziert waren. Ein aus Stein gemauerter Kamin machte sich breit; vor dem Kopfende des Saales standen aneinandergereihte Tische. Dahinter saßen einige Männer, die sich heftig miteinander unterhielten. Davor standen an die vierzig Stühle in mehreren Reihen hintereinander. Sie waren für die Besucher gedacht. Der Knappe führte Jacub und Solveig an eine bestimmte Stelle, wo sie Platz nehmen sollten. Die beiden Stühle standen ungefähr fünf Schritt auseinander. Familie Wüllenweber setzte sich ebenso wie der Patrizier Birkelin mit Sven in die erste Reihe, dahinter saßen weitere Personen, die aber dem Kläger und den Angeklagten unbekannt waren.

Ein Mann mittleren Alters in einer Robe betrat den Saal und setzte sich auf den für ihn freigehaltenen Stuhl. Der Saalknecht stampfte drei Mal kräftig mit seinem Spieß auf den Boden. Alle Anwesenden erhoben sich, um dem Richter ihre Ehre zu erweisen. Rechts und links von ihm saßen jeweils zwei Schöffen, und ganz außen der Vertreter der Kirche sowie Graf Adolf von Berg. Eine in Latein geschriebene Bibel lag auf dem Tisch, direkt vor Hochwürden. Der Richter hatte eine Hakennase mit dahinter tief liegenden Augen, aber einen Blick wie ein Greifvogel. Auf dem Haupt trug er halblanges, braunes Haar, das ihm bis zu den Schultern reichte; sein Gesicht zierte ein Vollbart. Die Robe ließ ihn als eine respektvolle Persönlichkeit erscheinen.

„Ihr könnt euch setzen", rief er in den Saal. Dann rollte er einige Pergamente auseinander und sprach: „Wir sind hier versammelt in Sachen Wüllenweber gegen Birkelin. Es geht um das Sorge- und Wohnrecht des kleinen Sven." Dann sah er Solveig an: „Ihr seid die Angeklagte Solveig Birkelin, wohnhaft in Colonia, Frau des Patriziers Gotthard Birkelin." Dann sah er Jacub an: „Ihr seid Jacub Wüllenweber, der Tuchhändler aus Lennep, und ihr habt bei der Stadt Colonia eine Anzeige wegen Kindesentführung eingereicht. Nun, die Herrschaften werden sich fragen, warum diese Verhandlung hier auf Neuenberge stattfindet. Aus einem einfachen Grund, der da heißt: Neutralität. Der Herr Graf wollte jegliche politische Beeinflussung im Vorfeld ausschließen. Weder die Stadt Lennep noch Colonia wären der geeignete Standort gewesen, also beschloss unser Lehnsherr, dass die Verhandlung hier im Rittersaal stattfinden sollte. So ist gewährleistet, dass meine Wenigkeit sowie die anwesenden Schöffen neutrale Personen sind, die unvoreingenommen ein gerechtes Urteil fällen können."

Gotthard Birkelin, Sven, Tilmann, Anneliese und Hugo saßen nebeneinander in der ersten Stuhlreihe und lauschten den Worten des Richters. Dieser fuhr fort: „Ich möchte Frau Birkelin bitten, mir ihre Darstellung und Geschichte einmal zu schildern."

Solveig erhob sich: „Angefangen hatte alles in der Stadt Bergen. Mein Vater – das müssen Sie wissen, Euer Ehren –, der war Kapitän auf einem Hanseschiff. Mit seiner Kogge brachte er aus Lübeck Jacub Wüllenweber mit, der den Auftrag hatte, das deutsche Kontor aufzusuchen, um den Kaufmannsberuf weiter zu erlernen." Jacub lauschte gespannt ihren Worten, die bis hierher auch der Wahrheit entsprachen. „An einem Abend lernten wir uns im Gasthaus, in dem ich zu übernachten pflegte, beim gemeinsamen Abendessen kennen.

Da er der Sprache der Nordmänner nicht mächtig war, übersetzte ich ihm zum Beispiel die Speisekarte. Wir verabredeten uns für den folgenden Tag im gleichen Lokal. Am nächsten Abend meinte er, wir könnten das Abendmahl doch auf meinem Zimmer zu uns nehmen. Ich willigte ein, was im Nachhinein ein großer Fehler gewesen war, denn kaum waren wir in meinem Zimmer, da verführte er mich und fiel über mich her. Am Anfang versuchte ich mich noch zur Wehr zu setzen, doch schnell merkte ich, dass ich ihm kräftemäßig nicht gewachsen war. Meine Gegenwehr erlosch daraufhin."

Jacub sah sie mit großen, geweiteten Augen an. Er konnte nicht glauben, welche Lügengeschichten sie da verbreitete. Es war doch genau umgekehrt, aber nun verstrickte sie sich wieder und verfiel erneut in Unwahrheiten – so, wie sie es schon seit Jahren immer tat. „Mein Fräulein", dachte Jacub, „das lasse ich so nicht durchgehen …!"

„Und was ist danach geschehen?", fragte der Richter.

„Ich war schwanger von Herrn Wüllenweber, was sich aber erst viel später herausstellte. Zu diesem Zeitpunkt war er bereits wieder in Lübeck, und mein Vater und ich waren zurück in unserem Haus in Dänemark. Dann erzählte ich alles meinem Vater, der mich daraufhin aus dem Hause warf. ‚Was sollen denn unsere Nachbarn von uns denken? Meine Tochter ist eine Hure!', rief er, gab mir dabei ein paar heftige Ohrfeigen. Es war im Frühjahr, als ich unser Haus verlassen musste und mich auf den Weg machte. Für die ersten Wochen hatte ich noch etwas Geld, von dem ich leben konnte, doch dann wurde ich mittellos und schloss mich einigen Damen an. Sie waren sehr nett zu mir, aber es dauerte einige Zeit, bis ich bemerkte, dass sie Hübschlerinnen waren. Ich brachte mein Kind zur Welt, danach war meine Schonzeit beendet und die Frauen verlangten von mir, dass ich ebenfalls, genau wie sie, anschaffen ginge, sonst würden sie mir den Stuhl vor die Türe stellen."

„Du armes Mädchen, du durchtriebenes Miststück!", dachte Jacub.

„Drei Jahre zog ich mit den Frauen durch die Lande, als ich bemerkte, dass ich krank war. Ich ließ mich von verschiedenen Badern und von einem Medicus untersuchen, die alle zu dem Schluss kamen, dass ich nicht mehr allzu lange zu leben hätte. Ich zog mit den Frauen gerade in Richtung Colonia; dabei fiel mir ein, dass Herr Wüllenweber mir in dem Gasthof in Bergen erzählt hatte, dass er aus der bergischen Stadt Lennep stammte und diese Stadt kurz vor Colonia, also auf unserem Weg läge.

Der kleine Sven war nun schon drei Jahre alt, also beschloss ich, ihn bei seinem leiblichen Vater abzugeben. Er, Jacub sollte nun für ihn sorgen. Sven sollte nicht miterleben, wie seine Mutter vielleicht am Wegesrand dahinsiechen musste. Die gesamte Familie nahm sich meines Jungen an." Solveigs Mann hörte ihren Schilderungen gebannt zu, einiges davon war auch für ihn neu. Seine Frau hatte die Angewohnheit, nicht so direkt zu lügen, sondern einfach zu vergessen, manche Dinge zu erwähnen.

„Nun kommt bitte zum Ende und schildert mir den Rest der Geschichte", sagte der Richter mit deutlichen Worten.

„Mit moderner Medizin wurde ich in einem Kloster von Nonnen geheilt, wo ich auch die nächsten Jahre als Novizin verbrachte. Leider jedoch warfen sie mich rücksichtslos auf die Straße. Kurzum, ich musste Geld verdienen, also ging ich in das beste Hurenhaus von Colonia, wo ich später meinen jetzigen Mann kennenlernte." Sie sah ihren Ehemann mit einem Lächeln an, der daraufhin errötete und sich merklich schämte. „Ich erzählte ihm von meinem Jungen; daraufhin beschlossen wir, ihn uns zu holen", beendete sie ihre verlogene Geschichte.

Der Richter hatte sich während ihrer Erzählungen Notizen auf ein Stück Pergament geschrieben.

„Aber, gute Frau, wie kamt ihr denn auf die Idee, den Jungen, auch wenn er euer eigener ist, so einfach zu entführen?"

„Ich weiß, Euer Ehren, es war nicht recht gegenüber seinem Vaters, aber ich hatte so viel durchgemacht und fand, dass mir das Recht zustünde, ihn auch einmal bei mir zu haben. Sein Vater hätte ihn nie ihm Leben freiwillig abgegeben."

„Gut; nun habe ich Eure Darstellung. Jetzt möchte ich die Geschichte von Jacub Wüllenweber hören. Bitte schildert Ihr mir, wie Ihr den ganzen Verlauf beurteilt." Der Richter sah Jacub ab, der sich daraufhin sofort erhob. Anneliese rutschte unruhig hin und her auf ihrem Stuhl. „Hoffentlich macht er jetzt alles richtig! Komm, Junge, zeig es dem blonden Gift", dachte sie; sie hätte es am liebsten durch den gesamten Rittersaal gerufen. Sie fieberte nach Gerechtigkeit.

Jacub ging einige Schritte auf den Richter zu: „Im Großen und Ganzen stimmen die Schilderungen von Frau Birkelin – bis auf das, was sie vergessen hat, zu erwähnen, und bis auf das, was gelogen ist, was sie frei aus ihrem Gedächtnis erfunden hat. Alle ihre Erzählungen hören sich an, als wäre sie das unschuldige Mädchen aus Dänemark und als wären alle Männer schlecht und wollten nur Böses. Dem war aber nicht so. Ich hatte bis dato in Bergen keinerlei Beziehung zu einer Frau gehabt. Sie war diejenige, die mich verführt hat, wobei ich auch zugestehen muss, dass es mir gefallen hat." Ein Schmunzeln huschte über die Gesichter der Schöffen, und auch Graf Adolf musste lächeln.

„Ich musste mich sehr wundern, dass alle sie in Bergen nur das blonde Gift nannten. Sie war bekannt bei den Seeleuten, und in den Kaschemmen war sie das Tagesgespräch, wovon ich als Fremder natürlich nichts wissen konnte. Dass sie schwanger geworden war, davon hatte ich jahrelang keine Ahnung gehabt. Nach einer kurzen Beratung waren ich und meine Familie damit einverstanden, den Jungen bei uns aufzunehmen. Es kam zwar alles sehr plötzlich, aber wir fanden uns damit ab. So hatte mein eigener Sohn Hugo", Jacub zeigte dabei auf ihn, „unerwartet einen neuen Bruder, mit dem er sich von Anfang an perfekt verstand. Zufälligerweise waren sie fast im gleichen Alter. Als man Sven am Bach Linepe entführt hatte, waren wir alle verzweifelt. Doch ich bin ein Wüllenweber und habe gelernt, in meinem Leben zu kämpfen. So versuchte ich herauszubekommen, wer die Entführer gewesen seien. Zunächst war ich auf der falschen Fährte, doch dann, Wochen später, kam mir eine neue Erkenntnis. Durch eine beiläufige Äußerung von Hugo kam mir der Gedanke, dass es nur seine leibliche Mutter gewesen sein konnte, die Sven entführt hatte. Dann kam mein Forschertrieb in mir hoch. Als Erstes entdeckte ich das Franziskanerinnenkloster in Colonia, in dem man sie über Wochen hin gesund gepflegt hatte. Hierfür gibt es einige Zeugen, Euer Ehren.

Richtig ist, dass sie dort später Novizin wurde und sogar das Gelübde zur Nonne ablegen sollte. Da sie jedoch dem Weltlichen mehr zusprach als dem Geistlichen, wurde sie erwischt, als sie an der Klostermauer ihren Rock hob, um einem Gärtner zu gefallen. Dabei wurde sie von Nonnen gesehen – und das bedeutete ihren Rausschmiss aus dem Kloster." Bei diesen Worten Jacubs sah man förmlich, wie Solveigs Mann jegliche Gesichtsfarbe verlor. Sie selbst wurde sichtlich nervös.

„Von dort aus ging sie auf direktem Weg in eines der Hurenhäuser in Colonia, wo sie sich aufgrund ihrer Schönheit mit dem Titel ‚Prädikat wertvoll' auf zahlungskräftige Männer stürzte. Aber sie rechnete falsch mit dem Weiberwirt ab; sie betrog ihn, schlug ihm das Kerbholz über den Schädel und flog ebenfalls aus dem Haus. Auch hierfür gibt es diverse Zeugen, Euer Ehren. Irgendwann landete sie in diesem Edelbordell, wo sie Herrn Birkelin kennenlernte, der sie aus diesem Hurenhaus herausholte. Das Letzte entspricht dann wieder der Wahrheit."

Jacub hatte das Gefühl, dass Herr Birkelin am liebsten im Erdboden versunken wäre oder dass er sich einfach erheben, zu seiner Frau gehen und ihr eine schallende Ohrfeige verpassen würde. Diese Darstellung war für ihn neu. Er kam sich vor wie ein betrogener Viehhändler, wie ein Stück Dreck.

Jacub war aber noch nicht fertig mit seiner Aussage: „Eine kleine Geschichte habe ich euch noch zu berichten, Euer Ehren. Als Solveig Rassmussen, so hieß sie damals, mit dem dreijährigen Sven nach Lennep kam, wo sie ihn loswerden wollte, schickte mein Vater sie zu unserem sehr guten Medicus Gerold von Steinberg, der sie untersuchen sollte. Und – ihr werdet es nicht glauben – sie war hochgradig geschlechtskrank, und das, Euer Ehren, kam sicherlich nicht von ihrer Züchtigkeit." Dann verbeugte sich Jacub vor dem Richter und ging zurück zu seinem Stuhl. Gotthard Birkelin saß zusammengekauert auf seinem Stuhl. Von den meisten Dingen, die ihm heute hier zu Ohren gekommen waren, hatte ihm seine geliebte Frau Solveig nie etwas erzählt. Er fühlte sich derart hintergangen und ausgenutzt, dass sich rasende Wut in ihm ausbreitete. Jacub hatte Solveig mehr als entblößt – er hatte sie auf einem Tablett von lauter Lügen serviert. Ihre Fassade war zusammengebrochen, die Farbe der Wände einfach so abgeplatzt.

Der Richter bemerkte die Veränderung, die sich da vor ihm abspielte; er merkte, wie sich die Wahrheit von der Lüge getrennt hatte.

Dann erhob sich der Richter ebenso wie der Graf und die Schöffen: „Wir legen zur Beratung eine kurze Pause ein. Der Gerichtsdiener wird euch Bescheid geben, wenn die Verhandlung fortgesetzt wird." Dann ging der Richter zu Sven: „Und du, mein Junge, du kommst mit mir, wir gehen zusammen etwas trinken", sagte er, nahm Sven an die Hand und verschwand mit ihm alleine in der Kemenate.

Es dauerte eine knappe halbe Stunde, bis der Richter mit Sven zurückkam. Er schickte den Jungen zu seiner Mutter und ging selbst zu den Schöffen, um sich mit ihnen zu beraten. Auch Graf Adolf von Berg saß mit am Beratungstisch, hielt sich aber mit seinem persönlichen Urteil zurück. Er hatte nicht vor, das Gremium zu beeinflussen.

„Meine Herren", sagte der Richter, „wie lautet Euer Urteil?

„Eindeutig gegen dieses Frau Birkelin; es scheint, dass ihr ehemaliger Liebhaber, Herr Wüllenweber, die Wahrheit gesprochen hat. Sie hingegen hat sich in Widersprüche verstrickt, die mit Unwahrheiten gespickt waren. Auch hat sie, was hier allerdings nicht zur Debatte steht, ihren Mann, den Patrizier, hinters Licht geführt. Er hat auf seinem Stuhl gesessen wie ein Häufchen Elend; das, was sie ihm angetan hat, wird für seine Frau sicherlich noch ein heftiges Nachspiel haben, befürchte ich", teilte der Sprecher der Schöffen dem Richter mit. Graf Adolf nickte zur Bestätigung und war mit der Äußerung des Schöffen zufrieden. Er brauchte sich nicht einzumischen – es lief alles so, wie er es sich erhofft hatte. Die Wüllenwebers waren für ihn immer eine geschätzte, aufrichtige Familie gewesen. Tilmann Wüllenweber als Tuchhändler sowie als Bürgermeister von Lennep, seine tüchtigen Söhne und vor allem seine Frau waren ihm zugeneigter als dieser arrogante Pfeffersack von Colonia. Diese Patrizier mischten sich überall mit ein, im Handel ebenso wie in der Politik. Es war ein gewiefter Schachzug des Grafen gewesen, diese Verhandlung hier in den Rittersaal zu verlegen, um den Patrizier Birkelin seinem Umfeld der Macht zu entziehen, denn hier auf Neuenberge hatte er keinen Einfluss auf die Verhandlung nehmen können. Trotzdem empfand nun auch der Graf ein wenig Mitleid mit dem Patrizier – so wie er jetzt als belogener Ehegatte dagesessen hatte, dem man Hörner aufgesetzt hatte. „Er muss sich doch vorkommen wie ein Eierdieb", dachte der Graf.

„Dann will ich das Urteil verkünden", sagte der Richter. Die sechs Männer standen auf und gingen an die Tische zurück. Der Gerichtsdiener, der einen großen Spieß in der Hand hielt, schritt zu den Wartenden: „Die Verhandlung wird fortgesetzt", kündigte er an. Als alle saßen, schloss der Diener die große Eingangspforte.

„Wir wollen hier ja zugunsten des kleinen Jungen Sven entscheiden", begann der Richter. „Die Streitigkeiten seiner Eltern sollten wir außen vor lassen. Es geht mir hier nur um das Wohl des Jungen; deshalb haben ich sowie meine Schöffen entschieden, dass Sven zurück nach Lennep gehen wird – zu seinem Bruder, seinem Vater und somit zur Familie Wüllenweber. Ich bin zu dieser Entscheidung durch eine direkte Befragung des Jungen gekommen. Er ganz allein hat über seine Zukunft entschieden. Da, wo er sich wohlfühlt, da soll er auch leben."

Gotthard Birkelin sprang auf und verließ wortlos den Saal. Der Richter fuhr fort: „Aufgrund des Lebenswandels seiner Mutter schien es mir angebracht, ihn bei seinem Vater zu lassen. Ich gestehe seiner Mutter aber ein Besucherrecht zu, sodass sie ihn in Lennep aufsuchen darf – unter Aufsicht seines leiblichen Vaters. Hiermit ist die Verhandlung geschlossen." Die Schöffen verließen den Saal, Graf Adolf von Berg ging wie die anderen Anwesenden in den Innenhof der Burg. Der Richter sortierte noch ein paar seiner Unterlagen und bemerkte dann, dass Solveig zusammengesunken, in Tränen aufgelöst, auf ihrem Stuhl hing. Nachdem er mit ihr alleine im Saal verblieben war, sagte der Richter: „Kommt doch bitte einmal zu mir." Mit verheultem Gesicht stand sie vor dem Richter. „Meine Dame, ihr kennt doch sicherlich die Weisheit ‚Lügen haben kurze Beine'. Ihr solltet euch daran orientieren. Es wäre jetzt der Punkt gekommen, einen Neuanfang mit Eurem Mann zu wagen, frei von Geschichten, die sich in Eurem schönen Kopf zusammenbrauen. Mit der reinen Wahrheit fährt man besser im Leben – merkt euch diesen Satz."

Dann verließ Euer Ehren den Rittersaal, warf aber vorher noch einen letzten Blick auf die jammervolle Gestalt, die sich erneut auf ihren Stuhl sinken ließ.

Im Innenhof der Burg hielten sich mittlerweile ungefähr zwanzig Leute auf. Die Wüllenwebers standen glücklich und zufrieden am Burgbrunnen und sprachen eifrig miteinander. Auf einem Felsen vor dem Eingang des Kerkers saß Gotthard Birkelin, den Kopf in die Hände gestützt. Jacub hatte ihn schon eine Weile beobachtet, als er sich ohne ein Wort umdrehte und auf ihn zuging. Er blieb direkt vor ihm stehen: „Auf ein Wort, mein Herr", sagte er. Der Patrizier blickte zu ihm hoch: „Na, Zufriedenheit auf ganzer Strecke?"

„Deswegen bin ich nicht hier, mein Herr. Wenn Ihr Eure Frau wirklich liebt, dann geht zurück in den Rittersaal und tröstet sie. Sie kann nichts dafür, dass sie so geworden ist. Als sie ein kleines Mädchen war, ist ihre Mutter gestorben, ihr blieb dann nur noch ihr Vater, ein kantiger, grobschlächtiger Seemann. Ihr habt ihn ja kennengelernt. Mit ihm führte sie ein Zigeunerleben – alles, was sie dabei sah, waren Hafenstädte, Kneipen und das Meer. Sie segelten durch die Weltgeschichte; oft ließ er dabei seine hübsche Tochter in irgendeiner Spelunke alleine zurück – für Tage und Wochen. Das, was sie suchte, konnte ihr Vater ihr nicht geben: Familie, Liebe und Geborgenheit. Also holte sie sich diese Dinge stundenweise in ihr Gästezimmer. Hierfür waren Seeleute, Händler oder Kaufleute gut genug, ihr stundenweise ein bisschen Gefühl zu schenken. Nie hatte sie ihren Rock für Geld gehoben. Nur allein durch die fehlende Liebe und ihre familiäre Verwahrlosung, ihre Einsamkeit, ist sie zu dem geworden, was sie jetzt ist." Als Jacub gerade gehen wollte, sagte der Patrizier: „Danke, Herr Wüllenweber, für die tröstenden Worte; vielleicht habt ihr ja recht. Wenn ich es im Nachhinein so bedenke, hätten wir uns den Messerkampf in meinem Haus auch sparen können." – „Das hätten wir, das hätten wir, Herr Birkelin, es gibt noch mehr als die Tugend der Tapferkeit: Es ist die Höflichkeit – wie man miteinander umzugehen pflegt. Gehabt Euch wohl!"

„Hugo und Sven Wüllenweber, kommt sofort zum Grafen!", hallte es im Befehlston über den Hof. Die beiden zuckten vor Angst zusammen, als Ritter Wentzel sie an die Hand nahm und streng sagte: „Mitkommen, unser Lehnsherr will euch sehen." Jacub wusste, was nun kommen sollte, und folgte seinen Söhnen. Dabei sah er noch aus dem Augenwinkel, wie der Patrizier zurück in den Rittersaal ging; vielleicht würde er Solveig ja verzeihen.

An der Eingangspforte zur Kapelle wurden die Burschen von Graf Adolf in Empfang genommen: „Wie mir zu Ohren gekommen ist, wart ihr in der letzten Zeit sehr mutig gewesen." Er zog die beiden in die kleine, gräfliche Kapelle bis vor den Altar. Einige Reihen hölzerner Kirchenbänke boten Platz für Besucher von Gottesdiensten. Dann ließ er die Burschen los und befahl: „Kniet nieder und beantwortet meine Fragen. Habt ihr in den letzten Wochen häufig gebetet?" Hugo und Sven bezeugten die Frage mit einem Kopfnicken. „Das heißt Jawohl, Herr Graf!""

Schüchtern antworteten sie: „Jawohl, Herr Graf."

„Ist eurer Leib und sind eure Gedanken frei von Schmutz?"

„Jawohl, Herr Graf."

„Wollt ihr mir die absolute Loyalität versprechen, bis in den Tod?"

„Jawohl, Herr Graf!"

„Seid ihr bereit, die Frauen und Kinder, die Armen und Schwachen zu beschützen?"

„Jawohl, Herr Graf!"

„Seid ihr in den letzten Wochen keusch und züchtig gewesen?"

Sie antworteten mit: „Jawohl, Herr Graf", verstanden aber in keinster Weise die Bedeutung der Worte.

„Wollt ihr den ritterlichen Ehrenkodex aufrechterhalten?"

„Jawohl, Herr Graf!"

Nun legte der Graf den beiden seinen Schwertgurt um.

Jacub und Ritter Wentzel hätten sich am liebsten halb totgelacht, verzogen aber während der Zeremonie keine Mine.

„Dann erhebet euch, ihr seid jetzt Ritter Hugo und Ritter Sven von Lennep." Der Graf griff hinter sich und überreichte den beiden jeweils ein Holzschwert aus seiner Rüstkammer.

„Mit diesem Schwert werdet ihr bis zu eurem 21. Lebensjahr üben und das Kämpfen erlernen. Dann wird das Schwert gegen ein eisernes ausgetauscht. Ihr könnt nun zurück in den Hof gehen."

Jacub nahm seine Söhne in Empfang und gratulierte ihnen; sie wussten gar nicht, wie ihnen geschehen war. Aber sie waren mächtig stolz und waren dabei um eine Elle gewachsen.

„Großvater!", riefen sie und rannten auf Tilmann und Anneliese zu, „wir sind jetzt richtige Ritter."

Auf dem Rückweg nach Lennep gab es für die Jungen nur noch ein Thema: die Befragung durch den Grafen Adolf vom Berg und die Schwertleite.

Gotthard Birkelin stützte seine Frau Solveig, als sie den Rittersaal verließen. Beide wollten einen lügenfreien Neuanfang starten. Doch es kam alles ganz anders, als sie glaubten.

Kapitel 21

Zwei Stunden später wusste jeder Lenneper, dass Sven und Hugo nun Ritter waren und im Dienste des Grafen von Berg standen. Zuerst jedoch ging Sven zu Gundula und kroch auf ihren Schoß: „Du bist meine richtige Mutter, nicht die aus Colonia, die kenne ich doch überhaupt nicht", sagte er. Gundula bekam feuchte Augen und drückte ihn von ganzem Herzen.

„Natürlich ist sie deine richtige Mutter", sagte Hugo, „du bist doch auch mein Bruder, also muss meine Mutter auch die Deinige sein – das ist doch ganz einfach. Außerdem bekommen wir jetzt noch einen Bruder hinzu." Simon betrat den Raum: „Da ist ja mein Neffe endlich! Dich geben wir nicht mehr her – nun bleibst du für immer bei uns! Sieh", sagte er und zog sein neues Schwert aus der Scheide, „dein Vater hat das gleiche!"

Mit glänzenden Augen betrachtete Sven die Waffe: „Ist das ein schönes Stück! Übrigens, wenn du Ritter werden willst, muss du zum Grafen gehen, der macht das. Hugo und ich sind bereits Ritter! – Mutter, können wir jetzt gehen", fragte Sven.

„Wo wollt ihr denn schon wieder hin?"

„Zuerst auf die Weiden zu Robert und Rupert, wir sind jetzt ja ihre Lehnsherren." Die Brüder zogen ihre Holzschwerter, die hinter einem Gürtel steckten, dann rief Hugo: „Auf ins Heilige Land! Wir müssen Jerusalem von den Ungläubigen befreien – der nächste Kreuzzug steht bevor." Dann rannten sie mit gezückten Schwertern durch die Wallstraße in Richtung Kölner Tor und riefen dabei laut: „Tod den Ungläubigen – Gott will es!" Der Rest der Familie fiel in ein lautes Gelächter.

Jacub und Tilmann betraten die Stube; sie hatten noch kurz im Rathaus vorbeigeschaut, um mit Heinrich Kottsieper zu sprechen. Tilmann verkündete: „In drei Tagen brechen wir auf. Das heißt, einen Abend zuvor beladen wir unsere Fuhrwerke und stellen sie in unseren Stallungen unter. Früh am nächsten Morgen geht es nach Brügge."

Anneliese sah ihren Mann an: „Wer steuert denn die Wagen?"

„Ich dachte, Simon den einen und Karl den anderen Wagen. Jacub führt die Berittenen an und sorgt für Ordnung."

„Und was machst du?", fragte Anneliese.

„Na, ich bleibe hier; ich habe genug im Rathaus zu tun. Heinrich Kottsieper ist ja mit seinen Männern mit auf dem Tross. Einer von uns muss sich schließlich hier um die anfallenden städtischen Angelegenheiten kümmern."

Anneliese lächelte ihn an: „Ich platze gleich vor Neugierde! Was hat dich denn dazu getrieben, von ganz alleine hier in Lennep zu bleiben?"

„Die Liebe, mein Hase, die einsamen Stunden mit dir ohne unsere Familie. Die Verantwortung, die ich stets für dich empfinde", flüsterte Tilmann.

„Oje, komm, Bruderherz, wir gehen besser!", meinte Jacub.

„Sag, Jacub, was glaubst du denn, wie lange wir nach Brügge unterwegs sein werden beziehungsweise wann wir zurück in Lennep sind?"

„Ich denke, so zwei bis drei Wochen. Da gibt es aber noch ein kleines Problem. Die Franzosen stehen gegen England im Krieg. Ihre Kriegsschiffe greifen fortwährend englische Küstenstädte an und plündern sie. Der König von England, Edward III., hat den Franzosen den Krieg erklärt, sodass es bald Kampfhandlungen geben dürfte. Aber keiner weiß, wo Edward angreifen wird, sodass es uns im Moment noch nicht betreffen dürfte. Wir sollten die Geschehnisse aber nicht aus den Augen verlieren."

Tilmann meinte beiläufig: „Nicht Edward ist der Kriegstreiber, nein, seine Mutter! Sie ist eine Ausgeburt des Teufels, das erzählen die Leute. Sie treibt ihren Sohn an, Frankreich zu erobern."

Gundula hörte den Männern die ganze Zeit zu, dann fragte sie: „Jacub, bist du denn zur Geburt unseres Kindes wieder zurück?"

„Das glaube ich ganz sicher, mein Schatz; ich denke, sogar schon früher. Von Brügge segeln wir die Küste entlang, dann um Spanien herum, und schon sind wir in Genua, wo wir den Freund von Rokko Ronaldi aufsuchen werden, diesen Mario da Silva."

Tilmann lauschte den Worten seines Sohnes: „Wie jetzt? Ich dachte, Simon segelt mit!"

„Nein, Vater, wie haben beschlossen zu tauschen, weil es das erste Mal ist, dass ein Schiff von uns in das Mare Mediterraneum fährt und weil da doch noch so schöne Dinge nach Simons Hochzeit auf ihn warten."

Tilmann schien etwas eingeschnappt zu sein, er fühlte sich übergangen.

„Lass sie es doch selber entscheiden", sagte Anneliese zu ihrem Mann. Dabei versuchte sie, ihn mit ihren Worten zu besänftigen.

„Das hört sich alles etwas naiv an – so einfach wird das nicht gehen bei dieser großen Entfernung", dachte er, „und dann noch die Seekrankheit" – dabei kam ihm Jacubs erste Überfahrt nach Bergen in Erinnerung, wo dieser sich die Lunge aus dem Leib gespien hatte. Nun war Tilmann doch froh, nicht mitsegeln zu müssen; man wird halt auch älter – und bequemer. Dann die Knochen, die wollten auch nicht mehr so, wie er es gerne gehabt hätte. Und all die unvorhersehbaren Dinge, die auf so einer Fahrt eintreten können – nein, er war jetzt doch froh, Bürgermeister zu sein. In seinem Lennep und hinter seinem Schreibtisch fühlte er sich mittlerweile wohler als im Außenhandel.

„Macht doch, was ihr wollt! Ich gehe in mein Rathaus."

Am nächsten Morgen verspürte Gundula ein leichtes Ziehen in der Bauchgegend. Anneliese meinte, das hätte nicht viel zu bedeuten, aber sie wollte doch nach der Hebamme rufen lassen, aus Sicherheitsgründen. „Ja, benachrichtige sie", sagte Gundula, „sie kennt ja meinen Körper von meiner ersten Geburt."

Als Anneliese ihre Enkelkinder sah, rief sie: „Ihr Rittersleut, ihr geht jetzt in die Pilgergasse und verständigt die Hebamme, Mutter Martha. Sie wohnt direkt rechts in dem Haus neben Robert Frauenknecht – findet ihr das?"

„Sehr wohl, gnädige Dame", sagte Hugo, der immer noch in seinem Spiel versunken war. Nachdem er mit seinem Bruder Sven Jerusalem zurückerobert hatte, suchte er nun Mitstreiter zur Gründung eines Ritterordens, die er in den jungen Burschen Lenneps fand. So zogen an die zehn Burschen tagsüber, mit Holzschwertern bewaffnet, durch die Gassen und machten Lennep zu ihrem Schlachtfeld. Hugo verbeugte sich vor seiner Großmutter: „Wir sind schon unterwegs. So gehabt euch wohl, edle Frau!" Anneliese und Gundula gefiel dieser Nonsens – jede Kurzweil wurde gerne angenommen. So machten sie wenigstens keine anderen Dummheiten. „Fragt Mutter Martha, ob sie im Laufe des Tages einmal bei uns vorbeisehen kann", rief ihnen Anneliese hinterher. „Wird erledigt", rief Sven zurück – schon waren sie verschwunden. „Sag, Bruder, was ist eine Hebamme?", fragte Sven.

Der überlegte kurz, dann erklärte er: „Wie der Name schon sagt, eine Hebamme ist eine Frau, die sehr stark sein muss, sie muss kräftige Arme haben, vom vielen Heben. Vielleicht will Vater, dass sie in den Stallungen etwas umräumt."

Sven sah Hugo skeptisch von der Seite an: „Ich glaube, du erzählst hier lauter Schwachsinn. Das muss etwas mit dem dicken Bauch von Mutter zu tun haben." Als sie das Haus der Hebamme erreicht hatten, klopfte Hugo feste gegen die Eingangstür. Kurze Zeit später wurde sie von einer dürren, älteren Frau geöffnet. Als die Brüder die Dame sahen, wussten sie sofort, dass es sich hierbei nicht um eine kräftige Frau handeln konnte – so dünn, wie sie war.

„Wenn ihr die Hebamme seid", sagte Hugo, „dann bittet meine Mutter, die Frau Wüllenweber, bei uns in der Wallstraße vorbeizusehen. Meine Mutter hat einen Bauch, der immer dicker wird. Irgendetwas kann da nicht stimmen."

Die alte Dame lächelte über die Ausdrucksweise des Jungen: „Sag ihr, in etwa einer Stunde komme ich vorbei. Deine Mutter ist doch die Gundula, richtig?" Hugo nickte: „Das ist sie." Schon waren sie wieder weitergezogen. Mit einem breiten Grinsen im Gesicht ging Mutter Martha zurück in ihr Haus, um ihre Tasche fertigzumachen. Sie dachte an die Zeit, als sie Hugo zur Welt gebracht hatte: „Die Zeit, sie fliegt dahin! Nun ist der Junge schon so groß geworden!"

Am frühen Nachmittag erschien sie bei den Wüllenwebers, um sich Gundula näher anzusehen. „Es scheint alles bestens zu sein. Das Ziehen hat keine Bedeutung; das ist ganz normal, weil sich das Kind schon mal bewegt."

„Wann, glaubt ihr, wird es zur Welt kommen?", wollte Gundula wissen. Die Hebamme überlegte kurz. „Ende Juli oder Anfang August, würde ich sagen – aber eher im Juli."

Die Wüllenwebers kannte Mutter Martha schon seit Langem – sie hatte Hugo zur Welt gebracht sowie viele andere

Lenneper Erdenbürger.

„Ihr wisst, dass Ihr vor der Geburt in die Kirche gehen müsst. Ich möchte, dass Ihr die Patrone Godehard und Norbert anbetet, um für eine problemlose Niederkunft zu bitten. Da Ihr keine Erstgebärende seid, vermute ich, dass wir eine schnelle Geburt hinbekommen werden, sodass das Kindbettfieber wohl ausbleiben wird. Kurz vor der Geburt schickt mir bitte jemanden, der den Geburtsstuhl zu Euch bringen kann. Es ist für mich bedeutend einfacher, mit diesem Möbelstück zu arbeiten. Habt ihr denn einen besonderen Kinderwunsch?", wollte die Hebamme noch wissen.

Gundula schüttelte den Kopf: „Nein, nicht wirklich, Hauptsache gesund. Einen Stammhalter haben wir mit Hugo bereits, und Sven ist ja auch noch da."

„Ich wünsche mir ein Mädchen – das wäre gut fürs Haus", sagte Anneliese, „aber wie du schon sagtest: Hauptsache, gesund!"

„Demnächst werde ich des Öfteren bei Euch vorbeischauen, um zu sehen, wie es Euch geht. Das wäre es dann. Sollte etwas Unvorhergesehenes eintreten, lasst nach mir rufen." Mutter Martha verabschiedete sich. Als sie das Haus verlassen hatte, ging Anneliese zu Gundula und sagte recht leise: „Ist es nicht eine Schande, dass die Hebammen von der Kirche fast überall als Hexen angesehen werden? Was würden denn die Menschen ohne sie nur machen! Auch die Kirchenfürsten sind doch von ihnen auf die Welt gebracht worden. Man spricht sogar davon, dass Hebammen in anderen Städten verbrannt worden sind, weil sie alleine es in der Hand haben, Kinder zur Welt zu bringen oder sie einfach sterben zu lassen. Auch dürfen sie die Erstgeborenen selber taufen, ihnen einen Namen geben – was soll das, bitte schön, mit Hexenkult zu tun haben?"

„Da hast du sicherlich recht, Mutter. So etwas kann ich mir beim besten Willen bei unserer Martha nicht im Traume vorstellen."

„Für mich ist und bleibt sie die ‚weise Frau'", sagte Anneliese.

Am Vorabend des Abreisetages trafen sich Tilmann und seine Söhne Simon und Jacub in den Stallungen, wo ihre Fuhrwerke untergebracht waren. Tilmann und Jacub wollten Simon ihr lange vertrautes Geheimnis vermitteln: den doppelten Boden im Kutscherbock, den Tilmann im Jahre 1325 in Lübeck selbst angefertigt hatte. Damals war er mit Jacub auf Reisen gewesen und es waren unruhige Zeiten, sodass er den größten Teil seines eingenommenen Geldes hier – in diesem doppelten Holzboden – verstaute. Wie recht er daran getan hatte, sollten sie einige Tage später am eigenen Leib zu spüren bekommen, als sie von Wegelagerern überfallen wurden. Ihre Geldbeutel und die Waffen hatte man ihnen gestohlen, doch der Hauptanteil des Geldes in ihrem Versteck ist ihnen geblieben. Genau hier wollte Tilmann seine Goldmünzen und die Pfennigvielfache erneut deponieren. All dies erzählte er seinem Sohn Simon, der aufmerksam zuhörte, dann nahm er sich einige Werkzeuge und öffnete damit die Holzbohlen der Plattform. „Wir müssen die verrosteten Nägel durch neue ersetzen. Siehst du, mein Junge, das Geld liegt dir hier praktisch unter deinen Füßen."

Als er drei Bretter herausgezogen hatte, stopfte er den Hohlraum mit alten Schafsfellen aus: „Dazwischen verstecken wir die Geldbeutel, die ihr mit nach Brügge nehmen werdet. Durch das Fell können sie nicht verrutschen und sind abgedämmt. Es ist verdammt viel Geld, das ihr hier transportieren müsst – passt gut darauf auf!"

Dann nahm er die ledernen Säcke, die prall mit Geld gefüllt waren, und verstaute sie zwischen den Fellen. Sie legten die Bohlen darüber und nagelten sie gut fest, danach wischte Tilmann mit etwas Dreck, den er vom Stallboden nahm, kräftig über die Bretter, damit sie alt aussahen. Besondere Aufmerksamkeit legte er dabei auf die noch glänzenden Nagelköpfe; auch die mussten alt und verbraucht aussehen.

„Wie bist du nur auf diese einmalige Idee gekommen?", wollte Simon wissen. – „Das hatte mich dein Bruder seinerzeit auch gefragt. Was stehlen denn Diebe? Alles, was sie an Werten finden: Geldkatzen, Waffen, leicht zu transportierende Waren, vielleicht noch die Pferde, aber sie würden niemals einen Wagen stehlen. Zum einen würden die Radspuren sie verraten, zum anderen wäre ihre Flucht zu problematisch, zu langsam – Verfolger hätten sie schnell eingeholt. So, was wollen die mit einem alten Fuhrwerk anstellen? Nichts, vollkommen uninteressant. Diese Frage hatte ich mir damals gestellt, und damit lag ich goldrichtig. Was glaubst du, Simon, wie oft dein Bruder das Versteck bei seinen Reisen schon zu unseren Gunsten nutzen konnte? Bei großen Routen, wenn wir viele Waren verkaufen, ist auch viel Geld im Spiel. Wenn du dann ausgeraubt würdest, könnte uns das unsere Existenz kosten – das Kapital, um neue Waren einzukaufen, wäre dahin. Zu unserem Glück ist nach dem Überfall, damals im Norden des Landes, kein weiterer mehr erfolgt, aber durch das Versteck ist gute Vorsorge gegeben."

„Vater war schon immer ein schlauer Fuchs", sagte Jacub lachend.

„Vielen Dank für das Kompliment, mein Sohn! Jetzt wisst ihr auch, warum ich immer noch ein bisschen mitmischen muss!"

Kapitel 22

Der Tag der Abreise nach Brügge war gekommen. Die Fuhrwerke standen aufgereiht hintereinander und waren zur Abfahrt bereit.

Angeführt wurden sie von Simon, der im ersten Wagen saß. Dahinter fand sich Karl ein, gefolgt von den Wagen der anderen Händler mit Heinrich Kottsieper und dessen Männern. Die Reiseroute war abgesprochen, die verschiedenen Städte hatte sich Heinrich auf ein Stück Pergament geschrieben. Zunächst ging es nach Colonia, von da aus nach Aachen, zur Kaiserstadt, dann durch Flandern in Richtung Brügge. Die Männer befanden sich in Aufbruchsstimmung. Es machte sich eine gewisse Vorfreude breit, denn es war ja wieder einmal ein kleines Abenteuer für sie, so eine längere Reise. Den berittenen Begleitschutz führte Jacub an. An jeder Flanke postierte er vier Reiter, er selbst ritt an der Spitze des Trecks, direkt neben seinem Bruder. Die Söldner waren mit Spießen bewaffnet, vier von ihnen aber auch mit Bögen. Frauen, Kinder und andere Verwandte standen am Straßenrand, um sich von ihnen zu verabschieden. Auch der Rest der Familie Wüllenweber war anwesend. „Ihr schafft das, Männer! Während eurer Abwesenheit werden wir die Stadt schützen", gab ihnen Hugo zur Beruhigung mit auf den Weg. Gundula stand neben Elfi; sie winkten ihren Männern hinterher.

Dann war es endlich so weit. Jacub erhob sich in seinem Sattel und blies in sein Horn, als Zeichen des Aufbruchs. Die gesamte Karawane setzte sich in Bewegung. Bei jeder Übernachtung, so hatten sie vorher vereinbart, blieben die Söldner als Wachen bei den Fuhrwerken. Keinen Moment wollte man die Wagen mit der kostbaren Ladung aus den Augen lassen.

„Diebesgesindel schleicht überall umher", hatte Heinrich

vor ihrer Abfahrt gesagt. Am Rheinanleger setzten sie ohne Probleme mit Fähren über. Bis Colonia war ihnen die Strecke bekannt. Sie umfuhren die Stadt, bis sie das Aachener Tor erreichten, das man auch das Kaisertor nannte, weil nach der Krönung eines neuen Königs oder Kaisers in Aachen diese häufig zum Gebet nach Colonia in den Dom kamen und dabei dieses Tor durchritten. Doch danach betraten sie Neuland und mussten sich hier und da bei entgegenkommenden Händlern durchfragen. Es war aber leichter, als sie dachten; die Straßen waren in gutem Zustand, das Wetter spielte mit. Hier am Rhein war die Natur schon wesentlich weiter als im Bergischen Land. Große Teppiche von Wildblumen zogen sich an den Ufern des Flusses entlang. Überall standen die blauen Kornblumen, der rote Klatschmohn oder die gelb leuchtenden Blüten des Löwenzahns. Dazwischen standen Ziegen und vereinzelte Schafe, die sich an dem saftigen Grün labten. Mückenschwärme schwirrten umher, tanzten durch die Lüfte, gejagt von den schnellen Schwalben und anderen Vögeln. All dies ließ bei den Männern gute Laune aufkommen. Manch einer pfiff ein kleines Liedchen oder sang eine lustige Weise auf seinem Pferd oder auf dem Kutschbock. Am meisten freute sich Tilmanns Vorarbeiter Karl, den sie nun immer häufiger auf ihre Reisen mitnahmen. Nach dem Tod seines Freundes Herbert war es für ihn eine willkommene Abwechslung; gleichzeitig empfand er es auch als Treuebeweis seines Herrn ihm gegenüber. Die Wagenkolonne und die Berittenen zogen dahin, als wollten sie ein anderes Land erobern.

Tilmann und seine Frau hatten sich im Gasthof mit Familie Ronaldi getroffen, um die bevorstehende Hochzeit ihrer Kinder zu planen. Elfi machte ein trauriges Gesicht; sie war sichtlich unglücklich, dass ihr Simon nun für einige Zeit auf Reisen war und sie alleine ließ.

Anneliese bemerkte ihren schlechten Zustand. „Elfi, nicht traurig sein! Es ist unser Los als Händlerfrauen. Was glaubst du, wie oft ich oder Gundula schon auf unsere Männer gewartet haben! Mit der Zeit gewöhnt man sich daran; man erledigt andere Dinge, lenkt sich ab, und ehe man sichs versieht, stehen sie wieder im Türrahmen." Elfi nickte ihrer zukünftigen Schwiegermutter dankbar zu.

„So, unte nache der Kirche, make ich das gute Essen füre unse unde für unsere Gaste. Hinter meine alte Hause in Genua fingen direkte die großen Berge unte Wälder an, wo immer viele wilde Sweine waren. Iche würde gerne füre die Brauteleute eine gute Sweinebrate mite viele Swiebel unte Knoblauche maken", sprach Rokko.

„Also, das ist eine gute Idee! Das lässt sich mit Sicherheit organisieren. Wir könnten einige Holztische und Bänke vor den Gasthof platzieren, dazu ein paar Feuerkörbe und eine Gruppe mit Spielleuten", meinte Tilmann. Rokko und seine Frau Anna fanden Tilmanns Vorschlag hervorragend. „Aber diese wilde Frauen, ausse deme Hause dort druben, diese Hubschlerinnen wille iche hiere nichte mehr sehen. Wenne die komme, ich trete ihne inne die Arsche."

„Da hast du recht, Rokko", sagte Anneliese, „dieses Hurenvolk hat auf unserer Hochzeit wirklich nichts zu suchen – dieser Meinung sind wir, glaube ich, alle."

„Ich habe noch eine kleine Überraschung für euch", sagte Tilmann. „Jacub hat von mir einige Silberlinge extra bekommen, um in Brügge zwei Hochzeitsringe für die beiden zu besorgen. Wir wollen ja kein Geldstück brechen wie bei armen Leuten. Kurz vor der Trauung können wir Simon dann die Ringe überreichen."

Und Anneliese kündigte an: „Ich werde einige junge Birken schneiden lassen, sie an den Hausecken aufstellen und dann mit bunten Hochzeitsbändern schmücken. Alle sollen von dem Glück unserer Kinder erfahren. Über den Türeingängen hängen wir Zweige auf, die das Böse fernhalten, und – nicht zu vergessen – die Zweige der Fruchtbarkeit!"

Man war sich schnell einig geworden, wollte aber nichts überstürzen, denn es war ja noch genug Zeit vorhanden.

„Dann warten wir erst einmal ab, bis die ganze Karawane wieder in Lennep ist", sagte Tilmann.

Als sie durch Aachen reisten, waren alle begeistert von dem Stammsitz ihres ehemaligen Kaisers. Nicht nur der Dom, die ganze Stadt erinnerte an Karl den Großen, den mächtigsten Kaiser aller Zeiten, wie Heinrich meinte. Aachen ist die Kaiserstadt, hier wurde schon immer Geschichte geplant und geschrieben. Unser damaliger Graf Engelbert von Berg, der seinerzeit gleichzeitig Erzbischof von Colonia war, hat hier in Aachen den Sohn des Stauferkaisers Friedrich II. zum König gekrönt. Dieser Engelbert war der mächtigste aller Berger gewesen. Viele gesalbte Köpfe sind hier gekrönt worden. Leider hatten sie keine Zeit, um sich alle Gebäude anzusehen, doch drosselten sie ihre Geschwindigkeit, um wenigstens im langsamen Vorbeifahren etwas genauer hinzusehen. Überall wuselten Leute umher, wie auf einem Ameisenhaufen: Pilger, Schaulustige, Händler, schreiende Kinder und, und, und …

Dann waren sie auch schon bald in Flandern, wo sie erneut eine Übernachtung einlegten. Ohne weitere Zwischenfälle passierten sie Brüssel; von da aus war es nicht mehr so weit bis Brügge.

„Alles gut im Zeitplan", rief Jacub. Er und seine Söldner hatten keinerlei Zwischenfälle oder Probleme gehabt. Ihre

Anwesenheit dürfte irgendwelchen Spitzbuben aufgefallen sein, und abschreckend wirkte so ein Reitertrupp allemal, sodass keiner es gewagt hatte, sich an ihnen bereichern zu wollen.

Als sie ein Stadttor von Brügge durchquerten, tat sich vor ihnen eine Welt auf, die sie in der Form noch nie gesehen hatten. Prächtige Häuser reihten sich aneinander, dazwischen vereinzelt wunderschöne Kirchen und Speicherhäuser. Jacub kannte große Städte wie Hamburg, Lübeck oder Bergen, aber was hier auf ihn einwirkte, das hatten er und auch Heinrich noch nie zuvor gesehen. Karl und Simon bekamen den Mund vor lauter Staunen nicht mehr zu.

„Hier muss ohne Ende Geld im Umlauf sein, hier arbeitet und ruht das Kapital der Hanse. Nicht umsonst sagen die Hansen, dass Brügge die Haupt-Metropole des Handels sei", erklärte Heinrich Kottsieper den anderen.

Brügge war die Hauptstadt des internationalen Tuchhandels – und nicht nur Tuche, sondern alles, was man sich vorstellen konnte, wurde hier an den Mann gebracht. Die gesamte Stadt war ständig in Bewegung, gerade so, als gäbe es keinen Feierabend.

„Wie in einem Bienenkorb", dachte Jacub. Überwältigend die schmucken Fassaden der Häuser, die verschnörkelten Türen und Fenster, die vereinzelten Wandgemälde – alles war vollkommen. An den Hauswänden leuchteten in bunten Farben die Wappen der verschiedenen Stände und Familien bedeutender Bürger der Stadt. Dann fiel den Lennepern noch auf, wie edel die Herrschaften hier gekleidet waren, so als wolle man sich gegenseitig in der Mode übertrumpfen. Eine Sprachenvielfalt drang an ihre Ohren, Sprachen, die sie noch nie zuvor gehört hatten, sodass sie sich alle sehr klein vorkamen, gerade so, als wären sie dumme Bauern und Leibeigene.

Da die anderen Städte in Flandern weitaus grauer wirkten, vermutete Jacub, dass sich alles hier auf Brügge konzentriert hatte. Irgendwie hatte Jacub das Gefühl, nicht mehr weit von der angegebenen Adresse entfernt zu sein, deshalb ließ er anhalten, stieg vom Pferd und sprach einen Bürger der Stadt an. Der antwortete ihm freundlich in seiner Sprache, aber mit einem hörbaren flämischen Akzent. Jacub nickte, bedankte sich und ging zurück zu den anderen.

„Der Turm dort drüber", er zeigte mit dem Arm dorthin, „das ist der Bergfried mit der großen Tuchhalle von 1284, er steht für die internationale Bedeutung des Tuchhandels in Brügge. Dort sollen wir nach dem Haus der Osterlinge fragen. Was das zu bedeuten hat, kann ich euch im Moment noch nicht erklären."

Simon sah seinen Bruder an: „Wie der Vater! Er ist in die Rolle des Anführers geschlüpft", dachte er und schmunzelte bei dem Vergleich.

Nach weiteren Erkundigungen standen sie dann endlich vor dem Haus der Osterlinge. Jacub und Heinrich betraten das Gebäude, sie suchten den Vertreter und Verwalter der deutschen Hanseleute. Ein Schreiberling brachte sie in einen Warteraum: „Einen Moment, die Herren, ich sage Herrn Jan Poulsen Bescheid, er wird euch dann hier abholen und in sein Kontor holen."

Nach ein paar Minuten betrat ein groß aufgeschossener, in feinen Zwirn gekleideter Mann den Warteraum und begrüßte die Lenneper. Sie folgten ihm und nahmen in seinem Kontor Platz. Jacub erklärte ihm den Grund ihres Erscheinens, was sie vorhatten und dass sie zwei Schiffe chartern wollten, um nach Genua zu segeln. Der Verwalter hörte sich Jacubs Ausführungen an. „Woher kommt ihr?"

„Aus Lennep, einer Stadt in der Nähe von Colonia", antwortete Jacub. Der edle Herr nickte: „Und ihr wollt zwei Schiffe chartern?"

„Ja, unsere Ladung möchten wir in Genua verkaufen und von dort Tuchballen aus Merinowolle mitbringen", erklärte Jacub.

Skeptisch zog der edle Herr seine Augenbrauen zusammen: „Ihr kennt das mit Spanien – ich meine das mit der Todesstrafe bei Ausfuhr dieser Wolle?" – „Ja, das ist uns bewusst, deshalb wollen wir die Wolle ja in Genua kaufen; wir haben da gute Beziehungen", sagte Jacub wachsam, gab aber nicht mehr preis.

„Also gut, meine Herren, dann wollen wir uns mal Eure Waren ansehen, danach zeige ich Euch den Lagerraum, wo Ihr bis zum Beladen der Schiffe eure Waren unterstellen könnt." Der edle Herr ging voraus und die Lenneper folgten ihm, bis sie an ihren Fuhrwerken ankamen. Er sah kurz unter die Planen der einzelnen Wagen: „Ihr braucht keine zwei Schiffe; das geht alles in einen Kahn, ist somit auch preiswerter. Ihr glaubt gar nicht, wie viel so ein Schiff laden kann." Dann pfiff er auf zwei Fingern, und einige Burschen kamen angerannt: „Helft den Herren hier beim Entladen der Wagen, alles in Halle drei auf Platz zehn bis zwölf unterbringen. Danach Bestandsaufnahme, im Anschluss daran wird der Raum von mir versiegelt."

Jacub und Heinrich gingen erneut in das Kontor, um die Papiere fertigzumachen. „Für alles, was hier passiert, bin ich ab jetzt verantwortlich; wenn die Fracht verladen ist, der Kapitän", sagte der Verwalter. Dann sah er in einigen Unterlagen nach. „Am 14. Mai könntet Ihr in See stechen; für dieses Datum hätte ich einen Kahn für Euch. Der Kapitän ist ein Holländer, Wilm van Wahle; ein sehr erfahrener Mann, der schon mehrmals im Mare Mediterraneum umhergesegelt ist und die Route kennt. Einen Tag vorher erwarte ich die Herren hier. Das Beladen des Schiffes übernehmen wir, das ist im Lagerpreis enthalten." Dann rechnete er alles zusammen und nannte Jacub die Gesamtsumme, die er für sich verlangte. „Das mit dem Kahn, das müsst ihr dann mit dem Kapitän selber verhandeln – die Betonung liegt auf ‚verhandeln', meine Herren."

„Das Geld überreiche ich euch nachher; aber eine Frage noch, Herr Poulsen: Mein Vater sagte mir, wir könnten das Geld hier auf ein Konto einzahlen, erhalten einen Beleg darüber und können das Geld in Genua wieder abholen", fragte Jacub.

„Ja, so wird das in der Regel auch gemacht. Das sind die Bankgeschäfte, die der Templerorden seinerzeit erfunden hat; sie haben sich als bargeldloser Zahlungsverkehr durchgesetzt. Ich zeige euch eine solide Bank, wo ihr eure Einzahlung tätigen könnt; folgt mir bitte!"

Jacub mochte diesen Herrn; er war sehr geschäftstüchtig und zuverlässig, wie er meinte.

Gegen Abend öffnete Jacub den doppelten Boden seines Wagens, entnahm die Geldsäcke, zahlte eine bestimmte Summe bei der Bank ein, wofür er einen Beleg erhielt, und beglich mit barer Münze die Lagerkosten mit Herrn Poulsen. Einen Rest behielt er noch für das Hochzeitsgeschenk – die beiden Ringe, die er noch besorgen musste – und natürlich noch das Geld für die Rückreise.

Abends kehrten sie in einem Gasthof ein, aßen gemeinsam und tranken ein paar Gläschen des schmackhaften Rotweins.

„Ich muss noch mal schnell fort", sagte Jacub und verschwand, ohne dass noch jemand nachfragen konnte. Er hatte um die Ecke ein Geschäft gesehen, in dem Geschmeide verkauft wurde. Dort wurde er bald fündig und verstaute die Ringe in der Innentasche seiner Kukulle. Als er zurückkam, sagte er: „Ich war mal kurz auf dem heimlichen Gemach."

„Es ist doch bisher alles so weit gut verlaufen", meinte Heinrich. „Wir sind in der Zeit geblieben, das Wetter hat mitgespielt, und morgen geht es schon wieder heimwärts.

„Ohne Ladung dürften wir auf dem Rückweg um einiges schneller sein. Die Pferde sind satt und ausgeruht – ein bis zwei Tage macht das bestimmt aus", überlegte Simon.

„Am liebsten würde ich noch ein paar Tage hier verbringen, um mir alles noch genauer anzusehen. Diese Stadt Brügge mit dem Hafen ist doch hochinteressant – oder, Männer?" Bis auf Simon bestätigten die Männer Jacubs Äußerung; er wäre am liebsten schon sofort zurück zur seiner Elfi gefahren. Ihn sticht der Hafer, das wusste Jacub, ihm ging es damals mit seiner Gundula ähnlich, doch das schleift sich mit der Zeit alles ein wenig ab, dachte er und amüsierte sich ein wenig über seine Gedanken. Wie leicht doch die Jugend durchschaubar ist!

Es wurde noch ein feuchtfröhlicher Abend für die Lenneper. Die meiste Freude empfand dabei der gute, alte Karl; für ihn war alles Neuland. Er war glücklich, dass sein Herr ihn mitgenommen hatte – ja, wenn Tilmann nicht anwesend war, dann war Jacub sein Herr. Karl gehörte nun dazu, und das erfüllte ihn mit großem Stolz.

„Dass wir nur einen Kahn chartern müssen, ist doch vielversprechend. So haben wir alle zusammen geringere Kosten. Aber es bleibt die Frage: Wer von uns begleitet das Boot?", fragte Heinrich die anderen. Simon blickte sofort in eine andere Richtung.

„Mein Vater meinte ja, dass Simon es dieses Mal machen sollte, dann müsste er sogleich nach seiner Hochzeit abreisen", warf Jacub in die Runde.

„Oh, welch Schande für ein frisch getrautes Paar!", sagte Heinrich, und alle lachten. Simon errötete leicht.

„Ich habe schon mit Vater geredet. Vielleicht kann ich das übernehmen, zusammen mit Karl, der ist doch auch froh, einmal dabei zu sein", sagte Jacub.

„Das fände ich wirklich großartig von dir, Bruderherz! Wenn Vater es erlaubt, wäre ich der zufriedenste Ehemann von ganz Lennep. Aber mir fällt gerade ein, dass du doch Vater wirst", äußerte sich sein Bruder.

„Also bis zur Geburt bin ich längst wieder zurück; diese Reise wird ja wohl nicht länger als drei Monate dauern. Aber da könnte man einmal einen Seefahrer fragen – es laufen doch genügend hier in Brügge herum", schlug Jacub vor.

„Das hängt sicherlich auch davon ab, wie schwer das Boot beladen wird", meinte einer von Heinrichs Leuten.

„Hier im Gasthof sind doch bestimmt des Öfteren Seefahrer, und in betrunkenem Zustand wird doch bestimmt viel Seemannsgarn gesponnen. Ich frage mal den Wirt, der müsste das doch wissen", sagte Jacub und erhob sich.

„Bruderherz, du kannst dich wieder setzen! Frag doch einfach morgen Herrn Poulsen, der weiß das mit Sicherheit – das gehört nämlich mit zu seinem Beruf."

„Natürlich! Manchmal bin ich einfach zu ungeduldig, oder auch einfach nur zu blöd", sagte Jacub lachend, der an diese Möglichkeit nicht gedacht hatte.

Karl sah zufrieden aus. Sein Herr nahm ihn mit aufs Segelboot nach Italien – welch eine Freude! Da er keine Verwandten hatte, war es ihm relativ egal, wie lange er unterwegs sein würde. Tief in seinem Inneren freute er sich wie ein kleiner Junge auf das Bootfahren.

Gegen Mitternacht löste sich die Männergesellschaft langsam auf, denn mit zu großem Brummschädel wollten sie nicht gerade die Heimreise antreten. Ihre Güter waren sicher in einer der Lagerhallen verschlossen, sodass sie in ihre leer stehenden Fuhrwerke krochen, sich in eine Decke einrollten, einschliefen und daraufhin die Urlaute eines im Schlaf befindlichen Mannes von sich gaben.

Leicht verkatert standen die Lenneper vor und neben ihren Fuhrwerken.

Heinrich, Simon und Jacub waren noch einmal ins Kontor gegangen, um mit Herrn Poulsen die letzten Formalitäten zu überprüfen und gegenzuzeichnen.

„Wenn ihr pünktlich am 14. Mai abfahren wollt, dann sollte die Begleitung am 12. Mai hier erscheinen; das sind dann die Herren Jacub Wüllenweber und Karl Stoßberg, richtig?", fragte sie der Kontorleiter und sah Jacub dabei an. Der nickte. Über sein Schreibpult gebeugt, fuhr er fort: „Da man nie weiß, was draußen auf dem Ozean vor sich geht, muss ich euch jetzt schon mitteilen, dass es in der Seefahrt immer Verspätungen geben kann. Unwetter, Piraterie, hoher Wellengang und solche Dinge."

„Ich hätte da noch eine Frage: Wann, glaubt ihr, sind wir ungefähr wieder zurück in Brügge?" Der Kontorleiter kratzte sich mit Zeigefinger und Daumen am Kinn; nach kurzer Überlegung sagte er: „Ich weiß ja nun nicht, wie lange ihr in Genua zu tun habt, aber die Hin- und Rückreise wird etwa vier Monate dauern."

Jacub riss den Mund weit auf: „So lange? Damit haben wir nun wirklich nicht gerechnet. Das heißt, mit Aufenthalt in Genua sind wir vor September nicht zurück – und im August soll ich Vater werden. Wenn das mal keinen Ärger mit meiner Frau gibt!"

Heinrich lächelte amüsiert; er freute sich wie ein kleines

Kind. „Das ist Urlaub von der Ehe, Jacub, du musst das genießen! Alles ohne Kindergeschrei – das hat auch seinen Vorteil."

„Du bist ja auch genau wie Vater, schon so gut wie hundert Jahre verheiratet", gab Jacub zurück. Er rollte die Pergamente zusammen und verstaute alle Unterlagen unter seiner Kukulle; dann verabschiedeten sie sich und brachen auf. Als sie die Holzstiege hinunterschritten, meinte Jacub so ganz beiläufig: „Wie bringe ich das nur meiner Gundula bei?"

Jan Poulsen stand an der offenen Tür und sah ihnen nach: „Begreifen kann ich das nicht, was die da vorhaben. Das scheint ihre erste Schiffsfahrt zu sein. Warum bloß nehmen diese Lenneper nicht den Landweg? Der wäre doch viel näher und schneller", dachte er kopfschüttelnd.

Simon hatte noch kurz vor ihrer Abreise ein paar Dinge zu erledigen. „Wartet noch einen Moment; ich bin in spätestens einer Stunde wieder zurück." Zielgenau steuerte er in einen Gewandungsmarkt, der ihm schon am Vorabend aufgefallen war.

Nach einem kurzen, aber heftigen Platzregen rollten die Fuhrwerke wieder aus einem Waldstück heraus, wo sie vor dem Unwetter etwas Schutz gefunden hatten. Drei Tage waren sie bereits schon wieder unterwegs und kamen dabei zügiger voran als bei ihrer Hinreise. Die Berittenen an den Flanken der Kolonne waren nass bis auf die Knochen geworden, und das Wasser stand in ihren Lederstiefeln.

„Meine Zehen lernen gerade schwimmen", meinte ein Berittener zu seinem Mitstreiter. Jacub und die anderen Wagenführer hatten sich mit Fellen zugedeckt, konnten somit der Feuchtigkeit ein wenig aus dem Wege gehen. Hier im Wald hatten sie die Rückreise unterbrochen und sich untergestellt, bis der Schauer vorüber war. Die Räder der Wagen walzten sich durch den schlammigen Untergrund, was jedoch für die Männer kein Problem darstellte, da sie nun ohne Ladung, das heißt ohne Gewicht fuhren.

Die Pferde erledigten zuverlässig ihre Arbeit. Simon steuerte den ersten Wagen, direkt neben ihm ritt sein Bruder Jacub, der das Gespräch aufnahm: „Dann können wir ja bald deine Hochzeit feiern. Wie ich Mutter kenne, wird sie bereits alles organisiert haben, Bruderherz.“

Simon grinste seinen Bruder an: „Danke noch einmal, dass du für mich eingesprungen bist! Ich meine, Elfi wird dir ebenfalls dankbar sein. Wäre ich direkt zwei oder drei Tage nach unserer Hochzeit auf Reisen gegangen, hätte sie mir die Augen ausgekratzt, zumal wenn sie erfahren hätte, wie lange ich fort sein würde.“

„Ja, das muss ich meiner Gundula und den Jungens auch noch schonend beibringen. Eine große Chance, bei der Geburt unseres Kindes in Lennep zu sein, sehe ich eher nicht. Beim zweiten Kind soll ja alles besser und einfacher vonstattengehen als bei einer Erstgeburt. Das wird mir die Sache sicherlich ein wenig erleichtern – ich hätte aber trotzdem nie gedacht, dass die Reise so zeitaufwendig ist. Wie lange Karl und ich tatsächlich fortbleiben werden, lieber Bruder, das sollte unser Geheimnis bleiben. Kein Wort zur Gundula! Versprichst du mir das?“

„Du bist ein durchtriebener Fuchs, Brüderlein; ich werde den Mund halten. Das ist die weiteste Reise, die wir als Händler jemals unternommen haben, also kehre mir gesund an Leib und Seele zurück, sonst mache ich mir ein Leben lang Vorwürfe.“

„Wenn eure Hochzeit nicht im Raume stehen würde, dann wäre ich bis zur Abfahrt in Brügge geblieben und hätte auf eine weitere Fahrt und Anreise nach Flandern verzichtet; aber was tut man nicht alles für seine Familie!", meinte Jacub treuherzig.

„Um noch einmal auf meine Hochzeit zurückzukommen: Ich bin gespannt, was Mutter schon wieder alles während unserer Abwesenheit organisiert hat. Die hat bestimmt schon die passenden Blumen und Vasen ausgesucht", sagte Simon lachend.

„Genau, aber Vater wird sie schon ein wenig bremsen. Er wird dann sagen: ‚Mein Hase, das ist nicht deine, sondern Simons Hochzeit'", äffte Jacub die Stimme seines Vaters nach. Beide Brüder lachten lauthals.

„Ich weiß überhaupt nicht, wo ich mit Elfi wohnen werde. In unserem Haus dürfte kein weiterer Platz sein. Ich muss mir schnellstens ein Zimmer oder eine kleine Hütte suchen", befand Simon.

„Ja, ja, damit du ungestört deinem Trieb nachgehen kannst! Erst wenn ihr verheiratet seid, wird die harte Enge in deiner Brouche ein wenig nachlassen. Freiheit für deinen Lümmel", sagte Jacub und gackerte wie ein Huhn.

„War das bei dir damals mit Gundula etwa anders?" Nun schweifte Jacub aus und erzählte seinem Bruder ausführlich sein Abenteuer mit Solveig aus der Stadt Bergen. Noch nie hatte er mit jemandem so ausführlich darüber gesprochen. Simon war erstaunt, gleichzeitig auch voller Stolz, dass sein älterer Bruder ihm dieses Vertrauen entgegenbrachte.

Tilmann saß in seinem Kontor, um einige Papiere zu kontrollieren, als seine Enkel hereingestürzt kamen: „Großvater, du wolltest uns doch zeigen, wie man einen Bogen baut und Pfeile schnitzt!"

Tilmann blickte auf, dann erhob er sich: „Gut, dann lasst

uns in den Wald gehen. Ich hole nur noch schnell meine Gnippe."

„Wie ruhig und ausgeglichen ich doch geworden bin! Ob dies das Alter mit sich bringt?" So schnell ließ sich Tilmann nicht mehr aus der Ruhe bringen, und für seine beiden Enkelkinder hatte er fast immer Zeit und ein offenes Ohr. Er holte das Messer, nahm seine Enkel an die Hand und ging durchs Kölner Tor direkt in den nächstgelegenen Wald.

Zur Vesper am Nachmittag waren sie wieder zurück. Sie saßen bei geöffnetem Scheunentor auf Hockern in der Stallung, wo ihnen Tilmann erklärte, wie man einen Holzbogen baut.

„Diese Stöcke hier müssen ungefähr anderthalb Ellen lang sein. Aus ihnen stellen wir die Pfeile her." Er spitzte einen Pfeil an und kerbte ihn am anderen Ende ein: „Hier wird der Flitz, wie man ihn auch zu nennen pflegt, in die Schnur gelegt und mit ihr gespannt." Sven und Hugo lauschten jedem seiner Worte. „Die Pfeile müssen etwa fingerdick sein."

Dann griff er nach zwei anderen Stöcken. „Diese beiden Stöcke hier sind gut daumendick – das werden die Bögen. Auch sie werden an beiden Seiten kurz vor dem Ende rundherum eingekerbt, wo wir den Strick befestigen." Dann nahm er ein Stück Hanfseil und machte eine Schleife, die er an einem Ende des Bogens in die Kerbe legte und festzurrte.

„Jetzt kommt das Schwierigste." Er stellte sich hin, drückte dann das andere Ende leicht durch und befestigte den Strick so, dass der Bogen gespannt blieb. „So, nun noch sicher verknoten, und wir sind fertig." Er hielt Hugo den gespannten Bogen hin. Der sah ihn mit großer Bewunderung an und zog mit Daumen und Zeigefinger die Schnur feste auf sich zu, um sie dann nach vorn schnellen zu lassen. Ein vibrierendes Geräusch ertönte. „Jetzt werden wir Schießübungen in der Stallung durchführen", sagte Tilmann, als Hugo aufsprang und kurz lauschte.

„Ich höre Pferdegeklapper", rief er und rannte auf die Wallstraße.

Er erkannte die ankommenden Fuhrwerke sowie die dazugehörigen Männer. „Vater und Oheim Simon sind zurück",
rief er lauthals in den Stall und winkte mit den Armen. „Sven,
Großvater, kommt schnell, sie sind von Brügge zurück." Als
die Männer abgestiegen waren, gab es erst einmal freundliche
Umarmungen.

„Dann kann Oheim Simon jetzt endlich seine Hochzeit feiern", rief Sven voller Freude. Nachdem die Männer alles untergestellt hatten, gingen sie gemeinsam in die gute Stube, um
ihre Frauen zu begrüßen. Sie feierten ihr Wiedersehen mit
einem kleinen Umtrunk. Jacub sah nach seiner Frau und war
erleichtert, dass keine Schwangerschaftsprobleme aufgetaucht
waren. „Alles verläuft ganz normal", sagte Gundula. Anneliese
übernahm das Wort: „In drei Tagen ist deine Hochzeit Simon.
Mit unserem Pfarrer Edelbert ist die Zeremonie besprochen
und festgelegt – das ist doch in deinem Sinne, oder?" Simon
sah seinen Bruder an, und beiden huschte ein breites Grinsen
übers Gesicht. Beide dachten in diesem Moment das Gleiche:
„Mutter hat alles im Griff!" Dann fuhr Anneliese fort: „Im
Backhaus hinter der Kirche ist eine Wohnstube frei; wenn ihr
möchtet, könnt ihr dort fürs Erste wohnen."

„Langsam, Mutter! Wir sind gerade erst angekommen, und
du überfällst mich hier mit tausend Dingen. Zuerst gehe ich
jetzt zu Elfi, um sie zu begrüßen – später können wir weiterre-
den", sagte Simon. Er erhob sich und verließ die Stube.

„Mein Hase, du bist einfach in allen Angelegenheiten immer zu schnell", meinte Tilmann amüsiert. „Bah, bah, bah!
Euch kann man auch nichts recht machen", gab sie leicht beleidigt zurück.

„Ach, Vater, ich habe mich mit Simon geeinigt, dass ich nach Genua segele. Ich wollte ihn nicht direkt nach seiner Hochzeit aus den Armen seiner Angebeteten reißen", verkündete Jacub seinem Vater.

„Das ist mir gleich; ihr macht das schon", war sein trockener Kommentar.

Kapitel 23

Am kommenden Freitag zur Non sollte die kirchliche Trauung in der Lenneper Stadtkirche stattfinden. Alles wurde so gehandhabt, wie Anneliese es geplant hatte. Schwiegertochter, Simon und alle anderen gaben ihrer Planung klein bei. Nur mit dem Widerstand ihrer Enkel hatte sie nicht gerechnet. Anneliese hatte vorgesehen, dass Sven und Hugo vor dem Eingangsportal Blumen streuen sollten. „Über einen Teppich aus bunten Blumen sollen sie schreiten", war ihr Plan, den sie aber ohne ihre Enkel gemacht hatte. „Auf gar keinen Fall!", riefen beide wie aus einer Kehle, „so etwas machen wir nicht – das ist Weiberkram!"

Hugo baute sich vor seiner Großmutter auf: „Wir sind Männer der Stadtwache und keine Blümchenstreuer." Als Anneliese merkte, wie ernst es den beiden war, gab sie dann doch klein bei, um es sich nicht mit ihnen zu verscherzen.

Mit Elfis Mutter Anna und Gundula hatte Anneliese ein wunderschönes Kleid für die Braut genäht. „Die Brautgewandung ist ein himmlischer Traum, du wirst genau wie Simon erstaunt sein." Tilmann hörte seiner Frau zu, dann bemerkte er: „Ich finde das amüsant, dass nach unserem Gesetz für die Kosten der Hochzeit der Vater der Braut aufkommen muss."

„Du denkst immer nur an das Geld", fuhr ihm Anneliese dazwischen, „der arme Rokko muss sich verdammt strecken, um das alles zu finanzieren."

Anna, Elfis Mutter, sah Anneliese fragend an, und beide wunderten sich über Tilmanns Aussage.

Tilmann zwinkerte seinem Sohn Jacub zu und grinste. Er hatte große Lust, seine Frau sowie die anderen Damen ein wenig auf die Schippe zu nehmen: „Ihr wisst ja alle, was nach der Trauung passiert? Elfi begibt sich aus der Muntgewalt ihres Vaters in diejenige des Gatten. Das heißt, dass der Ehemann, also Simon, die volle Gewalt über seine Frau besitzt und sie züchtigen kann, wann immer es ihm beliebt. Weiter bedeutet es, dass die gute Elfi unserem Simon immer zu Verfügung stehen muss, wann immer ihm danach gelüstet. Das muss ich Simon unbedingt nachher noch als Ratschlag mit auf seinen Weg geben."

Gundula und Anneliese starrten Tilmann mit offenem Mund an; Anna dachte: „Um Gottes willen, in was für eine Familie heiratet meine Tochter hier hinein?" Die Damen waren blass geworden über Tilmanns Ausführungen. Dann war es vorbei mit der Beherrschung. Tilmann und Jacub fielen in ein nicht aufhörendes Gelächter, und nun erst verstanden die Frauen, dass die Männer sie auf den Arm genommen hatten, und mussten ebenfalls lachen. „Ihr seid vielleicht ein paar Possenreißer", sagte Anneliese und schlug leicht auf Jacubs Hinterkopf, der immer noch kicherte.

„Meine Güte", sagte Elfis Mutter, „ich dachte doch tatsächlich, Tilmann meint es ernst." Tilmann erhob sich. „Komm, Jacub, wir lassen die Damen alleine weiterplanen; wir ziehen uns ins Kontor zurück. Wir haben noch viel bezüglich der Reise nach Genua zu besprechen – und zeig mir doch bitte einmal unser Hochzeitsgeschenk für das Brautpaar!"

„Moment, Vater, ich muss noch unser Geheimfach am Wagen öffnen; oder glaubst du vielleicht, ich trage die teuren Ringe bei mir?"

„Wie viele nützliche Dinge der Sohnemann doch von mir gelernt hat!"

Dann kam der Freitag, der vieles im Leben von Elfi und Simon verändern würde. Heute sollten sie getraut werden und ein gesegnetes Paar bilden. Die Sonne stand am Firmament und strahlte mit heller Kraft. „Was für ein Tag!", sagte Simon. „Der liebe Gott weiß, dass wir uns heute vermählen."

Familie Wüllenweber stand versammelt vor dem Tor der Stadtkirche. Alle warteten ungeduldig auf das Erscheinen der Braut. Auch Maria und ihr Schmied waren extra für die Hochzeit aus Huckengeswage angereist. Simon hielt ein kleines Seidentuch in der Hand, in dem er die Ringe vor seiner Braut verbogen hielt. Etwa fünfzig Gäste hatten sich bereits eingefunden. An Annelieses Seite standen zwei kleine Mädchen mit gefüllten Körben, bis zum Rand voll mit Wildblumen von den Wiesen rund um Lennep. Anneliese hatte ihren Willen wieder einmal durchgesetzt und die Mädchen in der Nachbarschaft gefunden. Schnell konnte sie deren Eltern von ihrem Vorhaben überzeugen. Doch gute Güte – wie sah ihr Simon denn nur aus! Er hatte sich aus Brügge eine neue Gewandung mitgebracht, nach der neuesten Mode aus Paris. Anneliese konnte nur noch missbilligend den Kopf schütteln: „Du siehst aus wie ein bunter Papagei – oder bist du vielleicht in einen Farbtopf gefallen?"

„Mutter, davon hast du keine Ahnung! Die jungen Männer in Brügge tragen alle diese neue Mode aus Paris. Frankreich ist die wichtigste Großmacht der Mode." Auch Tilmann verstand seinen Sohn nicht wirklich, nur Jacub fand die Garderobe seines Bruders aufregend und amüsant, wie er betonte. Seine Tunika trug er so kurz, dass sie schon beinahe aussah wie eine Jacke. Simon nannte sein Gewand nach der neuesten Mode eine „Schecke". Darüber trug er einen Dupsing, einen ledernen Gürtel mit einer kleinen Nierentasche, sowie seinen Dolch. Die Schecke war in Dunkelgrün gehalten, dazu beigefarbene Beinlinge, die an seiner Brouche befestigt waren, und die neuesten Schnabelschuhe, genau einen Fuß lang. Die langen Spitzen seiner Schuhe hatte er mit Wolle ausgestopft.

„Ja, Mutter", er drehte sich im Kreis, „so lebt man nach dem aktuellen Stand aus Paris auf großem Fuß." Dabei hob er ein Bein, um einen seiner neuen Schuhe zu demonstrieren. Am Vorabend der Hochzeit hatte er sich noch seine Haare bis zu den Ohren kürzen und seit Tagen seinen Bart wachsen lassen. Genau so hatte er es in Brügge bei den jungen Männern gesehen, und genau so wollte er auf seiner Hochzeit auch aussehen. Da es Pflicht war, zur Trauung einen Tasselmantel zu tragen, hielt er diesen gefaltet über dem Arm. Auf dem Kopf trug er ein Chaperon aus roter Seide, das ihm an der rechten Seite bis zum Ohr herunterhing. Nie zuvor hatte sich jemand in Lennep getraut, in solch einer „Kostümierung" zu seiner Hochzeit zu erscheinen. In den Augen der jungen Leute sah man Bewunderung, in den Augen der Älteren eher reine Missbilligung. „Was für ein modischer Firlefanz – der sieht aus wie ein Gaukler", flüsterte ein älterer Lenneper seiner Frau ins Ohr. Das Gemurmel der Gäste wurde lauter, als sie Familie Ronaldi kommen sahen. Elfi hatte sich bei ihrer Mutter und ihrem Vater untergehakt. Langsam schritten sie über den Alter Markt auf die Kirche zu. „Was für eine Schönheit – und was für ein Kleid!", rief Simon voller Erstaunen.

Anneliese sah ihren Sohn an und zog ihn dabei am Ärmel: „Das ist keine Pariser, das ist Lenneper Mode – Kreation Familie Wüllenweber, hergestellt von Gundula, deiner Schwiegermutter und mir." Als Elfi noch einige Schritte von Simon entfernt war, betrachtete er sie voller Bewunderung. Blitzschnell flogen seine Blicke hin und her, um die Schönheit seiner Braut sowie der Hochzeitsgewandung aufzunehmen. Als Untergewand trug sie eine eng an den Körper angepasste Cotte, die sich nach unten stark ausweitete. Beidseitig war sie mit Schnüren unter den Armen festgezogen und verknotet. Da die Kurie gegen solch enge Gewandungen protestierte, dürfte der Herr Pfarrer seine wahre Freude daran haben. Die Farbe der Cotte war in einem hellen Braunton gehalten. Darüber trug sie einen Surkot, einen Überhang, in einem dunkleren Braunton mit einem angedeuteten Brustausschnitt. Von dort ging eine Knopfleiste hinunter bis zum Ende des Überhangs, wo ihre Schuhspitzen witzig hervorlugten.

Eingefasst war dies alles mit Borten, in die farbige Stickereien eingewebt waren. Ihre Arme waren von schleppenden Hängeärmeln umhüllt, über ihrer Hüfte hing genau wie bei Simon ein tief sitzender Dupsing, in dem kleine Glasperlen verarbeitet waren, die im Sonnenlicht einen eleganten Glanz von sich gaben. Ihr Haar durfte sie nicht mehr offen tragen, denn sie kam ja nun unter die Haube. So hatte ihre Mutter Anna ihr lange Zöpfe geflochten und hochgebunden, wo sie unter derselbigen verschwanden. Diese Haube war ein Kruseler, an dessen Rändern ein geraffter, transparenter Schleier hing, der das Darunterliegende nur scheinbar versteckt hielt. Elfis Nackenlinie kam nun voll zur Geltung; im Gesicht hatte sie sich ein wenig ihren Haaransatz ausrasiert. Auch sie war auf dem neuesten modischen Stand.

Rokko übergab jetzt seine Tochter an Simon, der sie vorsichtig an die Hand nahm. Als der Pfarrer kam, schüttelte er nur verwundert den Kopf, sagte aber kein Wort zu ihrem Aussehen, sondern bat sie, die Kirche zu betreten. Beide warfen sich noch schnell ihren Tasselmantel über die Schultern. Unter dem Kinn wurden diese von einer Fibel zusammengehalten. Elfis Fibel zeigte eine besondere Form: die einer geschmiedeten Rose.

„Jetzt du macken meine Tochter glucklich", sagte Rokko mit feuchten Augen. Dann schritten alle hinter dem Brautpaar her und betraten die Kirche.

Weitere Lenneper Bürger fanden sich ein. Da die Kirche bereits bis auf den letzten Platz gefüllt war, standen sie im Vorraum und bis hinaus auf den Alter Markt. Jeder wollte diese einzigartige Hochzeit, dieses Erlebnis hautnah miterleben. Gebete drangen nach draußen, es folgte Gesang, und danach traute der Pfarrer das Paar. Als die Vermählung sich dem Ende zuneigte, bildeten die Bürger vor dem Kirchenportal ein Spalier, durch das die Eheleute schreiten mussten. Die beiden Mädchen streuten dem herausschreitenden Paar ihre Blumen vor die Füße. Freudenpfiffe ertönten, vermischt mit kräftigem Handgeklapper. Die Menschen stürzten sich auf das Paar, um zu gratulieren. Die Wünsche wurden vom Geläut der Glocke unterbrochen. Eine halbe Stunde später machte sich die Hochzeitsgesellschaft unter Jubel auf den Weg zu Rokkos Gasthof. Es waren mittlerweile über hundert Menschen – ob geladen oder nicht, das wurde jetzt an so einem Freudentag nicht mehr infrage gestellt, schließlich gab es heute alles umsonst, was selten genug vorkam. Gundulas Eltern hatten ihren „Goldenen Löwen" für heute geschlossen und halfen ihren neuen Verwandten im Gasthof am Schwelmer Tor. Vier mit Holz gefüllte Feuerkörbe standen vor dem Gasthof und sollten in der Dämmerung angezündet werden. Rokko hatte ein paar junge Burschen aus der Stadt als Bedienung für diesen erlebnisreichen Tag angestellt. Sie gingen im Gasthof sowie davor und in der Gasse umher, um Getränke zu verteilen. Zwischenzeitlich wurden kleine Brotscheiben mit Wurst, Käse und Schmalz gereicht. Schon nach kurzer Zeit stieg die gute Laune merklich noch weiter an. Elfi stand mit Simon inmitten der Gäste, und alle prosteten sich gegenseitig zu.

„Trink nicht so viel – wir wollen nachher noch in unsere neue Wohnung. Ich möchte nicht, dass du in unserer ersten Nacht betrunken bist", flüsterte Elfi ihrem Gatten ins Ohr.

„Ach, Frau Wüllenweber, ich nippe doch nur ein wenig an meinem Glas. Du glaubst doch wohl selber nicht, dass ich mir durch zu viel Wein meine eigene Hochzeitsnacht entgehen lasse – obwohl der lombardische Wein deines Vaters nicht von schlechten Eltern ist", gab Simon zurück. Laute Musik dröhnte aus dem Gasthof, wo vier Spielleute mit ihren Instrumenten die Gäste unterhielten. Manch einer schwang dabei sein Tanzbein. Runde um Runde mit Bier und Wein wurde von den Burschen gereicht, wodurch die Lautstärke noch weiter zunahm.

Nicht allzu weit entfernt, am Gänsemarkt, machten sich die Lenneper Hübschlerinnen bereit. Ursula, Bernadette und Brunhilde zogen ihre tief ausgeschnittenen Gewandungen an und legten größere Mengen an Rosen- und Veilchenwasser auf. Langsam zog die Dämmerung über das Land. „Wir mischen uns gleich ein wenig unter die Leute, aber passt nur auf den Wirt auf. Wenn der uns entdeckt, gibt es gewaltigen Ärger.

Immer schön die Eingangstür im Blickfeld behalten!", ermahnte Brunhilde ihre Freundinnen. Am Gasthof angekommen, verdrückten sie sich auch gleich in einer der Seitengassen, wo kräftige, bereits angetrunkene Handwerksburschen mit ihrem Bier in der Hand herumstanden.

„Seht mal, wer da kommt!", sagte der Zimmermann, und die anderen drehten den Kopf in Richtung der Huren.

„Na, so ganz alleine hier? Habt ihr denn keine weibliche Begleitung?", hauchte Bernadette ihnen mit herausfordernder Stimme zu.

„Oh, jetzt schon. Was möchten die Damen denn trinken?", fragte der Zimmermann.

„Dieser grobe Wirt, Rokko Ronaldi, stammt doch aus der Lombardei, dann hat er doch bestimmt auch den guten Wein aus der Gegend?", fragte Ursula. Zwei der Handwerker gingen los, um den Huren Getränke zu besorgen. So hatten sie ihre Fühler bereits nach den Burschen ausgestreckt, und es war nur eine Frage der Zeit, wann sie mit dreien von ihnen für eine Weile verschwinden würden. „Es könnte ein kostenpflichtiger Abend für sie werden", dachte Bernadette. Ursula sah ihren Stammkunden Karl mit leichtem Ausfallschritt näherkommen und machte sich sofort an ihn heran. Da Tilmanns Vorarbeiter keine anderen Vorlieben hatte, sein Geld auszugeben, außer am Gänsemarkt, nahm sich Ursula direkt seiner an. Sie wusste aus vergangenen Zeiten, dass Karl das nötige Kleingeld immer in seiner Nierentasche bei sich trug. Wie immer begrüßte Karl sie etwas schüchtern. Ursula rieb sich die Hand zwischen den Beinen: „Na, Karl, möchtest du wieder einmal meinen Heiligenschein bewundern?" Scheu nickte er und antwortete etwas frech, was sicherlich am Wein lag: „Dann zeig mir doch einmal deine stramme Reliquie." Ohne zu zögern, ergriff sie seine Hand und verschwand mit ihm zu ihrem Quartier, immer einen Blick auf die Eingangstür des Gasthofes gerichtet, denn wenn sie der Lombarde dabei erwischt hätte, wäre dieses Abschleppmanöver nach hinten losgegangen.

Das Holz der Feuerkörbe brannte bereits; Licht und Schatten spiegelten sich in den Gesichtern der umherstehenden Gäste. Laute Musik und schrilles Gelächter drang durch Lennep.

Die Hochzeitsfeierlichkeiten dauerten bis zum heiligen Sonntag an.

Simon schlug verschlafen die Augen auf, weil ihm etwas in seiner Nase kribbelte. Da sah er, dass es ein paar Haarspitzen seiner Frau waren. Elfi lag noch schlafend neben ihm im Bett.

Da er völlig nackt war, fröstelte ihn nun leicht, und er erhob sich, um sich seine Tunika überzustreifen. Dabei dachte er daran, dass Elfi ihn wirklich nicht getäuscht hatte, und er war stolz, der erste Mann für sie gewesen zu sein. Zwei rauschende Nächte hatten sie miteinander verbracht, Nächte, in denen sich aufgestaute Gefühle entluden. Er ließ seine Elfi schlafen, zog sich leise weiter an und verließ sein neues Zuhause. Heute wollten Jacub, Karl und Robert Frauenknecht ihren Weg nach Brügge antreten. „Zumindest verabschieden muss ich mich von ihnen", dachte er. Er verließ das Haus und ging über den Alter Markt zu seinem Familiensitz in die Wallstraße, wo sie sich treffen wollten.

Die drei Männer hatten bereits das Pferd vor den Wagen gespannt, als er um die Ecke bog.

Jacub verstaute noch schnell einiges an Reiseproviant, den er von seiner Frau Gundula und seiner Mutter Anneliese erhalten hatte. Zunächst hatten sie geplant, die Strecke zu reiten, um schneller voranzukommen, doch dann streikte Robert Frauenknecht, der das Reiten im Sattel nicht gewohnt war. „Dann kann ich mit drei Gäulen alleine zurückreiten – auf gar keinen Fall!", protestierte er. So hatten sie dann doch das Fuhrwerk genommen, um – wie Jacub andeutete – seinen Hintern zu schonen.

„Wie geht es denn meiner Schwägerin?", rief Simon zu Gundula hinüber. Die stand im Türrahmen, fuhr sich mit der Hand über ihren gewölbten Bauch und sagte: „Alles ist gut, Simon!" Neckend fügte sie hinzu: „Nach zwei durchgearbeiteten Hochzeitsnächten wirst du bestimmt auch bald Vater!" Die Männer lachten lauthals, wobei Simon im Gesicht anlief wie eine Pfingstrosenblüte. Hugo und Sven lachten mit, ohne jedoch die Pointe begriffen zu haben. Dann begann das große Verabschieden. Anneliese und Gundula nahmen Jacub in den Arm und drücken ihn kräftig. „Sei mir ja zur Geburt unseres Kindes wieder zurück!", warnte Gundula ihren Mann. Der nickte zwar mit dem Kopf, doch er ahnte, dass es sicherlich später werden würde; er war aber nicht imstande, es seiner Frau jetzt und hier mitzuteilen.

„Wenn ich Jacub und Karl in Brügge aus dem Wagen geschmissen habe und sie an Bord sind, komme ich direkt zurück, um euch alles zu berichten", gab Robert von sich. Hierin sollte er sich gewaltig täuschen … Jacub übernahm die Zügel, der Wagen setzte sich in Bewegung in Richtung Kölner Tor, gefolgt von Jacubs grölenden Kindern Hugo und Sven, den Männern der Stadtwache. Tilmann war nicht erschienen; er hasste solche Verabschiedungen, dachte dabei an seine eigenen Reisen und daran, was er alles erlebt hatte und wie viel Glück auch manchmal dazugehört hatte, gesund und heil wieder zurückzukommen.

Brügge in Flandern.
Als sie die Hafenstadt erreicht hatten, ging Jacub direkt ins Kontor der Hanse zu Jan Poulsen, dem Mann, mit dem er im Vorfelde die Vereinbarungen der Reise getroffen hatte. Mit schnellem Schritt eilte er eine hölzerne Außentreppe hinauf, klopfte an die Tür des Kontors und betrat den Raum. Jan Poulsen saß hinter seinem Schreibtisch, war aber durch Papiere, Schriftrollen und Karten, die auf dem Tisch lagen, kaum zu sehen. Jacub erkannte lediglich den hervorlugenden Haarschopf des Kontorleiters. Dann erschien ein Augenpaar: „Ah der Lenneper Tuchhändler ist zurück! Setzt Euch doch bitte!" Jacub ließ sich auf einen Stuhl nieder: „Und? Bleibt alles wie besprochen?" – „Oh, macht Euch da keine Sorgen, Euer Kahn ist schon beladen." Jacub sah ihn nach dieser Äußerung fragend an. „Wieso beladen sie den Kahn in meiner

Abwesenheit?", dachte er. Jan Poulsen erhob sich und ging an ein Regal, aus dem er eine Schreibunterlage hervorzog. Er hatte den skeptischen Blick seines Gegenübers wahrgenommen. Einem weiteren Fach entnahm er die Frachtpapiere und reichte sie Jacub. „Hier ist Eure Liste mit den Waren, die Ihr hier angeliefert habt. Ihr könnt an Bord gehen, wenn Ihr noch einmal alles überprüfen möchtet. Euer Kahn ist die ‚Eagle of Storm', sie liegt in der ersten Reihe unten am Pier. Kapitän Wilm van Wahle befindet sich an Bord."

„Wann stechen wir in See?", fragte Jacub. „Oh", erwiderte Jan Poulsen, „wie ich den Kapitän kenne, schnellstmöglich. Hier im Hafen kann er ja kein Geld verdienen. Nur zu Eurer Information: Wilm van Wahle ist einer der besten Schiffsführer, die ich kenne, aber auch ein harter Brocken. Disziplin ist eines seiner Lieblingsworte, aber ihr werdet euch schon zusammenraufen." Jacub zog seinen Einzahlungsbeleg hervor: „Und Ihr seid sicher, dass ich mit dem Beleg in Genua mein hier eingezahltes Geld ausgehändigt bekomme?"

Jan Poulsen lachte. „Das ist Eure erste Schiffsreise, liege ich da richtig?"

Jacub nickte. „Macht Euch da keine Sorgen. Das mit dem Bankwesen, das haben schon vor Jahren die Templer so eingeführt, und es hat sich bestens bewährt. In allen bedeutenden Hafenstädten kann ein Kaufmann heutzutage Geld einzahlen oder abheben. So tragt Euren Wechsel am Besten am Leib und gebt gut auf das Papier acht", erklärte ihm der Kontorleiter. „Gut, dann werde ich mir das Schiff ansehen und unseren Fahrer zurück nach Lennep schicken; er ist ja hier nicht mehr vonnöten." Jacub verließ das Kontor und traf sich wieder mit Karl und Robert. „Warte bitte noch einen Moment hier, Robert; ich gehe mit Karl nur schnell die Ladung überprüfen, außerdem möchte ich gerne den Kapitän kennenlernen." –

„Ich werde mir einen Becher Wein gönnen und warte auf dem Fuhrwerk auf euch", sagte Robert und steuerte das nächste Wirtshaus an. Jacub und Karl schlenderten über den Pier zum Schiff hin, zur „Eagle of Storm". Gerade, als sie an Bord gehen wollten, wurden sie von einer lauten, durchdringenden Stimme angefahren: „Was wollt ihr hier?", schrie der Kapitän sie an. Die beiden zuckten zusammen: „Ich bin der Tuchhändler Jacub aus Lennep, und ihr habt meine Waren an Bord – die, die nach Genua gebracht werden sollen."

„Mag ja sein, aber man betritt nie ein Boot, wenn man nicht vorher dazu aufgefordert wird. Ihr müsst euch schon den Regeln der Seeschifffahrt anpassen. Manch ein unbeliebter Zeitgenosse hat dabei schon sein Leben verspielt. Jetzt könnt ihr an Bord kommen", sagte Wilm van Wahle nun etwas ruhiger und hielt ihnen seine Pranke hin.

„Wilm van Wahle; mir gehört das Boot", stellte er sich vor und spielte nach einem kräftigen Schraubstockgriff danach weiter mit den Händen an einem Tampen, wo er versuchte, einige Schnüre auseinanderzuzupfen.

„Jacub Wüllenweber aus Lennep; das hier ist mein Vorarbeiter Karl Stoßberg."

„Da wir ja nun längere Zeit miteinander auskommen müssen, möchte ich euch sogleich die Regeln erklären. Setzt euch doch."

Jacub und Karl setzten sich auf herumstehende Holzfässer.

„Ich bin hier der Schiffseigner, gleichzeitig auch der Kapitän. Hier an Bord bin ich für alles zuständig und trage somit während der Seereise die volle Verantwortung. Alles hört auf mein Kommando. Über die Route oder wann und wo wir an Land gehen, darüber wird gar nicht erst diskutiert. Wenn wir in Genua sind, könnt ihr wieder machen, was ihr wollt. Die Rückreise nach Brügge unterliegt dann wieder meinem

Kommando, habt ihr das begriffen?"

Jacub nickte brav wie ein Klosterschüler. „Eine Frage, Herr Kapitän: Warum habt Ihr Eurem Schiff einen englischen Namen gegeben?"

„Ich bin Holländer, und mein Boot habe ich auf einer Werft in Amsterdam bauen lassen. Mein erster Auftrag nach dem Stapellauf lautete: Waren von Holland nach London zu bringen. Die See im Kanal wurde stürmisch, hohe Wellen bauten sich vor dem Schiff auf, aber mein Boot flog wie ein Vogel über die nassen Kämme hinweg – wie ein Adler im Sturm."

„Eine Frage noch: Wann segeln wir los?", wollte Jacub noch wissen. „Morgen früh bei Sonnenaufgang. Ihr könnt euer Gepäck holen, dann zeige ich euch eure Unterkünfte. Heute Nacht schlaft ihr schon hier unter Deck", befahl er einfach. „Nun gut", sagte Jacub, „wir holen unsere Taschen und schicken unseren Fahrer zurück." Dann erhoben sich die Lenneper und gingen von Bord, zurück zum Fuhrwerk, wo Robert mit einem Becher Wein in der Hand auf sie wartete. „Karl, holst du unsere Taschen von der Ladefläche und bringst sie an Deck des Schiffes? Danach kommst du wieder hierher zurück; wir sehen uns vor der Abreise noch ein wenig in der Stadt um."

Jacub stieg zu Robert auf den Bock: „Und du willst gleich wieder aufbrechen?" – „Ja, je schneller ich aufbreche, desto eher bin ich wieder zurück." – „Sag meinem Vater, dass bis hierhin alles problemlos verlaufen ist. Sag meiner Frau, dass sie auf unser Kind aufpassen soll, aber sag ihr um Gottes willen nicht, dass ich es bis zur Geburt wohl nicht schaffen werde. Ich wäre bei der Entbindung sowieso keine große Hilfe. Und dann sag noch meinen Söhnen, Sven und Hugo, sie sollen unsere Familie tapfer beschützen."

„Wann glaubst du denn, wirst du wieder zurück sein, Jacub?", wollte Robert wissen. „Das ist ganz schwierig zu beantworten. Viele unterschiedliche Faktoren spielen da eine Rolle: Wind, See, Gezeiten auf dem Meer; dann, wie schnell ich unsere Waren in Genua verkaufen kann, wie schnell ich den Freund von Rokko Ronaldi ausfindig mache, diesen Mario da Silva. Von ihm wird es im Wesentlichen abhängen, wie schnell wir an unsere Waren gelangen. Dann folgt noch die Rückreise nach Brügge. Nach unserer Ankunft hier in Brügge schicke ich einen Sendboten nach Lennep, dass ihr mit den Fuhrwerken kommt und die Waren abholt. Also, wann ich nun wieder zurück in Lennep sein werde, ist, wie du gerade gehört hast, nicht im Voraus zu bestimmen. Vielleicht September – oder noch später." Mit diesen Worten beendete Jacub seine Erklärungen. Dann kam auch schon Karl zurück. Die Männer verabschiedeten sich voneinander, Robert schlug den Zügel auf den Rücken des Pferdes, und der Gaul trabte los.

„Jetzt sehen wir uns hier erst einmal um, gönnen uns ein paar Becher Wein und essen eine Kleinigkeit, bevor wir wieder an Deck gehen", schlug Jacub vor.

Die beiden schlenderten über den ausladenden Handelsplatz, auf dem wohl täglich der Markt stattfand, eingefasst von traumhaft schönen Wohngebäuden mit vielfach verzierten Fassaden und farbenprächtigen Anstrichen, die den Häusern ein ganz besonderes Aussehen verliehen. Immer wieder wurden die Straßen und Viertel von den Grachten mit ihrem stehenden Wasser unterbrochen. Kleine Holzbrücken führten an vielen Stellen auf die gegenüberliegenden Seiten, Parkbänke luden zum Verweilen ein. „Seht, Herr Wüllenweber, dort drüben die ganzen Handwerksstände", rief Karl voller Begeisterung. „Karl, wie lange kennen wir uns jetzt? Ich möchte, dass du Jacub zu mir sagst und mit diesem edlen Getue aufhörst, hast du mich verstanden?" Sein Vorarbeiter lachte ihn an: „Ja,

Herr Jacub." Überall sprang einem die Reichhaltigkeit des Lebens ins Auge. Diese Stadt war anders als Colonia, diese Stadt war eine pulsierende Hauptschlagader. Als sie die Stände erreicht hatten, stoppten sie ihren Fußmarsch, um sich ein wenig genauer umzusehen. „Was macht der denn da?", fragte Karl. „Das habe ich vor Jahren einmal in Colonia gesehen: Der Mann fertigt Kettenhemden und Hauben, er nennt sich Sarwürker, das ist seine Berufsbezeichnung."

Auf dem Tisch vor ihm standen Holzkisten, in denen sich unzählige Eisenringe befanden, die unter Mithilfe einer Zange miteinander verbunden wurden. „Könnt Ihr meine Sprache verstehen?", fragte ihn Jacub.

Der Mann sah hoch und nickte. „Wie lange arbeitet Ihr denn an so einem Kettenpanzer?", wollte Jacub wissen. Der Mann streckte alle zehn Finger in die Luft. „Zehn Monate, min Herr", sagte er freundlich. „Vielen Dank." Sie schlenderten zum nächsten Stand, wo ein Seiler eine merkwürdige Konstruktion aufgebaut hatte. Vier dünne Seile, die über ein Gerüst liefen, wurden miteinander verdreht und zu einem dicken Seil verbunden. Die Seeleute nannten es auch Tampen. Nebenan waren die Stände der Riemer, Sattler und Beutler. Der Beutler fertigte Ledertaschen und -handschuhe für Frauen, die er mit Ambra einparfümierte.

An den Fassaden waren größere Wappen angebracht – ihre Gildenzeichen, die auf das Berufsbild hindeuteten. Jacub und Karl überquerten den Markt und blieben an einem Fischstand stehen. „Die riechen überall gleich", meinte Karl. In der Auslage waren Plattfische wie Schollen, Butte und Seezungen übereinandergestapelt. Daneben lagen fette Aale in einer Reihe aneinandergereiht, gefolgt von weiteren Fischen und Krabbeltieren, die die beiden zum Teil nicht kannten. Auf einem weiteren Tisch hatte der Fischer sein Räucherwerk ausgebreitet. Als sie weitergingen, erblickte Jacub das Versammlungsgebäude der Hanse, das Haus der Osterlinge – ein repräsentatives Prachtgebäude der Hanse. „Hier wurde und wird bestimmt, was mit der Hanse und deren Händlern geschieht. Hier werden Verträge abgeschlossen, Waren gehandelt und weiterverkauft, hier wird über Reichtum und Armut entschieden. Mancher zu ehrgeizige Kaufmann ist hier in seinen eigenen Untergang gestolpert. Andere wiederum haben es zu riesigem Vermögen gebracht und sind in den Tempel des Wohlstandes aufgestiegen", erklärte Jacub. Karl war begeistert von dieser Stadt, er sah sich ständig in allen Richtungen um, konnte die ganzen Eindrücke überhaupt nicht alle in sich aufnehmen. „Und die Menschen hier, die sind fast alle so gewandet wie Simon bei seiner Hochzeit – alles ganz modern, oder?" Jacub musste lachen: „Das ist wohl wahr", sagte er, „wenn man sich die Leute hier betrachtet, kommt man sich selbst vor wie ein armer Bauersmann." Dann gingen sie in eine Taverne, um endlich ihren Hunger zu stillen.

Kapitel 24

Irgendwo an der Atlantikküste vor Spanien. Jacub hatte sich gewaltig in seinem Vorarbeiter getäuscht. Er hatte gedacht, dass Karl seekrank würde, so wie es seinerzeit ihm selbst ergangen war, als er damals mit der Kogge nach Norwegen segelte. Doch Karl dachte überhaupt nicht daran, sich auch nur ein einziges Mal zu übergeben. Jacub hingegen hing immer und immer wieder an der Reling, um sich zu erleichtern; Karl indessen war die meiste Zeit an Deck und ging den vier mitsegelnden Seeleuten zur Hand. Kapitän Wilm van Wahle herrschte an Bord mit eiserner Hand. Seine Mannschaft spurte, wenn er eine Order ausgab, und niemand wagte, auch nur seine Befehle anzuzweifeln. In der Stadt Bordeaux waren sie angelandet, um frisches Wasser und einige Vorräte zu bunkern. Am nächsten Tag ließ der Kapitän jedoch gleich wieder ablegen. Seit zwei Tagen ging es Jacub etwas besser, sodass er nun einen Versuch unternehmen wollte, an Deck zu gehen. Zunehmend wurde es wärmer, das Meer änderte stets sein Blau – von zartem Türkis über ein helles Blau bis in ein dunkles Blaugrau. Über dem Boot flog ein Schwarm kreischender Möwen mit, immer auf der Lauer, den einen oder anderen Essensbrocken zu erhaschen, der über Bord geworfen wurde. Im Krähennest hoch oben am Mast hatte Kapitän Wilm van Wahle einen Seemann positioniert, der stets nach allen Seiten Ausschau hielt, um vor eventuell aufkommenden Gefahren zu warnen. Es ging um kleinere vorgelagerte Inseln, Untiefen oder um Piratenschiffe, die ihr Unwesen trieben. „Na, junger Wüllenweber – wieder unter den Lebendigen?", fragte der Kapitän den mit fadem Gesicht erschienenen Jacub. „Ja, im Moment geht es etwas besser", gab Jacub mit leiser Stimme zurück. „Wenn wir Gibraltar umsegelt haben, dürfte der Spuk vorbei sein, dann herrschen andere Winde als hier im rauen Atlantik. Auch werden die Wellen dort kleiner sein", stellte der Kapitän in Aussicht. Jacub ging zum Trinkwasserfass, um sich einige Kellen des edlen Nasses zu gönnen. Er fühlte sich wie ein ausgetrockneter Schwamm. Durch das ständige Erbrechen war er komplett ausgetrocknet; die Zunge hing ihm wie festgeklebt am Gaumen, die Lippen waren aufgeplatzt. Als Wilm van Wahle ihn beobachtete, sagte er: „Geh zum Fass mit dem Schweinefett und schmiere dir davon was auf die trockenen Lippen." Karl trat auf ihn zu: „Und, geht es wieder, Jacub?" Der nickte wie ein Häufchen Elend, steckte seinen Finger ins Fass und wischte sich das schmalzige Zeugs über die Lippen.

Als die Glocken läuteten, öffnete der Pfarrer die Holzpforte, und die Gemeinde betrat den Vorplatz der Stadtkirche. Jedem herauskommenden Gotteshausbesucher gab er die Hand und murmelte ein paar fromme Sprüche. Die meisten Lenneper schlenderten in Richtung „Goldener Löwe" um dort ihren Stammtisch aufzusuchen. Die Rosenbaums hatten sich mit den Ronaldis abgesprochen, dass sie ihren Gasthof am Sonntag im Wechsel geöffnet hielten. So gab es keinen Neid und keinen Konkurrenzkampf unter ihnen. Nächsten Sonntag trafen sich die Bürger dann wieder bei den Ronaldis. Tilmann schritt voran, neben sich seine Anneliese und Gundula, gefolgt von den Ronaldis und Elfi mit Simon. Gerold vom Steinberg ging zusammen mit Heinrich Kottsieper, danach kamen weitere Gemeindemitglieder. Sorgenfalten machten sich in ihren Gesichtern breit. Alle befanden sich in einem Zustand der Schwebe. Keiner wusste, wie es weitergehen sollte. Robert Frauenknecht war von seiner Reise nach Brügge nicht mehr zurückgekehrt. Was war mit Jacub und Karl?

Waren sie an Bord des Schiffes? Oder sind alle drei schon auf dem Weg nach Brügge überfallen worden? Und wenn ja: warum? Sie hatten doch nur einen leeren Wagen bei sich, keinerlei lohnenswerte Waren dabei. Oder war nur Robert verschwunden? Er hätte schon seit Langem zurück sein müssen. Diese Ungewissheit zermürbte die Gemeinde, und schließlich noch die Frage: Was war mit ihren Waren, die in Brügge gelagert waren, und mit dem Wechsel, den Jacub bei sich trug? Die Lenneper nahmen am großen Stammtisch Platz und bestellten sich ihr Essen und die Getränke. Gundula ging auf direktem Weg zu ihrer Mutter in die Küche, um ihr ein wenig behilflich zu sein. Ihr Bauch hatte sich prächtig entwickelt, aber diese Ungewissheit macht ihr sehr zu schaffen. „Lebt mein Jacub überhaupt noch?", dachte sie fortwährend – dieser Gedanke quälte sie jeden Tag. Als sie alleine in der Küche war, setzte sie sich an den Tisch, dabei blickte sie auf die Türe des Hinterausganges. Ein Lächeln huschte kurz über ihr Gesicht. „So viele Jahre ist das nun schon her", dachte sie. Damals, als sie und Jacub noch fast Kinder waren, da war der Hinterausgang ihr heimlicher Treffpunkt gewesen. Hier trafen sie sich und verschwanden gemeinsam in den Wald, wo sie ihre ersten Liebkosungen austauschten. Gundula merkte, dass ihr vereinzelte Tränen über die Wangen liefen. Dann erhob sie sich, fuhr sich mit den Händen durchs Haar und schüttelte die Gedanken von sich.

Am Stammtisch gab es – wie so häufig in letzter Zeit – nur das eine Thema: Wo waren die Lenneper Männer geblieben? Wortfetzen flogen über den Tisch; die Männer wechselten diverse Meinungen, bis Tilmann sagte: „Hört mir zu, ich werde euch meine Darstellung erklären. Dass man alle drei überfallen hat, halte ich für sehr unwahrscheinlich. Es hätte ja auf den Weg nach Brügge passieren müssen, denn nur da waren sie zusammen. Sie hätten also das Kontor und den Hafen nie erreicht, und in dem Fall – so glaube ich – läge bereits eine Nachricht der Hanse auf meinem Tisch im Rathaus. So ein Überfall würde sich außerdem sehr schnell herumsprechen. Meine Version ist folgende: Jacub und Karl sind an Bord gegangen und schippern irgendwo auf dem Atlantik umher in Richtung Genua. Robert Frauenknecht ist alleine von Brügge zurückgefahren, und ihn hat man unterwegs überfallen, ja vielleicht sogar ermordet – könnte ja auch sein aus Wut, weil er keinerlei Waren bei sich hatte – deshalb haben die Räuber ihre Enttäuschung bei ihm abgelassen. Sie haben meinen Wagen und mein Pferd gestohlen und den guten Robert irgendwo verscharrt. Das ist das, was ich denke", sagte Tilmann. „Das scheint mir auch am naheliegendsten zu sein", gab Heinrich Kottsieper von sich. Auch Gerold vom Steinberg und die anderen nickten zustimmend. Tilmann Wüllenweber hatte, seit er Bürgermeister der Stadt Lennep war, viel Gutes für die Bürger getan; deshalb lauschten die Männer seinen Worten und stellten ihr Gespräch sofort ein, wenn er etwas zu sagen hatte, was jetzt erneut der Fall war. „Bürger von Lennep, wir werden erst eine Antwort erhalten, wenn das Boot von Genua wieder in den Hafen von Brügge zurückgekehrt ist; dann – so habe ich es mit meinem Sohn besprochen – wird er einen Sendboten zu uns schicken, um die Waren abholen zu lassen." – „Ihr könnt ja noch ein wenig dem Weine zusprechen", sagte Anneliese, „aber ich mache mich auf den Heimweg, um nach den Jungs zu sehen. Hugo und Sven haben komischerweise immer, wenn Kirchtag ist, ganz wichtige Dinge mit unseren Schäfern zu erledigen." Auch Simon und Elfi erhoben sich. „Dann tratscht noch eine Runde, aber sauft nicht so viel", ermahnte sie Simon und kicherte dabei. „Wie sprichst du denn mit erwachsenen Männern!", sagte Heinrich und deutete einen Fußtritt in dessen Hintern an. Lachend, Hand in Hand und frisch verliebt, verließen die beiden den „Goldenen Löwen."

„Heilige Maria Magdalena! Was herrscht hier eine Hitze! Der Schweiß rinnt mir in Sturzbächen den Körper entlang", stöhnte Jacub. Wilm van Wahle gab ein lautes Lachen von sich: „Der Juli ist der heißeste Monat hier in der Lombardei." Mit langsamer Fahrt fuhr die „Eagle of Storm" in den Hafen von Genua, um an einem freien Platz am Pier festzumachen. Zwei Seeleute sprangen geschickt von Bord auf den steinernen Pier; in ihren Händen hielten sie die Tampen, mit denen sie das Boot festzurren sollten. „Alles klar, Herr Kapitän!", rief der Matrose. „Boot ist vertaut." Jacub und Karl sprangen vom Boot auf den Pier, um sich etwas die Beine zu vertreten, aber auch, um sich ein wenig umzusehen. „Ist das angenehm, endlich wieder herumzulaufen ohne diese Schaukelei!", rief Jacub. Hier, von der Seeseite gesehen, sah die Stadt aus, als hätte man sie vor ein riesiges Bergmassiv geklebt. Dicht an dicht standen die Häuser entlang der Meeresküste, nach hinten ansteigend bis zu den Ausläufern des Gebirges. Jacub hatte sich mit Kapitän Wilm van Wahle ein wenig angefreundet. Zeit hatten sie zur Genüge gehabt und oft bis in die späte Nacht miteinander diskutiert – über die Probleme der Welt, über Lennep und den Tuchhandel, über die Hanse. Wilm van Wahle berichtete Jacub von seinen Reisen auf dem Meer und von den Städten, die er kennengelernt hatte. Auch erzählte er Jacub, dass er einmal für ein Jahr in Mailand gelebt hatte: „Hab' da so eine schwarzhaarige Braut gehabt, die Beziehung ist aber in die Binsen gegangen. Zumindest spreche ich die Sprache dadurch recht gut." So baute sich zwischen den beiden Männern etwas Vertrauliches auf. „Jetzt kommt der wichtigste Teil des Unternehmens: Wie verkaufe ich unsere Ware und wie finde ich Mario da Silva?", erklärte Jacub dem Kapitän. „Immer langsam mit den jungen Pferden", sagte Wilm, „Ihr habt doch seine Adresse. Wir schicken jemanden, der ihn aufsucht, um ihn dann hier in den Hafen zu unserem Boot zu begleiten, wo Ihr mit ihm Kontakt aufnehmen könnt. Oder habt Ihr etwa vor, Euch in dieser Stadt alleine auf die Suche nach ihm zu machen? Ohne die Sprache zu kennen, seid Ihr aufgeschmissen. Glaubt mir, ich kenne dieses Italien recht gut." – „Ich glaube, Ihr habt recht, Kapitän." – „Mein junger Kaufmann, Ihr dürft nicht vergessen, dass hier in der Lombardei die Zeit um einiges langsamer verläuft als bei euch im Frankenland." Am Pier nebenan kamen gerade drei genuesische Fischer von ihrem Fang zurück. Mehrere Jungs rannten den Booten entgegen, um ihnen die vollen Körbe mit Fischen abzunehmen, die sie sorgfältig auf dem Pier aufreihten. Am übernächsten Anleger lagen außergewöhnliche Schiffe, auf denen sich dunkelhäutige Gestalten zu schaffen machten. Um ihre Köpfe hatten sie helle Tücher gewickelt. Wilm van Wahle sah, wie Jacub die Männer beobachtete. „Das sind Muselmanen; sie kommen aus den arabischen Ländern. In den meisten Fällen bringen sie die begehrten Gewürze wie Muskatnüsse, Zimt, Pfeffer und so manches fremde Gewürzzeugs, aber auch die schmackhaften Datteln. Damit kann man verdammt gutes Geld verdienen. Der Adel reißt sich förmlich um diese importierten Waren." Der Kapitän räusperte sich, zog einen dicken Schleimpfropf hoch und spie ihn ins Meer. „Für die Fische", sagte er beiläufig. „Datteln habe ich schon des Öfteren gegessen, ich weiß aber überhaupt nicht, woher sie kommen und wo sie wachsen", sagte Jacub. – „Die wachsen nur in den orientalischen Ländern. Es sind haushohe Palmen, von deren Stamm vereinzelte Äste abzweigen, an denen die Datteln zu Hunderten hängen. Durch ihren hohen Zuckergehalt sind sie sehr lange haltbar." Dann pfiff er auf zwei Fingern. Einer der Burschen von dem Fischerboot blickte auf, als Wilm van Wahle ihm zuwinkte und etwas in ihrer Sprache rief. Der Bursche nickte und kam kurze Zeit später zum Boot. „Den schicken wir los, deinen Mario da Silva zu holen." Wilm van Wahle holte sich ein Stück Pergament: „Zeigt mir einmal Euren Zettel." Jacub griff in seinen Nierenbeutel und hielt ihm das Papier von Rokko Ronaldi hin. Der Kapitän schrieb die Adresse auf sein Pergament: Mario da Silva, via Emillio 3. Eifrig schrieb er noch einige weitere Sätze nieder. „Wie heißt der Freund von diesem Mario?" – „Rokko Ronaldi", sagte Jacub. Dann setzte der Kapitän noch zwei weitere Sätze darunter und rollte das Pergament zusammen. Als der Bursche am Boot war, sprach der Kapitän einige Worte zu ihm. Der antwortete und nickte, hielt dabei seine Hand auf. Jacub verstand, dass der Bursche für seine Dienste Geld haben wollte, und griff in die Tasche. „Jacub, steckt Euer Geld fort, das bekommt er erst, wenn er mit deinem Mario zurück ist. Wie gesagt, wir sind hier in Italien – hier zahlt man erst nach vollbrachter Tat. Wenn Ihr ihm das Geld vorher gebt, werdet Ihr ihn aller Wahrscheinlichkeit nach nicht mehr wiedersehen." Der Bursche nahm das Pergament vom Kapitän entgegen, dreht sich um und eilte mit schnellen Schritten von dannen. „Seht Ihr, so geht man mit den Italienern um", lachte Wilm van Wahle.

Am späten Nachmittag war der Bursche tatsächlich zurück, und neben ihm ging ein äußerst gut betuchter Herr. „Das ist er", sagte Jacub zum Kapitän. Gerade wollten Jacub und der Kapitän von Bord gehen, um den Genueser zu begrüßen, da rief Karl hinter Jacub her: „Denk daran, Jacub, das Bier sollte schnellsten verkauft werden; es ist hier verdammt warm. Ich befürchte, es könnte schlecht werden, wenn es nicht bald gekühlt wird, und das wäre ein Fiasko." – „Ich werde es im Auge behalten", gab Jacub zurück. Als sie auf dem Pier standen, waren auch schon die beiden am Boot. Mit herzlicher Freundlichkeit wurden Jacub und der Kapitän von Mario da Silva begrüßt. Nun merkte Jacub zum ersten Mal, wie schnell eine Sprache gesprochen werden kann. Dieses Italienisch wirkte auf ihn wie ein vom Felsen herabstürzender Wasserfall. Mario da Silva sah ihn während des Gespräches des Öfteren freundlich an. Er war nach der neuesten Pariser Mode gekleidet. Er trug eine samtene Kopfbedeckung mit einer Pfauenfeder, eine edle Kukulle mit einem kleinen Pelzbesatz und eine Anzahl von Ketten um den Hals. „Bei der Hitze tragen sie hier auch noch Pelz", dachte Jacub, „das muss wohl ein Statussymbol sein, um zu zeigen, was man hat und wer man ist." Plötzlich ging Mario da Silva auf Jacub zu, nahm ihn in den Arm und gab ihm einen Kuss. Der errötete und wusste nicht, wie ihm geschah. „Keine Panik", sagte der Kapitän, „das ist hier bei Freunden so üblich – das machen alle Genueser und Italiener so; es ist ein Zeichen von Zuneigung." Karl sah dem Ganzen zu und wäre beinah geplatzt vor Lachen über diesen Männerkuss. „Komische Menschen, diese Genueser", dachte er, „igitt – wie kann man nur Männer küssen!" Dann bat der Kapitän Mario, an Bord zu kommen. Währenddessen sprachen sie weiter miteinander, bis Wilm van Wahle Jacub ansah und sagte: „Ich habe ihm von deiner Ware unter Deck erzählt; er würde sie sich gerne einmal anschauen." Gemeinsam stiegen sie die Leiter hinunter. Jacub erklärte Mario da Silva den Inhalt der Fässer, wobei der Kapitän als Übersetzer behilflich war. Der Genueser wandte sich erneut an den Kapitän, dann sprudelten ihm die Worte aus dem Mund hervor und Wilm van Wahle nickte nur mehrere Male mit dem

Kopf. „Er möchte, dass wir ihn am Samstagabend in seinem Haus besuchen; also er lädt uns zum Essen ein. Zur Vesper schickt er uns einen Wagen; weiter meinte er, er wolle alle Waren von dir aufkaufen." Mario legte seine Hand auf Jacubs Schulter: „Buttare giu un bicchiere di birra", kreiste dabei mit seiner Hand kreisrund über seinen Bauch. „Birra, Birra molto bene." – „Was sagt er?", fragte Jacub. „Ich glaube, wenn ich es richtig verstanden habe, er will am Samstag mit uns ein Bier kippen." – „Sag ihm recht herzlichen Dank, selbstverständlich nehmen wir seine Einladung an!" Der Kapitän übersetzte erneut, und Mario da Silva zeigte noch einmal auf die Fässer, dabei rieb er Daumen und Zeigefinger aneinander. „Ich denke", sagte Wilm van Wahle, „ er will einen Preis von dir." – „Am Samstag bekommt er von mir eine Liste sowie ein Angebot. Sag ihm noch, dass auch ich manche Güter von hier mitnehmen möchte und dass wir alles miteinander verrechnen könnten." Der Kapitän übersetzte, und Mario da Silva lauschte seinen Worten. „Si, si, is possibile." – „Frag ihn", sagte Jacub weiter, „ob er uns Gewürze sowie Tuche verkaufen kann." Weitere Worte wurden gewechselt. „Nach dem Essen am Samstag möchte er uns gerne sein Lager zeigen, du kannst dir dann aussuchen, was du alles benötigst. Was er nicht vorrätig hat, kann er schnellstens besorgen. Er hat eine große Familie und viele gute Brüder, die alle im Handel tätig sind." – „Vielleicht küssen die auch so gut …", meinte Karl aus dem Hintergrund.

Tilmann hatte mit seinen Enkelsöhnen eine Strohpuppe zusammengebunden und diese an der Scheunenwand als Zielscheibe befestigt. Hugo und Sven waren angestrengt bei der Sache, diesen Strohfeind gezielt mit ihren Pfeilen zu vernichten. „Der ist von mir", rief Hugo, ließ dabei seinen

Pfeil von der Schnur zischen, dessen Spitze sich im Bauch der Puppe versenkte. „Volltreffer!", rief Tilmann. „Hier ist dein Volltreffer", sagte Anneliese, die gerade die Scheune betrat. „Sven, Hugo, mitkommen! Ich habe einen Auftrag für euch." – „Großmutter, nicht jetzt, wir kämpfen gerade gegen die feindlichen Sarazenen", nörgelte Sven. „Genau, der ganze Stall ist voller Feinde, überall lauern diese Moslems", half Hugo seinem Bruder. „Ihr könnt nachher weiterspielen, jetzt geht zur Hebamme und bittet sie, zu uns zu kommen. Eure Mutter hat ein Ziehen im Bauch. Es könnte sein, dass euer Geschwisterchen unterwegs ist. Schnell, beeilt euch!" Die Brüder warfen ihre Bögen ins Heu und rannten los. „Glaubst du, es ist schon so weit?", wollte Tilmann wissen. „Schwer zu sagen, aber die Wehen setzen häufiger ein. Es kann aber auch noch einige Zeit dauern, man weiß ja nie." – „Es ist aber schon sicherer, wenn Mutter Martha einmal nach ihr sieht – da hast du recht, mein Hase." – „Und denkst du noch an deinen alten Freund Robert Frauenknecht?" – „Leider kommen die Gedanken an ihn immer seltener. Ich glaube kaum noch daran, ihn jemals lebend wiederzusehen. Zu lange ist er schon spurlos verschwunden. Im Moment zählt für mich nur, dass Jacub und Karl gesund wieder in Lennep erscheinen", sagte Tilmann. – „Natürlich, was könnte schöner sein, als unseren Jungen zurückzubekommen und dann noch ein gesundes Enkelkind dazu", sagte Anneliese. Sie nahm ihren Mann an die Hand: „Gehört Bogenschießen eigentlich auch zu den Arbeiten eines Bürgermeisters?" Dann gingen sie gemeinsam ins Haus.

Ein reich verziertes Fuhrwerk hielt am Pier, und ein gut gekleideter Mann ging zur „Eagle of Storm". Auch der Kapitän und Jacub hatten sich ihre beste Gewandung übergeworfen.

Karl würde nicht mit ihnen gehen, was ihm auch lieb war. Er solle bei den Matrosen an Bord bleiben. „Lasst ja den Kahn hier nicht ohne Aufsicht liegen, sonst reiße ich euch die Köpfe ab", war der letzte Befehl ihres Kapitäns, bevor sie in den Wagen stiegen und davonfuhren. So weit war sein Haus gar nicht vom Hafen entfernt, vielleicht fünfzehn Minuten. Sie fuhren durch einige enge Gassen, bogen drei Mal ab und standen auch schon vor einem gewaltigen schmiedeeisernen Tor. Via Emillio 3. Geschrieben in einer Schrift aus Eisen, quer über dem Tor, darüber der Name: Villa da Silva. Der Fahrer stieg vom Wagen und schob die beiden Tore auseinander. Vor ihnen machte sich eine geräumige Auffahrt breit, die leicht ansteigend zu einem Prachtbau führte, der schon vom Tor aus zu erkennen war, beidseitig gesäumt von haushohen Palmen, dazwischen rot blühende Hibiskussträucher. Dahinter schloss sich eine große Wiese an, auf der man in gewissen Abständen schlanke Koniferen gepflanzt hatte. An der Fassade der Villa wucherten in bunten Farben fast bis zum Giebel hoch wachsende Bougainvillea-Sträucher. Wie mit kleinen Füßchen krallten sie sich am Putz der Fassade fest. Der Wagen hielt vor einem großen Portal. Mario da Silva stand vor ihm und winkte ihnen zu. Kurze Zeit später kam eine bildhübsche Frau aus dem Haus, die nach seiner Hand griff. „Was für ein Weibsbild!", sagte der Kapitän leise zu Jacub. Sie trug eine zierliche Haube auf dem Haupte, aus der ein langer, pechschwarzer Zopf bis tief in ihren Rücken hing. Ein schwarzes Augenpaar funkelte den Gästen entgegen. Ihr Unterkleid und die Gewandung strahlten in gelben und weißen Farbtönen. Quer verlaufende eingestickte Goldfäden gaben dem Ganzen ein besonderes, edles Aussehen. Ihre vollen Lippen leuchteten rot, dieses Rot bedeutete Kraft. Es war die Farbe des Feuers, der Liebe und der Festlichkeit. Man nannte es das Spanische

Rot, das aus Schildläusen gewonnen wurde, die auf Kakteen lebten.

Jacub und der Kapitän wurden von den da Silvas herzlichst begrüßt. Marios Kuss schenkte er wenig Beachtung, doch den seiner Frau schien Jacub zu genießen. Wie weich und anschmiegsam sich ihre Lippen anfühlten! Dann betraten sie das Haus. Jacub sah sich mit Begeisterung um. „Hier wohnt ein Händler, ein Kaufmann mit richtig viel Geld", dachte er. Er sah sich um, dann streckte er seinen Daumen in die Luft, so wie bei den Gladiatorenkämpfen im alten Rom. „Wunderschön, bezaubernd, stilvolle Einrichtung!" Mario führte sie zu einem Esstisch aus edlem Holze, mit Einlegearbeiten und Schnitzereien verziert, an dem Platz für acht Personen war. Die dazugehörigen Stühle hatten am Ende der Armlehnen geschnitzte Löwenköpfe. Schwere Truhen und Schränke standen an den Wänden, darüber hingen Teppichen aus dem Orient. Aber irgendwie flogen Jacubs Blicke immer wieder zurück zu dieser wunderschönen Frau. Dann stellte Mario sie endlich vor: „Mia Moglie, Claudia." Die Dame des Hauses nickte den Männern kurz zu und verschwand in einem anderen Raum. Mario bat die Männer, sich zu setzen. Dann betraten zwei Dienstmägde den Raum; die eine trug einen Krug Wein, die andere einen weiteren mit Bier. Mario sprach eine Weile mit dem Kapitän, der dann Folgendes übersetzte: „Ihr sollt den Mägden Anweisungen geben, was ihr trinken möchtet; sie werden euch bedienen. Gleich wird das Essen aufgetragen, später dann könnt ihr über das Geschäft reden." Eine weitere Magd betrat den Raum; in ihren Händen hielt sie eine Suppenschüssel, die sie mittig auf den Tisch stellte: „Zuppa de Cozze", sagte Mario lächelnd und deutete der Magd an, die Teller zu füllen. Jacub sah leichenblass auf seinen Teller. „Was schwimmt denn da umher?", dachte er, „und dann der Name

Cozze!" – er war völlig irritiert. Wilm van Wahle bemerkte Jacubs Unsicherheit. „Keine Angst, was da so herumschwimmt, das sind Muscheln und andere Krustentiere; es ist nicht das, wonach es in eurer Sprache klingt!" Jacub machte sich ans Werk und schielte dabei des Öfteren zu seinem Gastgeber. Von ihm wollte er abgucken, wie man diese Meeresungeheuer vertilgt. Dieser griff mit den Händen in die Suppe, nahm ein Krustentier heraus und entfernte mit einem geschickten Dreh dessen Schale. Jacub und der Kapitän ahmten die Vorgehensweise ihres Gastgebers einfach nach. Die leeren Schalen warfen sie auf einen bereitstehenden Teller. Und schmackhaft war das Getier, stellte Jacub bald fest.

Es folgte ein weiterer Gang, wieder so ein Ungeheuer, diesmal aber viel größer als seine Verwandten aus der Suppe – fast eine Elle lang. „Was ist das denn, bitte schön!", fragte er den Kapitän. „Oh, etwas ganz Edles: Das ist eine Languste. Im Inneren sitzt fantastisches, weißes Fleisch." – „Gute Güte, hier braucht man ja Werkzeug beim Essen!", dachte Jacub. Weitere Gänge folgten: Zucchini, Gurken, Auberginen, Papayas, Avocados – von alldem hatte Jacub keinen blassen Schimmer. So etwas kannte er nicht, hatte er noch nie in seinem Leben gesehen, geschweige denn gegessen. Aber anstandshalber aß er von allem ein wenig und wurde sogar satt. Nun gesellte sich auch wieder Marios Frau zu ihnen. Regelmäßig wurden ihre Becher von den Mägden gefüllt, wodurch die Stimmung sich um einiges entkrampfte. Mario stellte eine Frage nach der anderen, und Wilm van Wahle übersetzte fleißig. So erzählte Jacub ihm alles über Marios alten Freund Rokko Ronaldi, von seinem Lenneper Gasthof und dass sein Bruder Simon mit Rokkos Tochter Elfi vermählt war.

Dann gingen die beiden Händler zum geschäftlichen Teil über. Jacub reicht ihm die Liste mit seiner gesamten Ware, dazu den Preis, den er haben wollte. Nun begannen die Verhandlungen. Es wurde hin und her gerechnet, Zahlen addiert und wieder gestrichen, bis sich die beiden nach einer weiteren Stunde geeinigt hatten. Nun forderte Mario die Gäste auf, ihm zu folgen. Sie gingen durch weitere Zimmer zur Hintertüre, durchquerten einen parkähnlichen Garten und standen vor einer riesigen Lagerhalle, die halb in den Berg geschlagen und gemauert war. Im vorderen Bereich der Halle lagerten unzählige Tuchballen in verschiedenen Mustern und Farben. Jacub konnte es kaum glauben, als er die Tuche betastete; er wusste, dass hier alles aus der berühmten Merinowolle gewebt war. Im Anschluss daran zeigte ihm Mario seine Weinvorräte, dann die Gewürze und die Kisten mit Datteln. Jacub schrieb sich die Preise der einzelnen Waren auf, verglich danach seinen geplanten Einkauf mit dem Geld, das er für seine Ware erhalten würde, dann noch mit dem Geld, das er auf dem Wechsel stehen hatte. Einen kleinen Rest würde er für die Rückfahrt in Reserve halten. Mario da Silva unterhielt sich nun etwas länger mit dem Kapitän, der dann erneut übersetzte. „Zuerst laden wir unser Boot aus. Der Herr schickt uns Fuhrwerke an den Pier, um die Waren abzuholen. Unsere neue Ladung wird in der Dunkelheit angeliefert, damit es keine Probleme gibt. Die Merinowolle sowie die fertigen Tuchballen unterliegen einem Ausfuhrverbot. In Spanien steht sogar die Todesstrafe auf den Weiterverkauf an nicht spanische Händler. Wo kein Zeuge, da kein Richter. Was ihr dann im Frankenland mit der Ware anstellt, ist Herrn da Silva egal. Wir sind nicht die ersten Händler der Hanse, die bei ihm Merinotuche mehr oder weniger heimlich einkaufen." Jacub sah Mario an, auf dessen Gesicht sich ein durchtriebenes Lächeln breitmachte: „Capitche, Signore Wullenweber?" – „Capitche, Signore da Silva", gab Jacub zurück. „Ah", sagte Wilm van Wahle, „der Herr aus

Lennep hat schnell gelernt!" So wurden sich die Händler zügig einig und verabredeten sich für den kommenden Montag am Pier. Gegen Matutin wurden sie von dem Fahrer zurück zu ihrem Boot gebracht. Jacub durfte noch einmal für den Bruchteil einer Sekunde die vollen Lippen von Claudia da Silva auf seiner Wange spüren.

„Aaaaah!", ein lauter Schrei drang aus der Wohnstube der Wüllenwebers. „Schweißgebadet stöhnte Gundula: „Es ist so weit, es will heraus." Anneliese wollte gerade das Abendmahl zubereiten, als die Wehen bei Gundula immer stärker wurden. „Schnell, Simon, bring den Stuhl von Mutter Martha in die gute Stube." Schon vor ein paar Tagen hatten Simon und sein Vater den Geburtsstuhl der Hebamme in ihren Stall gebracht. „Und ihr, Hugo und Sven, rennt zu Martha! Sagt ihr, es ist so weit. Schnell Männer, sonst hole ich die Sarazenen, um euch Beine zu machen." Die Jungen spurteten los. Simon und seine Frau Elfi schleppten den Geburtsstuhl in die Wohnstube. „Stellt ihn dort ans Fenster, da haben wir das meiste Licht. Dann bitte Wasser holen und viele saubere Tücher", ordnete Anneliese an. Danach ging sie in ihr Schlafgemach, öffnete eine alte Truhe und holte den Geburtsgürtel hervor. Ihre Großmutter hatte ihn getragen, ihre Mutter bei ihrer Geburt, und sie hatte ihn bei der Geburt von Jacub und Simon getragen. Dieses alte Erbstück wollte sie nun Gundula umbinden. Dann kniete sie nieder und betete die Heilige Margareta von Antiochia an, um sie um Hilfe zu bitten.

Als sie zurück in die Wohnstube kam, war Mutter Martha schon dabei, Gundula zu untersuchen. „Es ist bald so weit. Alle Männer haben bis zur Geburt Hausverbot!", sagte die Amme und schickte die Männer hinaus. Sie nahm ihre Ledertasche, öffnete sie und legte sich einige Utensilien zurecht. Sie griff nach einem Kräuterstrauch. „Binde dieses Kraut – es ist Ackermennige – um ihren Schenkel, um die werdende Mutter zum Niesen zu bringen", ordnete Martha an. Anneliese nickte mit dem Kopf. Die Hebamme wusste genau, was zu tun war. Sie nahm ein Gefäß, entfernte den Korken, ließ sich danach etwas Öl in die Hand laufen und rieb damit die Vagina und den Muttermund ein, um ihn geschmeidig zu halten. Dann versuchte sie, den Muttermund zu dehnen. Gundula stöhnte jedes Mal laut auf, wenn die nächsten Wehen eintraten. Elfi stand am Kopfende, wo sie der werdenden Mutter mit einem Tuch den Schweiß aus dem Gesichte tupfte. „Habt ihr genügend Salz?", fragte Martha. „Ja", sagte Anneliese, „einen ganzen Topf voll, und auch Schweineschmalz, falls ihr es benötigt."

Jacub, Simon und die beiden Burschen gingen zunächst aufgeregt durch die Wallstraße bis zum Kölner Tor, dann wieder zurück. Irgendwann setzten sie sich in den Stall, wo sie auf eine Nachricht warteten. Hugo und Sven hatte es die Sprache verschlagen; bei jedem lauten Stöhnen ihrer Mutter zuckten sie förmlich zusammen, denn man konnte ihre Geburtsschreie bis zum Stall deutlich vernehmen. „Großvater, wird Mutter sterben?", fragte Hugo. „Quatsch!", gab Tilmann nervös zurück. Dann wurde weiter gewartet und gewartet, bis in den späten Abend hinein, bis ein Schreien sie aus ihrer Lethargie befreite und sie gewaltsam aufweckte. „Es ist da!", rief Tilmann vor Freude. Anneliese kam, um ihren Männern die glückliche Nachricht zu überbringen: „Ein kleines Mädchen! Hugo und Sven, ihr habt nun eine Schwester! Ihr müsst immer auf sie achtgeben, und eure Aufgabe wird es sein, sie zu beschützen." Die Männer gingen zurück in die Wohnstube, wo die Hebamme gerade damit beschäftigt war, den Säugling mit Salz abzureiben. „Das härtet sie ab und schützt vor

Krankheiten", murmelte sie. Dann reichte sie das Mädchen ihrer Mutter, die es in die Arme nahm und drückte. „Ist die süß", sagte sie. „Und einen Namen habe ich auch schon: Lisa Franziska soll sie heißen."

Kapitel 25

Der Kapitän nutzte die Tage zum Faulenzen; er lag meistens in seiner Hängematte und ging fünf Mal am Tag im Meer schwimmen. Er war der Meinung, er müsse sich vor der anstrengenden Rückreise noch etwas ausruhen. Die ganze Woche war Jacub damit beschäftigt, sich die passenden Tuche auszusuchen, von denen er zu wissen glaubte, dass sie sich in Colonia und in anderen Städten gut verkaufen ließen, dann noch Tuche, aus denen seine Familie für sich selbst ein paar schöne Gewandungen schneidern konnten. Mario da Silva ließ ihm über den Kapitän ausrichten, dass er bei seinem nächsten Aufenthalt in Colonia bei ihnen in Lennep vorbeischauen wollte, um sie und seinen alten Freund Rokko zu besuchen. Auf die Frage hin, was er denn in Colonia zu schaffen habe, erklärte er ihnen, er würde gerne wieder einmal den lieblich süßen Rheinwein einkaufen. Auf dessen Geschmack spreche der Adel von Genua besonders an. Die italienischen Weine seien vielen zu trocken und zu herb. Jacub schüttelte den Kopf: „Was für eine verrückte Welt: Wir segeln nach Italien, um trockenen Wein zu kaufen, und die Genueser nach Colonia, um süßen Wein zu erstehen. Vielleicht möchten sie von uns auch die kratzige Schafswolle haben", sagte er leicht verstört. Eine Woche später war alles aussortiert, was Jacub mit nach Brügge nehmen wollte. In einer Nacht- und Nebelaktion wurde die „Eagle of Storm" von Marios Leuten beladen. Mit Jacubs Wechsel gab es keine Probleme; ohne große Verhandlungen erhielt er in einer Wechselstube von einem Juden sein Geld in Silber- und Goldmünzen ausbezahlt. Nun wusste er auch, dass die Leute ihn hier als „Mercator" bezeichneten, was so viel wie Händler bedeutete. Hier in Genua waren die Händler, die Kaufleute, Geldverleiher und Ärzte durchweg jüdischer Herkunft.

Ende Juli kam dann der Tag der Abreise. „Alle Waren verstaut und festgebunden", rief einer von Wilms Leuten. Zum Abschied war auch noch Mario da Silva auf den Pier gekommen, der den Kapitän bat, einige Sätze für Jacub zu übersetzen. Dann legte er erneut los wie ein fallender Wasserfall. „Tranquillo", sagte der Kapitän. Nach einer Weile übersetzte er die Worte: „Du sollst für die Rückreise zum Heiligen Nikolaus beten. Er ist der Schutzpatron der „Mercatores", der Händler, und Herr da Silva zitierte mir etwas von einem gewissen Petrus Damiani: ‚Du fliehst aus deiner Heimat, kennst nicht deine Kinder, verlässt deine Frau. Alles, was wirklich unentbehrlich ist, hast du vergessen. Du begehrst, um hinzuzuerwerben, erwirbst, um wieder zu verlieren, verlierst, um dich zu grämen.'" Jacub bedankte sich für alles, dann bekam er den berühmten Kuss zum Abschied, und Mario da Silva ging zurück zu seinem Wagen, von wo aus er noch einmal kurz den Männern zuwinkte. „Das war aber ein tragendes Abschiedsgedicht", meinte Jacub. „Ein wenig hat er recht: Meine Söhne kenne ich zur Genüge, aber was mich jetzt erwartet, wenn ich zurück in Lennep bin, das weiß ich noch nicht."

Ende September lief die „Eagle of Storm" in den Hafen von Brügge ein. Die Rückreise war ohne größere Komplikationen verlaufen; nur einmal hatten sie in der Ferne ein Piratenschiff gesehen, das aber nicht beidrehte, sondern seine eigene Route segelte. Zumindest meinte das der Kapitän, Wilm van Wahle. Um keine weitere Zeit zu verlieren, ging Jacub direkt zum Kontor der Sendereiter, um einen Boten nach Lennep zu schicken. Nun würde es noch einige Tage dauern, bis seine Landsleute mit ihren Fuhrwerken in Brügge waren. Es war also genügend Zeit vorhanden, das Boot zu entladen und die Waren in einer der Lagerstätten der Hanse sicher unterzustellen. Am dritten Tag war das Boot komplett entladen; hiernach beglich Jacub seine Schulden beim Kapitän, der auch schon die nächste Fracht auf seinem Boot verstauen ließ. Dieses Mal sollte die „Eagle of Storm" nach England segeln; was sie geladen hatte, wusste Jacub nicht, und es interessierte ihn auch nicht mehr. Er war damit beschäftigt, auf seine wertvolle Ware aufzupassen, die er keine Sekunde aus den Augen ließ. Beim Essen sowie bei der Nachtwache wechselte er sich mit Karl ab.

Dann kam der Tag, an dem Simon mit den Lenneper Kaufleuten und sieben leeren Fuhrwerken in Brügge eintraf. Die Wiedersehensfreude war riesig, zumal Simon seinen Bruder als neu gewordenen Vater beglückwünschte. „Ein Mädchen – wie schön! Und wie geht es meiner Gundula?" – „Alles wohlauf, sie hat die Geburt problemlos überstanden und erfreut sich bester Gesundheit", gab sein Bruder zurück. „Trotzdem war sie ziemlich sauer, dass du nicht dabei gewesen warst. Eurer Tochter gab sie einen schönen Namen – sie heißt Lisa Franziska. Was für ein Name! Franziska wie die Wurfaxt der Frankenkrieger, findest du nicht auch?", meinte Simon. – „Ja, sehr schön", entgegnete sein Bruder, „ich bin schon ganz gespannt, wie sie aussieht – aber auch das Donnerwetter wird nicht lange auf sich warten lassen …" Jacub begrüßte die anderen Lenneper, dann fragte er Simon: „Wo ist denn Robert Frauenknecht? Ist was mit ihm? Ist er krank?" Simon sah ihn fragend von der Seite an: „Jacub, der ist nie in Lennep angekommen! Wir dachten, du wüsstest mehr – was ist denn nur passiert?" – „Das verstehe ich nicht! Er ist von hier gesund und voller Zuversicht zurück nach Lennep aufgebrochen. Was ist denn mit unserem Wagen und dem Pferd?" – „Nichts, gar nichts, weder Robert noch unser Fuhrwerk und das Pferd sind irgendwo aufgetaucht. Ich vermute, er ist tot, überfallen worden von Wegelagerern. Vater war darüber sehr traurig. Robert war einer seiner ganz alten Freunde gewesen." – „Ja, deine These könnte stimmen. Einfach spurlos vom Erdboden verschwunden – unfassbar!", sagte Jacub. „Komm, Bruder, wir wollen die Waren auf die Fuhrwerke verladen und uns danach auf den Weg machen. Ich habe acht berittene Söldner als Begleitschutz mitgebracht; sie werden uns den gesamten Rückweg absichern", sagte Simon. – „Nach dem, was man Robert angetan hat, war das eine sehr gute Idee von dir. Unsere Waren liegen dort drüber im Lagerhaus, Karl bewacht alles. Es sind gute Waren, exzellente Tuche, guter Wein, Gewürze und Datteln – diese kleinen, süßen Früchte stammen aus dem Orient. In den nächsten Tagen haben wir ein wenig Zeit, dann werde ich dir ein wenig von unserer Reise und den Erlebnissen erzählen. Es war aufregend und interessant. Und dann dieser Mario da Silva, aber erst seine Frau Claudia …", dabei schnalzte er mit der Zunge, „schärfer als das schärfste Schwert." – „Ich fahre mit dir auf dem Bock mit", sagte Jacub, zog seinen Bruder am Ärmel und rief dann: „Auf, Männer, es wartet jede Menge Arbeit auf uns!"

Sie kamen gut voran. „In drei Tagen sind wir in Lennep", sagte Simon zu seinem Bruder, der die ganze Zeit neben ihm saß. Karl hatte es sich bei einem Helfer von Heinrich Kottsieper auf dessen Fuhrwerk bequem gemacht. „ Was meinst du, Jacub – sollen wir in Colonia schon einen Teil unserer Waren anbieten? Die Weibsbilder der Patrizier werden ganz verrückt nach den weichen Tuchen sein." – „Wir müssen vorsichtig bleiben; du weißt, was Merinowolle bedeutet. Du hast sicherlich von den drastischen Strafen gehört." – „Ja, schon, aber das ist in Spanien, das gilt doch nicht hier im Frankenland", gab Simon zurück. „Muster – wir geben ihnen einige Muster, und wenn sie mehr davon benötigen, sollen sie nach Lennep kommen. Aber lass uns erst nach Hause fahren, die Reise war recht anstrengend. Außerdem möchte ich meine Frau und meine kleine Tochter begrüßen und danach ein wenig ausruhen. Ich bin wirklich müde, Bruderherz." Am nächsten Tag erreichten sie Colonia; sie fuhren nicht außen vorbei, sondern steuerten direkt das Patrizierhaus der Overstolzen an. Jacub hatte einige Muster zurechtgeschnitten, nahm sie unter den Arm und eilte zum Empfang des Prunkbaus. Er wechselte einige Worte mit einem Mann, der ein Hausdiener zu sein schien, hinterließ seine Anschrift sowie die Muster und verabschiedete sich mit besten Grüßen an die Herren Patrizier. Auf der Treppe zum Ausgang hin stieß er fast mit einem gut gekleideten Mann zusammen. Er erschrak ein wenig: Vor ihm stand Herr Birkelin, Solveigs Ehemann. Jacub dachte unwillkürlich an die Verhandlung auf Burg Neuenberge, die ja zu seinen Gunsten ausgegangen war. Sie begrüßten sich kurz. Jacub hatte nicht vor, groß ein Gespräch mit seinem ehemaligen Kontrahenten zu führen, aber der Patrizier sagte: „Ihr wart auf großer Fahrt in Genua, wie ich gehört habe?" – „Ja, ich habe für unsere Gilde einige Dinge dort eingekauft – ich habe aber keine Zeit, bin in äußerster Eile." Dann verabschiedete er sich: „Und noch viele liebe Grüße an die Frau Gemahlin!" – „Wartet!", rief der Patrizier hinter ihm her, „ich vermute, Euch ist es noch nicht zu Ohren gekommen. Nach der Verhandlung auf Neuenberge war ich wirklich bemüht, unsere Ehe zu retten. Ich liebte Solveig noch immer von ganzem Herzen. Sie aber – entschuldigt meine Ausdrucksweise – hurte sich durch die gesamte Reihe der Kölner Patrizier und der Richerzeche. Sie machte mich zum Gespött von Colonia. Die Leute zeigten mit dem Finger auf mich. Ich war der Plumperjahn der Stadt, dem man Hörner aufgesetzt hatte. So konnte es auf keinen Fall weitergehen.

Ich musste mir eine Lösung einfallen lassen. Ich sprach mit ihr Tacheles, danach schmiss ich sie aus dem Haus, und siehe da: Sie landete im Bordell unten am Rheinufer, genau in dem Etablissement, wo sie schon vor unserer Ehe gearbeitet hatte. Nun, es ging auch nicht lange gut mit ihrem Lebenswandel. Sie infizierte sich erneut mit einer ansteckenden Krankheit. Wie schon zuvor, suchte sie das Kloster auf, in dem man sie seinerzeit heilen konnte. Sie wusste genau, dass die Ordensschwestern ihr den Zutritt erlauben mussten – allein schon aus Nächstenliebe und aufgrund ihrer Erkrankung. Sie kannte ja die Ordensregeln. Doch dieses Mal war sie zu spät gekommen. Die Nonnen bemühten sich um sie, aber Solveig verstarb im letzten Monat an ihrer Hurenkrankheit", erklärt ihm der Patrizier. Jacub hatte gebannt zugehört; er war zwar etwas betrübt über diese Neuigkeit, aber in seinem Inneren hatte er schon seit Langem mit solch einer Nachricht gerechnet. „Es tut mir wirklich leid – Ihr habt mein volles Mitgefühl, mein Herr! Doch ich muss jetzt gehen. Vielen Dank, dass ihr mir das erzählt habt." Er eilte mit schnellen Schritten weiter dem Ausgang entgegen und dachte dabei an die Nacht in Bergen vor vielen Jahren, die er mit Solveig verbracht hatte. Er sah sie noch einmal in diesem Gasthof vor sich stehen, mit der Laute in der Hand, als sie ihm ein Liebeslied vorspielte und dazu eine Weise sang, die er nicht verstanden hatte, da sie in der Sprache der Nordmänner sang. Doch nun schüttelte er dies alles von sich und freute sich auf seine Familie und auf sein – wie auch Vater immer sagte – auf sein Lennep.

Draußen auf der Straße angekommen, nahm Jacub seinen Bruder beiseite und berichtete ihm von seinem Gespräch mit dem Patrizier. „Aber damit mussten doch alle rechnen – bei dem Lebenswandel, den sie geführt hat." – „Ja, wir sollten die

Angelegenheit schnellstens vergessen", meinte Jacub. „Komm, Simon, wir sprechen mit den anderen Händlern; ich kenne einen Gasthof vor den Toren Colonias, wo wir zum letzten Male übernachten können. Ich persönlich habe keine große Lust weiterzufahren. Wenn wir morgen nach der Terz aufbrechen, sind wir noch früh genug in Lennep." Man teilte den anderen Männern den Plan mit, die auch sogleich damit einverstanden waren. Es war der Gasthof „Zum alten Strom", direkt am Rheinufer gelegen, nicht allzu weit von der Rheinfähre entfernt, aber auch nicht sehr weit von dem Hurenhaus, in dem Solveig früher einmal tätig war. Platz für fast zwanzig Männer war aber nicht vorhanden; so schlief abwechselnd ein Teil der Söldner in der Scheune und der Rest schob Wache, denn unter keinen Umständen durften sie die kostbare Ware an irgendwelche Halunken verlieren. Nur einer der Männer machte sich heimlich aus dem Staub – Karl. In Brügge hatte ihm Jacub ein paar Münzen für seine geleistete Arbeit gegeben. Nun war er der Meinung, dass er sich, wenn man schon in der Nähe eines Hurenhauses übernachtete, auch einen kleinen Abstecher dorthin erlauben und dabei einige Bierchen trinken könnte. Die lange Reise nach Genua – so ganz ohne Liebe – ließ mittlerweile in seiner Hose einiges anschwellen, und so zog es ihn förmlich wie eine Sucht in das Haus der Erleichterung. Am nächsten Morgen ließen die Lenneper ein paar derbe Sprüche ab, als Karl mit dicken Augen zum Frühstück erschien. Einer der Händler sagte laut: „Seine Augen sind richtig dick, aber die anderen Dinge wieder abgeschwollen." Lautes Gelächter drang durch den Gasthof, und Karl, der sich in der Mitte des Raumes befand, bekam einen knallroten Kopf.

Schon früh waren sie an den Rheinfähren. Da noch nicht allzu viele Reiter und Fuhrwerke unterwegs waren, kamen sie sogleich an die Reihe. Das Verladen der Fuhrwerke verlief reibungslos. Alle kamen am anderen Rheinufer ohne Verluste an – bis auf ein paar Männer, die sich nasse Füße geholt hatten. Gegen Spätnachmittag befanden sie sich schon ganz in der Nähe des Stadttors von Lennep. Conradis stand am Kölner Tor und hielt Wache, als die Wagenkolonne für ihn sichtbar wurde und auf die Stadt zugefahren kam. Schon von Weitem erkannte der Wachhabende, dass es sich um die Lenneper Händler handelte. Er rief seinen Helfer, der im Wachhäuschen saß: „Geh in die Wallstraße und gib Frau Anneliese Wüllenweber Bescheid, dass ihre Männer im Anmarsch sind." Die Ankömmlinge hatten das Tor noch nicht ganz erreicht, da kamen ihnen im Laufschritt schon Hugo und Sven entgegengerannt, etwas später erschienen dann Tilmann, seine Frau Anneliese, Elfi und Gundula mit ihrem kleinen Mädchen auf dem Arm. Auch andere Frauen, die auf ihre Männer gewartet hatten, stießen hinzu. Es gab ein großes Wiedersehen, Umarmungen und Küsse wurden ausgetauscht. Als Jacub zu seiner Frau ging, um das Neugeborene zu begutachten, sagte Gundula: „Du musst jetzt gar kein schönes Wetter machen. Ich bin richtig stinkig auf dich! Zwei Monate bist du zu spät! Wir haben uns alle wie verrückt Sorgen um euch gemacht", fuhr sie Jacub an. – „Ich kann dir alles erklären, aber lass mich doch zuerst meine Tochter in den Armen halten! Lisa Franziska, wie die Streitaxt der Franken. Ein toller und kämpferischer Name, der mir gut gefällt." Da reichte seine Frau ihm seine Tochter, gleichzeitig hingen ihm seine Söhne Hugo und Sven am Rockzipfel. Er ging in die Knie, wo er alle seine Kinder umarmte. „Eine süße Schwester haben wir, Vater!", sagte Hugo. Jacub nickte: „Ja, das habt ihr wirklich, aber sie hat auch gute und mutige Brüder. Nun habt ihr eine neue Aufgabe: eure Schwester in Zukunft zu beschützen. So, Männer, wir werden nun die Waren in den Stall bringen; die Pferde müssen versorgt werden, sie brauchen Wasser und Futter." Da Tilmanns Stallungen leer waren – die Schafe standen ja auf den Weiden –, beschlossen die Händler, die Waren bis zum nächsten Tag bei Tilmann unterzustellen. „Höret, ihr Leut, gegen Mittag teilen wir alles auf. Das erledigen wir am besten auf dem Alter Markt, weil wir da viel Platz haben. Kommt morgen zu mir, dann fahren wir alle Fuhrwerke hinüber. Es ist genügend Ware für alle da, die sich an dem Unternehmen beteiligt haben", sagte Tilmann voller Stolz und sah dabei seinen Sohn Jacub an. Die Männer verteilten sich und gingen ihrer Wege. Denjenigen, die mit in Brügge gewesen waren, sah man ihre Müdigkeit an. Genau wie Jacub und Simon waren sie todmüde. In der guten Stube erzählte Jacub noch einige Episoden seiner Reise, aber nicht alles – er war einfach zu müde, und vom langen Sitzen tat ihm sein Hintern weh. „Ich konnte wirklich nicht ahnen, dass die Reise mit der Kogge so lange dauern würde. Alles hing – wie mir Kapitän Wilm van Wahle erzählt hatte – vom Wind, von den Wellen und von der Strömung ab. Auf der Hinfahrt hing ich die meiste Zeit über der Reling, um die Fische zu füttern. Karl half mit an Bord, er unterstützte die Matrosen bei ihrer Arbeit. Der hatte mit der Seekrankheit keinerlei Probleme. Wo ist der Kerl eigentlich?" – „Der ist in sein Zimmer gegangen, ihm war etwas übel, er wollte sich mal richtig ausschlafen", sagte Tilmann. „Das machen wir jetzt auch", meinte Simon und nahm seine Elfi an die Hand. Gemeinsam verließen sie das Wüllenweber-Haus, um in ihre neue Wohnung zu gehen. „Ich möchte mich auch verabschieden", sagte Jacub, „bis morgen früh." Hugo und Sven waren da anderer Meinung – ihnen passte es ganz und gar nicht, dass ihr Vater nun schon ins Bett wollte. „Aber Vater, erzähl uns noch mehr von deiner Reise!", sagte Hugo. Nun machte aber Anneliese deutlich, dass sie ihren Vater in Ruhe lassen sollten: „Er kann euch morgen alles genauer erzählen. Wie ihr seht, braucht euer Vater eine Mütze voll Schlaf."

Die Zunftmitglieder, die sich finanziell an dem Unternehmen Genua beteiligt hatten, standen am nächsten Morgen in der Wallstraße, um mitzuhelfen, die Fuhrwerke auf den Alter Markt zu bringen, um die Waren anteilsmäßig zu verteilen. Karl kam etwas verspätet hinzu, als sie schon fast alle Arbeiten abgeschlossen hatten. „Du alte Schlafmütze bist wohl nicht mehr wach geworden", fragte Jacub ihn. „Der war zu lange im Hurenhaus am Rhein. Die Mädels haben ihn zu arg rangenommen", meinte der Händler Wilfried vom Köttersbach, der mit in Brügge gewesen war, um die Waren abzuholen – ein nicht gerade zartbesaiteter Lenneper Kaufmann. Er war derjenige, der stets mit derben Sprüchen um sich warf und kein Blatt vor den Mund nahm. Doch dann bemerkte Jacub, dass Karls Gesicht stark glänzte und sich dort Schweiß gebildet hatte. „Junge, du hast dir ein Fieber eingefangen, du bist krank! Geh wieder in deine Kammer und hau dich auf den Strohsack, und lass dir von meiner Mutter einen kräftigen Kräutertee zubereiten." Jacub dachte an die Zeit, als Karl fälschlicherweise monatelang im Kerker gesessen hatte und seine Mutter und der Medicus Gerold vom Steinberg ihn betreut hatten – und ihn letztendlich auch freibekommen hatten. Seit diesem Tag hatte sich zwischen Anneliese und Karl eine gewisse Freundschaft aufgebaut; fortan ließ Mutter nichts auf ihren Karl kommen. „Ich glaube, es geht schon wieder", sagte Karl. „Na gut, du musst es selber wissen", gab

Jacub zurück; dann setzten sich die Männer auf die Fuhr-werke und fuhren zum Alter Markt, wo sie einen Wagenkreis bildeten, um die Waren zu verteilen. Heinrich Kottsieper, der Pfarrer, Gerold vom Steinberg und eine Menge weiterer Len-neper fanden ebenfalls ihren Weg zum Marktplatz, denn so etwas erlebt man ja nicht alle Tage. Die Leute platzten vor Neugierde, was denn ihre Landsleute so alles aus dem fernen Italien mitgebracht hatten. Rokko Ronaldi kam schnellen Schrittes hinzu: „Alle wieder gute angekommen. Was make meine Freunde Mario, iste alles gesunde und habte ihr gute Weine für mich mitgebrachte?" Die Männer lachten immer, wenn Rokko anfing zu reden. Sein Akzent sprengte jedes Mal die Lachmuskeln der Anwesenden. Dann wurden Lis-ten verglichen, Waren sortiert und aufeinandergestapelt. Man bewunderte die wunderschönen Stoffe. „Wie anschmiegsam diese Merinowolle ist!", sagte Elfi, die mit ihrer Mutter hin-zugetreten war. Die große Verteilungsaktion begann. Datteln, Pfeffer, Muskatnuss, Ingwer, Zimt und die anderen Gewürze wurden je nach Vorbestellung aufgeteilt. Danach waren die Rot- und Weißweine dran. Zum guten Schluss wurde aber über die Tuchballen am meisten diskutiert: wer welche Waren haben wollte, was man daraus schneidern könnte und bei wem und wie man die teuren Tuche an den Mann bringen könnte. „Das kann doch jeder machen, wie er will – jeder nach seiner Fasson", bemerkte Tilmann. Ihr habt doch da alle Freiheiten. Bietet sie in Colonia an oder in Dortmund, in Huckenges-wage oder Weperevorthe, oder schneidert fertige Gewandun-gen, die ihr dann versucht zu verkaufen." Leicht schwankend trat Karl hinzu. Er war leichenblass im Gesicht, seine Stirn schweißnass. „Kann ich euch noch helfen?", fragte er, dann sackte er auf die Knie, fiel vornüber, schlug mit dem Gesicht auf dem harten Boden auf und war ohnmächtig. Die Leute schrien vor Schreck auf. Der Medicus Gerold vom Steinberg sah das Geschehen und ging sofort zu dem am Boden Liegenden, um ihn auf den Rücken zu drehen. „Was ist denn los? Was hat er denn?", rief eine Lenneperin. Gerold schlug ihm mehrere Male seine Hand ins Gesicht. Karl zeigte keinerlei Reaktion. „Bringt ihn in mein Haus", ordnete er an. Vier Männer packten ihn an Händen und Beinen und schleppten den kranken Karl ins Haus des Medicus. Die restlichen Bürger sahen sich untereinander fragend an, manche zuckten ratlos mit den Schultern. „Der hat sich irgendwo das Fieber eingefangen", versuchte Jacub den anderen zu erklären. Dann gingen sie weiter ihrer Tätigkeit nach, um die Reste der Waren zu verteilen. Nach einigen weiteren Stunden löste sich der Männerpulk langsam auf. Die einzelnen Händler machten sich mit ihren Waren auf den Heimweg.

Gerold vom Steinberg betrat mit bleichem Gesicht den Alter Markt: „Leute, hört mir zu! Ich muss euch dringend etwas mitteilen. Ich habe soeben unseren Karl untersucht und etwas Grausames festgestellt. Unter seinen Armen und an anderen Stellen seines Körpers befinden sich schwarze, hervortretende Geschwüre. Ich denke, dass unser Karl sterben wird. Bürger von Lennep! Sie ist zurückgekommen, wir haben die Pest in unserer Stadt! Holt den Pfarrer, er soll die Glocken läuten."

Ein großes, schwarzes Etwas schwebte über dem Alter Markt und hauchte seinen giftigen Atem durch die Gassen und über die Plätze der Stadt. Es war der Atem von Mutter Pest, gefürchtet und verhasst. Überall, wo sie auftrat, verbreiteten sich Verzweiflung und panische Angst unter den Menschen.

Ende.

Personenregister

Händler, Kaufleute und Lenneper Bürger

Tilmann und Anneliese Wüllenweber; ihre Tochter Maria aus Huckengeswage, ihr ältester Sohn Jacub und seine Frau Gundula; deren Söhne Hugo und Sven; Simon und Elfi Wüllenweber mit Tochter Lisa Franziska.

Die Magd: Gerlinde

Amtmann: Robert Frauenknecht

Amtmann: Heinrich Kottsieper

Amtmann: Robert von Lynepe aus Lübeck

Medicus: Gerold vom Steinberg

Schäfer: Rupert, Roland, Herbert

Stalljungen: Gernot und Wibold

Pfarrer von Lennep: Edelbert

Vorarbeiter der Wüllenwebers: Karl Stoßberg

Die Geächteten: Herbort von Genrohe, Gerold von Rippenstein, Giselbert von Gallingen, Ernulf und Ulf, die Späher und die Huren

Jacubs erste Liebe: Solveig Rassmussen aus Dänemark Ritter: Wentzel von Reinhardhausen von der Grafschaft Berg

Ritter: Eberhard von Ehringhausen von der Grafschaft Berg

Ratsherr von Huckengeswage: Elmar von Altenhofen

Ratsherr von Weperevorthe: Niklaus von Langenberg

Lenneper Schmied: Gregor

Familie Ronaldi: Rokko und seine Frau Anna

Schafshüter aus Weperevorthe: Wolfhard und Dietrich

Torwache von Lennep: Conradis

Die Lenneper Huren: Bernadette, Brunhilde und Ursula

Die unglaubliche Kräuterkundige: Minne

Kölner Patrizier: Gotthard Birkelin, die Overstolzen

Freund der Ronaldis: Mario da Silva aus Genua

Solveig, falscher Name: Trine Andresen

Die Hure vom Rhein: Gunde

Hebamme von Lennep: Mutter Martha

Kontorleiter aus Brügge: Jan Poulsen

Kapitän der Kogge: Wilm van Wahle

und zum guten Schluss: Graf Adolf VI. von Berg

Glossar

Brouche: *Eine Art mittelalterliche Unterziehhose, die aus Leinentüchern gewickelt wurde.*

Cotte: *Unterrock.*

Chaperon: *Mütze, die man schräg auf dem Kopf trug und die auf einer Seite bis über das Ohr hing. Meistens aus Leinen, später auch aus Samt oder Seide.*

Dupsing: *Ein Gürtel, der über der Schecke getragen wurde, mit einer größeren Schnalle versehen. Oft wurden im Dupsing Perlen, Elfenbein, wertvolle Steine, verziertes Holz, Silber- oder Goldfäden mitverarbeitet.*

Fibel: *Oft aus Messing oder Eisen. Eine Verschlussvorrichtung mit einer Nadel für Gewandungen.*

Gnippe: *Ein Klappmesser. Galt als hinterhältig und war verpönt, weil es sich um eine nicht sichtbare Waffe handelte.*

Gemach: *Das heimliche Gemach war der Abort, die Toilette im Mittelalter.*

Gänsekiel: *Schreibgerät aus Gänsefeder. Oft wurden die Spitzen in erhitztem Sand gehärtet.*

Heuke: *Mantel ohne Ärmel, oft auch mit Kapuze.*

Klafter: *Maßeinheit, entspricht ungefähr 1,8 Meter. Längensowie Raummaß.*

Kruseler: *Eine Art Schleierhaube mit äußerer Spitzenbesatzung (gekräuselt), wurde unter dem Kinn gebunden.*

Kukulle: *Überwurf mit Kapuze*

Mare Mediterraneum: *Mittelalterliche Bezeichnung für das Mittelmeer.*

Surkot: *Wurde sowohl von Frauen als auch von Männern getragen. Ähnlich einer Tunika, aber mit Ärmeln. Von schlicht bis vornehm, je nach Stand. Bei Männern, bis über das Knie, bei*

Frauen deutlich länger bis auf den Erdboden. Den Surkot trug man über der Cotte, wo er gegürtet wurde.

Schecke: *Vergleichbar mit der heutigen Jacke. Ein auf den Körper angepasster, modellierter Rock für Männer. Erst bis Knielänge, später dann auch in kurzer Form getragen.*

Tasselmantel: *Großer, weiter Mantel oder Umhang, der von der Tassel gehalten wurde: zwei größeren Knöpfen, die mit einer Kette verbunden wurden.*

Tunika: *Stammt aus der Antike, wurde aber bis ins späte Mittelalter getragen. Weitverbreiteter Überwurf, direkt auf der Haut getragenes Untergewand.*

Plumperjahn: *Nichtsnutz, dummer Junge, Trottel.*

Zeiten in Lateinisch:

Prim – Tagesbeginn, Morgendämmerung

Laudes (ca. 6:00 Uhr)

Terz (ca. 9:00 Uhr)

Sext (ca. 12:00 Uhr)

Non (ca. 15:00 Uhr)

Vesper (ca. 18:00 Uhr)

Komplet (ca. 21:00 Uhr)

Matutin (ca. 24:00 Uhr)

Alle hier aufgeführten Begriffe sind nur Etwa-Zeiten, da die Stunden nach der Sonne berechnet wurden. Im Winter waren die Stunden kürzer als im Sommer, so gab es natürliche Abweichungen.

Nachbemerkung

In England wurde Wolle wie am Fließband produziert und verarbeitet. Man schätzt die Anzahl der englischen Schafe im 14. Jh. auf über 10 Millionen Tiere, womit die Engländer eine Zeit lang den internationalen Wollhandel beherrschten. Von überall, aus vielen Wollhochburgen, gab es große Protestbewegungen gegen die Art und Weise der englischen Vermarktung. Da die Engländer nur wenige Handelsschiffe besaßen, wurden die Auslieferung und der Verkauf von jüdischen Händlern und Kaufleuten übernommen. Auch der englische Zisterzienserorden war am Wollhandel stark beteiligt. Nun gingen ihre Widersacher her und belegten die englische Wolle mit hohen Exportzöllen. Vermehrt wurde dann spanische Wolle gehandelt. Sie war qualitativ der englischen Wolle ebenbürtig, aber preiswerter. Es traf den englischen Wollmarkt aber noch härter, denn es verbreitete sich eine hoch ansteckende Viruserkrankung. Kühe, Schweine, Ziegen und Schafe, ja nahezu alle Paarhufer wurden von diesem Virus infiziert. So fielen der Seuche etwa 80 % der Schafe zum Opfer. Wusste man im Mittelalter, um welche Krankheit es sich handelte? Eher nicht. Es hätte die Maul- und Klauenseuche sein können, aber auch die Moderhinke, der Lippengrind oder die Schafs- und Ziegenpocken. Davon profitierten natürlich unsere bergischen Tuchhändler, ebenso Flandern und die anderen Wollhochburgen. Nicht nur die Paarhufer wurden Opfer einer Viruserkrankung, nein, auch der Mensch: Die Pest (der Schwarze Tod) nahm ihren todbringenden Zug durch Europa auf. In mehreren kleineren und größeren Wellen überflutete sie die westlichen Länder. Ratten, die auf Schiffen als blinde Passagiere mitfuhren, brachten den Rattenfloh überall hin, der dann die furchtbare Krankheit verbreitete. Den Nagetieren selber konnte er nicht gefährlich werden, aber sprang er auf den Menschen über, war eine Epidemie vorherbestimmt. Überall in den Hafenstädten nahm das Unheil seinen Anfang und breitete sich von dort aus. Hierbei unterscheidet man zwei Arten der Pesterkrankung: die Lungen- und die Beulenpest. Nach drei bis sechs Tagen trat meistens der Tod ein, aber es gab auch Menschen, die ihr gegenüber eine gewisse Immunität aufwiesen. Eingeführt wurde der Erreger über den Handel aus Asien. Die ersten verseuchten Städte waren Messina, Venedig, Florenz und weitere italienische Hafenorte. Später dann über den Hanseweg die Städte London, Brügge, Hamburg, Bremen und Lübeck. Viele Legenden ranken sich um die Entstehung der Pest. Im Mittelalter glaubten die Menschen an das Phänomen der schlechten, fauligen Ausatemluft als Überträger der Pest. Dann waren es die Juden, die als Giftmischer und Brunnenvergifter dargestellt wurden. Hier gab es die unterschiedlichsten Auffassungen. Die erste große Pestwelle fand zwischen 1347 und ungefähr 1353 statt. Aber es gab auch immer wieder zwischendurch kleinere Epidemien. Man vermutet heute, dass ungefähr 25 Millionen Europäer der Pest zum Opfer fielen. Erst zum Ende des 19. Jhs. stellten Forscher fest, dass die Pest vom Rattenfloh oder auch von der Kleiderlaus übertragen wurde. Oft verschwand die Krankheit in der kalten Jahreszeit, um dann im darauffolgenden Frühling erneut auszubrechen. Je kälter die Länder (Ostgebiete), desto seltener trat der Schwarze Tod auf. Aber lesen Sie den dritten und letzten Teil meiner Trilogie: „Lennep im Schatten der Pest.“

Als die Pest kam, „erhob sich ein großer Sterb.“

Mein besonderer Dank gilt:

„Bergischer Verlag": Herrn Thomas Halbach, Herrn Ernst-Wilhelm Bruchhaus und der netten Dame Antje Karkowski für die zahlreiche Unterstützung.

„Highland – Gewandkammer", Velbert-Neviges: Familie Lembach.

„Die Pralinenschachtel": Kerstin Spiekermann, Remscheid, Modedesignerin, historische Gewänder. Sie kennt wirklich jede Mode aus dem Mittelalter.

„Tuchmuseum Lennep", Anna Hardt Stiftung. Besonders möchte ich mich bei Herrn Franz Werner von Wismar für seine Unterstützung im Museum und bei der Lenneper Lesung im Modehaus Johann bedanken. Es war eine schöne, ausgefallene Dekoration.

„Bergische Buchhandlung" in Lennep: Frau Frede, die die Lesung „Der Tuchhändler von Lennep" hervorragend organisiert hatte.

„Bergischer Geschichtsverein": Herrn Alfons Ackermann für seinen Vortrag über das mittelalterliche Lennep. Ein lehrreicher Nachmittag bei Kaffee und Kuchen.

„Die Wahre Bergische Ritterschaft", die immer einen kleinen Stand für mich auf den Mittelalter-Märkten freihält.

„Schlossbauverein Burg an der Wupper e. V.", Solingen: den freundlichen Damen aus dem Burgbüro.

WDR-Fernsehen: Wolfgang Völkel, Lokalfernsehen Bergisch Land. Vielen Dank für das ausgezeichnete Porträt über mich und meine Arbeit, für die Filmarbeiten während meiner Lesung zum „Tuchhändler von Lennep", des Weiteren auf Schloss Burg, im Tuchmuseum Lennep und bei mir im Hause.

Michael Schumacher, mein langjähriger Ritterfreund, der aufgrund seiner rauchigen, begnadeten, verführerischen Stimme häufig aus meinen Romanen vorliest. Bei seinen Vorträgen fließen die Edelfräuleins nur so dahin. Ihre Männer begeben sich dann freiwillig auf den nächsten Kreuzzug.

„Der Tuchhändler von Lennep"

Teil eins der Trilogie über die Tuchhändlerfamilie Wüllenweber.

Der historische Abenteuerroman spielt in der Hansestadt Lennep im 14. Jahrhundert. Er erzählt die Geschichte des Tuchhändlers Tilmann Wüllenweber und von den Handelsbeziehungen bis weit in den hohen Norden der Hanse.

„Es ist wieder passiert!", stammelte der Büttel und schnappte nach Luft. – Ein perverser Mörder treibt im Jahre 1324 vor den Toren Lenneps sein Unwesen und versetzt die friedliche Hansestadt in Angst und Schrecken. Ausgerechnet jetzt müssen der Tuchhändler Tilmann Wüllenweber und weitere angesehene Kaufleute zu ihrer jährlichen Handelsreise an das Ostmeer aufbrechen.

Kurz bevor die überlebenden Reisenden zurückkehren, geschieht das Unfassbare, das Lennep für immer verändert.

„Lennep im Schatten der Pest"

Teil drei der Trilogie über die Tuchhändlerfamilie Wüllenweber.

Die Hanse weitet ihren Handel auf ganz Europa aus. Auch die Lenneper Tuchhändler möchten sich an der Erschließung neuer Märkte beteiligen. Doch eine grausame Krankheit macht ihnen einen Strich durch die Rechnung. Sie verbreitet sich mit unvorstellbarer Geschwindigkeit im gesamten Raum der Hanse. Millionen von Menschen fallen ihr zum Opfer, und auch die Stadt Lennep bleibt nicht von ihr verschont. Der Schwarze Tod haucht seinen Atem durch die Gassen der Stadt und macht vor niemandem halt. Die Pest kennt kein Gut und Böse, kein Arm oder Reich …